KNAUR

*Von C. J. Cooke ist bereits folgender Titel im
Knaur Taschenbuch Verlag erschienen:*
Broken Memory

Über die Autorin:
C. J. Cooke, geboren in Belfast, ist das Pseudonym einer preisgekrönten Autorin. Sie arbeitet als Dozentin für »creative writing« an der Universität von Glasgow und beschäftigt sich insbesondere mit der literarischen Gestaltung psychisch labiler Helden. »Verderben. Einer stirbt. Wer lügt?« ist ihr zweiter psychologischer Spannungsroman, der in vielen Ländern erscheinen wird. Für ihren ersten Roman »Broken Memory« ist eine Fernsehadaption in Arbeit. C. J. Cooke lebt zusammen mit ihrem Mann und ihren vier Kindern in Irland.

C. J. COOKE

VERDERBEN
Einer stirbt. Wer lügt?

THRILLER

Aus dem Englischen
von Susanne Wallbaum

Besuchen Sie uns im Internet:
www.knaur.de

Aus Verantwortung für die Umwelt hat sich die Verlagsgruppe
Droemer Knaur zu einer nachhaltigen Buchproduktion verpflichtet.
Der bewusste Umgang mit unseren Ressourcen, der Schutz unseres Klimas und der Natur
gehören zu unseren obersten Unternehmenszielen.
Gemeinsam mit unseren Partnern und Lieferanten setzen wir uns für eine klimaneutrale
Buchproduktion ein, die den Erwerb von Klimazertifikaten zur
Kompensation des CO_2-Ausstoßes einschließt.
Weitere Informationen finden Sie unter: www.klimaneutralerverlag.de

Deutsche Erstausgabe April 2020
Knaur Taschenbuch
© 2019 C. J. Cooke
© 2020 der deutschsprachigen Ausgabe Knaur Verlag
Ein Imprint der Verlagsgruppe Droemer Knaur GmbH & Co. KG, München
Alle Rechte vorbehalten. Das Werk darf – auch teilweise – nur mit Genehmigung
des Verlags wiedergegeben werden.
Das dem Roman voranstehende Zitat erfolgte mit freundlicher Genehmigung
des Hoffmann und Campe Verlags, Hamburg:
© 1934 Agatha Christie Limited.
Für die deutschsprachige Ausgabe © 2014 by Hoffmann und Campe Verlag, Hamburg.
© für die Übersetzung S. Fischer Verlag GmbH, Frankfurt am Main 2002.
Redaktion: Birgit Förster
Covergestaltung: Katharina Netolitzky
Coverabbildung: Katharina Netolitzky
Satz: Adobe InDesign im Verlag
Druck und Bindung: GGP Media GmbH, Pößneck
Printed in Germany
ISBN 978-3-426-52499-2

2 4 5 3 1

Für Willow

*»Ich aber kenne die menschliche Natur, mein Freund,
und ich sage Ihnen, dass auch der Unschuldigste, der sich
plötzlich in Gefahr sieht, wegen Mordes vor Gericht gestellt zu
werden, den Kopf verliert und die aberwitzigsten Dinge tut.«*

Agatha Christie, *Mord im Orientexpress*

K. Haden
Haden, Morris Laurence Law Practice
4 Martin Place
London, EN9 1AS

25. Juni 2006

Michael King
101 Oxford Lane
Cardiff
CF10 1FY

Sehr geehrter Herr,

wir wenden uns erneut in der Angelegenheit des Todes von Luke Aucoin an Sie. Es hätte längst zu einer Aussprache über diese Tragödie kommen sollen. Bitte schieben Sie eine Antwort nicht noch länger hinaus, sondern melden sich unter der o. g. Adresse, damit ein Treffen arrangiert werden kann.

Mit freundlichen Grüßen
K. Haden

K. Haden
Haden, Morris Laurence Law Practice
4 Martin Place
London, EN9 1AS

25. Juni 2010

Michael King
101 Oxford Lane
Cardiff
CF10 1FY

Sehr geehrter Herr,

im Namen unserer Mandanten wenden wir uns erneut wegen des Todes von Luke Aucoin an Sie.

Um zu vermeiden, dass die Angelegenheit Konsequenzen nach sich zieht, bitten wir Sie, umgehend mit uns in Kontakt zu treten.

Mit freundlichen Grüßen
K. Haden

28. Januar 2017

MÖRDER

ERSTER TEIL

1

Helen
30. August 2017

Vielleicht bin ich tot.
Das vor mir sieht aus wie eine Nebelwand, die vom Meer herkommt und über Ödnis auf mich zukriecht. Sie nähert sich wie eine Faust. Ich rieche etwas – Abwasser und Schweiß. Und ich sehe ein flackerndes Licht, als käme jemand mit einer Taschenlampe durch den Nebel; immer heller wird der Schein, bis ich schließlich begreife, dass meine Lider sich öffnen, mühsam, als müssten zwei Segmente einer Betonplatte auseinanderbrechen.
Wach auf!, rufe ich stumm. *Wach auf!*
Schmerzhaft grelles Licht. Über mir eine gelbfleckige Decke aus kaputtem Gipskarton und ein Ventilator, der sich lahm dreht. Ich versuche, den Kopf zu heben. Es auch nur einen Zentimeter weit zu schaffen kostet schon unendlich viel Kraft; es fühlt sich an, als hinge ein Amboss daran. Wo bin ich? Meine Jeansshorts und das T-Shirt sind zerrissen und von Schlamm bedeckt. Ich liege auf einem Bett. Habe noch eine Sandale an. Der andere Fuß ist auf die doppelte Größe angeschwollen; zwischen Resten getrockneten Bluts blitzt der blaue Nagellack durch, den Saskia mir draufgepinselt hat. Ich wackele mit den Zehen, dann bewege ich die Finger. Meine Glieder spüre ich. Gut.
Am Fußende des Bettes ist eine Schwester damit beschäftigt, etwas auszuwechseln. Einen Urinbeutel. Ein Ziehen seitlich im Rücken bringt mich darauf, dass der Beutel zu mir gehört.
»Hallo?«, sage ich heiser. Es ist kaum mehr als ein Krächzen.
Irgendwo im Raum wird in einer anderen Sprache geredet, also spricht die Schwester vielleicht kein Englisch.

»Entschuldigung, aber ... Hallo? Können Sie mir sagen, warum ich hier bin?«

Selbst jetzt, da ich keine Ahnung habe, wo ich bin und warum ich hier bin, entschuldige ich mich. Michael sagt immer, dass ich mich zu oft entschuldige. Durch zwei komplette Geburten hindurch habe ich mich dafür entschuldigt, dass ich den Laden zusammenschreie.

Ein Mann kommt herein und spricht mit der Schwester; als ich versuche, mich aufzusetzen, werfen mir beide besorgte Blicke zu. Er ist ein Arzt ohne weißen Kittel; stattdessen trägt er ein schwarzes Polohemd und Jeans; das Stethoskop um seinen Hals und ein Schlüsselband weisen ihn aus. Zu meiner Linken sehe ich ein Fenster mit Fliegengitter, und aus irgendeinem Grund will ich dort unbedingt hin. Ich muss etwas finden. Oder jemanden.

»Seien Sie vorsichtig«, sagt der Arzt mit starkem Belize-Akzent. »Sie haben eine Kopfverletzung.«

Ich führe eine Hand zum Kopf und ertaste an der linken Schläfe einen dick gepolsterten Verband. Die Haut rund um das Auge spannt und reagiert empfindlich auf die Berührung. Jetzt weiß ich es wieder. Ich weiß, wonach ich suche.

»Können Sie mir sagen, wo meine Kinder sind?« Die Erkenntnis, dass ich sie nirgends sehe, versetzt mein Herz in einen wilden Galopp.

Der Raum krängt, als wären wir bei schwerer See auf einem Schiff. Der Arzt besteht darauf, dass ich mich hinlege, aber mir ist schlecht vor Angst. *Wo sind Saskia und Reuben? Warum sind sie nicht hier?*

»Sind Sie das?« Der Arzt hält mir etwas hin. Meinen Pass. Durch Tränen hindurch starre ich ihn an. Ausdruckslos starrt mein Gesicht zurück. Und da steht mein Name. Helen Rachel Pengilly.

»Ja. Hören Sie, ich habe zwei Kinder, einen Sohn und eine Tochter. Wo sind die?«

Statt mir zu antworten, sieht der Arzt nur wieder mit ernster Miene die Schwester an. *Sagen Sie nicht, dass die beiden tot sind! Sagen Sie das nicht!*
Ich fange an zu hyperventilieren, wie ein Alarmsignal dröhnt mir mein Herzschlag in den Ohren. Als mir schwarz vor Augen wird, holt ein scharfer Geruch mich in den Raum zurück. Riechsalz. Vor mir erscheint ein Becher Wasser. In dem Wasser schwimmen kleine Krümel Schmutz. Jemand sagt, ich solle das trinken, und das tue ich, weil eine innere Stimme mir sagt, wenn du gehorchst, werden sie dir mitteilen, dass Saskia und Reuben am Leben sind. *Gebt mir Arsen. Gebt mir einen Krug Öl. Ich trinke es, nur sagt, dass es ihnen gut geht.*
Eine weitere Schwester bringt einen klapprigen Rollstuhl. Der Arzt und sie helfen mir aus dem Bett und achten, während ich mich mit zitternden Muskeln auf dem rostigen Ding mit dem heißen Sitzpolster niederlasse, auf den Ständer mit der Infusion. Dann geht es quietschend durch die Station, auf einen schmalen, schwach beleuchteten Korridor zu.

2

Helen

16. August 2017

Es ist das Paradies. Ein geschwungener Streifen weißer Sand, der sich ins funkelnde Karibische Meer wölbt. Daran entlang in angenehm großzügigen Abständen sechs Strandhütten auf Pfählen, jede mit einem eigenen Abschnitt elfenbeinweißen Sandes und knallblauen Wassers. Im Umkreis von zwanzig Meilen keine Menschenseele, abgesehen von den beiden anderen Gruppen, die sich hier einquartiert haben. In einer Hütte fünf Leute aus Mexiko – ich bin nicht sicher, ob es sich um eine Familie oder einfach Freunde handelt; sie sprechen kaum Englisch, und mein Spanisch beschränkt sich auf »Hallo« und »Danke« –, und in der Hütte ganz am Ende Familie MacAdam aus Alabama. Als wir hier neu waren und der Mann uns einen Haufen Fragen stellte, wurde Michael misstrauisch, und in mir regte sich die vertraute Panik; in meinem Kopf erhoben sich wild streitende Stimmen. »Wir bleiben für uns«, sagte Michael leichthin, als wir zu unserer Hütte zurückgingen, aber ich wusste, was er meinte, und für einen schrecklichen Augenblick fühlte ich mich um mehr als zwei Jahrzehnte zurückversetzt. In ein anderes Jahrhundert und eine andere Haut.
Ich mache Kaffee und räume die Schüsseln weg, die auf dem Küchentisch stehen geblieben sind. Saskia und Reuben spielen am Strand; ihr Lachen dringt durch die warme Luft an mein Ohr. Ich fische die beiden Schachteln aus meiner Handtasche, Cilest und Citalopram, drücke je eine Tablette aus den Blisterstreifen und nehme sie, an der Spüle stehend, mit einem Schluck Wasser ein. Normalerweise genügt ein Sonnenstrahl, um mich in einen Krebs zu verwandeln, doch jetzt zeigt mein Spiegelbild, dass ich zum

ersten Mal seit ich weiß nicht wann richtig Farbe bekommen habe, einen satten Bronzeton, der mein Gesicht um Jahre jünger macht. Hellblonde Strähnen haben sich in mein Naturblond gemischt und verdecken das Grau, das hier und da schon zu sehen war. Der traurige Zug um die Augen aber – der ist immer da.
Seit zweiundzwanzig Jahren sind wir auf der Flucht, und ich bin müde. Ich wünschte, das würde aufhören, ich möchte Wurzeln schlagen. Für ein Nomadenleben bin ich nicht gemacht, und trotzdem hatten wir in diesen Jahren acht verschiedene Adressen. In Schottland, England, Wales und sogar Nordirland. Wir haben versucht, nach Australien zu ziehen, aber am Ende war es zu kompliziert, die entsprechenden Visa zu bekommen. Wir wählen nicht und haben keine Social-Media-Accounts. Meistens sind wir eine ganz normale Familie. Wir sind zufrieden. Vor vier Jahren haben wir die gewichtige Entscheidung getroffen, nicht mehr zur Miete zu wohnen, und uns zum ersten Mal ein Haus gekauft, ein hübsches Cottage in Northumberland. Wir haben einen Hund und ein Meerschweinchen, und Saskia und Reuben geht es an ihren Schulen prächtig. Und trotzdem denke ich manchmal an Luke. Meine erste Liebe. Gerade in Augenblicken wie jetzt, wenn ich glücklich bin, fällt mir ein, dass ich kein Recht habe, überhaupt da zu sein.
Meinetwegen ist Luke tot.
Während ich mir den Sarong umbinde, stürmt Saskia in die Hütte und schreit: »Mama, das *musst* du dir ansehen! *Komm!*«
Sie streckt beide Hände von sich wie ein Pantomime, der eine unsichtbare Wand abtastet. Als ich mich nicht rühre, umfasst sie meinen Arm mit beiden Händen und zieht mich mit erstaunlicher Kraft mit sich.
»Seesterne!«, ruft sie und hüpft die paar Stufen zum Strand hinunter.
»Vorsicht«, sagt Michael, als wir uns in den Sand knien, um sie

zu betrachten. Ein Dutzend Tiere, orangefarben, von filigranen Mustern überzogen, jedes einzelne größer als Michaels Hand. Er nimmt eins hoch, doch statt flach auf der Handfläche liegen zu bleiben, beginnt es sich zu winden.
Saskia wippt auf den Zehenspitzen und zeigt hinaus aufs Wasser.
»Guckt mal! Da!«
Reuben und ich stehen auf und spähen über die seidige jadegrüne Fläche. Vielleicht sechs, sieben Meter voraus tummeln sich Delfine; blitzend reflektiert ihre silbrige Haut das Sonnenlicht. Wir halten die Luft an. Keiner von uns hat je zuvor einen echten Delfin gesehen.
Saskia ist außer sich. »Ich *muss* dahin und mit ihnen schwimmen, Mama! Bitte, bitte, *bitte!*«
»Komm«, sagt Michael und hockt sich vor sie. »Kletter rauf.«
Sie springt auf seinen Rücken, und er watet mit ihr ins Wasser. Ich halte die Luft an. Michael ist trainiert, ein guter Schwimmer. Die Delfine sind zauberhaft, aber das Wasser ist tief, dort draußen lauern tausend Gefahren.
Es wird alles gut gehen. Verdirb es ihnen nicht.
Ich kann nicht hinsehen. Um mich abzulenken, helfe ich Reuben mit seiner Sandskulptur, bis Michael und Saskia lachend aus dem Wasser kommen und die Delfine weitergezogen sind.
Seit zwei Wochen sind wir jetzt hier, und »hier« heißt an der Küste von Belize. Ursprünglich hatten wir vor, in den Ferien eine Mexiko-Rundreise zu machen. In Mexiko City sind wir in einen Bus nach Yucatán gestiegen; die Route führte an einigen atemberaubenden (und kniezermürbenden) Sehenswürdigkeiten vorbei, zum Beispiel den Pyramiden in Teotihuacán, wo Reuben Saskia genüsslich von massenhaften Menschenopfern erzählt hat. Wir haben die steil aufragende Spitze des Popocatépetl gesehen, den Tempel der Inschriften in Palenque, die hübschen bunten Straßen von Campeche und am Ende Cancún.

Reuben hat sich leichter an all das Fremde gewöhnt, als ich es mir hatte vorstellen können. Die Reisegruppe bestand überwiegend aus älteren Paaren, daher war es im Bus ruhig, und dank der Aircondition konnte er die langen Fahrten gut aushalten. Anfangs hatten wir das Problem, dass es keine Pizza gab – das ist normalerweise das Einzige, was er isst –, doch dann haben wir gelernt, mit Tortillas zu improvisieren; flach ausgebreitet und mit Soße und Käse belegt hat er sie akzeptiert.

Wir sind Reuben zuliebe nach Mexiko geflogen. Das haben wir jedenfalls allen erzählt, uns selbst eingeschlossen. Reuben hat in der neunten Klasse eine beeindruckende Projektarbeit über die Mayas abgeliefert, unter anderem ein maßstabgerechtes Modell eines Mayatempels, umgeben von schwarzem Karton, auf den er eine digitale 3-D-Zeichnung projizierte. Wir hatten keine Ahnung, dass er zu so etwas imstande ist, und Michael meinte, wir sollten ihn belohnen. Eine Reise zu den echten Chichén-Itzá-Ruinen schien dafür genau passend, und da wir lange keinen richtigen Familienurlaub gemacht hatten, fanden wir, eine kleine Prasserei sei überfällig. Zugleich habe ich gespürt, dass Michael unruhig wurde, dass er wieder wegwollte. Seit vier Jahren leben wir jetzt in Northumberland. Länger als irgendwo sonst bisher.

Als wir in Chichén Itzá ankamen, blieb Reuben, den Kopf zum Fenster gedreht, lange im Bus sitzen und schaute hinüber zu der grauen Pyramide, die zwischen den Bäumen auszumachen war. Michael, Saskia und ich hielten die Luft an, wussten nicht, ob er gleich losschreien oder den Kopf gegen die Scheibe schlagen würde.

»Soll ich seine Füße machen?«, fragte Michael.

»Die Füße machen« – damit beruhigen wir ihn, wenn er sich wirklich aufregt. Das habe ich zufällig herausgefunden, als er noch ein Baby war; es hat sich an den Abenden entwickelt, wenn ich ihn gebadet und dann auf die Wickelunterlage verfrachtet hatte, um ihn abzutrocknen. Er hob die Beinchen, sodass seine Füße meine Lippen berührten, und ich habe seine Knöchel umfasst und gegen die Fußsohlen geprustet. Das hat gekitzelt, er musste lachen. Als er größer wurde und zunehmend empfindlich auf Geräusche und Unordnung reagierte, haben wir alles Mögliche versucht, um ihn zu beruhigen. Und eines Nachts, als er, vollkommen erschöpft vom Schreien, auf meinen Beinen lag, habe ich seine Schienbeine gestreichelt, immer auf und ab. Allmählich beruhigte er sich, und dann streckte er mir die nackten Füße entgegen. Ich prustete gegen die Sohlen. Er hörte auf zu weinen.

Seitdem »machen« wir, sobald sich ein Wutanfall anbahnt, »die Füße« – die müffelnden Größe-44-Exemplare und behaarten Schienbeine eines Teenagers zu küssen hat nicht ganz den Appeal, den die Babyfüßchen hatten, aber wenn es hilft …

»Ich glaube, es ist alles okay«, sagte ich, nachdem ich Reuben genau beobachtet und die Atmosphäre erspürt hatte. Der Trick ist, sich ihm zu nähern, wie man es bei einem wilden Pferd tun würde. Keine Fragen, kein Theater, selbst wenn er sich in der Öffentlichkeit vollständig auszieht. Obwohl er Michael zu dem Zeitpunkt noch komplett ignoriert hat, konnten wir ihn irgendwie dazu bringen, in Mexiko Shorts anzuziehen (natürlich haben wir dafür gesorgt, dass es blaue Shorts waren). Ich habe versucht, mir einzureden, dass das ein Fortschritt sei. Nach der Sache mit Michael und Joshs Vater war Reuben ausgerastet, hatte geweint und geschrien und sein Zimmer auseinandergenommen. Es war mir gelungen, ihn etwas zu besänftigen, doch er hatte sich zurückgezogen und kein Wort gesprochen. Stattdessen hatte er angefangen, »Papa« auf sein iPad zu schreiben und dann kreuz und quer durchzustreichen, wie um anzuzeigen, dass Michael für ihn gestorben war.

In Chichén Itzá dachte ich tatsächlich, wir könnten all das hinter

uns lassen. Reuben schaute erst zu mir, dann zur Pyramide, El Castillo, als könne er nicht glauben, dass das alles real sei, dass er wirklich da war. Ich warf Michael einen Blick zu, um ihm zu bedeuten, dass dies der Augenblick für seine Wiedergutmachung sei. Er drehte sich um und grinste Reuben an.
»Wir sind *da,* mein Junge. Wir sind wirklich in *Chichén Itzá.*«
Reuben rührte sich nicht. Null Anzeichen dafür, dass er gern seine Füße hätte streicheln lassen.
»Möchtest du mit mir da hochsteigen?«, fragte Michael sanft.
Er wollte nach Reubens Hand greifen, doch Reuben sprang auf, stürmte mit seinen langen Gräten durch den Gang nach vorn und verließ den Bus.
»Ich gehe«, sagte ich, griff meine Tasche und lief ihm hinterher. Sobald ich ihn eingeholt hatte, legte ich ihm den Arm um die Taille, und wir fielen in Gleichschritt. Er ist erst vierzehn, aber schon über eins achtzig. Ich wünschte, er wäre nicht so groß. Dann würden, wenn er auf meinen Schoß krabbelt, um sich drücken zu lassen, oder irgendwo in der Öffentlichkeit in Tränen ausbricht, nicht so viele Leute glotzen.
»Alles in Ordnung, mein Schatz?«
Er nickte, blickte aber nicht auf. Ich gab ihm sein iPad und ging in bequemem Abstand hinter ihm her, während er losrannte und die gesamte Anlage filmte. Den Rest des Tages verbrachten wir mit den anderen aus unserer Reisegruppe, gingen herum, sahen uns alles an, sagten Reuben wie versprochen jedes Mal Bescheid, wenn wieder eine Stunde um war, sodass er sich auf den Abschied einstellen und mit seiner Trauer darüber etwas besser zurechtkommen konnte. Trotzdem sah ich, als wir in der Abenddämmerung wieder in den Bus stiegen, dass seine Unterlippe zitterte, was mir fast das Herz brach.
Wir fuhren zu dem Hotel in Cancún, und dort fing das Unheil an. Es war einfach zu viel Betrieb. Normalerweise schirmen die

Noise-Cancelling-Kopfhörer Reuben ab, sodass er ruhig bleibt, aber die Menschenmassen und die Hitze waren zu viel für ihn. Saskia und ich waren k. o. von der sengenden Hitze und dem Gezänk einiger Ehepaare in unserer Gruppe, und der Guide schien wild entschlossen, mit uns eher Touristen-Nepp-Buden abzuklappern, als uns zu weiteren Ruinen zu führen. In irgendeinem Markt verlor Saskia ihren Teddy, Jack-Jack, und wir mussten einen ganzen Tag lang Souvenirläden danach durchkämmen. Sie hatte Jack-Jack von Geburt an gehabt – ein Geschenk meiner Schwester, Jeannie – und war untröstlich.

Zum Glück haben wir ihn gefunden, aber wir waren uns einig: Der Lärm und die Menschenmengen waren nichts für uns. Also ging Michael online, fand ein kleines Resort in Belize, nicht allzu weit von einer Mayastätte, die sogar noch größer ist als Chichén Itzá, und buchte um. Reuben war begeistert. Wir haben einen Leihwagen genommen, uns von der Gruppe befreit und sind hierhergekommen.

Ich gehe nach drinnen, hole Wäsche aus der Maschine und nehme sie mit in den Garten, um sie aufzuhängen. Michael, noch klatschnass vom Schwimmen, taucht ebenfalls im Garten auf. Er ist in Form wie noch nie, die Arme kräftig und definiert vom Gewichtheben, die Beine muskulös von den Radtouren, die er zum Ausgleich für lange Tage in der Buchhandlung fast jeden Abend unternimmt. Die Sonnenbräune steht ihm, dagegen bin ich mir bei dem Bart, den er sich hat wachsen lassen, noch nicht sicher. Er nennt sich gern einen »alten Sack« (er ist einundvierzig), aber meiner Meinung nach hat er noch nie so gut ausgesehen.

»Wo ist Saskia?« Ich spähe an ihm vorbei zum Wasser, das jetzt aufläuft und Reubens Sandskulptur zunichtemacht.

Er streicht sich das nasse Haar aus dem Gesicht. »Die hab ich allein draußen beim Schwimmen gelassen.«

»Du hast *was?*« Ich mache einen Schritt nach vorn und suche den

Strandabschnitt weiter links ab. Da kommt sie sofort ins Bild; sie ist damit beschäftigt, sich einen Strang Seegras um die Taille zu schlingen, ein Meerjungfrauen-Tutu.
»Ehrlich, Helen«, sagt Michael und grinst. »Du glaubst doch nicht wirklich, dass ich sie da draußen allein lasse?«
Ich gebe ihm einen Klaps auf den Arm. »Dir traue ich alles zu!«
»Au«, sagt er und hält sich den Arm. »Übrigens, ich habe hier in dem Schuppen etwas gefunden. Komm, sieh's dir an.«
Er geht auf den Plastikverschlag zu, den ich zunächst für die Zisterne gehalten hatte, und öffnet die Türen. Zum Vorschein kommt ein Schrank, bis obenhin vollgestopft mit Beach Boards, Keschern und Surfbrettern. Michael holt ein Bündel aus dickem Baumwollstoff heraus und untersucht es.
»Sieht nicht gerade wasserfest aus. Was schätzt du, was das ist?«
Wir rollen es auseinander, fassen jeder ein Ende und erkennen eine Hängematte. Michael nickt in Richtung der Palmen hinter mir und sagt, ich soll das eine Ende am dicksten der Stämme befestigen, während er die andere Seite an einem Baum in der entgegengesetzten Richtung vertäut. Praktischerweise finden wir an zwei Stämmen Metallhaken, an denen offenbar schon frühere Gäste die Hängematte fixiert haben.
»Kletter rein«, sagt er, als wir fertig sind.
Ich schüttele den Kopf. Meine Sorge ist, dass ich zu schwer sein könnte. Ich habe mich seit fast einem Jahr nicht mehr gewogen, aber als ich es – unter Protest – das letzte Mal getan habe, waren es über achtzig Kilo, eine unglückliche Nebenwirkung der langfristigen Einnahme von Antidepressiva. Ich bin eins achtzig groß, sodass es sich verteilt, wobei das, was ich zugenommen habe, vor allem auf der Gürtellinie zu sitzen scheint.
»So geht gutes Leben«, sagt Michael und klettert in die Hängematte. Dann, als er sieht, dass ich den Plastikschrank aufräume, ruft er: »Helen. Komm. Hier. Rein.«

Die Hängematte gibt nach, als ich mich neben ihn lege, fast schleift sie auf dem Boden, aber sie hält.
»Siehst du?« Michael schiebt einen Arm unter meinen Nacken und zieht mich an sich. Seine Haut ist immer noch nass.
Einen Augenblick lang hört man nichts als das Rascheln der Palmwedel im Wind und Saskias leises Singen. Ich unterdrücke den Impuls, aufzustehen und nachzusehen, ob mit ihr alles in Ordnung ist und ob Reuben noch mit dem iPad auf der Terrasse sitzt.
»So ist's gut«, sagt Michael und drückt mir einen Kuss auf den Kopf. Er hat die Arme um mich geschlungen und die Hände verschränkt, und seine Brust hebt und senkt sich mit den Atemzügen, die langsam gleichmäßiger und tiefer werden. Wie lange haben wir schon nicht mehr so dagelegen? Es fühlt sich gut an.
»Vielleicht sollten wir hierherziehen«, sagt er.
»Na klar.«
»Im Ernst. Du könntest die Kinder zu Hause unterrichten.«
»Hm. Davon müsstest du mich erst mal überzeugen. Und was würdest du machen? Eine Bücherhütte bauen?«
»Keine schlechte Idee. Ich könnte unser Jäger und Sammler sein. Ich würde bestimmt einen guten karibischen Survival-Helden abgeben, so à la Bear Grylls. Den Bart hab ich ja schon.«
»Bear Grylls hat keinen Bart, Dummkopf.«
»Dann eben Robinson Crusoe.«
Ich fahre mit der großen Zehe seinen Fuß entlang. »Ach, wenn das ginge.«
»Warum soll es denn nicht gehen?«
»Mein Gott, wenn wir das Geld hätten, würde ich sofort hierherziehen.«
»Hier ist es billiger als in England. Wir könnten Touristen Bootstouren anbieten und damit Geld verdienen.«
»Erzähl nicht solchen Quatsch.«

»Das ist kein Quatsch ...«
»Wir sprechen beide kein Wort Spanisch, Michael.«
»*Buenos días. Adiós. Por favor.* Siehst du? Im Grunde fließend.«
»Idiot.«
»Außerdem sprechen sie hier sowieso Belize-Kriol.«
»Das können wir genauso wenig ...«
»Belize war britische Kolonie und gehört zum Commonwealth. Wir würden wahrscheinlich noch nicht mal ein Visum brauchen.«
»Und was wird aus unserem Haus? Und, na ja, *meiner* Arbeit?«
»Du beklagst dich doch immer, wie sehr das Unterrichten dich nervt.«
Das trifft mich. Ich unterrichte gern, und die Schüler liegen mir wirklich am Herzen ... aber ja, es ist nicht das, wovon ich geträumt habe. Eher bin ich da irgendwie reingerutscht, und als mir aufging, dass die Arbeitszeiten sehr familienkompatibel sind, musste ich nicht länger darüber nachdenken. Ich könnte jetzt anführen, dass es mit seiner Buchhandlung das Gleiche ist – er hat nicht davon geträumt, aber sie füllt ihn einigermaßen aus, hilft uns die Rechnungen zu bezahlen und lässt sich mit unserem Leben mit den Kindern ganz gut vereinbaren.
»Ein Urlaub ist das eine, hier zu leben wäre etwas ganz anderes«, sage ich und erinnere ihn an das Gespräch, das wir mit der Frau im Reisebüro zu der Tour durch Zentralamerika hatten. *Da heißt es vorsichtig sein. Im Regenwald lauern viele Gefahren. Jaguare, Schlangen, Pumas.*
»Was meinst du denn, wozu ich da bin?«, fragt er. »Ich bin euer Beschützer.«
Ich verdrehe die Augen. »Das möchte ich sehen: wie du deine Buchhandlung im Stich lässt. Das bringst du nicht fertig, und wenn sie zehnmal abgebrannt und zu Asche zerfallen ist.«
Das ist mir herausgerutscht, bevor ich mich bremsen und den

Mund halten und es in der Kiste mit den unaussprechlichen Dingen verschließen konnte. *Die Buchhandlung.* Den ganzen Urlaub über haben wir noch kein einziges Mal darüber gesprochen. Kein Wort über das Feuer, das Michaels schöne Buchhandlung verschlungen hat. Eigenhändig hatte er sie aus dem Nichts erschaffen, und sie war schnell zu einer der besten unabhängigen in der Region avanciert. Ein drei Etagen umfassendes Mekka für Bücherwürmer, das Schmuckstück unserer Stadt – nun eine Ruine, schwarz verkohlt. Für einen schlimmen Augenblick bin ich zurückversetzt in jene Nacht, in der wir die Flammen in den schwarzen Himmel steigen sahen.

Das Telefon holte uns aus dem Schlaf. Mr Dickinson, der Inhaber der Tierhandlung ein paar Türen weiter. Er hatte Rauch über der Straße gesehen und war hingefahren, um nach seinem Laden zu schauen. Nun wollte er die Feuerwehr rufen, aber auch uns verständigen. Wir sind sofort losgefahren, beide in dem Glauben, dass wir das Feuer in den Griff kriegen würden, dass wir es mit den Feuerlöschern, die Michael in den Kofferraum geworfen hatte, selbst würden löschen können. Als wir ankamen, kroch bereits Rauch unter der Ladentür hervor, und hinter den Fenstern im ersten Stock tanzten orangerote Flammen. Michael machte sich daran, die Tür aufzuschließen, doch ich packte ihn am Arm.

»Geh nicht da rein«, sagte ich. Er ignorierte mich. Wild entschlossen, die Flammen zu ersticken, stieß er die Tür auf. Hilflos sah ich zu, wie er mit den Feuerlöschern ins Innere und die Treppe hinaufstürmte. Dicker schwarzer Qualm drängte sich ihm entgegen bis ins Erdgeschoss, und ich hörte das Knacken und Knistern von oben, wo das Feuer das Café zerstörte, die schönen Sofas und Tische fraß, die wir gerade erst hingestellt hatten. Von fern tönten die Sirenen der Feuerwehr. Ich bedeckte meinen Mund mit der Hand, um keinen Rauch einzuatmen, doch es wurde mit jeder Sekunde mehr, und meine Lunge gierte nach frischer Luft. Ich konnte Michael nicht rufen. Er

war immer noch im ersten Stock, und zu meinem Entsetzen sah ich oben an der Treppe Flammen.
Gerade als ich dachte, ich müsse hochlaufen und ihn dort wegholen, tauchte er auf. Ein paar Bücher an die Brust gepresst und nach Atem ringend, taumelte er die Stufen herunter. Unten angelangt, ließ er die Bücher fallen und sank in meine Arme.

Der Laden war zerstört, unsere Lebensgrundlage vernichtet. Irgendein freundlicher Fremder richtete einen Spendenfonds ein, und innerhalb weniger Wochen hatten wir elftausend Pfund zusammen. Möglicherweise genug, um wieder eine Grundlage zu schaffen und einige Gläubiger zu bedienen, aber es bleiben die Raten für den Kredit, der Einkommensverlust … Die Versicherung ist noch damit beschäftigt, festzustellen, wie das Feuer entstehen konnte.

Die Stimmung ist verdorben. Ich versuche mir etwas einfallen zu lassen, das sie wieder umschlagen lässt in jene herrliche Leichtigkeit, die wir hatten, seit wir hier angekommen sind. Mir wird klar, warum wir hier nie über das Feuer geredet haben: Der Gegensatz zwischen diesem himmlischen Ort und dem tristen, eisigen Northumberland ist so krass, dass man das Gefühl hat, in einer anderen Welt zu sein. Hier gibt es nichts, das einen an alles erinnert. Aber das Schweigen ändert nichts. Wir wissen beide, dass wir zurückfliegen und uns den Dingen stellen müssen.

»Ich hätte Überwachungskameras anbringen sollen«, sagt er leise. »Alle haben das gesagt, aber ich war zu faul.«

»Es gibt keine Garantie dafür, dass die irgendwas eingefangen hätten«, gebe ich zurück und denke daran, wie wir, von Kopf bis Fuß mit Ruß beschmiert wie Schornsteinfeger, schockstarr auf der Feuerwache saßen. Schroff klärte der stellvertretende Leiter der Wache uns über mögliche Brandursachen auf: Sonnenstrahlen, die von einem Spiegel reflektiert wurden und auf Zeitungspapier trafen, hatten ein schottisches Schloss aus dem 16. Jahr-

hundert zu Asche gemacht. Einem Haarglätteisen, das auf dem Schminktisch eines Teenagers zu nahe beim Laptop gelegen hatte, waren gleich mehrere Reihenhäuser zum Opfer gefallen. Unser Feuer konnte auf einen defekten Nachtspeicherofen oder ein loses Kabel zurückzuführen sein.
»Die Kameras hätten festgehalten, wer das Feuer gelegt hat«, sagt Michael, schwingt die Beine über den Rand der Hängematte und bleibt aufrecht sitzen.
Ich strecke die Hand aus und fahre ihm über den Rücken. Schaudernd denke ich daran, wie die Polizei uns zu getrennten Vernehmungen bestellt hatte. Sie wollten wissen, ob jemand etwas gegen uns haben könnte. Ob wir einen Kunden verärgert oder eine Angestellte rausgeworfen hätten. Ein paar Wochen vorher hatte ich Michael dazu gebracht, eine von unseren Teilzeitkräften zu feuern, Matilda. *Sie tut gar nichts,* hatte ich gemeckert. *Dir selbst zahlst du schließlich so gut wie kein Gehalt. Die Buchhandlung ist kein Wohltätigkeitsverein für faule Achtzehnjährige, die den ganzen Tag nur herumsitzen und Tolkien lesen.*
Michael hatte darauf hingewiesen, dass sie Arnolds Tochter ist, und Arnold war der Erste, der ihm geholfen hat, als er mit der Buchhandlung anfing, aber am Ende hatte ich gewonnen. Matilda hat sich nur vage dazu geäußert, wo sie war, als das Feuer ausbrach – ihre Eltern bestätigten, dass sie nicht zu Hause war, und am Ende kam heraus, dass sie bei einem Jungen war. Aber ein paar schreckliche Tage lang sah es so aus, als könnte Matilda für das Feuer verantwortlich sein.
»Brandstiftung ist nie ausgeschlossen worden«, sagt Michael, als ich ihn daran erinnere, dass Matilda sich als unschuldig erwiesen hat. »Solange die Untersuchung nicht abgeschlossen ist, liegt noch alles im Bereich des Möglichen.«
»Vielleicht waren es Kinder, die irgendwelchen Unfug gemacht haben«, sage ich zu seinem Rücken. Ich möchte so sehr, dass er

sich wieder zu mir legt, dass es wieder so paradiesisch ist wie vorhin.

»Wir wissen beide, dass nicht Kinder das Feuer gelegt haben«, brummt er und steht auf.

»Michael?«

Sein Ton erschreckt mich. Er kehrt in die Hütte zurück. Ich schaue ihm hinterher und spüre seine Erschöpfung. Die Sorgen machen ihn dünnhäutig. Wenn wir doch darüber reden könnten! Aber es ist immer das Gleiche: Sobald wir im Gespräch etwas tiefer schürfen, geht er einfach weg.

3

Michael

28. August 2017

Wir haben eine Meuterei.

»Können wir *bitte* hierbleiben, Papa?«, jammert Saskia in der Küche, während ich Frühstück mache. Früh am Morgen hat der Butler (ja, ein echter Butler – ich komme mir vor wie ein Kardashian) unser Lebensmittelpaket vorbeigebracht: Waffeln (rund, damit wir Reuben erzählen können, dass es Pizzas sind), Ahornsirup, Kokosnüsse, Drachenfrüchte, frisches Brot, Eier, Salat, Blaubeerpfannkuchen, eine Ananas, den leckersten Bacon, den ich je im Leben gegessen habe, und eine Flasche Wein.

»Tut mir leid, Süße«, sage ich, lege ein paar Waffeln zum Aufbacken auf ein Kochfeld und nehme Saskia in den Arm. Sie duftet nach Sonne und Meer. »Den Flug werden wir nicht umbuchen können, fürchte ich. Wir haben noch heute und morgen, und dann fahren wir nach Mexiko City. Von dort fliegen wir nach Hause.«

»Aber *Papaaa*, ich *will* nicht nach Hause. Und Jack-Jack auch nicht.«

»Hm.« Ich gebe die Waffeln auf einen Teller. »Es will also niemand nach Hause? Was meinst du denn, was wir stattdessen machen sollen?«

Wenn sie nachdenkt, sieht sie genau aus wie Helen. Sie zieht genauso die Nase kraus, als würde es komisch riechen. Überhaupt ist sie ihrer Mutter wie aus dem Gesicht geschnitten. Die gleichen blitzenden blauen Augen, die alles offenbaren und jedes kleine Detail erfassen. Das gleiche Grübchen in der linken Wange und schulterlange blonde Locken.

»Können wir nicht einfach hier ein Haus kaufen?«
»Da würdest du ja niemanden mehr treffen können. Und Jack-Jack auch nicht.«
Sie gibt einen theatralischen Seufzer von sich, ganz der genervte Teenie. »Und *wen* genau würde ich nicht treffen können?«
»Na ja, Amber und Holly. Sie würden dich vermissen. Und ich wette, Oreo kann es gar nicht erwarten, dich wiederzusehen …«
»Aber sie können doch *her*kommen …«
»Und was ist mit deinen Ballettstunden?« Darauf hat sie keine Antwort parat, und ich weiß, wie wichtig ihr das Ballett ist. Ich stelle ihr den Teller mit den Waffeln auf den Tisch und hocke mich hin, um mit ihr auf Augenhöhe zu sein, während sie ein paar Ballettpositionen durchgeht.
»Ehrlich gesagt, meine Süße, ich möchte auch nicht nach Hause.«
Sie reißt die Augen auf. »Nicht?«
Ich presse die Lippen aufeinander und schüttele den Kopf. »Aber verrat es nicht Mama.«
»Weil du das Haus hier magst und das Meer und weil du für immer hierbleiben willst?«
»Genau. Ich bin lieber den ganzen Tag am Strand, als arbeiten zu gehen. Von mir aus könnte es immer so sein. Findest du nicht auch?«
Sie nickt eifrig. Ihre Miene hat sich aufgehellt; sie strahlt vor Hoffnung. Ich möchte ihr die Welt zu Füßen legen. Eine perfekte Welt, wie sie sie verdient.
»So, und jetzt hilf mir mal, die ganzen Lebensmittel wegzuräumen.«
Sie dreht eine kleine Pirouette, die Arme zu einem Bogen geformt, als halte sie einen großen Wasserball, und wirft einen Blick in die Kiste, die ich nach und nach leere.
»Bacon?« Sie hält die Packung hoch wie eine tote Ratte.
»Nicht für dich, Süße. Der wird Reuben und mir schmecken.«

»Bacon ist noch nicht mal lecker, Papa«, sagt sie. Sie hat sich entschieden, Vegetarierin zu sein, wie Helen, und so höre ich seit einem Vierteljahr immer nur Sprüche in der Art, dass Fleisch Teufelszeug sei. »Ich habe mal welchen gekostet, und er hat nicht geschmeckt. Außerdem ist er von Schweinen, und die sind viel klüger als Hunde, und unseren Hund würdest du ja auch nicht essen, oder?«

»Hm. Ach, weißt du, wenn er wie Bacon schmecken würde, würde ich mir das überlegen.«

»Papa!«

Ich beuge mich vor und gebe ihr einen Kuss. Noch küsst sie mich auf den Mund, gibt mir einen kleinen Schmatz mit einem lauten »Muah« hintendran, wie sie es als Kleinkind gemacht hat. An dem Tag, an dem sie erklärt, sie sei zu alt, um mir noch einen Kuss zu geben, wird mir das Herz brechen.

»Mach mal *das*«, sagt sie, als ich eine Pfanne mit einem Blaubeerpfannkuchen auf den Herd stelle. »Wirf ihn hoch, Papa! Na los!«

Als die Pfanne heiß genug ist, stelle ich mich schön breitbeinig hin, packe den Pfannenstiel und lasse den Pfannkuchen fliegen, so hoch es nur geht. Er klatscht gegen die Decke, dreht sich in der Luft und landet wieder in der Pfanne.

»Du hast's geschafft!«, jubelt sie und gibt mir High five. »Fünf Punkte für Gryffindor!«

Reuben kommt herein, sein dunkles Haar und die Shorts sind tropfnass. Wenn er in der Nähe ist, verhalte ich mich ruhig. Kein Blickkontakt. Noch bin ich bei ihm schlecht angeschrieben. Er lässt einen Plastikeimer auf den Boden plumpsen.

»Wir können nicht nach Hause«, verkündet er ungerührt.

»Papa hat den Pfannkuchen an die Decke geworfen!«, erzählt Saskia.

»Fünf Punkte für Gryffindor«, sagt Reuben todernst. »Guckt mal, was ich gefunden habe.«

Saskia späht in den Eimer und kreischt auf. Ich sage, sie soll still sein und Reuben nicht durcheinanderbringen, aber seine ganze Aufmerksamkeit ist bei dem Schildkrötenbaby. Der Kopf ist so groß wie meine Daumenkuppe, der Panzer von Zickzackmustern bedeckt. Es bewegt die kleinen Paddelbeine vor und zurück, als wolle es davonschwimmen.

»Wir müssen es wieder ins Wasser bringen«, sage ich, als Saskia das Tier aus dem Eimer holt und an ihre Brust drückt. »Seine Mama sucht bestimmt schon nach ihm.«

»Wie in *Findet Nemo*?«

»Das war ein Clownfisch«, wirft Reuben ein.

»Dude«, sage ich wie die große Meeresschildkröte in *Findet Nemo*, »was ist los?«

Reuben verfällt in Schweigen, und ich erstarre. Zwei Reaktionen sind möglich: Entweder stürmt er nach draußen, oder er verpasst mir eine Ohrfeige. Er wird nicht oft grob, aber wenn, dann richtig, denn er hat die Maße und verfügt über die Kräfte eines Erwachsenen. Er schaut drein, als denke er sehr ernsthaft nach. Vielleicht versucht er seine Wut in den Griff zu kriegen.

»Los, los, los!«, ruft er plötzlich, und ein breites Grinsen hellt seine Züge auf.

»Fische sind Freunde«, sage ich, froh, dass ich *Findet Nemo* zehntausendmal gesehen habe.

Dann schaue ich zu Helen, die mit offenem Mund und weit aufgerissenen Augen dasteht, fassungslos, dass Reuben tatsächlich mit mir gesprochen hat, und hebe Schultern und Brauen. Er kann verzeihen, er liebt mich, aber nach dem, was vor Joshs Geburtstagsfeier vorgefallen ist, war seine Reaktion wenig überraschend.

Ich wollte ihn nur beschützen. Das ist meine Aufgabe. Mein einziger Lebenszweck.

Als ich erwache, sitzt Helen, in ein gelbes Badetuch gewickelt, auf der Bettkante. Sie befindet sich außerhalb des Moskitonetzes, aber ich sehe ihr goldblondes Haar, den Zopf, der ihr über den Rücken hängt, das Tattoo auf ihrer Schulter, ein filigranes keltisches Muster, in dem schwachen Licht gerade so zu erkennen. Überrascht, dass ich tatsächlich geschlafen habe, setze ich mich auf, und sie sagt, ich soll mich beruhigen, alles ist okay, aber ich bin schweißgebadet, und mein Herz rast. Ich habe geträumt. Grelle Bilder schwappen mir durch den Kopf wie eine bunte Suppe. Als ich Helen genauer anschaue, sehe ich ihre besorgte Miene.

»Alles in Ordnung?«, fragt sie. »Wieder schlecht geträumt?«

Ich presse mir Daumen und Zeigefinger gegen die Augen, versuche, die verstörenden Bilder auszulöschen. Seit Jahren der immer gleiche Traum. Eine Tür aus Feuer. Ich stehe davor und weiß, dass ich sie öffnen muss, denn dahinter ist das Paradies, ein Land reiner, endloser Glückseligkeit. Manchmal bin ich allein. Manchmal sind Helen und die Kinder bei mir, und ich muss sie durch diese Tür bringen, habe aber Angst, dass sie sich verletzen könnten. Jedes Mal wache ich schweißgebadet auf. Schlaftabletten hatten das alles weggespült, aber nun ist es wieder da. So plastisch wie eh und je.

»Ich war schwimmen«, flüstert sie.

Ich nehme ihre Hand. Was ist los? Sie wirkt aufgewühlt. »Alles okay?«

»Ich hab was Komisches gesehen. Wahrscheinlich war es ja gar nichts. Ich weiß nicht.«

»Du hast was Komisches gesehen. Wo? Im Wasser?«

Sie nickt und hält den Finger an die Lippen. »In der Hütte nebenan. Da steht ein Teleskop. So eins, wie wir im Wohnzimmer haben.«

Ein Teleskop? Ach ja, das Teil auf dem Dreifuß, das wir in die

Ecke geschoben haben, damit die Kinder es nicht umstoßen. Wir haben angenommen, dass man damit Haie oder Rochen beobachten kann.

»Und?«

»Es war auf unsere Hütte gerichtet.«

»Was?«

»Das Teleskop.« Sie schüttelt sich kurz. »Unheimlich ...«

»Aber ... hat der Butler nicht gestern noch gesagt, die anderen Hütten sind alle leer?«

Sie kaut auf der Unterlippe. »Das ist es ja. Ich habe noch auf der anderen Seite zum Fenster reingeschaut. Das Bett war nicht gemacht, und auf dem Boden lagen Klamotten. Es sah sehr wohl so aus, als würde da jemand wohnen.«

»Vielleicht hat eine Gruppe verlängert? Oder eine Last-minute-Buchung?«

»Aber warum richten die ihr Teleskop auf unsere Hütte?« Sie ist den Tränen nahe, sie hat Angst. »Als ob uns jemand beobachtet.«

Ich verspreche, nachsehen zu gehen, und wenn ich ehrlich bin, beunruhigt mich, was sie erzählt. Das Feuer war kein Unfall, das weiß ich, aber ich will es Helen gegenüber nicht so deutlich sagen. Wir sind vor unserer Abreise beobachtet worden. Kurz vor dem Brand habe ich einen Typen gesehen, der die Buchhandlung im Visier hatte. Eine Woche lang immer dasselbe Auto vor der Tür. Und dann ist er mir bis nach Hause gefolgt. Das konnte ich der Polizei natürlich nicht sagen. Sie hätten zu viele Fragen gestellt. *Warum sollte jemand Sie beobachten?* Deshalb habe ich darauf gedrängt, dass wir weit wegfliegen und ausgiebig Urlaub machen. Um Zeit zum Nachdenken zu gewinnen.

Ich kann nicht rückgängig machen, was mit Luke geschehen ist. Ich kann sie nicht daran hindern, unsere Familie zu verfolgen. Aber ich kann mir eine Möglichkeit überlegen, uns zu schützen.

Schlafen geht nicht mehr. Nicht weiter ungewöhnlich, nur bin ich heute besonders aufgedreht, alle meine Sinne sind hellwach. Ich habe gelernt, mit vier Stunden pro Nacht auszukommen; wenn ich hin und wieder noch tagsüber ein Nickerchen mache, halte ich durch. Viermal die Woche stelle ich mir den Wecker auf drei und stehe auf, um mich in Form zu halten. Montags und donnerstags Arme und Bauchmuskeln, dienstags und freitags fünfzehn Kilometer laufen. Danach lese ich, bearbeite Mails, räume vielleicht ein bisschen auf oder mache einen Spaziergang. Nicht weit von unserem Haus gibt es einen schönen Leinpfad, von dem aus man bei Sonnenaufgang jede Menge Wildtiere beobachten kann: Otter, Füchse, Igel. Ich habe wiederholt versucht, die Kinder zu überreden, dass sie einmal mitkommen, aber sie sind beide keine Morgenmenschen.
Hier ist es mit den Wildtieren natürlich etwas ganz anderes. Obwohl wir über einen Kilometer vom Regenwald entfernt sind, entdecke ich in einem der Bäume neben unserer Hütte einen Affen. Er bedient sich an der Kokosnuss, und dann findet er eine halb leere Tüte Chips, die eins der Kinder auf der Terrasse hat liegen lassen. Ich filme die Szene mit dem Handy. Er ist direkt vor mir, so nahe, dass ich ihn berühren kann. Kein bisschen ängstlich. Ich stelle meine Cola-Dose ab, um ihn zu streicheln. Erstaunlicherweise lässt er das zu, dann schnellt sein Arm vor, er schnappt sich die Cola und rennt weg. Kleiner Mistkerl.
Ich schiebe die Hände in die Taschen und unternehme einen Spaziergang, folge der Böschung bis hinauf zu der Straße, die alle Hütten miteinander verbindet. Die Familie aus Alabama ist abgereist – die sind wir los. Zu viele Fragen nach unserem Woher und Wohin und weshalb wir hier sind. Eins ihrer Kinder, ein Mädchen, hat das Gesicht verzogen, als es Reuben sah, und gefragt: »Warum bist du so verrückt?« Ja, sicher, sie ist ein Kind, aber die Eltern haben sie nicht gebremst, haben ihr nicht sanft zu

verstehen gegeben, dass sie nicht so unhöflich sein soll. Stattdessen haben sie gelacht.

An der Straße steht kein Auto, was bedeutet, dass in den Hütten keine anderen Gäste sind. Wieso hat Helen dann in einem Schlafzimmer Klamotten auf dem Boden liegen sehen? Hier ist im Umkreis von dreißig Kilometern nichts als Regenwald. Vielleicht hat jemand sich absetzen lassen. Vielleicht sind die Leute aus der Hütte auch zu einem Tagesausflug unterwegs. Die Ferienzeit ist allerdings so gut wie zu Ende. Das hat jedenfalls Kyle gesagt.

Ich gehe auf dem Sand weiter, meine Augen gewöhnen sich an die Dunkelheit. Der Mond ist heute besonders hell, eine lange silbrige Bahn aus Licht auf dem glatten, schieferschwarzen Meer. Vorsichtig umrunde ich die Hütte, bis ich am Wohnzimmerfenster stehe; dort drinnen mache ich die Umrisse des Teleskops aus, das nicht zur See gerichtet ist, sondern auf unsere Hütte, wie Helen gesagt hat. Natürlich könnte es auch einfach auf das nördliche Ende der Bucht gerichtet sein. Schwer zu sagen. Die Delfine mögen diesen Teil der Bucht, also ist es gut möglich, dass die Leute hier sie beobachtet haben ... Die anderen Fenster befinden sich auf der Rückseite, aber es ist zu dunkel, um im Innern etwas erkennen zu können. Nirgends ist Licht. Die Wedel der Palmen bewegen sich sanft im Wind, das Wasser kommt und geht mit dem immer gleichen leisen Keuchen. Keine Bewegung, kein Hinweis darauf, dass hier jemand wäre.

Nach zehn Minuten gehe ich wieder rein.

Der Butler kommt in der Morgendämmerung. Helen und die Kinder schlafen noch tief, daher presse ich den Finger an die Lippen, als er die Kiste für heute bringt.

»Ich habe Pizza gefunden«, flüstert er. »Für Ihren Sohn. Ich kann nicht versprechen, dass sie nicht ein bisschen anders schmeckt, aber es ist Pizza.«

»Das ist sehr nett.« Ich fische eine Zehndollarnote aus der Hosentasche und stecke sie ihm zu. »Reuben wird begeistert sein.«
Er grinst, steckt das Geld ein und wendet sich zum Gehen, aber ich stelle rasch die Kiste ab und laufe ihm nach.
»Sie können mir nicht zufällig sagen, ob da jemand eingecheckt hat?« Ich nicke in Richtung der Hütte nebenan.
Er überlegt und schüttelt den Kopf. »Im Moment sind nur Sie und die andere Familie da.«
»Eine andere Familie? In welcher Hütte?«
Er dreht sich um und zeigt ans andere Ende der Bucht. »In der allerletzten, kurz bevor der Strand endet. Hat es Ärger gegeben?«
»Nein, nein, überhaupt nicht. Trotzdem danke.«

Gegen acht finde ich Helen im Bad, wo sie gerade ihren Zopf flicht, und präsentiere ihr mit einem Kuss das Frühstückstablett. Dann wecke ich die Kinder. »Zieht euch an«, sage ich. »Heute machen wir unsere Meeressafari.«
»Meeressafari?«, fragt Sas, der die Haare zu Berge stehen, als hätte sie die Finger in der Steckdose. Sie springt aus dem Bett und schält sich aus dem Schlafanzug.
»Du musst dein Cape mitnehmen«, sage ich.
»Wird es denn regnen?«
»Nein, aber es könnte sein, dass die Delfine Wasser ins Boot spritzen. Wenn sie springen, du weißt schon.«
Sie stößt einen Jubelschrei aus und schlingt mir die Arme um die Taille. »Ich bin *soo* aufgeregt, Papa!«
Die Fahrt auf dem etwa sechs Meter langen Segler dauert eine Stunde. Reuben und Saskia habe ich gesagt, sie sollen unten in der Kajüte bleiben, wo sie gemütlich sitzen und einen Snack knabbern können, aber ich musste versprechen, dass ich sie rufe, sobald ich auch nur die kleinste Flosse entdecke.
Nach einer halben Stunde kommt Helen und stellt sich zu mir,

fährt mir ein paarmal über den Rücken und lehnt den Kopf an meine Schulter.
»Du warst wieder die ganze Nacht auf, oder?« Sie seufzt.
»Nein.«
»Lüg nicht ...«
»Ich dachte nur, ich hätte was gehört, weiter nichts.«
Sie lehnt sich zurück und mustert mich besorgt. »Du brauchst dir keine Gedanken zu machen. Ich hätte das mit dem Teleskop gar nicht erwähnen sollen. Wahrscheinlich war ich ein bisschen paranoid nach ...«
Sie verstummt.
»Nach was?«
Jetzt senkt sie den Blick. Als sie ihn wieder hebt und mich anschaut, liegt um ihre Augen ein harter Zug. Und noch etwas anderes. Frustration. »Ich muss dich etwas fragen«, sagt sie und verschränkt die Arme, »und wenigstens dieses eine Mal sollst du der Frage nicht ausweichen.«
»Okay.«
Mit einem tiefen Atemzug wappnet sie sich. »Als du Joshs Vater angegriffen hast ...«
»Ich habe ihn nicht angegriffen. Es war eine Meinungsverschiedenheit ...«
Sie hebt eine Hand, um mich zum Schweigen zu bringen. »Als du ihn angegriffen hast. Du hast gesagt, es sei dir nur um Reuben gegangen. Ich weiß bis heute nicht, was du damit gemeint hast.«
Darüber will ich nicht reden. Ich schaue mich um, suche nach einem Ausweg. Den gibt es nicht, es sei denn, ich entschließe mich, zurück an Land zu schwimmen. Wir sind mindestens fünfzehn Meilen weit draußen. Dafür reicht auch meine Kraft nicht.
»Ich habe Reuben beschützt«, sage ich schließlich.
»Vor was denn beschützt?«

»Die Feier sollte nicht in einer Kletterhalle stattfinden«, erkläre ich und hoffe, ein für alle Mal damit abschließen zu können. »Joshs Vater wollte mit den Jungs in die Simonside Hills ...«
»Und?«
Langsam werde ich sauer. Warum müssen wir jetzt und hier über diese Geburtstagsfeier reden? »Ich habe gesehen, dass Reuben deswegen unruhig war. Hör zu, ich hab dir das schon mal gesagt: Es war nicht in Ordnung von Joshs Vater, dass er ...«
»Dass er was?«
Unsere Blicke begegnen sich. Sie fordert mich heraus.
»Dass er ... dass er Reuben in eine Situation gebracht hat, in der er sich entscheiden musste, ob er bei seinem Freund bleiben oder sich sicher fühlen wollte.«
Sie runzelt die Stirn. »Aber warum ...?«
»... und glaub mir, ich habe alles versucht, damit es kein Drama gibt. Du warst nicht dabei. Reuben war kurz vorm Durchdrehen, ich hab's an seinem Blick gesehen. Und der Typ hat ständig über seinen Kopf hinweggeredet. Das hat ihn erst recht aufgeregt.«
Sie schweigt.
»Joshs Vater hat einfach kein Nein akzeptiert. Okay, ihm eine reinzuhauen war vielleicht ein bisschen drüber, aber ich konnte nicht anders ...«
Stirnrunzelnd sieht sie mich an. »Ein bisschen drüber? Du hast ihn bewusstlos geschlagen.«
»Der Schlag ist etwas verunglückt«, sage ich und spüre ein Brennen im Magen. Es lässt sich nicht hinunterschlucken. »Ich habe gesagt, dass es mir leidtut. Was willst du noch?«
Jetzt ist sie beleidigt. Das wollte ich nicht, also strecke ich die Hand aus und greife nach ihrer.
Eine Weile stehen wir einfach nur da, schweigend und jeder auf seine Weise verletzt. Wir wollen beide das Gleiche, beschreiten aber unterschiedliche Wege. Ich gebe oft eher den Bad Cop. He-

len ist immer noch sauer, weil die Sache zur Folge hatte, dass Reuben seinen einzigen Freund verloren hat, Josh. Netter Kerl. Autist wie er. Jahrelang haben wir darauf gewartet, dass Reuben einen Freund findet. Jahre ohne eine einzige Einladung zu einer Geburtstagsfeier, ohne eine Spielverabredung. Und dann findet er endlich jemanden, und ich mache alles kaputt, indem ich dem Vater des Jungen einen Fausthieb verpasse.
Aber ich konnte nicht anders, es musste sein. Am Ende hat doch alles seinen Preis.
Und dann sind sie plötzlich da, keine zehn Meter vom Boot entfernt. Wale so groß wie Busse. Helen entdeckt sie zuerst und rennt los zur Kajüte, um den Kindern Bescheid zu sagen. Als sie an Deck auftauchen, hat der Kapitän schon den Motor ausgemacht. Sas quiekt bei ihrem Anblick und hüpft wild auf und ab, während Reuben in die Hände klatscht und immer wieder ruft: »Magie! Magie!« Zu mir sagt der Kapitän mit sorgenvoller Miene, dass es ein schlechtes Zeichen sei, wenn es hier Buckelwale gebe, noch dazu in dieser Jahreszeit. Die Tiere könnten krank sein, vielleicht auch sterben. Natürlich verliere ich darüber den Kindern gegenüber kein Wort. Wir sind so nahe dran, dass wir die Seepocken auf ihrem Rücken erkennen können, lange Linien weißlicher Punkte den ganzen Leib entlang. Ihr Maul pflügt durchs Wasser. Weiter draußen durchbricht einer die Wasseroberfläche, schießt ein Stück hoch, klatscht unter gewaltigem Spritzen wieder auf und taucht unter, wobei seine Schwanzflosse noch wie ein Peace-Zeichen in die Höhe gereckt bleibt.
»Guck, wie fröhlich sie sind, Papa!«, ruft Saskia, und ich stimme ihr zu, weil lieben manchmal auch heißt zu lügen.

»Michael. Michael! Wach auf!«
»Was? Was ist los?«
Ich setze mich auf, mir dreht sich der Kopf. Kaum zu glauben,

dass ich geschlafen habe. Das Fenster zeigt ein Viereck lapislazuliblauen Himmels mit unzähligen Sternen und einem silbrigen Mond. Helen steht neben dem Bett und beugt sich über mich. Ich schlage das Laken zurück.
»Ich glaube, draußen ist jemand«, sagt sie. »Ich habe hinten im Garten Schritte gehört, und als ich ...«
Schon bin ich auf den Beinen und steige in meine Shorts.
»Erst dachte ich, es sei ein Tier«, fährt Helen fort. »Aber dann habe ich einen Mann gesehen.«
»Bist du sicher?«
Sie beißt sich auf die Lippe. »Ja, ziemlich.«
»Bleib hier«, flüstere ich. »Schließ hinter mir ab, mach alles zu.«
In der Küche halte ich Ausschau nach etwas Waffenartigem, einem Baseballschläger idealerweise, aber in den Schränken finden sich nur ein Nudelholz und ein Fleischmesser. Ich entscheide mich für Letzteres und gehe zur Seitentür. Plötzlich steht Helen neben mir und greift nach meinem Arm. Sie hat Tränen in den Augen.
»Wir könnten doch Kyle anrufen«, sagt sie. »Oder ich versuche den Reiseveranstalter zu erreichen ...«
»Und was sollen die machen? Es ist zwei Uhr nachts ...« Ich gebe ihr einen Kuss auf die Stirn. »Bleib du hier. Ich bin nicht lange weg.«
Damit trete ich ins Freie und warte, bis ich hinter mir das Türschloss höre. Es herrscht eine undurchdringliche Dunkelheit, Licht kommt nur von Mond und Sternen. Die Nacht hat den Garten verschluckt. Kein Cola klauender Affe weit und breit.
Von rechts kommt ein Geräusch. Schnelle, verhuschte Schritte in Richtung Straße. Ich folge ihnen, kneife die Augen zusammen, sehe trotzdem nichts. Die Schritte stoppen, und ich halte die Luft an.
Dann eine Bewegung auf der Böschung hinauf zu der Straße, an

der unser Leihwagen geparkt ist. Es ist kaum etwas zu sehen, aber am Ende mache ich doch jemanden, oder etwas, aus, der oder das die Anhöhe hochjagt.
»He!«, rufe ich, und die Gestalt wird noch schneller. Mein Herz rast. Das Messer im Anschlag, laufe ich hinterher.

4

Helen

30. August 2017

Nach den Eskapaden der vergangenen Nacht ist mein Kopf wie in Watte gepackt. Bei Weitem nicht so sexy, wie es klingt. Gegen zwei bin ich aufgewacht, weil ich zur Toilette musste. Da habe ich draußen Geräusche gehört. Ich ging nachsehen, und tatsächlich, im Garten war ein Mann. Zumindest glaube ich, dass ich ihn gesehen habe. In der Nacht war ich mir ganz sicher, jetzt bin ich es nicht. Ich habe ein schlechtes Gewissen. Ich habe Michael geweckt, und er ist ihm hinterhergelaufen. Über eine Stunde war er weg. Die längste Stunde meines Lebens. Als er zur Tür hereinkam, wäre ich vor Erleichterung fast kollabiert. Er war verschwitzt und außer Atem, aber nicht verletzt.
»Hast du ihn gefunden?« Meine Stimme zitterte, und ich ertappte mich dabei, wie ich ihn nach Blutspuren absuchte.
Er stellte die Taschenlampe zurück in die Halterung auf der Küchenbank. »Nein, es war zu dunkel.«
»Hattest du nicht ein Messer mitgenommen? Wo ist es?«
Er sackte auf einen der Stühle am Tisch und fuhr sich übers Gesicht. »Hab's fallen lassen.«
Ich wartete auf mehr, auf Einzelheiten – wo genau er gewesen war, eine Begegnung mit dem Eindringling, einen Kampf. Irgendeine Geschichte, die mir helfen würde, die Fragen, die mir durch den Kopf schwirrten, zur Ruhe zu bringen. Michael wich meinem Blick aus.
»Aber ... du warst *ewig* weg. Ich bin fast durchgedreht, ich stand total neben mir, Michael. Hast du ihn eingeholt?«
Er rieb sich die Augen und unterdrückte ein Gähnen. »Bis in den

Wald bin ich ihm gefolgt, dann bin ich umgekehrt. Aber ich hab mich etwas verlaufen. Zum Glück habe ich hier und da zwischen den Bäumen Lichter aus der Bucht gesehen.«

»Du warst im Regenwald?«, rief ich.

Eigentlich wollte er die Erinnerung nur abschütteln; er war müde. »Es war stockfinster. Ich habe überhaupt nichts gesehen. Eben war ich noch auf der Straße, und dann stand ich plötzlich inmitten von Bäumen und verdammten Affen.«

Ich versuchte, in seinem Gesicht zu lesen. Eher schien er sich darüber zu amüsieren, dass er plötzlich von Affen umringt worden war, als dass er genervt gewesen wäre, weil er einem vermeintlichen Eindringling hatte nachjagen müssen.

»Es tut mir leid«, sagte ich in dem Gefühl, mich vielleicht doch getäuscht zu haben. Ich hatte es der Paranoia leicht gemacht. »Aber ... hast du nicht gesehen, wer es war?«

Er leerte ein Glas Wasser mit einem Zug. »Wie gesagt.«

»Wer *könnte* es denn gewesen sein?«, insistierte ich. »Warum geistert hier überhaupt jemand herum?«

»Bist du denn *sicher,* dass jemand da war?«, fragte er, und ich dachte noch einmal nach.

»Du hast ihn auch gesehen, Michael. Du bist ihm hinterhergelaufen.«

»Ich habe noch halb geschlafen. Eine Stunde lang bin ich in diesem Scheißdschungel im Kreis gelaufen.«

Und da war es wieder, das Schuldgefühl, wie eine Klinge, die mir ins Fleisch schnitt. Beschämt senkte ich den Blick. »Tut mir leid. Wahrscheinlich waren wir beide paranoid.«

»Wir beide?«, knurrte er.

Ich sagte nichts mehr. Ich war mir ganz sicher gewesen, dass ich eine dunkle Gestalt hatte herumschleichen sehen, einen Mann, in unserem Garten und auf der Böschung, aber nun schlich sich Zweifel ein, wie eine Lüge, die in eine Wahrheit vordringt.

»Lass uns schlafen gehen«, sagte er und fuhr sich noch einmal übers Gesicht. »Die Fahrt zum Flughafen morgen ist lang.«

Keiner ist froh, als wir die Tür der Strandhütte zum letzten Mal schließen. Reuben hat seine Kopfhörer auf, aber er trommelt mit den Fingern und stampft mit den Füßen auf, wie er es tut, wenn er sehr unter Stress steht. Saskia macht ein langes Gesicht und drückt Jack-Jack besonders fest an sich.
»Vielleicht kommen wir nächstes Jahr wieder«, sagt Michael leichthin, doch ich schüttele den Kopf, um ihm zu sagen: *Wir sollten kein Versprechen abgeben, das wir nicht halten können.* Ich habe schon keine Ahnung, wie wir uns *diese* Reise leisten konnten, von einer zweiten Runde nach nur einem Jahr ganz zu schweigen. Wir zahlen ja sogar Reubens iPad in Raten ab, mein Gott.
Die erste Stunde Fahrt vergeht in düsterem Schweigen. Passend zu unserer Stimmung fallen die ersten Tropfen, und bald darauf regnet es dicke graue Schnüre. Es kühlt sich ab, was nicht das Schlechteste ist. Graue Wolken machen sich am Himmel breit. Sechs Wochen am Stück hatten wir einen knallblauen Himmel und sengende Hitze. Saskia hat beschlossen, dass sie alle fünf Minuten pinkeln muss, also halten wir ein gutes Dutzend Mal an und lassen sie raus an den Straßenrand.
Als Michael nach einer dieser Pausen wieder den Fahrersitz ansteuert, sage ich: »Jetzt fahre ich mal. Und du schläfst eine Runde.« Ganz wohl ist mir nicht dabei, auf der falschen Straßenseite zu fahren, aber wenn ich die schwarzen Ringe unter seinen Augen sehe, regt sich mein Gewissen.
Die Kinder klettern auf die Rückbank, Saskia hält Jack-Jack fest im Arm und schaut mit finsterer Miene nach draußen, Reuben ist in sein iPad vertieft. Michael verschränkt die Arme und lehnt den Kopf ans Fenster. Ich finde einen britischen Radiosender

und drehe die Lautstärke gerade so hoch, dass ich etwas verstehen kann. *Sei froh, dass so wenig Verkehr herrscht,* sage ich mir und versuche, optimistisch zu sein. *Wenn ihr erst zu Hause seid, geht es wieder Stoßstange an Stoßstange.*

Nach ungefähr einer Stunde Fahrt, kurz vor einer Kurve, taucht ein weißer Van auf, der uns mit hoher Geschwindigkeit entgegenkommt. Ich gehe instinktiv auf die Bremse. Der Van rast auf uns zu. Er scheint sogar noch zu beschleunigen. Verrückt, denke ich. Und gefährlich. Warum in einer Biegung beschleunigen, und dann auch noch, wenn die Straße nass ist?

Im allerletzten Augenblick schert der Van auf unsere Spur aus, neigt sich, dass zwei seiner Räder abheben, und kracht frontal in uns rein.

Unmöglich, noch zu reagieren.

Eine Explosion. Metall knallt gegen Metall, Reifen quietschen wie ein verwundetes Tier, Schreie zerfetzen die Luft. Ein Airbag poppt auf und trifft mich mitten ins Gesicht, der Wagen legt sich schräg, Glasscherben wirbeln umher.

5

Michael
14. Juni 1995

Sowie ich die letzte Prüfung hinter mir habe, buche ich den billigsten Flug ab Heathrow, den ich kriegen kann. Luke und Theo sind schon weg – sie haben von ihren Eltern First-Class-Tickets bezahlt bekommen. Dann kaufe ich mir eine Kletterausrüstung zusammen und stopfe so viel, wie ich kann, in meinen abgewetzten Rucksack: Shorts, T-Shirt, eine Wanderhose, Schlafsack mit Dry Bag, Zelt und Heringe, Steigeisen, Kocher, Handtuch, Lampe, Besteck, Thermometer, Thermosbecher, Schweizer Messer, Regenzeug, Mütze, Schutzbrille, Sandalen, Müsliriegel, Nudelpakete, Lippenbalsam, Stirnlampe, Erste-Hilfe-Set, Eisgerät, Karabiner, Reepschnüre, Gurte, Seil, Trinkflasche und meinen Bärenkrallentalisman.

Ich hatte mir Chamonix als Campingplatz vorgestellt. Stattdessen rollt der Bus in einen hübschen Alpenort mit Hotels, B&Bs, Geschäften, Restaurants mit großer Veranda und Sonnenschirmen, und alles inmitten eines Gebirgszugs. Es ist irre schön hier, als wäre man auf einem anderen Planeten. Unvorstellbar hohe Berge ringsum und schroffe Gipfel, wie das Rückgrat eines gewaltigen Dinosauriers. Sprachlos bleibe ich mitten auf der Straße stehen und starre zu ihnen hinauf. Sie sind so hoch, dass ich plötzlich Angst bekomme. Der Ben Nevis kam mir nicht so hoch vor. *Weil er es nicht ist, Blödmann,* sage ich mir. *Der Montblanc ist verdammte viertausendachthundert Meter hoch.* Es dauert einen Moment, bis ich es entdeckt habe, aber dann, da ist es, das vollkommene Dreieck oben auf dem Massiv.

Ich stelle mein Gepäck ins Hostel und mache mich auf die Suche nach etwas zu futtern.

Als Erstes gehe ich in ein Pub, und siehe da, an einem der Tische stehen Luke und Theo mit ein paar Bier vor sich. Die Outfits verraten sofort, wer wer ist. Luke sieht aus, als hätten sich die Achtziger über ihm ausgekotzt: neonpinkfarbene Leggings, weiße Stulpen, ein Bon-Jovi-T-Shirt und eine blaue Gletscherbrille über einem schwarzen Kopftuch. Würde mich nicht wundern, wenn er einen Leoprint-Tanga drunter hätte. Theo sieht aus, als wolle er Männer für den Special Air Service anheuern: alles in Khaki, sogar die Stiefel. Bei ihnen steht ein Mädchen. Das muss Lukes Freundin sein, Helen.

Als Theo mich sieht, kommt er mir rasch entgegen, legt mir den Arm um die Schultern und dreht mich einmal um mich selbst.

»Hallo!«, sagt er und zieht mich zu einem Tisch auf der anderen Seite des Pubs.

»Kannst du mich mal loslassen?«, erwidere ich und befreie mich. Dann schaue ich hinüber zu Luke, der jeden Blickkontakt vermeidet. »Was soll das?«

Er seufzt und stemmt die Hände in die Hüften. »Hör zu, ich weiß, du hast ein Problem damit, dass Lukes Freundin die Tour mitmacht. Ich wollte nur … dass du die Ruhe bewahrst.«

»Ich bin ruhig. Ich bin die Ruhe selbst.«

Er reckt das Kinn vor. »Dein Ernst?«

Er kann es nicht ausstehen, wenn ich ihn verschaukele. »Bist du sein Bodyguard, oder was?«

Aus dem Augenwinkel sehe ich, dass Luke beobachtet, wie ich reagiere. Theo zieht eine Packung Zigaretten aus der Tasche.

»Willst du eine?«

Ich schüttele den Kopf.

»Na los, eine!«

Mit einem Seufzer gebe ich nach. Er zündet eine für mich an,

setzt sich und winkt mir, dass ich mich dazusetzen soll. Das tue ich nicht, also steht er wieder auf.
Ich habe Luke und Theo vor zwei Jahren in Oxford kennengelernt, beim Studium, Literatur des Mittelalters. Sie sind Zwillinge, eins achtzig große, Rugby spielende Jungs, die mit den besten Ergebnissen von ihrer Privatschule kamen. Beide mit einem Vollstipendium. Nicht, dass sie das gebraucht hätten; ihre Familie hat im Zuge des Hightechbooms in Frankreich ein Vermögen gemacht. Sie sind eineiig, aber man kann sie sehr gut auseinanderhalten. Theo trägt eine Brille und hat sich vor Kurzem einen Schnauzbart stehen lassen, sein persönlicher Stil liegt irgendwo zwischen verkanntem Genie und Kurt Cobain, aber selbst mit geschlossenen Augen könnte man sie jeweils erkennen: daran, wie sie reden. Sie haben überall auf der Welt schon mal gewohnt, die meiste Zeit aber in ihrem Internat in Cambridge, wobei Luke immer noch mit eher australischem als britischem Einschlag spricht, gelegentlich auch mit französischem Drall. Bei Theo dagegen ist es breitestes Norf Landan.
Worin sie sich aber wirklich unterscheiden, sind ihre Persönlichkeiten. Luke ist ein arroganter Mistkerl, kann aber, wenn ihm danach ist, sehr lustig sein. Theo ist Lukes Schatten, der Inbegriff eines introvertierten Menschen. Er sitzt eigentlich lieber mit einem Bier und einem Buch in der Ecke, kommt aber mit uns ins Pub, weil er meint, er sei es Luke schuldig. Er kann sehr seltsam sein. Einmal die Woche geht er zum Psychiater. Luke sagt, Theos Theoheit gehe auf ihre Zeit im Internat in Melbourne zurück. Ein sanftmütiger Dreijähriger, der nach seiner Mama weint, ist für grobe Klötze und fiese Lehrer leichte Beute, und das hat er, vermute ich, nie abgeschüttelt.
Und jetzt haben wir, wie es aussieht, noch einen von Lukes Groupies im Schlepptau. Diese *Helen*. Eigentlich wollten wir das zu dritt machen. Ich kenne sie ja noch nicht mal. Sie lebt in Lon-

don, und Luke sieht sie nur an den Wochenenden. Grundsätzlich habe ich nichts gegen Freundinnen. Oder Frauen. Ich bin sicher, Frauen können genauso gut klettern wie Typen. Aber sie hat das noch nie gemacht, und ich weiß genau, was dahintersteckt: Sie ist eine von diesen besitzergreifenden Tanten, die Luke nicht aus den Augen lassen. Er hat ständig Mädchen, die durch den Wind sind und extrem bedürftig; die Sorte, die nur in Oxford ist, weil ihre Familie, die sich für jahrelange Schulgeldzahlungen schadlos halten will, sie unter Druck setzt, die aber unter diesem Druck nach und nach durchdreht. Seine letzte Freundin hat ihn auf Kokain gebracht. Ich bin kein Engel, aber bei dem harten Zeug ziehe ich eine Grenze. Außerdem habe ich kein Geld.

Egal; worum es geht, ist, dass diese Tour kein Spaziergang wird. Den Montblanc zu ersteigen verlangt Übung, Kraft, Durchhaltevermögen und Erfahrung – dazu eine gute Portion gesunden Menschenverstand –, und wenn ich ehrlich bin, habe ich selbst ein winziges bisschen Schiss. Auf dieser Klettertour sind schon Leute umgekommen. Das ganze vergangene Vierteljahr habe ich trainiert, um dafür gerüstet zu sein. Was, wenn sie einen Unfall hat oder Panik kriegt? Was, wenn sie auf halber Strecke feststellt, dass sie lieber nach Hause möchte? Es würde alles ruinieren. Eine Tour, die man nur einmal im Leben macht und die ein Vermögen kostet. Die Familie von Luke und Theo ist stinkreich, da spielen die Kosten keine Rolle. Aber es gibt Leute, die müssen dafür ein halbes Jahr lang von Toast mit Bohnen leben.

Als Luke das erste Mal davon anfing, dass eine Frau mitkommen würde, dachte ich, er macht Quatsch. Und als ich merkte, dass er es ernst meint, habe ich versucht, ihn zur Vernunft zu bringen. Freundlich zunächst, dann mit etwas mehr Nachdruck. Was bedeutet, dass ich ihn mit Wodka abgefüllt habe.

»Diese neue Freundin«, sagte ich, nachdem er das fünfte Glas

gekippt hatte, »die da anscheinend mitkommen will – wird die sich nicht ein bisschen wie das fünfte Rad am Wagen fühlen?«
»Das vierte Rad«, korrigierte Theo.
»Ich weiß gar nicht, was du hast«, sagte Luke, zündete sich eine Zigarette an und fluchte, weil er sich die Finger verbrannte.
»Ist nicht direkt ein Mädchending, oder? Zwölf Tage *Peregrination* einen Berg hinauf.«
Luke schnaubte. *Peregrination* war sein Wort. Wenn es um Sprache geht, ist er ein totaler Snob. Warum »Wanderung« sagen, wenn es »Peregrination« gibt?
Luke zog an seiner Zigarette. »Helen schafft das«, sagte er. »Sie kennt sich mit so was aus.«
»In den Alpen gibt es keine Duschen. Zwölf Tage ohne Körperpflege, Alter. Bei solchen Sachen können Frauen schwierig sein. Bist du sicher, dass sie das schafft?«
Luke beugte sich vor, bis seine Nase beinahe an meine stieß.
»Michael, mein Schatz, sie kommt damit klar.«
»Kann sie überhaupt klettern?«
Ein grimmiger Blick. »Kannst du's denn?«
»Das wird kein Spaziergang, Luke. Es ist der höchste Berg Europas.«
»Es ist der höchste Berg Europas«, äffte er mich mit Quäkstimme nach. »Sie ist besser trainiert als du, Mann. Sie ist Balletttänzerin. Die sind fit wie ein Turnschuh, die Mädels.«
»Der Vergleich mit einem Schuh schmeichelt Helen bestimmt *sehr*«, warf Theo ein.
»Tanzen ist ja wohl nicht dasselbe wie Klettern.«
»Was ich sagen will: Sie ist sportlich ...«
»Ich riskiere nicht meinen Kopf, nur weil eine Anfängerin dabei ist.«
Er runzelte die Stirn. »Soll das heißen, wenn sie mitkommt, bist du raus?«

Ich trank genüsslich einen großen Schluck Bier und sah zu, wie ihm der Schweiß ausbrach und er nervös zu Theo hinüberschielte. Die Sache ist die, wir funktionieren gerade als Trio so gut, vor allem weil Luke seinen Zwillingsbruder langweilig und irgendwie seltsam findet. Meistens versucht er, Theo jemand anderem anzudrehen, manchmal bezahlt er sogar Typen dafür, dass sie mit Theo ein Bier trinken gehen, wobei Theo viel lieber in seinem Windschatten bleibt. Und ich habe den Bogen raus, wie ich mit *beiden* klarkomme, daher habe ich die Rolle des Vermittlers angenommen, bin eine Art Steigbügelhalter für ihre unterschiedlichen Persönlichkeiten. Es gelingt mir, Theos beste Seite hervorzulocken und damit seine permanente Gegenwart (»wie ein verdammter Tumor«, sagt Luke gern) erträglich und manchmal auch angenehm sein zu lassen.
»Ach komm, Miky«, sagte Luke, schon halb auf dem Rückzug. »Das wird unser großes Ding, unser Abenteuer! Ohne dich wär's nichts Richtiges.«
Ich zuckte die Achseln und bedachte ihn mit einem Tut-mir-leid-aber-so-ist-es-nun-mal-Blick.
Er lehnte sich zurück und starrte Theo an. »Wir könnten Oliver fragen, ob er an Michaels Stelle mitwill.«
Theo nickte.
»Oliver?«, fragte ich. »Wer ist Oliver?«
»Der ist in Theos Altnordisch-Kurs. Hat mal gesagt, dass er gern mitkommen würde. Er könnte für dich einspringen. Vielleicht könntest du ihm sogar dein Flugticket verkaufen ...«
»Was?«, rief ich. »Nein! Ich meine ...«
Luke grinste. Er hatte mich. Er wusste besser als ich, wie sehr ich diese Tour machen wollte.
»Viel lieber haben wir *dich* dabei, Mann«, sagte er, schlang mir den Arm um den Hals und steckte mir seine Zigarette zwischen die Lippen. »Aber wenn du dich vor einem Mädchen fürchtest ...«

Ich schob ihn weg. »Okay«, sagte ich, »ich komme mit. Aber unter einer Bedingung. Wir bleiben auf den Wanderwegen. Keine Kletterei. Nichts mit Abseilen.«
»Ach Scheiße, Mann«, gab Luke zurück. »Soll das heißen, du willst den Berg nicht erklettern? Warum fliegen wir dann überhaupt hin?«

Als ich mich dem Tisch nähere, hebt Luke den Kopf. Er grinst breit und steht sogar auf, um mich – »komm her, du« – zu umarmen, was, wie wir beide wissen, ein Versuch ist, mir Honig um den Bart zu schmieren. Ich war ganz sicher davon ausgegangen, dass sie nicht mitkommen würde. Bei Luke heißt es immer: alles oder nichts; er ist ein impulsiver Typ, daher war es wahrscheinlich, dass er seinen spontanen Entschluss, sie mitzunehmen, genauso schnell würde fallen lassen, wie er ihn gefasst hatte.
»Das ist Helen«, sagt er.
Ich grinse, und die Frau neben ihm wird rot und sagt Hallo. Sie ist groß, an die eins achtzig, blond, das Haar zum Zopf geflochten, und dünn, aber nicht mager. Ein bisschen schüchtern und ansehnlicher, als ich gedacht hatte; schmales Gesicht mit hohen Wangenknochen; ein bisschen wie eine Bibliothekarin. »Ich bin Michael«, sage ich und strecke ihr die Hand hin, weil sie so aussieht, als würde sie Leuten die Hand geben. Ein überraschend fester Händedruck.
»Schön, dich kennenzulernen«, sagt sie, und ich will mich zwingen, das Gleiche zu erwidern, kann es aber nicht. Trotzdem, sie ist hübsch, auf eine ganz andere Art, als ich es erwartet hatte. Sie wirkt ... normal.
»Danke, gleichfalls.« Es bleibt mir fast im Halse stecken. Schließlich habe ich angesichts der Tatsache, dass ich für vierzehn Tage in die Alpen fliegen und tun und lassen wollte, was mir gefällt, mit Nina Schluss gemacht. *Kann sein*, dass Nina am Abend davor

erwähnt hat, dass sie sich mit jemand anderem treffen will, aber darum geht es nicht. Ich habe Opfer gebracht, verdammt.
»Ich hoffe, du hast nichts dagegen, dass ich so in euer Wanderprojekt reinplatze«, sagt Helen und schaut zu Luke, der den Kopf schüttelt, als wollte er sagen: *Natürlich nicht*. Mistkerl.
»Ach, überhaupt nicht«, quetsche ich mir ab. »Je mehr, desto lustiger, was?«
Später gehen wir raus, um an einem Felsen zehn Minuten außerhalb des Ortes eine kleine Kletterübung zu machen. Er ist so groß wie ein Wolkenkratzer, wirkt im Vergleich zu den Bergen aber immer noch mickrig. Sieht so aus, als wären wir nicht die Einzigen, die auf diese Idee gekommen sind – an dem Felsen sind noch etwa ein Dutzend andere Climber unterwegs. Ein älteres Paar aus New York, ein Haufen in Batikklamotten gehüllter, Gras rauchender Hippies aus Portugal und ein paar Leute von einem schottischen Fotoklub, die allesamt Karomuster tragen.
Helen ist anzusehen, dass die Vorstellung, an so einem Felsen zu klettern, sie stresst, und ich muss mir auf die Zunge beißen, um Luke nicht entgegenzuschreien: *Wenn sie hier schon nicht klarkommt, wie soll sie dann den Montblanc schaffen?* Er sieht es auch so und schlägt beiläufig vor, dass wir den Wanderweg gehen, der sich um den Felsen schlängelt, und nicht klettern. Ungefähr zweihundert Meter oberhalb des Tals entdeckt Theo einen Felsvorsprung, und wir genehmigen uns eine Verschnaufpause, setzen uns an den Rand der flachen Platte und lassen die Beine über den Rand baumeln. Luke kramt eine Schachtel Zigaretten aus einer seiner Hosentaschen und reicht sie herum.
»Alter«, sage ich, plötzlich viel besser gelaunt. »Du bist der Beste.«
»Ich hab noch mehr«, erwidert er und öffnet den Reißverschluss einer weiteren Tasche.
»Was hast du denn da drin?«, fragt Helen und fährt sich übers

Gesicht. »Einen Fallschirm? Damit wir runterschweben können, statt zu klettern?«

»Noch besser, Liebste, noch besser.« Luke zieht eine Trinkflasche hervor. »Ich habe ... Whisky.«

Helen scheint weniger begeistert, aber Theo und ich machen uns sofort darüber her, und ein paar Minuten später klopft Luke gegen den Boden der Flasche, um die letzten Tropfen herauszubekommen. Ich lasse die Beine weiter baumeln, lege mich aber zurück; nichts als Luft trennt mich vom Tod zweihundert Meter in der Tiefe. Der Mond am pechschwarzen, wolkenlosen Himmel ist eine Grinsekatze.

»Da ist er«, sagt Luke, beugt sich zu Helen hinüber und zeigt auf den Gipfel, der besonders weiß schimmert. »Montblanc, ganz fantasievoll auch ›Der weiße Berg‹ genannt. Der höchste Berg der Welt.«

»Von Westeuropa«, merkt Theo an.

»Der höchste Berg von *Westeuropa*«, wiederholt Luke mürrisch.

Es ist immer noch warm. Eine Weile sitzen wir einfach nur da, schauen hinüber zu den Silhouetten der Gipfel, die vor uns aufragen, und hinunter auf die Lichter von Chamonix, das mit seinen Hostels und Alpenhütten funkelt wie eine Lebkuchenstadt. Zu meiner Rechten bewegt sich etwas; es sieht aus wie eine Ameisenstraße entlang eines schmalen Wegs. Ich schaue durchs Fernglas und erkenne sie: Horden von Kletterern, die die Tour bereits angetreten haben.

»Scheint so, als würden wir einen Pilgerweg gehen«, stelle ich dümmlich fest.

»Habt ihr euren Rosenkranz dabei?«, fragt Theo.

Ich gebe das Fernglas an Luke weiter, und er starrt mit wütender Miene auf die Wanderer.

»Das ist kein Pilgerweg, das ist ein Stau.« Sein Blick schweift über die Lichter von Chamonix, und ich weiß genau, was er denkt:

Wir hatten keine Ahnung, dass es hier so viele Hostels gibt. »In meiner Vorstellung waren wir die Einzigen hier«, sagt er. »Nur wir vier.«
»Wie die vier apokalyptischen Reiter«, wirft Theo ein.
»Du bist so ehrgeizig«, sagt Helen und streichelt Lukes Arm.
»Das klingt, als wär das was Schlechtes«, gibt er zurück und drückt ihr einen Kuss auf die Hand.
»Es ist ja nicht so, dass da oben einer steht und dem, der als Erster raufkommt, einen Preis verleiht.« Helen lacht.
Theo zuckt die Achseln. »Man weiß nie.«
»Der Gipfel selbst ist der Preis«, verkündet Luke.
»Also würde es dir nichts ausmachen, wenn ich als Erste oben wäre?«, fragt Helen.
Luke erstarrt. »Nicht das Geringste«, sagt er schließlich, setzt ein breites Grinsen auf, klopft Theo und mir auf den Rücken und legt den Kopf in den Nacken. »Ich liebe euch, Jungs«, erklärt er. Und fügt hinzu: »Und Frau.«
»Luke, Schatz, versteh mich nicht falsch«, erwidert Theo, »aber ich werde nicht mit dir … knutschen. Was auch immer du mir dafür bietest. Bei Zunge ist meine Grenze erreicht. Ein Küsschen in Ehren, aber knutschen – nein. Ich bin dein Bruder, und es wäre einfach nicht richtig.«
Helen prustet los, während Luke und ich uns zurücklegen und Rauchkringel in den Nachthimmel schicken. Ich spreche es nicht aus, und es ist etwas, das ich selten empfinde, aber im Augenblick gibt es keinen Ort, an dem ich lieber wäre.

6

Helen

30. August 2017

»Mama!«
Mit ausgebreiteten Armen kommt Reuben im Krankenhausflur auf mich zugelaufen. Er drückt das Gesicht an meine Brust, und mir entfährt ein lautes, erleichtertes Schluchzen. Er hat eine böse Schramme über der rechten Braue, mehrere Schnitte und angetrocknetes Blut auf der Stirn, sein T-Shirt ist blutverschmiert, aber ansonsten scheint es ihm gut zu gehen. Mir kommen die Tränen – ich weiß nicht, ob vor Erleichterung oder vor Angst –, und auch er fängt an zu weinen.
»Können wir jetzt nach Hause, Mama?« Er versucht, auf meine Knie zu krabbeln. »Ich will nach Hause, okay? Lass uns nach Hause fahren.«
»Okay«, flüstere ich und wische mir die Tränen aus dem Gesicht. »Wir fahren nach Hause. Versprochen.«
So sanft wie möglich erkläre ich ihm, dass er nicht auf meinem Schoß sitzen kann, und nehme ihn fest bei der Hand. Die Schwester sagt etwas, das ich als Drängen zur Eile deute, also bitte ich Reuben aufzustehen, und weiter geht's, stürmisch schiebt die Schwester meinen Rollstuhl durch den Gang, während Reuben nebenherwankt und mit beiden Händen meine umklammert.
Als wir in ein Zimmer einbiegen, sehe ich dort auf dem Bett eine Gestalt liegen. Über Nase, Kinn und Wangen kleben Streifen von weißem Pflaster; sie fixieren diverse Ventile und Schläuche, die von seinem Mund zu dem Monitor neben dem Bett führen.

Nur mit Mühe erfasse ich, dass dieses blutige, bewusstlose Wesen Michael ist. Für einen Moment bleibt die Zeit stehen. Zitternd nähere ich mich. Ein blutiges Ohr, ein Flecken Bart, blutverkrustete Nasenlöcher und auf dem Schienbein ein Muster aus angetrocknetem Blut.
»Warum wacht Papa nicht auf?«, fragt Reuben von hinten. »Weck ihn auf, Mama!«, schreit er. »Weck ihn!«
Es zerreißt mir das Herz. Ich versuche ihn zu trösten, aber seine Verzweiflung steckt mich an.
Ein Mann kommt herein und stellt sich als Dr. Atilio vor. »Ist das Ihr Mann?«
Ich japse nach Luft, mein Herz rast. Ich stecke mitten in einer Panikattacke.
»Als die Soldaten Sie hergebracht haben, war er bei Bewusstsein«, höre ich ihn sagen, wobei seine Stimme von weit her kommt, so als sei ich unter Wasser. »Es geht immer hin und her, er verliert das Bewusstsein, kommt zu sich und ist wieder weg.«
Erst als ich aus dem Augenwinkel Reuben sehe und mir vergegenwärtige, dass er im Raum ist, schaffe ich es, mich zusammenzureißen. Ich höre mich sagen, es sei alles in Ordnung, dabei könnte nichts falscher sein. Wieder und wieder bete ich die Worte herunter, denn das hilft mir, meinen Herzschlag zu regulieren. Die Schwester schiebt mich näher an das Bett, sodass ich Michaels Hand greifen kann. Sie ist schlaff und überzogen von getrocknetem Blut.
Unfassbar, dass das gerade wirklich passiert. Ich bekomme kaum Luft. Meine Gedanken fahren Karussell, suchen nach Antworten, Lösungen. Wie ein Schlag trifft mich die Erinnerung an Saskia, wie sie vor dem Auto auf dem Boden lag.
»Wo ist meine Tochter?«, rufe ich. »Sie heißt ... sie heißt Saskia. Saskia Pengilly. Sie ist sieben, sie ... ist blond und hat ein geringeltes T-Shirt an.«

»Wir bringen Sie zu ihr«, sagt der Arzt, und im nächsten Augenblick schieben sie mich aus Michaels Zimmer hinaus und wieder den Gang entlang, zu einem anderen, weiter entfernten Zimmer. Der Anblick von Saskia auf dem Bett ist wie ein Fausthieb ins Gesicht. Sie hängt an Maschinen, der rosa Baumwollkittel hat Blutflecken, ihre kleinen, schlaffen Hände sind übersät von Schürfwunden und üblen Schnitten. Nicht zu ertragen.
Ich beginne zu schlottern, mir entfährt ein erstickter Schrei. Selbst als Reuben anfängt, sich gegen den Kopf zu schlagen, kriege ich mich nicht in den Griff. Neben mir taucht eine Krankenschwester auf. Sie schiebt den Bund meiner Shorts etwas nach unten und gibt mir eine Spritze.
Schwarz.

»Die Frau. Ist hier, für Sie.«
Eine Schwester beugt sich über mich und rückt den Zugang an meinem Arm zurecht. Alles um mich herum schwankt. Eine andere Frau kommt ins Bild. Schlank, jung. Schwarzer Bob, roter Lippenstift. Breites Lächeln. Kostüm.
»Ich bin Vanessa Shoman«, sagt sie und streckt mir die Hand hin. »Ich bin von der Britischen Hochkommission. Der Arzt hat mich darüber informiert, dass Ihre Familie einen Unfall hatte.«
Die Erkenntnis, warum ich hier bin, trifft mich wie eine Abrissbirne. Eine unsichtbare Kraft, die mich umhaut und in eine andere Zeit katapultiert, irgendwohin außerhalb meines Körpers. Bruchstücke schrecklicher Bilder ziehen an mir vorbei. Der Unfall. Ich schlinge die Arme um die Beine und verkrieche mich zwischen meinen Knien. Mir fällt ein, wie ich auf allen vieren vorwärtsgerobbt bin, um an Saskia heranzukommen. Sie lag vielleicht zehn Meter vor dem zerstörten Leihwagen auf der Straße. Mir fällt ein, dass es geregnet hat und dass überall Glassplitter verstreut waren. Saskia hat sich nicht bewegt.

»Meine Tochter«, bringe ich zwischen Schluchzern hervor. »Sie ist schwer verletzt. Ich ... ich weiß nicht, ob sie überlebt.«
Das Sprechen kostet mich Mühe, so heftig weine ich. Reuben hockt mit angezogenen Knien auf einem Stuhl. Mich so zu erleben ist schwer für ihn, aber ich bin zu schwach, um ihn zu trösten. Vanessa fährt mir mitfühlend über den Rücken und erklärt, ihre Aufgabe als Angestellte der Hochkommission sei es, Leuten wie mir beizustehen. Sie verspricht, Kontakt zu meinen Angehörigen aufzunehmen und dabei zu helfen, dass wir nach Hause kommen, doch das bringt mir keine Erleichterung. Weiter erklärt sie, dass wir uns in einem Krankenhaus am Rand von San Alvaro befinden, einer der ärmsten Städte von Belize. Die Krankenhäuser in dieser Region seien chronisch unterbesetzt, sagt sie, aber noch heute oder spätestens morgen werde ein Neurochirurg aus Belize City kommen und sich um Michael und Saskia kümmern. Meine Erinnerung ist wie durch eine Explosion in tausend Einzelteile gesprengt, ich muss sie Atom für Atom wieder zusammensetzen. Zu mir gekommen bin ich in der modernen Plastik, die einmal das Auto war, daran erinnere ich mich. Ich erinnere mich auch an Michael, der wie ein nasser Sack neben mir im Beifahrersitz hing, wobei seine rechte Schulter in einem unnatürlichen Winkel aufragte. Mir schien völlig klar, dass er tot war.
Was ist dann geschehen? Wie sind wir in dieses Krankenhaus gekommen?
Vanessa erzählt, dass nach dem Unfall ein Armeetransporter an uns vorbeigekommen sei und gehalten habe. Die Soldaten hätten Michael und Reuben aus dem Auto gezogen, uns alle in ihren Lkw verfrachtet und hierhergebracht.
»Sie haben Glück gehabt«, sagt sie. »Das ist eine sehr abgelegene Gegend. Meilenweit keine Stadt und kein Dorf. Sie hätten auch sehr lange dort liegen können, ohne dass jemand Sie gefunden hätte. Tagelang womöglich.«

Weiter erzählt sie, die Soldaten hätten auch ein paar Gepäckstücke aus dem Leihwagen geborgen. Die Tasche mit unseren Pässen und dem Geld ist bei Michael im Zimmer, aber wir hatten ja auch Koffer mit Kleidung, Spielsachen, Souvenirs, unseren Handys. Unwichtig, natürlich, aber Vanessa weist darauf hin, dass wir auch insofern Glück hatten, als die Soldaten auch die Koffer retten konnten.
»Retten?«, frage ich matt. »Wovor?«
»Vor den Polizisten. Die klauen ständig. Wie viele Gepäckstücke hatten Sie insgesamt?«
»Vier, glaube ich.«
Das schreibt sie auf. »Und wie viel Bargeld hatten Sie bei sich?«
»Das weiß ich nicht.«
»Irgendwelche Geräte? Laptops? Smartphones?«
Ich beiße mir auf die Lippe. »Ich weiß nicht genau.«
»Kreditkarten?«
»Ich glaube schon ... Amex vielleicht und Mastercard.«
Warum ist das so wichtig? Das Geld ist mir egal. Meine Familie ist wichtig.
»Wir werden nachschauen, ob sie da sind. Wenn nicht, werden wir versuchen, die Karten für Sie sperren zu lassen. Aber die anderen Taschen – ich fürchte, die sehen Sie nicht wieder.
Vanessa packt ihr Notizbuch weg; sie hat alles, was sie an Informationen brauchte. Dann fischt sie ein Paket Taschentücher aus ihrer Handtasche und reicht es mir.
»Sie Arme«, sagt sie, als ich mich in Schluchzern auflöse. »Aber es ist gut, dass Sie wach sind. Die Polizisten werden Sie so schnell wie möglich befragen wollen.«

Reuben liegt eingerollt auf dem Bett neben meinem. Das Licht geht aus; mit einem Mal senkt sich Dunkelheit über das Krankenhaus, und das macht die Einsamkeit und das Verlorensein zehnmal schlimmer. Ich fühle mich wie in einem Albtraum gefangen, wie in tausend Stücke gerissen. Mein Herz beginnt wieder zu rasen. Ich presse die Fäuste gegen die Augen und weine aus tiefster Seele.

Ich wünschte, Michael wäre da und könnte mir sagen, dass alles gut wird. Ich wünschte, es gäbe jemanden, der mir versprechen könnte, dass Saskia durchkommt. Dass ich weniger schwer verletzt bin als sie, erfüllt mich mit tiefem Selbsthass. Alles würde ich dafür geben, wirklich alles, mit ihr tauschen zu können.

Vorhin irgendwann habe ich in dem kaputten Spiegel im Bad mein Gesicht gesehen. Ich musste zweimal hinschauen, um mich zu vergewissern, dass ich es bin. Meine linke Gesichtshälfte ist gelb und dermaßen verquollen, dass das Auge nur noch ein Schlitz ist. Mein Haar ist rötlich verfärbt von Blut, und unter dem Verband seitlich am Kopf verbirgt sich eine schmerzende Schnittwunde. Ich glaube, Schlüsselbein und Handgelenk sind gebrochen. Der rechte Knöchel könnte auch gebrochen sein. Ich kann den Fuß praktisch nicht belasten, und jede Bewegung schmerzt, als hätte ich da gleich mehrere Muskelrisse.

Aber ich lebe. Wir alle. Das ist es, woran ich mich halten muss. Wie leicht hätte es anders kommen können!

Vanessa hat gesagt, die Soldaten hätten uns hergebracht. Ich setze mich auf, und mir fällt ein, dass ich, als ich zu mir kam, neben meinem Kopf ein paar schwere schwarze Schuhe wahrgenommen habe. Ich konnte nur verschwommen sehen, aber sie waren da, keine Frage. Ein ausgefranster Jeanssaum. Knirschendes Glas unter der Sohle.

Michael war bewusstlos. Er hatte Flipflops an, keine Stiefel. Die Soldaten haben ja wohl Uniform getragen und keine Jeans. Ich nehme an, der Fahrer des Vans ist zu uns rübergekommen, um sich den Schaden anzusehen. Also war er nicht so verletzt, dass er nicht hätte laufen können. Ich würde diese Schuhe wiedererken-

nen. Schwarze Schnürschuhe, rechts vorn am großen Zeh ein Kratzer.
Aber er hat nicht die Polizei gerufen. Vanessa hat gesagt, die Soldaten seien zufällig vorbeigekommen. Zu dem Zeitpunkt hatte der andere Fahrer die Unfallstelle längst verlassen. Ich versuche, ihn mir vorzustellen, wie er dastand und sich unser zermalmtes Auto ansah, unsere Leiber, von Blut und Glassplittern bedeckt. Wie ist es möglich, dass er Saskia so auf dem Boden hat liegen sehen und einfach weggefahren ist, ohne irgendwo anzurufen? Wie herzlos muss man sein, um das fertigzubringen?
Ich weiß, dass ich an dem Abend draußen bei der Hütte jemanden gesehen habe. Michael hat daran gezweifelt, und ja, es war dunkel, aber ich *weiß*, dass ich jemanden gesehen habe. Er hatte Jeans an und ein weißes T-Shirt. Dunkles Haar. Eher klein, vielleicht eins fünfundsiebzig, mit dichtem schwarzem Haar. Dunkelhäutig, stämmig. Sein Gesicht habe ich nicht gesehen.
Und das Teleskop in der Nachbarhütte war auf uns gerichtet. Das hat mir riesige Angst eingejagt. Ich war nur auf dem Steg stehen geblieben, um zu Atem zu kommen. Dann hat mich Neugier gepackt, und ich wollte mich ein bisschen umschauen; ich wusste ja, dass da gerade niemand wohnt. Aber dann habe ich durch das Fenster die Klamotten auf dem Boden liegen sehen, und das Bett war zerwühlt, als hätte dort jemand geschlafen.
»Ich brauche eine Geschichte«, sagt Reuben. »Erzähl mir eine Geschichte.«
»Ich habe kein Buch«, erwidere ich matt. »Und ich nehme an, hier im Krankenhaus haben sie auch keins.«
»Erzähl mir eine Geschichte, Mama. Ich will eine Geschichte. Erzähl mir eine Geschichte.«
Ich bringe ihn dazu, sich von mir wegzudrehen; er soll nicht sehen, dass mir Tränen übers Gesicht laufen. Dann erzähle ich ihm, beinahe im Flüsterton, eine Geschichte von *Angelina Balle-*

rina. Es ist die einzige, die ich auswendig kann, weil Saskia sie ständig vorgelesen haben möchte.

Als er eingeschlafen ist, nehme ich all meinen Willen zusammen und versuche aufzustehen. Meine Beine geben nach, und mir ist speiübel vor Schmerz, aber am Ende schaffe ich es in die Senkrechte. Ich muss zu Saskia, nachsehen, ob alles in Ordnung ist. Mich quält der Gedanke, dass, wenn uns tatsächlich jemand mutwillig gerammt haben sollte, derjenige es damit nicht bewenden lassen könnte.

Der Versuch, meinen Körper durch schiere Willenskraft dazu zu bringen, dass er tut, was ich so verzweifelt möchte, scheitert. Bislang konnte ich mit jeder Art von Muskel- und Fußverletzung umgehen, aber jetzt habe ich keine Kraft mehr, und mir ist gefährlich schwindelig. Ich sacke wieder zurück in das Bett neben Reuben, und alles um mich herum wird schwarz.

Ich träume, dass Saskia zum Kuscheln zu uns ins Bett kommt.

Guten Morgen, Mama, darf ich zu dir rein?

Im Traum rollt sie sich neben mir ein und schaut auf einem iPad Netflix, während ich lese. In der Tür erscheint Michael mit einem vollen Frühstückstablett: Müslischalen, Toast, Kaffee und ein Babyccino für Saskia. Wir bleiben liegen, bis Reuben zum Schwimmen gebracht werden muss und Saskia zur Ballettstunde. Warme Decken, ihre Füße an meinen Waden, ihre Stirn an meinen Lippen, ihre kleinen Finger mit meinen verschränkt, wir beide mit blauem Nagellack mit Glitzerflecken drauf.

Bleib, Mama, bleib noch. Wir haben es hier immer so schön.

7

Michael

31. August 2017

Ich höre jemanden schreien. Nein, kein Schreien. Es ist ein mechanisches Heulen, eine surrende Maschine irgendwo.
Sowie ich die Augen öffne, blendet mich das grelle Licht, das durch ein Fenster eindringt. Meine Augen gewöhnen sich daran, und ich sehe, dass ich mich in einem Raum mit einem kleinen rechteckigen Fenster befinde. Unterhalb des Fensters zu meiner Rechten ist Farbe von der Wand abgeplatzt, sodass ein Stück Putz freiliegt. Irgendwo im Flur ist Geschrei. Alles ein bisschen wie in *Mad Max* hier. Über meine Beine ist ein weißes Laken gebreitet. Mein T-Shirt und die Jeans sind schmutzig und voller Blutflecken. Auch an meinen Armen klebt überall angetrocknetes Blut. Ich fühle mich, als hätte mir jemand mit einer Metallstange eins übergezogen.
Wie ein Spielautomat seine drei mit Kirschen und Glocken bedruckten Räder sich drehen lässt, präsentiert mein Hirn mir immer neue Gründe, warum ich im Krankenhaus sein könnte. Schließlich erscheint dreimal die Sieben, und es fällt mir ein.
Der Unfall.
In Schlaglichtern taucht alles wieder auf. Das Geräusch, mit dem der Wagen sich um sich selbst drehte. Ich war sicher, dass ich tot bin. Ich war sicher, dass wir alle tot sind. Sind wir gegen einen Baum geprallt? Als der Wagen zur Ruhe kam, lag er auf dem Dach, das weiß ich noch. Helen hat gezittert, als hätte sie einen Anfall; ihre Zähne haben geklappert. Ich habe gesagt, dass alles gut ist. Allmählich hat ihr Atem sich beruhigt. Nach einer Weile habe ich auch verstanden, was sie sagte.

Er kam aus dem Nichts.
Eine Träne lief ihr über die Wange.
Wer?, fragte ich. *Wer kam aus dem Nichts?*
Der Van. Er ist einfach frontal in uns reingefahren.
Ich habe ihr gesagt, dass ich sie liebe.
Ich liebe dich auch. Ich habe solche Angst, Michael.
Und ich dachte, das wären die letzten Worte, die ich je hören würde.
Der letzte Abend fällt mir wieder ein, wie ich dem Kerl hinterhergelaufen bin, der um unsere Hütte geschlichen war. Ich wollte das vor Helen nicht ausbreiten, aber als ich die Böschung raufkam, habe ich jemanden auf einen weißen Van zulaufen sehen, der ungefähr hundert Meter von der Hütte entfernt parkte. Ich habe gerufen: »He!«, und der Typ hat sich umgedreht, hat mich angesehen, die Schultern hochgezogen und die Hände gehoben, als wollte er sagen: »Was?«
Ich bin stehen geblieben und habe nach Luft geschnappt. Er sah aus wie Luke. Das gleiche aschblonde Haar, die gleiche Figur, das gleiche Gesicht. Ich habe gespürt, wie ich blass wurde.
»Luke?«, habe ich gerufen. »Was machst du hier? Luke?«
Er hat sich dem Van genähert, dann ist er reingesprungen und weggefahren, so stürmisch, dass weiße Steinchen unter den Reifen hervorspritzten. Sein Anblick hat mich so fertiggemacht, dass ich erst einmal gar nicht reagiert habe. Dann bin ich losgerannt, ihm nach, dachte, wenn ich es schaffe, das Nummernschild zu entziffern, kann ich ihn anzeigen. Er ist den Weg runtergefahren und nach rechts abgebogen. Da ich keine Chance hatte, ihn einzuholen, dachte ich, ich kann abkürzen, wenn ich mich zwischen die Bäume schlage. Bescheuert, rückblickend gesehen, aber ich war gar nicht ganz bei mir. Luke ist tot. Es könnte Theo gewesen sein. Aber warum hier? Und warum jetzt?
Ich hatte Glück, dass ich da rausgefunden habe. Der Streifen Re-

genwald ist achtzig Kilometer breit. Einmal die falsche Richtung eingeschlagen, und ich hätte tief in der Scheiße gesteckt.
Das Piepen des Herzmonitors holt mich in die Gegenwart zurück.
Ich setze mich auf und versuche zu sprechen, aber mein Mund fühlt sich an wie mit Watte ausgestopft. Das Feuer fällt mir ein. Die Buchhandlung war nicht nur mein Stolz und meine Freude. Sie war eine Opfergabe, ein Gebet für Luke. Und sie haben sie abgefackelt.
Wir sind hier nicht sicher. Sie werden weitermachen, bis wir alle tot sind.

8

Helen
31. August 2017

Ich erwache davon, dass ein Mann und eine Frau mir den Tropf abnehmen. Sie tragen beide keinen weißen Kittel. Der Mann ist so lässig gekleidet, dass ich zusammenzucke, als er plötzlich so dicht neben mir steht. Jeans und ein Hawaiihemd, um den Hals trägt er einen Rosenkranz. Er redet in Kriol auf mich ein.
»Entschuldigung, ich verstehe Sie nicht«, sage ich.
Er beginnt zu gestikulieren, aber auch das verstehe ich nicht. Nach ein paar Minuten der Verwirrung sagt die Schwester schließlich: »Röntgen«, und ich begreife, dass sie mich da hinbringen wollen.
»Ja. Ja, röntgen.« Ich nicke.
Sie bringen einen Rollstuhl und sagen, ich soll mich ausziehen und in einen Bademantel schlüpfen. Ich bin so verschwitzt, und überall kleben Blut und Schmutz, dass ich mich aus den Sachen regelrecht herausschälen muss, was eine Weile dauert. Bei praktisch jeder Bewegung jaule ich vor Schmerz. Als Reuben hinter dem Rollstuhl herkommt, schütteln sie den Kopf, und ich versuche, ihnen zu erklären, dass er bei mir bleiben muss, aber davon wollen sie nichts wissen. Verzweifelt sehe ich mich nach Vanessa um.
»Mein Sohn ... mein Sohn ist Autist«, bringe ich aufgeregt hervor. »Er *muss* mitkommen. Ich habe Angst, dass ihm sonst jemand etwas tut. Bitte ...«
Die Schwester tätschelt mir den Arm und versucht mir einzureden, dass alles gut ist, dass er im Krankenhaus in Sicherheit ist, und dann beachten sie mich einfach nicht mehr, sondern schie-

ben mich durch den Flur davon, während Reuben sprachlos in der Station zurückbleibt.

Als sie mich in den Röntgenraum rollen, zittere ich am ganzen Leib und weine; geschwächt von Angst und Schock. Die Röntgenassistentin, eine Frau in meinem Alter, schlank, ernst und mit besorgter Miene, spricht sehr gut Englisch. Sie fragt mich, was los ist.

»Wir hatten einen Autounfall«, erkläre ich, obwohl ich vor Zittern kaum sprechen kann. »Ich habe Angst, dass jemand herkommt, ins Krankenhaus, und uns etwas antut.«

Sie beugt sich zu mir herunter und hört aufmerksam zu.

»Was glauben Sie denn, wer Ihnen etwas antun will?«

»Ein Mann«, sage ich und schnappe nach Luft, als sei ich kurz vorm Ertrinken. »Er hat schwarze Stiefel an. Er ist mit Absicht in uns reingefahren ... er wird herkommen, das weiß ich!«

Sie nimmt meine Hand, und ich schaffe es zu atmen.

»Gibt es hier einen Wachdienst?«

Sie runzelt die Stirn. »Eigentlich nicht. Aber die Polizei kann einspringen. Wenn Sie einen Autounfall hatten, werden die ohnehin herausfinden wollen, wer das war.«

Das beruhigt mich immerhin so weit, dass das Zittern aufhört.

»Die Polizei«, sage ich. »Die Frau von der Hochkommission meinte, dass die mich befragen wollen, aber bisher war noch niemand da.«

Sie lächelt aufmunternd. »Sie kommen sicher bald. Die Wache hier ist nicht groß, deshalb haben sie viel zu tun, aber sie werden Ihnen helfen. Wenn jemand versucht, an Sie heranzukommen und Ihnen etwas zu tun, werden die Polizisten Sie beschützen.«

Ich liege auf einem kalten Metalltisch, während sie das Gerät über mein Schlüsselbein führt, danach über Beine und Arme.

Vor meinem geistigen Auge sehe ich mich in unserer Erdgeschosswohnung in Sheffield stehen. Hinter mir sitzt Reuben in seinem Hochstuhl, schreit und wirft Bohnen durch die Gegend. Der Postbote schiebt einen Stapel Briefe durch den Schlitz; bei dem Geräusch kreischt Reuben.

Es sind fast nur Rechnungen, aber ein gepolstertes Kuvert ist dabei, das hat unsere frühere Vermieterin, Lleucu, uns aus Cardiff nachgeschickt. Darin unter anderem ein cremefarbener versiegelter Umschlag, auf dessen Rückseite in dunkelblauen Lettern »Haden, Morris Laurence« prangt. Er sieht wichtig aus, deshalb öffne ich ihn zuerst.

K. Haden
Haden, Morris Laurence Law Practice
4 Martin Place
London, EN9 1AS

25. Juni 2004

Michael King
101 Oxford Lane
Cardiff
CF10 1FY

Sehr geehrter Herr,

wir bitten Sie, den Empfang unseres Briefes unter der oben genannten Adresse zu bestätigen.

Unsere Mandanten wünschen ein Treffen mit Ihnen; es geht um den Tod von Luke Aucoin.

Ein Treffen, bei dem über diese Tragödie gesprochen werden kann, ist überfällig. Bitte melden Sie sich umgehend unter oben genannter Adresse, damit wir eine Begegnung arrangieren können.

Mit freundlichen Grüßen
K. Haden

Der Brief gleitet mir aus der Hand und segelt zu Boden. Im Hintergrund schreit Reuben in einem fort. Ich fühle mich, als hätte man mich mit einem Schwert durchbohrt. Langsam bücke ich mich und hebe den Brief auf. Acht Wörter auf dem Blatt schreien mich an.

Es geht um den Tod von Luke Aucoin.

Sie gehen mir durch und durch, fahren mir in die Eingeweide. Es gab eine Zeit, da dachte ich, Luke sei die Liebe meines Lebens. Und trotzdem habe ich seinen Tod verursacht.
Ich drehe mich um und schaue zu Reuben. Mein erster Gedanke ist: Sie werden ihn mir wegnehmen. Wenn ich mich dem stelle, verliere ich ihn.
Also habe ich den Brief versteckt und Michael überredet, wieder einmal umzuziehen.
Ich dachte, so würde es einfach verschwinden.
Die Stimmen in meinem Kopf erinnern mich daran, dass ich schon viele Dinge, die nicht gut gelaufen sind, auf diese Briefe zurückgeführt habe. Als wir in Belfast gewohnt haben, starb unsere Katze Phoebe. Der Tierarzt sprach von Gift. Ich habe mich da hineingesteigert, war sicher, dass das beabsichtigt war, eine Vergeltung für Luke, bis schließlich ein Nachbar kam und sich entschuldigte; er hatte hinten im Garten Rattengift ausgelegt und Phoebe an dem Tag, an dem sie starb, in der Nähe der Scha-

le gesehen. Und die Fehlgeburt, die ich hatte, ein paar Jahre bevor Saskia kam ... bestimmt ein Jahr lang habe ich mich stumm mit der Gewissheit gequält, dass Lukes Familie dahintersteckte. Ein komplettes Szenario hatte ich mir ausgemalt. Damals haben wir in London gewohnt, und ich bin jeden Tag mit der U-Bahn zur Arbeit gefahren. Ich war in der siebzehnten Woche. Zehn Minuten nachdem ich aus der Bahn gestiegen war, setzten die Krämpfe ein. Es wäre ein Leichtes gewesen, mir etwas zu injizieren, das vorzeitige Wehen auslöst. Ein kleiner Piks, den ich wahrscheinlich gar nicht gemerkt hätte.

Paranoia zu erklären ist nicht leicht. Spricht man solche Gedanken aus – auch wenn ich das nie getan habe, niemandem gegenüber –, erscheinen sie lächerlich. Aber der Verdacht saß in meinem Kopf wie ein Monolith, war durch nichts wegzubewegen. Wir haben unser kleines Mädchen Hester genannt und auf dem Krankenhausfriedhof begraben. Und als die Stimmen, die mir den Verdacht eingeredet hatten, endlich verstummten, meldete sich sofort eine neue: Hester zu verlieren war Karma. Wegen Luke.

Und es gab andere Missgeschicke, die ebenfalls schwer dem Zufall zuzuschreiben waren: ein aufgeschlitzter Autoreifen; der Abend in Kent, an dem ich bis nach Hause verfolgt worden bin; ein paar Wochen, in denen jede Nacht um drei das Telefon klingelte und sich niemand meldete; zwei schwere Lebensmittelvergiftungen. Denkt man darüber nach, ist es sehr unwahrscheinlich, dass irgendetwas davon mit dem zu tun hatte, was Luke passiert ist, aber damals war ich davon überzeugt, dass es einen Zusammenhang gab, und diese Gewissheit trug ich wie ein Messer in der Brust mit mir herum. Niemandem konnte ich davon erzählen, nicht einmal Michael. Mir gingen die Haare büschelweise aus, und ich fühlte mich zu den kleinsten Dingen physisch nicht in der Lage. Ein Essen zubereiten, mich mit Freunden tref-

fen – ich konnte es nicht. Ich war kaum imstande, mich selbst über Wasser zu halten, von meinen Kindern ganz zu schweigen. Das Leben stockte und stolperte, holperte aber irgendwie weiter. Es gibt einen Punkt, ab dem Angst kein beschützender Instinkt mehr ist, sondern Sabotage.
Nein, rufe ich mich unter Tränen zur Vernunft, *der Unfall hat damit nichts zu tun. Er hat nichts mit dem zu tun, was mit Luke geschehen ist.*
Und ich strenge mich an, die anderen Stimmen auszublenden, aber sie sind zu laut, als dass das gelingen könnte. Sie rufen in meinem Kopf wie ein antiker Chor.
Und was, wenn doch? Ihr seid allein in diesem Krankenhaus, vollkommen ausgeliefert. Wenn sie kommen und euch beseitigen wollen, brauchen sie nur durch diese Türen zu treten.

Als ich – mit der Neuigkeit, dass mein Handgelenk gebrochen ist – auf die Station zurückkehre, sehe ich erleichtert, dass Reuben da ist und ein flaches rechteckiges Objekt mit blauer Gummihülle an seine Brust presst. Sein iPad. Das Display ist in einer Ecke gesprungen, aber sonst scheint es in Ordnung zu sein. Als ich frage, ob es ihm gut geht, nickt er, aber dann erzählt er, dass ein Mann bei ihm war und nach mir gefragt hat.
»Wer war das?«, frage ich. »Ein Arzt? Ein Pfleger?«
Er zuckt die Achseln und sieht sich im ganzen Raum um. Offenbar ist er unruhig, aber dazu hat er schließlich allen Grund. Gerade werde ich nicht schlau aus ihm.
»Hat der Mann gesagt, was er von mir will?«
»Meine Kopfhörer sind weg«, sagt er.
»Wo hast du das iPad her?«
»Krankenschwester.« Eine nähere Erklärung folgt nicht.
Ich nicke und schaue ihn forschend an. Mehr kann ich ihm über den Mann, der hier war, wohl nicht entlocken. Ich sehe mich in

der Station um. Es ist ungewöhnlich still. Die Besucher sind weg, die Patienten schlafen. Zu hören sind nur der Verkehr draußen und der Deckenventilator.
»Komm, wir sehen mal nach Saskia«, sage ich, und er schiebt mich schnell durch den langen Gang zu ihrem Zimmer. Sie da liegen zu sehen löst eine seltsame Mischung aus Erleichterung und neuerlichem Schmerz in mir aus. Es ist schwer.
Ich nehme ihre kleine Hand und erfasse erst nach und nach mit allen Sinnen, dass das hier wirklich geschieht. Mondsicheln aus Blut und Schmutz unter ihren Fingernägeln. Die geschlossenen Augen, die beängstigenden Pausen zwischen den Piepsern, die ihren Puls wiedergeben.

Es wird Nacht, und jedes Mal, wenn ich im Gang Schritte höre, stockt mir der Atem vor nackter Angst. Unsere Station liegt ganz am Ende des Gebäudetraktes; raus kommt man nur durch den Gang, das heißt, wenn jemand käme, der es auf Reuben und mich abgesehen hat, könnten wir nirgendwohin. Das Krankenhaus scheint direkt aus einem Zombie-Film zu stammen – ich habe gerade mal ein Bad entdeckt, und dort wimmelte es von Insekten, es gab kein Toilettenpapier, und aus den Hähnen kam braunes Wasser. Kein Essen, sehr wenig Trinkwasser. Wir sind beide schon geschwächt von Hunger, Reuben und ich. Ich habe darum gebeten, mal rausgebracht zu werden, aber entweder verstehen die Schwestern mich nicht, oder sie ignorieren mich schlicht. Vanessa ist nicht aufgetaucht, und ich fürchte, sie lässt sich gar nicht mehr blicken. Sie hat angekündigt, dass ein Neurochirurg kommen und nach Saskia schauen würde – warum ist er noch nicht da?
Es gibt kein Telefon, das ich benutzen könnte, und mein Handy habe ich auch nicht. Das Schlimmste ist, dass sie uns nicht erlauben, bei Saskia im Zimmer zu schlafen. Reuben und ich nehmen

zu viel Platz ein, die Schwestern müssen jederzeit und von allen Seiten an sie herankommen können – es hat eine halbe Stunde Gestikulieren und Gesteninterpretieren gebraucht, bis ich endlich begriffen hatte, dass das der Grund ist –, aber in meinen Augen ist das kompletter Unsinn, denn es sieht ohnehin nur einmal am Tag jemand nach uns. Reuben zuliebe gebe ich mir Mühe, tapfer zu sein. »Was ist, Mama? Was ist denn nur?«, fragt er ständig, und ich muss jedes Mal sagen, dass es mir gut geht und dass alles in Ordnung ist.

Aber das ist gelogen.

9
Michael
31. August 2017

Mein Kopf schmerzt, als sei ein Meteor darauf gelandet. Jemand klopft an die Fensterscheibe, ein dumpfes *Dong, Dong,* das sich dem Pochen in meinem Schädel anzupassen scheint. Ich stehe auf, um nachzusehen, wer da klopft, und stelle fest, dass es sich um eine Art Insekt handelt, etwas von der Größe eines kleinen Vogels, das versucht, nach draußen zu gelangen. Mit einem kurzen Ächzen vor Schmerz reiße ich mir den Schlauch aus dem Arm und kämpfe mich vorwärts, um den Brummer rauszulassen. Er hat einen Stachel, der bestimmt sieben Zentimeter lang ist, aber er hat mehr Angst vor mir als ich vor ihm.

Ich setze mich auf die Bettkante und stelle fest, dass ich ein rotzgrünes Krankenhaushemd anhabe, im Nacken und auf Taillenhöhe zugebunden wie eine Schürze. Darunter nichts. Wer hat mich ausgezogen? Ich befinde mich in so etwas wie einem Krankenhaus, allerdings einem ziemlich üblen. Es sieht aus wie eine Baustelle. Riecht auch so. Mein Rücken schmerzt, als sei ich von einem Berg gefallen. Ich bin von Schnittwunden und Schrammen übersät. Im ersten Moment denke ich, ich sei wegen des Feuers hier, und im Geiste bin ich wieder in den schwarzen Rauchschwaden im Laden gefangen. Habe das Gefühl, als würde meine Lunge zerquetscht.

Und dann sehe ich wieder Luke bei der Strandhütte vor mir. Die Arme ausgebreitet, als wollte er sagen: *Was hast du erwartet?* Schaudernd frage ich mich, ob ich einen Geist gesehen habe. Eine rationale Erklärung wäre, dass ich noch halb geschlafen habe oder dass der, der da vorbeikam, einfach große Ähnlichkeit mit Luke hatte. Es könnte Theo gewesen sein.

Neben dem Bett steht ein schwarzer Rucksack auf dem Boden. Ich ziehe ihn zu mir heran und durchsuche ihn. Viel ist nicht drin. Da muss sich schon jemand zu schaffen gemacht haben. Natürlich. Ich weiß, dass ich Helens Pass hier drinhatte und die von den Kindern. Sie sind alle drei weg.

Meinen eigenen Pass habe ich in das Geheimfach auf der Rückseite gesteckt, das weiß ich. Er ist noch da. Dazu meine Brieftasche, ein Notizblock, ein Stift und mein Handy. Der Akku ist leer. Verdammt.

Auch mein kariertes Hemd finde ich, ordentlich aufgerollt. Ich ziehe den grünen Kittel aus, wische mir damit Achseln und Nacken trocken und fahre in das saubere karierte Hemd. Meine Schuhe entdecke ich neben der Tür auf dem Boden.

Eine Schwester geht draußen auf dem Gang vorbei, und ich habe den Impuls, sie zu rufen, ihr zu sagen, dass sie unsere Angehörigen anrufen und ihnen erzählen soll, was passiert ist. Aber wir beide, Helen und ich, haben weder Eltern noch irgendwelche engen Verwandten.

Niedergedrückt von der Einsicht, dass es niemanden gibt, den wir um Hilfe bitten könnten, lehne ich mich gegen die kalten Streben des Bettgestells.

Das ist meine Familie. Ich muss das tun. Es gibt sonst niemanden.

10

Helen
1. September 2017

Solange ich kann, kämpfe ich gegen den Schlaf an, lausche, ob sich im Gang etwas tut. Ich habe das sichere Gefühl, dass wir beobachtet werden. Nicht das Gefühl – es ist eine furchtbare Gewissheit. Mir stehen sämtlich Haare zu Berge, und trotz der drückenden Hitze sind alle meine Sinne hellwach und flattert mein Herz. Wer es auch ist, der da im Dunkeln steht und uns beobachtet, ich fühle mich ausgeliefert und absolut hilflos. Keine der Schwestern, die heute da sind, versteht mich, niemand hilft. Wir sind vollkommen allein.
Sobald ich daran denke, schießt der weiße Van wie ein greller Splitter auf mich zu, und mein Fuß schnellt zu einer imaginären Bremse. Wieder und wieder dieser Kreislauf; mein Körper reagiert auf eine Erinnerung, die im Röhrenwerk meines Geistes feststeckt.
Als mein Körper schließlich vor Erschöpfung aufgibt, tauche ich tief in Träume ein, komme wieder an die Oberfläche und erfasse jedes Mal mit demselben Entsetzen, wo ich bin und warum ich hier bin.
Ich träume von dem Feuer in der Buchhandlung, schwarze Rauchwolken beulen sich aus dem Schaufenster, es herrscht eine grausame Hitze. Michael und ich stehen am Ende der Straße und sehen hilflos zu, wie die Feuerwehrleute lange Schläuche entrollen und die Flammen mit Wasserstrahlen bekämpfen. Im Traum steht allerdings die Strandhütte in Flammen, nicht der Laden. Eine Gestalt läuft aus dem Bild, die Böschung hinauf, in die Dunkelheit. Ich versuche, Michael darauf aufmerksam zu machen.

Guck! Meinst du, er hat das Feuer gelegt?
Michaels Kommentar treibt an die Oberfläche meiner Träume.
Wir wissen beide, dass nicht Kinder das Feuer gelegt haben.
Da ist ein Unterton, den ich nicht deuten kann. Noch als ich aufwache, hallt der Satz in mir nach, wird langsam von etwas, das im Traum gesagt wurde, zur Erinnerung.

Kurz nach acht Uhr morgens höre ich im Gang Stimmen: Ein Rettungswagen ist da, Saskia soll in ein Krankenhaus in Belize City gebracht werden. Zu meiner Erleichterung sagen sie, Reuben und ich können mit, und zugleich plagt mich mein Gewissen, weil ich Michael im Stich lasse. Aber er würde wollen, dass ich mitfahre.
Doch gerade als die Schwestern mir in den Transporter helfen, hält Vanessa in ihrem Wagen neben uns. »Die Polizisten bitten Sie, zur Wache zu kommen und eine Aussage zum Unfallgeschehen zu machen. Und zwar gleich.« Ihr Ton ist mitfühlend.
Ich erkläre ihr, dass Saskia jetzt weggebracht wird und operiert werden soll, doch sie hebt die Hände.
»Es ist nicht meine Entscheidung«, sagt sie. »Das letzte Wort haben die Polizisten. Und die verlangen, dass Sie sofort hinkommen.«
Es bricht mir das Herz, aber Vanessa sagt, ich hätte keine Wahl. Ich sei gesetzlich verpflichtet, über den Unfall zu berichten, und das müsse jetzt geschehen.
»Es tut mir wirklich leid«, sagt sie, »aber das liegt nicht in meiner Hand.«
Tränen laufen mir über die Wangen, als ich dem Rettungswagen mit meiner Tochter nachschaue. Es ist, als würde mir eins meiner Gliedmaßen herausgefetzt und die Straße entlanggeschleift, bis es außer Sichtweite ist. Ich bin in einem tiefen Zwiespalt. Ein Gefühl sagt mir, dass Saskia in Belize City wenigstens in Sicher-

heit sein wird, das andere schreit: *Bist du verrückt? Du lässt zu, dass sie sie einfach wegbringen? Du weißt doch nicht einmal, ob das überhaupt echte Ärzte sind!*

Wenigstens werden die Polizisten uns beschützen. Ich werde ihnen von dem Mann bei der Hütte erzählen und von dem Fahrer des Vans, der nach dem Unfall ausgestiegen ist und uns angeschaut, aber nicht geholfen hat.

Vielleicht können sie eine Polizeieskorte für Saskia bereitstellen, damit ihr nichts zustößt.

Die Polizeiwache befindet sich einen knappen Kilometer außerhalb von San Alvaro, das im Wesentlichen aus einer schmutzigen Straße zu bestehen scheint, gesäumt von Holzschuppen, wo Obst, Gemüse, handgeknüpfte Teppiche und Kleider verkauft werden. Nackte Kinder rennen herum, überall sind streunende Hunde, so mager, dass die Rippen sich wie die Zinken eines Kamms unter dem gefleckten Fell abzeichnen.

In dem Gebäude werden wir in einen kleinen Raum am Ende des Flurs geführt. Vanessa schiebt den Rollstuhl. Ein paar Beamte am Empfang unterbrechen ihr Gespräch, als sie uns sehen. Vanessa wendet sich freundlich auf Kriol an sie, aber sie antworten nicht; stattdessen starren sie mich an – und Reuben, der mit den Fingern schnipst und sich an diesem fremden, feindlichen Ort extrem tapfer hält.

»Also, erzählen Sie, was passiert ist«, sagt Superintendent Caliz, kaum dass Vanessa, Reuben und ich ihm in dem kleinen Raum an seinem Schreibtisch gegenübersitzen. Seine Augen sind hinter dunklen Brillengläsern versteckt, die Mundwinkel hängen, er runzelt die Stirn. Das beigefarbene Uniformhemd spannt über einem Kugelbauch, auf der Brusttasche prangen Rangabzeichen. An der Wand hinter ihm hängen Fotos: er, wie er für Jahrzehnte treuer Dienste bei der Polizei ausgezeichnet wird. Er schaut kurz zu Reuben, der völlig gebannt ist von den Glasflaschen, die in einer Reihe am Fenster stehen und das Sonnenlicht so filtern, dass ein buntes Kaleidoskop auf den Boden fällt.

Mir fällt auf, dass Superintendent Caliz weder einen Stift noch ein Tonbandgerät hat, um die Befragung aufzuzeichnen. Nach einem Seitenblick zu Vanessa erzähle ich ihm alles, was ich mir in Erinnerung rufen kann: von der Reise nach Mexiko, unseren vierzehn Tagen in der Strandhütte, dem Mann, der nachts die Böschung hochgelaufen ist. Dann berichte ich mit klopfendem Herzen von dem Unfall, dabei laufen mir Tränen über die Wangen. Ich muss ihm verständlich machen, warum es so grausam war, dass der Van-Fahrer einfach nur dastand und uns angestarrt hat. An dieser Stelle habe ich das Gefühl, wieder neben Saskia auf der Straße zu liegen und zu beten, dass wir gerettet werden.

»Ich habe Angst«, sage ich schließlich und bemühe mich um eine deutliche Aussprache, damit er alles mitbekommt. »Ich mache mir Sorgen, dass der Mann wieder auftauchen und uns noch einmal angreifen könnte.«

Superintendent Caliz spitzt die Lippen und nickt. »Waren Sie alle angeschnallt?«, fragt er.

»Ja.« Das verwirrt mich.

»Warum ist Ihre Kleine dann durchs Fenster geflogen?« Dazu macht er eine Handbewegung. Ich brauche einen Moment, um zu kapieren, dass er demonstrieren will, wie Saskia durch die Scheibe katapultiert worden ist.

»Wir *waren* angeschnallt«, sage ich, doch dann wandern meine Gedanken zurück zu jenem letzten Mal, als wir angehalten haben, damit Saskia pinkeln konnte. Habe ich danach ihren Gurt fixiert? Sie kann das allein, und normalerweise überlasse ich es ihr auch, aber der Leihwagen war alt, ein Modell mit Fließheck und merkwürdigen Gurten, über die sie sich oft beklagt hat. Bei dem Gedanken, dass ich vielleicht nicht darauf geachtet habe, fühle

ich mich sofort schuldig. Hätte ich es getan, läge sie jetzt vielleicht nicht im Koma.
»Gefahren sind Sie, ja?«
Ich nicke. »Ja.«
»Warum nicht Ihr Mann?«
»Das andere Fahrzeug ist direkt in uns reingefahren«, erwidere ich unerwartet scharf, »da spielt es überhaupt keine Rolle, wer gefahren ist. Er ist im letzten Moment auf unsere Spur eingeschwenkt ...«
Er verschränkt die Arme, beugt sich vor und starrt mich finster an. »Sie kaufen Drogen hier in Belize?«
»*Drogen?*«
Superintendent Caliz wendet sich an Vanessa und sagt etwas auf Kriol. Sie zuckt zurück, scheint verwirrt.
»Wir haben die Mitteilung erhalten, dass jemand festgenommen worden ist«, unterbricht sie ihn.
Ich kann es kaum glauben. Ich dachte, zumindest die Polizei müsste helfen; dachte, der Superintendent würde die Situation richtig einschätzen und uns Schutz anbieten. Michael liegt bewusstlos im Krankenhaus, Saskia befindet sich über hundert Kilometer entfernt, in einem anderen Krankenhaus, unter lauter Fremden. Reuben und ich sind total allein.
»Was sagt er?«
Vanessa zögert, bevor sie antwortet.
»Sie haben den Fahrer des Vans, der in Sie reingefahren ist, in Gewahrsam genommen«, sagt sie langsam.
Ich atme auf. »Gut!«
Sie aber schüttelt den Kopf, als hätte ich sie falsch verstanden.
»Er sagt, dass der Unfall geplant war. Dass er dafür *bezahlt* worden ist, ihn zu verursachen.«
Meinem Mund entfährt ein Laut. Jeder Verdacht, den ich hatte, war berechtigt, ich habe mit meinem Gefühl richtiggelegen. Es

hat uns jemand beobachtet. Es *gibt* jemanden, der unseren Tod will.

»Das hat mit Drogen *nichts* zu tun!«, schreie ich, und alle im Raum, mich selbst eingeschlossen, sind überrascht von meiner Wut. »Ich habe es Ihnen erzählt! Am Strand war jemand, der uns beobachtet hat, und am nächsten Tag ist ein Mann in unseren Wagen gefahren. Sie sagen, Sie haben ihn in Gewahrsam genommen. Wer hat ihn denn dafür bezahlt, dass er in uns reinfährt?«

Der Superintendent lehnt sich in seinem Stuhl zurück, verschränkt die Finger und bellt etwas auf Kriol.

Vanessa verarbeitet, was er sie hat wissen lassen, dann beugt sie sich mit gerunzelter Stirn und verwirrtem Ausdruck zu mir herüber.

»Wie heißt Ihr Mann?«

»Michael«, sage ich, ebenso verwirrt. »Warum?«

»Michael Pengilly?«

»Ja, Michael. Warum? Was hat das mit dem Mann zu tun, der in uns reingefahren ist?«

Schon wieder hebe ich, aus schierer Verzweiflung, die Stimme. Vanessa wiederholt für Superintendent Caliz, was ich gesagt habe, und als er auf Kriol antwortet, hört sie sehr aufmerksam zu. Plötzlich liegt Misstrauen in der Luft, Bedrohung. Ich hatte gedacht, hier würde ich mich sicher fühlen; stattdessen scheint die Gefahr jetzt größer als im Krankenhaus.

Vanessa fixiert mich mit düsterer Miene. Sie wählt ihre Worte sorgfältig. »Der Fahrer des Vans behauptet, Ihr Mann hätte ihn dafür bezahlt, Ihren Wagen so zu rammen, dass Sie alle ums Leben kommen, und das Ganze aussehen zu lassen wie einen Unfall.«

Was sie sagt, ist wie ein schwarzes Loch, es saugt mich ein, Zelle um Zelle, bis nichts mehr übrig ist als ein Schrei.

11

Michael
1. September 2017

Es ist ein Schock für Leib und Seele, so kurz nach dem Unfall wieder in einem Auto zu sitzen. Der kalte Schweiß bricht mir aus, als wir durch belebte Straßen fahren, uns zwischen Massen von Menschen hindurchschieben – Esel sind auch da, und ich könnte schwören, dass irgendwo hinter uns ein Mann mit einem Orang-Utan war – und dann in eine Flut von Wagen geraten, die chaotisch hierhin und dahin schießen. Der Fahrer sagt, in dieser Stadt gibt es keine Spuren. Sieht so aus, als gäbe es auch kaum Straßen, jedenfalls keine von der asphaltierten Sorte, und das trotz der Tatsache, dass das Verhältnis von Autos zu Menschen ungefähr elf zu eins zu sein scheint. Die Reifen wirbeln solche Mengen Staub auf, dass man weder etwas sehen noch auch nur atmen kann. Als würde man durch einen Sandsturm gleiten. Der Fahrer raucht Gras und hört sehr lauten Funk. Er versucht, ein Gespräch in Gang zu bringen, fragt, ob ich Medizinstudent und Praktikant im Krankenhaus sei. Ich sage Ja und gebe mir Mühe zu verbergen, dass ich lüge.
Über ein paar Cola-Dosen auf der Rückbank baumelt ein weißes Handy-Ladekabel. Es passt zu meinem Telefon.
»Kann ich?«, frage ich.
»Klar«, sagt er.
Ich schließe mein Handy an, und kurz darauf leuchtet das Display auf. Ich scrolle durch meine Fotos, darunter einige Videos, die Reuben gemacht hat. Eins davon öffne ich, und es zeigt sich, dass es in der Buchhandlung aufgenommen wurde, vor dem Feuer. Es trifft mich ins Mark. Groß erscheint sein Gesicht auf dem

Display, während er das Handy gegen ein Tischbein lehnt, ein Buch aus dem Regal zieht, sich im Schneidersitz auf den Boden hockt und sich beim Lesen filmt. Bald taucht neben ihm ein zweites Paar Beine auf. Ich sehe zu, wie er aufblickt, um nachzuschauen, wer da steht, und dann weiterliest. Es muss eine Kundin sein. Sie hat eine Tüte von Sainsbury's dabei. Sie steigt über ihn hinweg, als sei er ein Möbelstück, und dann dreht sie sich um und schnauzt ihn an: »Warum musst du mitten im Weg sitzen? Siehst du nicht, dass hier Leute durchwollen?«
Reuben hebt den Kopf, starrt ausdruckslos zu ihr hinauf und wendet sich dann wieder seinem Buch zu.
»So was Unhöfliches«, sagt die Frau aus dem Off, und sofort habe ich den Drang zu schreien: *Er ist nicht unhöflich, er ist Autist!* Helen und ich haben einmal gesagt, wir müssten das eigentlich auf T-Shirts drucken lassen, die wir immer anziehen könnten, wenn wir als Familie unterwegs sind. Einmal ist Saskia aus der Schule gekommen und hat erzählt, ihre Lehrerin hätte gesagt, sie sei sehr artistisch. Sie hatte die Lehrerin sofort korrigiert. »Ich hab ihr erklärt, dass das nicht heißt, dass ich unhöflich bin und keine Ahnung habe. Artistische Menschen sind genauso höflich wie neurotypische. Stimmt doch, oder?«
Wir mussten so lachen.
Ich schaue auch seine anderen Videos durch, eins zeigt ihn beim Minecraft-Spielen, eins beim Zeichnen. Ich weiß, dass Reuben ein unglaublicher Junge ist. Die Gesellschaft ist besessen von Status, Fassade und dem Sperrfeuer der visuellen Medien; wir vertrauen in geradezu lächerlichem Ausmaß auf das, was wir sehen. Äußerlich ist mein Junge nicht normal, und das stellt immer noch ein Problem dar. Vor langer Zeit haben Helen und ich uns geschworen, dafür zu kämpfen, dass unsere Kinder sich in dieser untergehenden, chaotischen Welt zu Hause fühlen und ihren Platz finden. Wir wollten sie beschützen.

Und genau das gedenke ich jetzt zu tun.

Ich scrolle weiter durch meine Galerie, suche die Fotos von den Briefen. Helen weiß nicht, dass ich sie geöffnet habe, aber sie weiß, dass wir sie bekommen haben. Warum hat sie sie vor mir versteckt? Jedes Jahr ein Brief. Und zwar immer mit dem Datum von Lukes Todestag. Als würde ich den je vergessen.

Ich habe die Briefe fotografiert für den Fall, dass sie sie wegtut. Und es hat eine Weile gedauert, bis mir klar war, was sie bedeuten, warum sie mir nichts von ihnen gesagt hat. Es gibt in unserer Ehe viele Geheimnisse, aber keins wiegt so schwer wie das Verstecken von Briefen, die eine solche Drohung beinhalten. Ewig wirft Helen mir vor, dass ich Konfrontationen aus dem Weg gehe, und trotzdem war sie es, die diese Briefe vor mir verheimlicht hat. Warum? Was hat sie zu verbergen?

Als ich die Bilder nicht finde, gerate ich in Panik. Ich sehe Fotos von Reuben an seinem ersten Tag mit Schnorchel und Taucherbrille; stolz hebt er den Daumen. Es gibt Bilder von Saskia, wie sie in ihrem *Trolls*-Badeanzug Pirouetten dreht; wie sie strahlt, als sie die Delfine entdeckt hat. Ich wische so schnell wie möglich weiter, aber irgendetwas in meiner Brust gibt nach, und ich muss wegschauen, damit ich nicht anfange zu weinen.

Endlich stoße ich auf ein Bild von einem der Briefe und zoome den cremefarbenen Bogen heran.

Sehr geehrter Herr,

im Namen unserer Mandanten wenden wir uns erneut wegen des Todes von Luke Aucoin an Sie.

Unsere Unterlagen ergeben, dass Sie den Empfang unseres vorangegangenen Briefes bestätigt haben. Um zu vermeiden, dass die Angelegenheit Konsequenzen nach sich zieht, bitten wir Sie, umgehend mit uns in Kontakt zu treten.

*Mit freundlichen Grüßen
K. Haden*

Als ich das Wort »Konsequenzen« lese, kocht Wut in mir hoch.
»Wohin, Mann?«, fragt der Taxifahrer.
»Zum Flughafen«, sage ich. »Schnell.«

12

Michael
16. Juni 1995

Es ist entschieden. Wir bleiben drei Nächte in Chamonix und lernen Dinge wie: Verhalten im Fall einer Lawine (»Sich ducken?«, schlägt Theo vor), Spaltenbergung (»Das heißt ein Seil runterwerfen, Mann«, sagt Luke) und Sicherungstechniken, mit anderen Worten, wir konsumieren das Äquivalent unseres Körpergewichts an Wodka und schwingen zwischendurch ab und zu pro forma einen Eispickel.

Heute Morgen haben wir uns einer Gruppe von fünfzehn Kletterern angeschlossen; ein Guide namens Sebastian führt uns in die Aiguilles Rouges, wo wir einen Mix aus verschiedenen Klettertechniken üben werden. Dieser Alpenabschnitt erinnert mich an den Ben Nevis in Schottland oder den Lake District – eine Palette erdiger Braun- und samtiger Grüntöne mit sanften Steigungen und Schneeflecken in den Nischen weit entfernter Gipfel. Berge, so weit das Auge reicht, nirgends ein Hinweis auf menschliches Leben. Nur unsere kleine Gruppe ist da, halb verschluckt von den Bergen. Es ist ein warmer, freundlicher Tag, kaum ein Lüftchen regt sich, aber Sebastian hat uns angewiesen, uns auszustaffieren, als wären wir kurz vorm Gipfel – Helm, Steigeisen, Eisgerät und so weiter. Egal, für mich ist es die Gelegenheit, die Sonne über den Bergen aufgehen zu sehen, ein sattes dottergelbes Licht, das hinter den kristallinen Türmen aufsteigt, helle Strahlen, die sich wie Straßen in die Täler ergießen. Es ist wirklich beeindruckend. Es genügt, um mich in Helens Gegenwart etwas entspannter sein zu lassen. »Wo hast du Luke und Theo kennengelernt?«, fragt sie liebenswürdig, als wir unseren Laufrhythmus gefunden haben. »Ich meine, ich weiß, dass ihr alle in Oxford seid, aber kanntet ihr euch schon vorher?«

»Nö. Wir sind alle in der Uni-Rudermannschaft«, sage ich. »Der Unhold hier hat uns zum Klettern gebracht. Stimmt's, Luke? Letztes Jahr sind wir den Ben Navis rauf.«

Er grinst. »Na ja, eher habe ich Theo und dich den Ben Nevis mit Gebrüll und Fußtritten hochgescheucht.«

»Als Nächstes besteigen wir den Kilimandscharo, dann kommt der Mount Everest«, sage ich, und sie scheint beeindruckt.

»Wow, Mount Everest.« Sie schaut zu Luke, der offenbar nie etwas in der Art erwähnt hat. »Da komme ich, glaube ich, nicht mit.«

Ach, wirklich?, möchte ich möglichst sarkastisch sagen. *Das ist aber schade.*

»Kommt schon, Leute!«, ruft eine Stimme. Sebastian. Er hat die Gruppe auf einem Felsvorsprung versammelt, von dem aus man auf einen saphirblauen See schaut. Wir nehmen Helme und Rucksäcke ab und wollen den Kocher aufstellen, da weist Sebastian uns schon wieder zurecht.

»Das ist nicht die Mittagspause«, sagt er. »Erst lernen wir, nicht zu sterben, dann essen wir. Okay?«

Klingt vernünftig.

Helen steht ganz vorn in der Gruppe und passt auf, als er demonstriert, wie man eine Abseilstelle einrichtet.

»Wenn ihr euch in eine Schlucht runterlassen müsst, braucht ihr einen Ankerpunkt«, sagt er, sucht sich einen Baum nahe an der Kante des Felsvorsprungs, legt eine Schlinge um den Stamm und bindet einen Achterknoten. »Daran macht ihr euch mit einem Mastwurf fest, das bietet Schutz an der Kante. Ich hake mein Sicherungsgerät am Fixpunkt ein. Dort brauche ich zwei Karabiner zum Festmachen – nehmt einen kleinen, um das Bremsseil umzuleiten, okay?« Er hält einen Karabiner hoch und hakt ihn in die Schlinge ein.

Ich riskiere einen Blick über den Rand. Ganz schön weit bis da runter.
»Und jetzt zur Demonstration – wer möchte?«
Nervöses Lachen in der Runde.
»Du.« Sebastian zeigt auf mich und winkt mich zu sich.
»Was, ich?« Ich schaue mich um.
»Wir beide werden zeigen, was passiert, wenn ein *arête* euer Seil aufscheuert, okay?«
Luke lacht und schiebt mich vorwärts. Einer der direkteren Typen in der Gruppe – der Südafrikaner mit den lila Dreadlocks – hebt die Hand. »Ein Arête? Was ist das?«
»Ein messerscharfer Grat«, erklärt Seb. »Was schätzt du, was passiert, wenn dein Seil immerzu über so eine Stelle reibt?«
»Es reißt«, murmeln alle im Chor.
Zu Demonstrationszwecken hält Sebastian ein ausgefranstes Seilende hoch. »Na los!« Er dreht sich zu mir und zeigt auf die Kante. Im Augenblick fühle ich mich bei der Vorstellung, mich da herunterzulassen, nicht besonders sicher. Trotzdem binde ich mich ein und versuche, nicht allzu ängstlich dreinzuschauen, während ich langsam tiefer gleite, immer besorgt das Seil im Blick, das sich jetzt um den Baumstamm spannt. Fünf oder sechs Meter lässt er mich runter – es fühlt sich an wie dreißig –, dann wird das Seil plötzlich schlaff. Meine Füße gleiten über glatten Stein, und ich suche wild tastend nach einem Halt. Ich finde einen Spalt in der Felsoberfläche, und in den grabe ich die Finger; mein Herz klopft, als hätte ich einen Haufen Frösche in der Brust.
Kurz darauf ruft Sebastian mir zu, ich solle wieder nach oben klettern. Das Seil strafft sich, und ich strampele nach oben wie Spiderman.
Die Gruppe applaudiert – ich muss aufpassen, dass ich nicht ohnmächtig werde.

»So, ihr habt es gesehen«, sagt Sebastian. »Es ist wichtig, dass ihr wisst, wie ihr einen Anker macht, bevor ihr absteigt, aber noch wichtiger ist, dass ihr darauf achtet, euer Seil nicht über eine scharfe Kante laufen zu lassen. Wenn ihr in einem Nicht-fallen-Gebiet seid, lautet Regel Nummer eins wie?«
»Nicht fallen!«, rufen wir.

Zurück in Chamonix, verkündet Luke in der Bar, dass er uns in einem Schlafsaal untergebracht und für uns alle bezahlt hat. Bislang haben wir gezeltet, aber er findet es besser, wenn wir ein Dach über dem Kopf haben. »Nennt es Versicherung«, sagt er. »Wir wollen doch nicht, dass jemand vergisst, seine Zigarette auszumachen, weil er zu besoffen ist. Am Ende stehen wir noch alle ohne Ausrüstung da.«
»Was?«, murmelt Theo, und wir schauen ihn beide an.
»Tu nicht so unschuldig«, ruft Luke und mischt die Karten. »Du weißt genau, dass du letztes Wochenende um ein Haar die Wohnung angezündet hättest. Jedes Mal, wenn du betrunken bist, lässt du deine Zigarette auf der Sofakante oder der verdammten Matratze liegen.«
»Daran erinnere ich mich nicht.« Theo zuckt die Achseln.
»Du erinnerst dich nicht?« Luke lacht. »Die Ecke vom Sofa hat gebrannt, mein Freund. Die Flammen waren schon an deinem Hosenbein. Ich habe mir ein Glas Wasser geschnappt, das allerdings Wodka war. Fast hätte ich das Zeug über dir ausgekippt. Du kannst dir vorstellen, wie das ausgegangen wäre.«
»Teilst du auch noch aus?«, fragt Theo mit einer Kippe zwischen den Lippen und nickt in Richtung der Karten in Lukes Hand.
Luke teilt aus.
»Was spielen wir?«, frage ich.
»Was trinken wir?«
»Gin.«

»Also Gin-Rommé.«
»Warum nicht Poker?«, fragt Theo.
»Na gut, Poker.«
»Wo ist Helen?«, frage ich. »Kommt sie noch?«
Luke verteilt Karten. »Sie liest. Will sich nicht aufdrängen.«
Der Gin hat mich erwärmt, hat meine Vorbehalte schmelzen lassen. »Also, ich hab nichts dagegen, wenn sie dazukommen möchte.«
Luke starrt mich finster an. »Ich weiß nicht, auf welcher Droge du bist, aber sie bewirkt, dass aus deinem Mund Lügen kommen.«
»Ehrlich. Wo ist sie? Hol sie doch her.«
Luke schüttelt den Kopf. »Sie würde eh nicht kommen. Sie geht morgen sehr früh los, mit einem Trainer an einen der Hänge.«
»Sie trainiert?«, fragt Theo.
»Ja. Wenn wir an die brenzligen Stellen kommen, will sie sich nicht auf mich verlassen. Sie ist unabhängig, Mann!«
Das gibt mir zu denken. Mein Gewissen meldet sich; allmählich nagt an mir, was ich über sie gesagt habe. Ich dachte, sie sei einfach Lukes neueste Eroberung, aber mit jeder Stunde, die ich in ihrer Gesellschaft verbringe, lösen sich meine Unterstellungen weiter auf. Wie es scheint, kann sie zupacken, strengt sich an und ist unabhängig. Ich fühle mich in ihrer Nähe wohl. Noch besser ist, dass Luke bisher in Hochform ist, Witze reißt und darauf besteht, alles zu bezahlen. Das schreibe ich vor allem dem Umstand zu, dass Helen bei uns ist.
Ich starre auf mein Blatt. Keine große Hand. Meine High Card ist die Herzdame.
»Du scheinst ja wirklich auf sie zu stehen«, sage ich zu Luke, und erst als es heraus ist, begreife ich, wie albern sich das anhört.
»Na ja, sie ist meine Freundin, also ist es wahrscheinlich gut, dass ich auf sie stehe. Wenn du verstehst, was ich meine.«

»Wie lange seid ihr … also …?
»Sieben Monate.«
»Dann hast du sie ja deinem besten Freund ganz schön lange vorenthalten.« Kurz erwäge ich, ihm vorzuhalten, dass er entweder verlogen oder besitzergreifend ist, aber ich lasse es lieber bleiben.
Er zuckt die Achseln. »Sie wohnt in London. Und wenn sie in Oxford ist, sind wir nicht wirklich scharf auf weitere Gesellschaft, wenn du verstehst.«
Theo und ich wechseln einen Blick. »Also sollten wir lieber keinen von den One-Night-Stands erwähnen, die du in der Zeit hattest?«, sagt Theo.
»Besser nicht. Es sei denn, du möchtest, dass ich erzähle, dass ich dir im letzten Trimester bei deinem Essay für Vergleichende Literaturwissenschaft geholfen habe. Der Dekan wäre nicht entzückt.«
Ich spiele meine Herzdame. Luke legt eine Pikdame und ein Ass hin.
Er gewinnt.
Am nächsten Tag haben wir alle drei einen üblen Kater. Luke und Theo sagen, sie schwänzen das Training, aber Helen sehe ich. In einem neonpinkfarbenen Softshell-Anzug und voller Ausrüstung geht sie mit den anderen in Richtung der Übungshänge.
»Hallo, Helen, guten Morgen!«, rufe ich und winke wie ein Idiot. Als sie ihren Namen hört, dreht sie sich um. Sieht mich, winkt zurück. »Hi, Michael. Hattet ihr einen schönen Abend?«
Ich nicke und lege die Hand an die Stirn. »Das ist jetzt natürlich die Quittung.«
Sie lächelt.
Ich bin den ganzen Tag unruhig. Selbst als ich mich einer anderen Gruppe anschließe, ein paar Franzosen, die unbedingt Sicherungstechnik üben wollen, kann ich mich nicht konzentrieren; meine Gedanken verlieren sich in alle möglichen Richtungen.

13

Helen
1. September 2017

Ich sitze im Gebäude der Britischen Hochkommission in einem Ledersessel, mir gegenüber, hinter ihrem Schreibtisch, Vanessa. Weinen kann ich nicht, ich bin wie vor den Kopf geschlagen. Starr vor Angst und Verwirrung. Die Wände scheinen sich auf mich zu- und wieder wegzubewegen, als atmeten sie. Ich traue niemandem.
Vanessa telefoniert mit ihren Vorgesetzten, um sich Rat zu holen. Jedenfalls hat sie gesagt, dass sie das tut, aber soweit ich weiß, hängt sie da mit drin. Soweit ich weiß, hat sie mit dem Unfall zu tun.
Ich möchte zurück ins Krankenhaus, zu Michael, ihm erzählen, was passiert ist. Ich muss weg hier, irgendjemanden anrufen, um Hilfe bitten. Innerlich rudere ich wie jemand, der auf hoher See ins Meer geworfen worden ist und noch nicht einmal eine Schwimmweste trägt. Als Vanessa aufschaut, frage ich, ob ich eins der anderen Telefone benutzen kann, um meine Freundin Camilla in England anzurufen. Sie nickt nur und hebt den Zeigefinger, zu sehr konzentriert auf das, was die Person am anderen Ende der Leitung sagt. Ich atme stoßweise und zu schnell. Ich gleite in meinen Körper hinein und aus ihm heraus, in die Vergangenheit und in die Zukunft.
Der schrille Klingelton von Vanessas Handy holt mich zurück. Sie legt das Festnetztelefon ab und meldet sich, dann reicht sie das Handy schnell an mich weiter. Es ist Alfredo, der Neurochirurg, und mit einem Schlag bin ich um hundert Kilometer nach Norden versetzt, zu Saskia ins Krankenhaus.

»Wir haben eine Diagnostik von Saskias Gehirn gemacht«, sagt er. »Es gibt einige Kontusionen des Frontallappens und Anzeichen einer diffusen axonalen Verletzung. Was ich noch nicht sagen kann, ist, ob es zu einer Blutung oder Schwellung kommen wird.«
»Wird sie wieder gesund?«, frage ich voller Angst.
Er seufzt, und mir sinkt das Herz. »Es besteht die Möglichkeit, dass der Druck wächst und den Blutzustrom zum Gehirn verlangsamt. Sollte das eintreten, kann es zu einer sogenannten zerebralen Hypoxie und Ischämie kommen. Das bedeutet, das Gehirn kann anschwellen und Öffnungen zum Austreten suchen, was wir ganz bestimmt nicht wollen.«
Mein Innerstes kehrt sich nach außen. Fragen über Fragen jagen mir durch den Kopf. *Überlebt sie das? Wird sie wieder laufen können? Sprechen? Welche Langzeitfolgen gibt es?*
»Was können Sie für sie tun?«, frage ich zaghaft.
Wieder ein tiefer Seufzer. »Sie muss operiert werden. Wir müssen eine ICP-Sonde einführen, mit der wir den Hirndruck in der Schädelhöhle überwachen können.«
Es entsteht ein langes Schweigen, und schließlich dämmert mir, dass er meine Erlaubnis will, diese Operation durchzuführen. Meiner Tochter eine Sonde in den Kopf zu schieben.
»Ja«, höre ich mich sagen, und sofort bekomme ich Angst, bin voller Zweifel. Ist das richtig? Habe ich zu schnell zugestimmt? Kann ich ihm trauen?
Er erklärt, die nächsten vierundzwanzig Stunden seien für ihr Überleben entscheidend.
»Ja, tun Sie, was nötig ist«, sage ich und entschuldige mich für mein Schluchzen. Und dann mache ich deutlich, dass ich für sie zu allem bereit bin. Für sie verkaufe ich meinen Körper, raube eine Bank aus, plündere eine ganze Stadt. Ich gebe ihr meine Organe. Mein Leben.

»Sie werden das mir überlassen müssen«, sagt er, und mir wird klar, wie furchtbar hilflos ich bin; dass Saskias Schicksal – ihr Überleben – vollkommen außerhalb meiner Macht liegt.

»Können Sie mich bitte zu Michael bringen?«, frage ich, als Vanessa mich in den Eingang des Krankenhauses schiebt. Ich fühle mich schwach, mir ist schlecht vor Sorge um Saskia, und ich kann es zwar einerseits kaum erwarten, Michael zu sehen, weiß aber andererseits gar nicht, wie ich ihm beibringen soll, was der Fahrer des Vans behauptet hat. Wie wird er das aufnehmen? Wie soll er die Neuigkeiten über Saskia *und* diese Behauptung verkraften?
Als wir in den Flur einbiegen, an dem sein Zimmer liegt, höre ich eine Männerstimme rufen: »Helen? Helen Pengilly?«
Es ist ein weißer, breitschultriger Mann mit aschblondem Haar; weißes Leinenhemd, die Ärmel aufgekrempelt, die Fäuste in die Seiten gestemmt. Er wirkt ungeduldig, so, als sei er auf der Suche nach jemandem.
Theo.
Mir entfährt ein schriller, durchdringender Schrei.
»Was ist?«, ruft Vanessa.
Ich drehe mich im Rollstuhl um, zerre an ihren Sachen und brülle, dass sie mich wegbringen soll.
»O mein Gott, Helen!«
Die Stimme einer Frau. Durch die Tränen sehe ich nur verschwommen. Vage erkenne ich eine weitere Gestalt, die durch den Gang auf mich zugerannt kommt. Eine sehr schlanke Frau, Anfang dreißig, kurzes rotes Haar, ein schwarzes Baumwollkleid und gelbe Sandalen. Ihr Gesicht ist tränennass mit schwarzen Schlieren von Mascara. Das Herz schlägt mir bis zum Hals, als Theo auf mich zueilt, doch mit jedem Schritt, den er näher kommt, wird deutlicher, dass er es überhaupt nicht ist. Also doch

nicht Theo. Kurz wird mir schwarz vor Augen, und ich japse nach Luft.
Gleich darauf kniet meine kleine Schwester Jeannie vor mir und reißt mich in eine schmerzhafte Umarmung. Ich rieche sie, spüre ihre Lippen auf den Wangen.
»Ich glaub's nicht«, sagt sie und gräbt so lange nach meiner Hand, bis sie sie in ihrer hält. »Ich kann einfach nicht glauben, was euch passiert ist, ehrlich, Helen! Es ist so furchtbar!«
Sie streckt die Hand aus und streicht mir eine Strähne aus der Stirn, dann nimmt sie mein Gesicht in beide Hände. Ich breche in Tränen aus, und sie zieht mich noch einmal an sich.
Nachdem sie sich von mir gelöst hat, schaut sie mit erschrockener Miene den Mann an, der hinter ihr steht.
»Das ist mein Freund, Shane«, sagt sie rasch. »Shane – meine Schwester Helen.«
»Hallo.«
Halb in der Erwartung, dass er sich wieder in Theo verwandeln könnte, zucke ich zusammen, als er mich ansieht. Mein Herz überschlägt sich, weil ich immer noch unsicher bin. Aber er bleibt Shane – gutaussehend, Mitte vierzig, von überraschend ruhiger Ausstrahlung, jedenfalls im Vergleich zu den Freunden, die Jeannie sonst so hat – und reicht mir die Hand, als würden wir einander in einem Café oder Bistro kennenlernen und nicht in einem heruntergekommenen Krankenhaus am Ende der Welt. Dann schüttelt er Vanessa die Hand, zieht einen Schein aus der Tasche, gibt ihn ihr und tritt hinter mich, um das Schieben des Rollstuhls zu übernehmen.
»Vanessa ist von der Britischen Hochkommission«, sage ich.
»Oh, Entschuldigung«, ruft er, als sie verwirrt auf die Zwanzigpfundnote starrt. »Shane Goodwin, hallo. Sie leisten hier großartige Arbeit.«
Zutiefst erleichtert, weil ich ein vertrautes Gesicht sehe und nicht

mehr so allein bin, schaue ich Jeannie an. Egal, wie seltsam es vielleicht ist, wie schwierig unser Verhältnis – sie hat den weiten Weg auf sich genommen, um bei mir zu sein, und für einen flüchtigen Augenblick habe ich das Gefühl, gerettet zu sein. Die Bedrohung, die ich in jedem sehe, der durch die Krankenhaustüren hereinkommt, verblasst, als Shane sich freundlich Reuben zuwendet und fragt, welches Spiel er gerade auf dem iPad spielt. Währenddessen schiebt er den Rollstuhl langsam in Richtung der Station, und die ganze Zeit redet Jeannie auf mich ein.

»Dieses Krankenhaus ist das *Letzte*«, verkündet sie lauthals. Eine Schwester wirft ihr im Vorbeigehen einen grimmigen Blick zu. »Ehrlich, Helen, wenn du schon einen Unfall haben musst, warum dann ausgerechnet hier? Das ist ja wie auf einer Baustelle. Wo ist überhaupt Saskia? Und Michael? Liegen sie auf einer anderen Station?«

»Saskia ist in ein anderes Krankenhaus gebracht worden, nach Belize City ...«, erkläre ich, aber Jeannie hört nicht zu. Stirnrunzelnd schaut sie sich um und bemängelt das Fehlen von Besucherstühlen und den widerlichen Geruch.

»... wir haben gerade einen Zweiundzwanzigstundenflug hinter uns«, sagt sie entnervt. »Businessclass, aber trotzdem. Und die Fahrt hierher ... Ach! Ich will dich nicht mit Einzelheiten langweilen, aber es war wirklich krass ...«

Aus dem Augenwinkel sehe ich, dass Reuben Angst bekommt. Er ist wie ein Schwamm, saugt auf, wie ich mich fühle. Shane bemüht sich immer noch, mit ihm ins Gespräch zu kommen – in einer Weise, die mir sagt, dass er keine Ahnung hat, was mit ihm los ist –, und Reuben rückt etwas näher an mich heran und stampft mit den Füßen auf.

»Musst du zur Toilette?«, fragt Shane. Dann wendet er sich an Vanessa. »Wissen Sie, ob es hier irgendwo eine Toilette für den jungen Mann gibt?«

Reuben fängt an, den Kopf zu schütteln. Und er hört nicht auf. Ich schreie ein. Nehme ihn bei der Hand, ziehe ihn auf meinen Schoß und flüstere ihm ins Ohr: »Ist gut, Reuben, alles in Ordnung. Hier bist du sicher.« Doch er schlägt sich die Hände gegen die Ohren und lässt die Lippen flattern und macht ein Geräusch, als würde er ein Spielzeugauto fahren lassen. Mir ist klar, dass er auf einen totalen Zusammenbruch zusteuert, und ich habe keine Möglichkeit, ihn aufzuhalten. Die Leute im Gang starren zu uns herüber, und Jeannie lässt Shane und jeden sonst im Umkreis von fünf Kilometern wissen, *dass Reuben Autist ist, der arme Kerl.* Mir geht durch den Kopf, was mit Saskia geschieht, während wir hier reden, und mein Herz beginnt zu hämmern. Ich ringe um Atem, und inzwischen hüpft Reuben auf meinem Schoß so heftig auf und ab, dass ich vor Schmerz schreie. Shane macht einen Schritt auf uns zu, will eingreifen, doch Reuben brüllt ihn an: »Geh weg! Fass mich nicht an!«, und Shane zuckt zurück, als hätte er sich die Hände verbrannt. Ich sage Reuben, er soll seine Socken ausziehen, sich auf den Boden legen und die Füße auf meine Knie betten. Shane und Jeannie scheinen entsetzt. Meine Arme sind schwer wie Blei, aber ich fahre ein paarmal über Reubens Schienbeine und dann über seine Fußsohlen.
»Es beruhigt ihn«, erkläre ich matt, und sie nicken, auch wenn Jeannie aussieht, als würde sie sich gleich übergeben.
Als Reuben beruhigt und Vanessa verabschiedet ist, lege ich mich in mein Bett, und Jeannie zieht den Vorhang zu, der uns etwas abschirmt. Shane und sie ziehen sich Plastikkisten heran und setzen sich zu mir. Ich warte ab, bis Reuben von einem Spiel auf dem iPad genügend abgelenkt ist, dann erzähle ich den beiden, atemlos und im Flüsterton, was passiert ist. Von der Gestalt bei der Strandhütte erzähle ich, von dem Van, der auf unsere Spur ausgeschert ist. Vom Augenblick des Aufpralls, so unvorstellbar schnell und erschreckend; dem Augenblick, in dem ich dachte,

wir würden nicht überleben, das sei das Ende. Und während ich erzähle, fallen mir weitere Details ein, jedes wie ein Peitschenhieb auf nackte Haut, bis ich schließlich haltlos weine. Ich erinnere mich daran, wie ich um Hilfe gerufen habe. Ich erinnere mich daran, dass ich aus dem Auto gekrochen bin und beim Anblick des zerknautschten Wagens und Saskias kleiner Gestalt auf dem Boden ohnmächtig geworden bin. Ich erinnere mich an die schwarzen Stiefel neben meinem Gesicht.

Während ich all das erzähle, lädt die Atmosphäre sich auf. Jeannie und Shane sind sichtlich erschrocken. Sie nimmt meine Hand und fragt nach Saskia, will wissen, warum sie nicht hier ist. Ich erzähle ihr von Belize City, davon, dass Saskia genau jetzt im OP ist. Ich erzähle von der Befragung auf der Polizeiwache. Dass ich gedacht hatte, wenn ich meine Ängste erst einmal der Polizei anvertraut hätte, würde ich mich sicherer fühlen, dass dort aber alles noch schlimmer geworden ist, weil sie mich befragt haben wie eine Verdächtige.

»Was für Ängste?«, will Jeannie wissen, und ich muss die Augen schließen und mich wappnen, bevor ich es aussprechen kann.

»Dass jemand versucht, uns umzubringen«, bringe ich stoßweise hervor und sehe sofort die ungläubigen Mienen. »Sie haben den Fahrer des Vans verhaftet, und er hat ausgesagt, dass Michael ihn dafür bezahlt hat, in uns hineinzurasen.«

»Sag das noch mal!« Jeannie reißt die Augen auf, und als ich es wiederhole, sieht sie entsetzt zu Shane. »Na ja, der andere Fahrer sagt *natürlich* etwas, das ihn entlastet. Jede Wette, dass er betrunken war und jetzt versucht, um eine Gefängnisstrafe herumzukommen. Das kann ich ihm noch nicht mal verübeln. Ich meine, wenn die Krankenhäuser schon so miserabel sind, kannst du dir vorstellen, wie die Gefängnisse sind.«

»Sie glauben doch sicher kein Wort von dem, was der Fahrer erzählt«, wirft Shane etwas behutsamer ein.

Ich sage, dass ich das nicht weiß. Dass ich überhaupt nichts mehr weiß.

»Weiß Michael davon?«, fragt Jeannie. »Hast du's ihm erzählt?«

Ich schüttele den Kopf. »Als ich abgeholt worden bin, war er noch bewusstlos.«

Dann bitte ich sie, mir wieder in den Rollstuhl zu helfen, damit ich endlich zu ihm kann. Ich muss ihm die scheußliche Neuigkeit mitteilen, und zugleich denke ich mit Bangen daran, dass sein Schicksal nun vom Wort eines Fremden abhängt. Was passiert mit ihm, wenn die Polizisten beschließen nachzuforschen? Sperren sie ihn ein? Sperren sie mich ein? Was geschieht dann mit Reuben und Saskia?

Die Vorstellung, wie Polizisten hier hereinstürmen und Reuben von mir wegreißen, lässt mir das Blut in den Adern gefrieren. Ich beginne am ganzen Leib zu zittern.

Shane bietet sich an, bei Reuben zu bleiben, während Jeannie mich zu Michael schiebt. Im Gang hat sich eine Pfütze gebildet, weil es von der Decke tropft. Nur eine einzelne Neonröhre flackert, als könnte sie jeden Moment aufgeben. Jeannies unaufhörliches Reden hinter mir, ihr selbstbewusster Ton, hat eine beruhigende Wirkung.

»Wir müssen die Heimreise organisieren«, verkündet sie. Mir fällt auf, dass ihre Sprechmelodie sich wieder einmal verändert hat – sie passt sich immer ihrer jeweiligen Umgebung an –, hin zu eher südenglischer Vornehmheit wie bei Shane. Nach meinem letzten Kenntnisstand leitet sie ein kleines Projekt in der National Opera. »Ich habe schon mit der Fluggesellschaft gesprochen und eure Flüge umgebucht. Shane war bereits in Mexiko, als ich den Anruf bekam. Er hat gleich gesagt, er kommt hier runter, damit wir uns treffen können. Meinst du, du bist morgen schon in der Lage zu fliegen?«

»*Morgen?*«

»Oh, ach, vergiss es gleich wieder. Ich hab nicht dran gedacht, dass Saskia in einem anderen Krankenhaus ist. Da fällt mir ein: Ich hab dir noch gar nicht von Shane erzählt, oder? Muss komisch sein für dich, ihn gleich so kennenzulernen. Er ist mein neuer Freund. Wir sind uns bei einem Event in Mayfair begegnet. Sieht gut aus, oder? Und weißt du, was?«
»Na?«
»Ich habe ihn von Blutegeln überzeugen können. Im Januar machen wir Wellness auf Bali. Eine Woche mit Schamanen, Yogis und Blutegeln. *Himmlisch.*«
Meine kleine Schwester und ich waren nicht immer einer Meinung, was daran liegt, dass wir so unterschiedlich sind. Sie ist anspruchsvoll, opportunistisch und nicht gut im Zuhören, es sei denn, man kann mit wilden Gerüchten aufwarten, dann ist sie ganz Ohr: eine Persönlichkeit, mit der man nicht so leicht warm wird. Ein Gefühl sagt mir, dass sie überhaupt nicht meinetwegen hier ist, sondern wegen der dramatischen Situation. Jeannie liebt Dramatik.
Als die Buchhandlung brannte, hatten wir uns sechs Jahre lang nicht gesehen, und keine vierundzwanzig Stunden später stand sie vor der Tür, um die Vernichtung unserer Lebensgrundlage und ihre Nichte und den Neffen, die sie noch nicht einmal erkannten, mit unverhohlenem Entzücken zu besichtigen. Sie blieb zwei Wochen, und die haben gereicht, um Michael so weit zu bringen, dass er mir nahelegte, die Verbindung zu ihr abzubrechen.
Was er wohl sagt, wenn er sie hier sieht? Vielleicht ist er dankbar. Momentan können wir gar nicht genug Leute haben, die auf unserer Seite sind.
»Wir müssen im falschen Raum gelandet sein«, sagt Jeannie, als wir in Michaels Zimmer einbiegen.
In der Ecke steht der Metallschrank mit der Delle in der Tür,

daneben ist die blaue Wandfarbe abgeblättert, wodurch ein schmetterlingsförmiges Stück Putz freiliegt.

»Nein, das ist ganz sicher sein Zimmer, ich erinnere mich daran.«

Das Bett ist leer, die Decke zurückgeschlagen.

»Ja, und wo ist er dann?«

Ventilator, Monitor und Infusionsständer sind da, Schläuche hängen sinnlos herunter. Mein Blick wandert zu dem Stuhl neben dem Bett, wo ich Michaels Klamotten und seinen Rucksack habe liegen sehen. Sie sind nicht da.

»Sie müssen ihn verlegt haben«, sage ich, und Jeannie schiebt mich eilig zurück in den Gang, jemanden suchen, den wir fragen können.

»Wir suchen Mr Pengilly«, sagt sie zu einer Schwester und zeigt auf Michaels Zimmer. »Meinen Schwager. Da hat er gelegen.«

Die Schwester geht ein paar Schritte vor uns her und wirft einen Blick in den Raum. Sie hebt das Klemmbrett am Fußende des Bettes an und schaut, was da steht. »Michael Pengilly«, liest sie laut, und dann guckt sie wieder auf das Bett, als könne er sich da plötzlich materialisieren.

»Entschuldigen Sie mich bitte«, sagt sie und kehrt in den Gang zurück, um einen Arzt zu holen.

Dem erzählen wir das Gleiche, und wieder kehren wir in das Zimmer zurück, nur um es bestätigt zu finden: Michaels Bett ist leer. Zuletzt gesehen hat ihn gegen Mittag eine Schwester. Er hat geschlafen, war aber stabil. Nach allem, was bekannt ist, müsste er in diesem Zimmer sein. Katheder und Infusion sind entfernt worden, aber es ist nicht vermerkt, dass sie abgenommen worden sind.

Mein Blick fällt auf die blutigen Verbände unter dem Bett. Jeannie bückt sich, hebt sie auf und wirft sie nach einer Schwester, die mit offenem Mund an der Tür steht.

Gerade da taucht ein weiterer Arzt auf.

»Wir haben überall nach Michael Pengilly gesucht«, sagt er atemlos.
»Und?« Jeannie wirft die Arme hoch.
»Wir haben das gesamte Krankenhaus abgesucht, alle Stationen. Niemand hat ihn gesehen. Ich fürchte, er ist weg.«

14

Reuben

1. September 2017

Ich liebe Umarmungen, wie Olaf in *Frozen,* nur dass ich kein Schneemann bin und viel größer als er. Außerdem liebe ich Pizza, Trickfilme und Verstecken. Was ich nicht leiden kann, sind enge Schuhe, Regenschirme und Leute, die starren, und Händetrockner, weil die immer losgehen, wenn man zu nahe rankommt.
Die Farbe Blau mag ich auch und Raben, obwohl die nicht blau sind, aber ich habe dieses YouTube-Video von dem Raben gesehen, der jeden Tag an einem Weg gewartet hat, wo ein Mann mit seinem Hund vorbeikam, weil der Mann immer ein bisschen Futter für ihn dabeihatte. Außerdem unterscheidet »Raben« sich nur in einer Silbe von meinem Namen. Jetzt mag ich auch Wale, vor allem Blauwale, obwohl sie die lautesten Tiere der Welt sind. Außerdem ist ihre Zunge so schwer wie ein Elefant, aber das würde mich, wenn ich einen sehen würde, nicht stören.
Das erzähle ich alles der Krankenschwester, und sie hat einen Gesichtsausdruck, den ich nicht deuten kann, irgendwie wütend und irgendwie erschrocken. Genauso guckt Mama manchmal, wenn sie reinkommt und sieht, dass ich zu viel blaue Badefarbe benutzt habe, aber dann regt sie sich ab und sagt: »Du siehst aus wie ein Schlumpf, Reuben.«
Ich frage die Schwester, ob sie findet, dass ich wie ein Schlumpf aussehe, und dann mischt Shane sich ein und erzählt der Schwester laut, dass wir auf Helen warten, die meine Mama ist. Und dass Saskia meine Schwester ist. Saskia hat sich am Kopf verletzt und liegt im Koma, was bedeutet, dass sie tagelang schläft und niemand weiß, wann sie aufwacht.

Die Krankenschwester sagt etwas, das ich nicht verstehe. Hier sprechen alle entweder Spanisch oder Kriol, das ist eine Art Englisch, nur so, wie wenn man Tomatensoße und Zwiebeln und Hackfleisch zu Spaghetti tut. Dann sind die Spaghetti nicht mehr einfach Spaghetti, sondern Spaghetti bolognese.

Ich weiß nicht, wo Papa ist, und dass er nicht da ist, macht alles viel lauter.

Die Krankenschwester fuchtelt mit den Händen. Sie versucht, mir mein iPad wegzunehmen. Shane geht dazwischen und redet sehr schnell auf die Schwester ein. Und auf mich.

»Reuben, mein Junge«, sagt er, »ich glaube, du darfst hier drin nicht filmen.«

»Ich bin nicht dein Junge«, sage ich. Auf meinem iPad wachsen dem Gesicht der Krankenschwester Schnurrhaare und Hasenohren. Ich versuche, ihr zu erklären, dass ich lieber alles auf meinem Bildschirm sehe – und ich habe ja wirklich gefilmt –, weil es mir dann besser geht und Sachen, die mir Angst machen, mir mit Filtern weniger Angst machen oder sogar lustig sind, aber sie ist trotzdem wütend, und nun hat Shane mir das iPad weggenommen.

Sie sagt, wir können in einem Zimmer warten statt auf dem Flur, und Shane sagt Ja, aber als wir in das Zimmer kommen, will ich gleich wieder weg, weil da eine Frau mit einem Baby ist, das ganz laut schreit, und das tut mir in den Ohren weh.

Shane sagt, ich soll aufhören, mir gegen den Hinterkopf zu schlagen. Ich versuche es, aber es ist wirklich schwer. Obwohl ich will, dass es aufhört, will meine Hand weitermachen.

»Kannst du mir die Füße machen?«, frage ich Shane.

Er runzelt die Stirn. »Die Füße machen?«

Ich ziehe einfach die Flipflops aus, lehne mich auf dem Stuhl ihm gegenüber zurück und lege ihm die Füße auf den Schoß. Er reißt die Augen auf und sieht mich über die Füße hinweg an.

»Du musst meine Füße küssen«, sage ich und wackle mit den Zehen.
»Wie bitte?«
»Und meine Schienbeine streicheln.«
Shane flucht, und ich denke, er wird es nicht machen und ich werde explodieren. Aber dann berührt er meine Füße plötzlich, und ich werde ruhiger, weil meine Füße gern gestreichelt werden. Er macht es nicht so wie Mama, und er küsst sie nicht, aber er reibt mit den Daumen in großen Kreisen über meine Fußsohlen, was echt angenehm ist, und sogar das Baby hat aufgehört zu schreien.
Als ich die Augen aufmache, sehe ich, dass die Frau und das Baby gucken, wie ich Shane die Füße ins Gesicht halte, und lachen. Shane ist knallrot. Er dreht sich um, und dann springt er auf.
»Komm, Reuben«, sagt er. »Wir gehen ein bisschen Luft schnappen.«
Wir gehen raus und setzen uns ins Auto, wo Kopfhörer liegen. Er macht den Motor an. Sofort rauscht die Aircondition los.
»Besser?«, fragt er, und ich nicke. Dann setze ich die Kopfhörer auf, obwohl es im Auto gar nicht so laut ist. Ich finde es aber schrecklich, im Auto zu sitzen, weil ich die ganze Zeit denke, dass wieder jemand in uns reinrast.
Shane ist der Freund von Tante Jeannie. Sein Haar hat die Farbe von Pappkartons mit einem bisschen Grau drin; er hat kleine Falten um die Augen und eine Nase wie ein Papierflieger. Er liebt weder Umarmungen noch die Hitze.
Ich tippe auf meinem iPad auf die Sprachmemo-App und suche nach den Aufnahmen, die ich von Papa gemacht habe. Ich möchte mal wieder seine Stimme hören, aber die Aufnahmen sind nicht da.
»Was ist?«, fragt Shane. »Warum tippst du wie wild herum?«
»Hier gibt es kein WLAN«, sage ich, und da holt er sein Handy

raus, damit ich einen Hotspot habe. Als ich die iCloud öffne, sind da dreihundertvierzig Benachrichtigungen zu meinen ganzen neuen Apps.

Eine ist von iPix Pro, einer Animation App, mit der man zeichnen und sogar animierte Bilder machen und mit seinen Freunden teilen kann. Snapchat und Facebook und überhaupt Social Media darf ich nicht, aber iPix darf ich, weil man sich da einen Avatar und einen falschen Namen erschaffen kann und weil es vor allem um Zeichnen geht. Es gibt Leute, die haben da eine Million Freunde. Ich habe sechs. Josh, Lily, Jagger, Lucas, Rach und Malfoy. Ich öffne die Chat Box und finde Nachrichten von Josh und Lily, die wissen wollen, was ich so mache. Ich antworte beiden: »Hi, nicht viel«, und als sie darauf nichts sagen, öffne ich die von Malfoy.

> Malfoy: Hi, Reuben. Geht's dir gut?
> Roo: Hey, Malfoy. Ja mir geht's gut. Wie geht's dir?
> Roo: Bist du da?

Der Cursor blinkt fünfundfünfzig Sekunden lang. Er antwortet nicht. Ich gehe direkt auf die App und fange an zu zeichnen, aber dann steht da plötzlich: »schreibt«, und schon nach drei Sekunden erscheint eine Nachricht.

> Malfoy: Ja, ich bin da. Alles in Ordnung? Wo bist du?
> Roo: Ja, bei mir alles in Ordnung. bei meiner kleinen Schwester nicht
> Malfoy: Schläft sie noch?
> Roo: ja, aber lange
> Malfoy: ☹ Sagen die Ärzte, dass sie bald aufwacht?
> Roo: Weiß nich
> Malfoy: Wie geht's deiner Mama?

Roo: weint viel 😟😟
Roo: Bist du mit der Animation von dem Kampf auf dem Piratenschiff fertig?
Malfoy: Fast.
Roo: Kann ich sie mal sehen?
Malfoy: Klar. Aber kannst du mir einen Gefallen tun?
Roo: ok
Malfoy: Kannst du deine Mama für mich aufnehmen?
Roo: ???
Malfoy: Ich würde gern sehen, was deine Familie so macht ...
Roo: komischer Gefallen
Roo: willst du, dass ich mit meiner Mama ein Interview führe???
Malfoy: nein. Sie soll nicht merken, dass du aufnimmst. Spiel lieber Mäuschen.
Malfoy: Ich kann jetzt Trapcode Particular. Wenn du ein bisschen was für mich aufnimmst, zeig ich es dir. Wär super für deine Mayastadt ...

Der Cursor blinkt zwölf Sekunden lang.

Roo: ok. Heute abend nehm ich was auf + schicks dir.
Malfoy: Danke. Muss aufhören.

Ich denke eine Weile darüber nach, warum Malfoy will, dass ich Sachen aufnehme. Wir sind uns im wirklichen Leben nie begegnet, aber er mag mich, und mich mögen nicht viele. Er kennt sich mit Animation total gut aus. Er hat mir gezeigt, wie man Palmen dazu bringt, sich im Wind zu bewegen, damit die Stadt aussieht wie eine echte Stadt.
Ich will die Kamera-App öffnen, aber da fällt mir die Krankenschwester ein, die so böse geworden ist. Mama sagt immer, die

Leute können es nicht leiden, wenn sie gefilmt werden. Mir macht das nichts aus. Aber Ton kann ich auch mit der Sprachmemo-App aufnehmen, das kriegt gar niemand mit.
Ich öffne die App.
»Das geht gut mit dem Hotspot«, sage ich.
»Freut mich«, sagt Shane.
Auf meinem Bildschirm blinkt das »record«-Licht.

15

Helen

1. September 2017

Michael ist weg. Buchstäblich verschwunden, weg, unauffindbar. Niemand weiß etwas, ich komme mir vor wie in einem Albtraum. Meine Lungenflügel sind auf die Größe von Erdnüssen komprimiert, Angst brennt mir in der Kehle, ich bin total erschöpft vom vielen Betteln und Nachfragen, denn wir haben sämtliche Krankenhausangestellten, die wir aufstöbern konnten, gefragt, ob sie wissen, wo Michael ist. Inzwischen sehen mich alle an, als sei ich verrückt geworden.

Mein erster Gedanke war, dass die Polizisten schon da waren, dass sie unangekündigt aufgekreuzt sind, ihn festgenommen und zur Wache geschleppt haben, aber ein Anruf bei Vanessa hat ergeben, dass das nicht der Fall ist. Ich habe ihr gegenüber den Verdacht geäußert, dass der Fahrer des Vans im Krankenhaus aufgetaucht sein könnte. Angesichts der Tatsache, dass sie ihn noch in Gewahrsam haben, ist aber auch das unwahrscheinlich. Vielleicht hat er nicht allein agiert? Vielleicht arbeitet er mit jemandem zusammen?

Als ich, unter Tränen und laut Michaels Namen rufend, den Rollstuhl eigenhändig durch den Gang bewege, überredet ein Arzt Jeannie, mich in eins der Zimmer zu schieben.

»Du musst *runter*kommen«, sagt sie müde. »Die schmeißen uns noch raus.«

»*Runter*kommen? Wie denn? Er ist weggeholt worden!«

»Weggeholt? Was soll das heißen, ›weggeholt‹?«

Das Zittern hört einfach nicht auf. Adrenalin jagt mir durch die Adern. »Ich *weiß* es. Wir sind beobachtet worden, Jeannie.«

»Beobachtet? Von wem?«
Es ist offensichtlich, dass sie mir kein Wort glaubt, und zugleich geht mir auf, dass sie ebenso in Gefahr ist. Ich sage nichts mehr, sondern konzentriere mich darauf, ruhig zu atmen. An den Rändern meines Blickfeldes macht sich Schwärze breit, will mich einsaugen, aber ich muss wach bleiben. Um Reubens willen, wegen Saskia. Und wegen Michael. Jeannie weiß nichts von Lukes Tod, und niemals kann ich ihr davon erzählen. Sie hat nicht die letzten zweiundzwanzig Jahre die Schuld am Tod ihres Geliebten mit sich herumgeschleppt wie eine Fußfessel. Sie musste sich nicht Augen im Hinterkopf wachsen lassen oder ein inneres Echolot ausbilden, um zu erspüren, wann der nächste Brief eintrifft, in dem jemand sie Mörderin nennt. Wie soll sie auch nur ein Wort von dem, was ich sage, verstehen?

Stunden sind vergangen, seit wir entdeckt haben, dass Michael weg ist. Ich stinke nach Schweiß und angetrocknetem Blut, bin außer mir vor Angst. Ich habe versucht, ein wenig zu schlafen, aber es ist mir nicht gelungen. Der Chirurg ruft an und sagt, dass Saskia den OP verlassen hat und dass die Operation erfolgreich war. Eine Riesenerleichterung, die jedoch nicht lange anhält. Ich möchte sofort zu ihr, aber das geht nicht, weil Dr. Atilio kommt und mit ihm, flankiert von Schwestern, Dr. Gupta, die Chefärztin des Krankenhauses. Sie wollen mich bei der Suche nach Michael unterstützen. Dr. Gupta ist eine große, schicke Endsechzigerin mit knallroten Lippen und natürlicher Autorität.
»Ich kann bestätigen, dass Michael Pengilly sich nicht in diesem Krankenhaus befindet«, sagt sie. »Wir müssen die Angelegenheit an die Polizei übergeben.«
Wenn einem etwas noch mehr Angst machen kann als die Entdeckung, dass der eigene Mann sich nach einem schweren Verkehrsunfall in Luft aufgelöst hat, dann das. Ich flehe sie an, nicht

die Polizei zu rufen, und erzähle ihr von Superintendent Caliz; dass er mir, als ich von dem an der Unfallstelle herumschleichenden Van-Fahrer berichtet habe, nicht geglaubt hat; dass er bislang nichts, aber auch gar nichts getan hat, um uns zu helfen. Dass wir beobachtet werden. Natürlich spricht aus ihrem Blick eine Mischung aus Mitleid und Überdruss, und ich sehe mich mit ihren Augen: eine zeternde Ausländerin, die sich anhört, als sei sie die ganze Zeit auf Drogen.

Und so finde ich irgendwie die Kraft, alle Emotionen – den Drang, vor Wut und Empörung und Angst um mich zu schlagen – in einem Winkel meines Herzens zu verschließen und mich auf die offizielle Prozedur einzulassen.

Dr. Gupta sagt, die Verwaltungsdirektorin des Krankenhauses, Zelma, habe das Material aus den Überwachungskameras ausgewertet und sei auf etwas gestoßen, das sie uns zeigen wolle. »Und den Polizisten«, fügt sie hinzu. »Die haben gesagt, sie wollen es auch sehen.«

Jeannie und ich werden in Zelmas Büro im Ostflügel des Krankenhauses geführt, einen kleinen Raum, wo auf dem Schreibtisch unzählige Fotos von lächelnden Kindern und daneben ein staubiger Computer stehen.

»Ich habe alle Mitarbeiter und Patienten gefragt, wo Ihr Mann ist«, erklärt Zelma mit starkem Akzent. »Die meisten haben nichts gesehen. Aber ein Mann, ein Hausmeister, hat einen weißen Mann gesehen, der die Straße beim Krankenhaus langgegangen ist.«

»Welche Straße?«, fällt Dr. Gupta ihr ins Wort, und Jeannie schreibt sich den Namen auf. Orchid Street.

»Hat der Hausmeister den Mann beschrieben?«

»Ja. Er sagt, der Mann hatte dunkles Haar und ein dunkelblaues T-Shirt, Jeansshorts und Flipflops an. Solche, wie Michael Pengilly hat. Ein paar weiße Männer, auf die diese Beschreibung passt, gibt es hier«, sagt sie. »Wir sind ein Ausbildungskrankenhaus, wir haben ein College. Viele amerikanische Medizinstudenten kommen her, weil es hier billiger ist.«

»Hat der Hausmeister etwas darüber gesagt, wie der Mann auf ihn gewirkt hat?«, fragt Dr. Gupta weiter. »Es ist unwahrscheinlich, dass Mr Pengilly schon in der Lage war, ganz allein zu gehen. Hat der Mann den Eindruck gemacht, als sei er allein?«

Zelma blickt verwirrt auf. »Das muss ich den Hausmeister noch einmal fragen.«

Es klopft an der Tür. Dr. Gupta schiebt sich an mir vorbei, um zu öffnen. Zwei Polizisten und ein Mann in Zivil, der sich nicht vorstellt. Mich fröstelt. Superintendent Caliz. Während er sich auf dem Stuhl hinter mir niederlässt, blicke ich zu Boden.

Kurz darauf erscheint Vanessa mit strahlendem Lächeln. Mir fällt auf, dass sie beim Anblick von Superintendent Caliz kurz erstarrt.

»Guten Tag allerseits«, sagt sie und hat sich schon gefangen. Dann beugt sie sich vor und flüstert mir ins Ohr: »Ich habe etwas für Sie.« Sie greift in ihre Aktentasche und fördert einen leicht angeschmuddelten weißen Teddy zutage, dessen Satinhalsband Blutflecken hat, so, als hätte er ein Halseisen getragen. Saskias Jack-Jack. Außerdem entdecke ich an seinem Halsband etwas Neues, einen kleinen Herzanhänger. Den muss Saskia erst kürzlich da angebracht haben. Ich keuche kurz auf und drücke Jack-Jack an mich, sauge den schwachen Saskia-Duft ein, der noch in seinem Fell hängt. Ich gebe mir alle Mühe, nicht in Tränen auszubrechen, aber eigentlich bin ich außer mir.

»Einer von den Soldaten hat ihn mir gebracht«, sagt sie. »Ein Spielzeug von Saskia, oder? Ich dachte, vielleicht wollen Sie in ihr bringen.«

Hinter ihr taucht ein wichtig aussehender Mann mit Silbertolle und akkuratem schwarzen Anzug auf. Vanessa stellt ihn als Jim

Kierznowski vor, den Britischen Hochkommissar. Ich schaue zu, wie er zunächst den Polizisten die Hand schüttelt, bevor er sich mir zuwendet und mir eine riesige Pranke schmerzhaft auf die Schulter haut.

»Ich bedaure außerordentlich, was passiert ist«, sagt er. »Aber Vanessa setzt alles daran, dass Ihre Familie und Sie so schnell wie möglich nach Hause können.«

Ich nicke und bedanke mich, während in meinem Innern alles schreit. Wie könnte ich auch nur im Traum daran denken, nach England zurückzukehren? Saskia ist hundert Kilometer von mir entfernt, Michael ist verschwunden. Je mehr Zeit vergeht, desto sicherer werde ich mir, dass ich keinen von beiden je wiedersehe.

»Können wir das Material jetzt sehen, Zelma?«, fragt Dr. Gupta, und Zelma schiebt den altmodischen Monitor so an den Rand des Schreibtisches, dass wir alle etwas sehen. Sie öffnet ein Fenster auf dem Bildschirm und zeigt auf ein paar grüne Ziffern seitlich am Bildrand.

»Das sind Aufnahmen von vorgestern.« Damit klickt sie auf Play. Ich erkenne sofort, dass die Kamera von oben auf einen Notausgang gerichtet ist.

»Das ist ein Seiteneingang«, sagt Zelma leise.

»Auf welcher Seite?«, fragt Jim.

»Osten. Von hier knapp hundert Meter den Gang runter.«

Es dauert eine Weile, bis etwas geschieht. Schließlich kommt eine Gestalt ins Bild. Wir beugen uns alle vor. Ein großer, dunkelhaariger Mann mit einem Rucksack über der linken Schulter geht langsam auf die Tür zu. Er bleibt einen Moment stehen, drückt den Hebel an der Tür herunter und stößt sie nach außen auf. Als er kurz nach rechts schaut, sieht man eine Sonnenbrille und dass das Haar etwa kinnlang ist. Ohne sichtbares Hinken geht er durch die Tür.

»Erkennen Sie den Mann?«, fragt Zelma.

Ich blinzele. »Aus dem Winkel ist das schwer zu sagen«, antworte ich und spüre Superintendent Calizes Blick im Nacken.
»Vielleicht können wir ihn etwas heranzoomen«, schlägt Vanessa sanft vor.
Der Film beginnt von vorn, vergrößert und gepixelt, sodass, als die Gestalt auftaucht, der Kopf fast das gesamte Bild einnimmt. Der Mann ist genauso groß und trainiert wie Michael, mit dunklem Haar und einem Hauch Bart. Als er den Kopf nach rechts wendet, hält Zelda das Bild an.
»Meinen Sie, das ist Ihr Mann?«, fragt Vanessa.
Ich erkenne die Umrisse des Rucksacks mit Plastiktragegriff oben. Es ist Michael.
Zelma drückt wieder auf Play, und mit einem Gefühl, als würde ich aus meinem Körper herausgleiten, sehe ich zu, wie Michael das Gebäude durch diese Feuertür verlässt. Kurz hinter ihm taucht eine zweite Gestalt auf. Ein zweiter Mann, stämmig, mit beträchtlichem Bauch. Schwarz, kahlköpfig, in Jeans und kurzärmeligem Hemd. Aus der Perspektive der Kamera sieht es fast so aus, als würde der Mann Michael vor sich hertreiben.
»Wer ist das?«, frage ich hastig, ganz auf den zweiten Mann fixiert. Ich bin in meiner Haut zurück, wie von einer Eisschicht überzogen, alle Sinne extrem geschärft. »Wer *ist* das?«, wiederhole ich.
Dr. Gupta und Dr. Atilio wechseln einen Blick. »Das finden wir heraus.«
Zelma spult zurück, und wir sehen das Ganze noch einmal, beobachten jede einzelne Bewegung. Jede Geste, jede Einstellung ist mit Bedeutung aufgeladen, denn es ist schlicht unmöglich, dass Michael überhaupt darin vorkommt.
»Es sieht so aus, als würde er zu Michael gehören«, stellt Jeannie fest und beugt sich vor, bis ihr Gesicht ganz nahe am Bildschirm ist. »Als würde er ihn irgendwie da rausdrängen.«

»Also denken Sie, das *ist* Ihr Mann?«, fragt Dr. Gupta.
»Ja«, sage ich, zu abgelenkt von dem Mann hinter Michael, um mir zu überlegen, was ich sage.
Superintendent Caliz hinter mir räuspert sich.
»Michael Pengilly stand unter dem Einfluss von Medikamenten, richtig?«, fragt Jim, und Dr. Atilio nickt.
»Patientengesteuerte Analgesie. Das heißt, wenn er etwas gegen die Schmerzen brauchte, hat er auf einen Knopf gedrückt. Außerdem haben wir ihm ein schwach dosiertes Blutverdünnungsmittel gegeben, um Gerinnseln vorzubeugen.«
»Kann das seine geistigen Fähigkeiten beeinträchtigt haben?«, fragt Jim weiter.
Dr. Atilios Miene ist zweifelnd. »Das glaube ich nicht. Wir haben ihn engmaschig überwacht, um zu gewährleisten, dass die Dosierung stimmt.«
»Wenn er, wie Sie sagen, engmaschig überwacht worden ist«, mischt Jeannie sich etwas zu laut ein, »wie ist es dann bitte möglich, dass er aus dem Krankenhaus spaziert ist?«
»Oder dazu gezwungen wurde«, ergänze ich, obwohl mich Zweifel beschleichen, wenn ich sehe, wie Michael durch diese Tür geht. Er dreht sich nicht um. Er geht einfach. Mir läuft ein Schauer über den Rücken.
»Jedenfalls liegt auf der Hand, dass dieser Familie ein schreckliches Unglück widerfahren ist«, verkündet Jim in einem Ton, als sei dies das Schlusswort. »Das Leben eines kleinen Mädchens hängt in der Schwebe, ein weiteres Kind und die Mutter sind verletzt, und nun ist der Vater verschwunden. Wir müssen alles dafür tun, dass er wohlbehalten zurückkehrt.«
Superintendent Caliz erhebt sich, und ich könnte wetten, dass er süffisant grinst.

16

Helen
1. September 2017

Kurz nachdem die Polizisten weg sind, kommen Shane und Reuben zurück. Mich verfolgt immer noch, was wir in der Kameraaufzeichnung gesehen haben.

Warum habe ich gesagt, dass das Michael ist? Warum? Hätte ich nichts gesagt, hätten sie mir vielleicht geglaubt, dass wir in Gefahr sind. Dass Michaels Verschwinden ein Beweis dafür ist. Stattdessen habe ich bestätigt, dass er es ist, und das Material kann so gedeutet werden, dass er freiwillig verschwunden ist. Jetzt haben die Polizisten ihren Beweis, aber nicht in dem Sinn, den ich mir erhofft hatte. Sie haben einen Beweis dafür, dass an der Anschuldigung gegen Michael etwas dran sein könnte. Warum sollte er verschwinden, wenn nicht, um einer Strafverfolgung zu entgehen?

Was habe ich getan?

Reuben kommt in die Station gestürmt, schreit: »Mama«, und schlingt die Arme um mich. Ich sehe, dass seine Haare gewaschen sind und dass er ein neues T-Shirt und neue Shorts trägt, meerblau beides, wenn auch mit einem falsch geschriebenen *adidas*-Logo versehen; dazu hat er neue Kopfhörer um den Hals hängen, auch sie blau. Ich riskiere einen Blick auf Shane – es irritiert mich sehr, dass er mich so an Theo erinnert –, und er beugt sich vor und gibt Reuben einen Kuss. Er wirkt erschöpft.

»Ich musste achtzigmal um das Krankenhaus herumfahren«, sagt er und reibt sich die Wangen. »Immer auf der falschen Straßenseite. Und bei dem Versuch, einen größeren Bogen zu schlagen, hab ich mich verfranzt. Plötzlich waren wir im Nirwana.«

»Und? Keine Spur von ihm?«, fragt Jeannie, und Shane schüttelt den Kopf.

»Ich habe auch ein paar Leute gefragt. Die sagen alle, sie haben nichts gesehen.«

»Ich habe eine Mayastadt gezeichnet. Mit iPix«, sagt Reuben und zeigt mir sein iPad. »Malfoy hat mir geholfen. Er hat mir gezeigt, wie ich OptiFine runterladen kann.«

»Malfoy?«, frage ich. »Wer ist das?«

»Ein iPix-Kumpel«, sagt er und erzählt weiter von der Mayastadt, die er entworfen hat, mit Jaguaren und Eidechsen und einem König mit Federkrone. »Kann ich Papa besuchen gehen, Mama? Shane hat mir neue Kopfhörer gekauft. Ich will, dass Papa sie ausprobiert, weil er sie immer erst ausprobiert, wenn wir neue kaufen, damit sie nicht zu laut sind und nicht zu leise.«

Ich hole tief Luft und versuche, ein Lächeln auf mein Gesicht zu zwingen. »Papa schläft gerade, Schatz. Wir zeigen sie ihm später, ja?«

Seine Miene verdüstert sich, und er murmelt grimmig vor sich hin.

Shane mischt sich ein. »Reuben sind ein paar tolle Zeichnungen auf dem Gerät gelungen. Hat er dir die schon gezeigt?«

»Noch nicht«, sage ich, aber Reuben fängt an, von einem Fuß auf den anderen zu treten und mit den Fingern zu schnipsen: Ein heftiger Ausbruch droht. Er merkt, dass wir ihm nicht die Wahrheit sagen.

»Kann ich zu Papa, wenn wir von Saskia zurückkommen?«, fragt er.

Ich zögere.

»Übrigens habe ich auf TripAdvisor eine tolle Pizzeria gefunden«, sagt Shane. »In Belize City. Wollen wir da nicht nach unserem Besuch bei Saskia hin? Und zu deinem Papa gehst du morgen früh. Klingt das gut, Reuben?«

Reuben nickt widerstrebend.

Wieder und wieder lasse ich den Film aus der Überwachungskamera vor meinem geistigen Auge ablaufen. Vielleicht war das gar nicht Michael. Ich bin seit zwei Tagen hier und habe nur ein paar Stunden geschlafen. Ich habe eine Kopfverletzung. Meine Tochter hat gerade eine Gehirnoperation hinter sich. Man könnte sagen, ich bin nicht in Bestform, daher ist es nicht unwahrscheinlich, dass beim Anschauen der Aufzeichnung alles in mir *wollte,* dass das Michael ist. Wenn er es war, hätte ich die Gewissheit gehabt, dass er weder von der Polizei in eine Gefängniszelle gesperrt noch von den Komplizen des Van-Fahrers verschleppt worden ist. Ich lechze nach Erklärungen. Es ist extrem wichtig für mich, zu wissen, dass es Michael gut geht. Also kann es sehr gut sein, dass in der Aufzeichnung jemand anders zu sehen war und ich nur wollte, dass es Michael ist.

Und gleichzeitig sagt mir eine innere Stimme, dass er es *war*. So oder so ist die Wahrscheinlichkeit, dass jemand so kurz nach einem schweren Autounfall physisch in der Lage ist, das Krankenhaus auf seinen eigenen Beinen zu verlassen, äußerst gering. Und selbst wenn er irgendwie physisch dazu in der Lage war, welchen Grund kann er gehabt haben, es zu tun? Weder er noch ich war je zuvor in San Alvaro. Es ist ein völlig fremder Ort. Michael wüsste doch gar nicht, wohin. Und er würde nicht einfach abhauen, auch nicht für eine kurze Zeit, ohne etwas zu sagen. Wenn er einen Grund gehabt hätte wegzugehen, wäre er doch vorher zu mir gekommen.

Es ergibt einfach keinen Sinn. Nichts davon.

Der Ausgang, den er, wie sie sagen, gewählt hat, befindet sich auf der anderen Seite des Krankenhauses, in der Nähe seines Zimmers. Nicht weit von unserer Station gibt es auch eine Tür, über der »Notausgang« steht. Wäre Michael erst bei mir gewesen und hätte sich dann entschlossen, das Krankenhaus zu verlassen, hät-

te er doch keinen Grund gehabt, vorher noch in den Ostflügel des Gebäudes zurückzukehren.
Warum ist er gegangen?

17

Helen
17. Juni 1995

Neben Luke aufzuwachen ist unglaublich. Wir teilen uns ein Einzelbett in einem großen Raum mit vier weiteren schlafenden Leibern, wobei ein Vorhang uns einen Hauch Privatsphäre gewährt. Er liegt, den Kopf leicht von mir weggedreht, auf dem Rücken und schnarcht leise. Er ist der schönste Mann, den ich je gesehen habe. Sein Körperbau erinnert an die Statuen an griechischen Tempeln, sein Haar ist wie aus Gold gesponnen, seine Haut perfekt gebräunt. Seine Hände sehen aus, als könnten sie den Planeten halten, und wenn sie mich berühren, fühle ich mich wie ein seltener, kostbarer, von Licht und Wasser und Erde erfüllter Edelstein.

Die Leute wundern sich, wenn ich erzähle, dass ich mit einem eineiigen Zwilling zusammen bin. Sie stellen sich vor, dass Luke und Theo immer gleich gekleidet sind und die gleiche Frisur haben, als wären sie fünf Jahre alt. Luke hat mir ein paar Fotos aus ihrer Schulzeit gezeigt. Es war faszinierend: Sie sehen wirklich aus wie Klone, zwei niedliche kleine Jungen, weißblond und im Matrosenanzug, einer das exakte Abbild des anderen. Und heute sind sie so unterschiedlich. Theo ist viel dünner, mindestens zehn Zentimeter kleiner, und sein Haar ist lang und fettig. Er sieht aus, als wäre er Bassist in einer Grunge-Band. Luke dagegen sieht aus wie von Michelangelo in Stein gemeißelt, mit weichem, goldblondem Haar, meergrünen Augen und einem ordentlichen Sixpack von der vielen Ruderei. Der eigentliche Unterschied aber ist ein innerer. Luke ist nicht nur wegen seiner physischen Attribute toll. Ich liebe ihn nicht wegen seines Körpers, so schön er auch ist. Es ist seine Persönlichkeit. Er ist wie ein Feuer, man will einfach in seiner Nähe sein. Obwohl ich mich, das gebe ich zu, auch schon manchmal leicht verbrannt habe.

Ich muss zur Toilette, deshalb versuche ich mich aus dem schmalen Spalt zwischen Luke und der Wand des Schlafsaals zu winden, doch er dreht sich um, legt mir einen schweren, muskelbepackten Arm um die Taille und hält mich gefangen. Nagelt mich fest. Ich muss lachen, rechne damit, dass er wenigstens ein Auge öffnet und zu erkennen gibt, dass er wach ist, doch er schnarcht mit gespitzten Lippen weiter. Also ignoriere ich den Druck auf der Blase, bleibe einfach liegen und mache die Augen zu.

Immer, immer habe ich mir gewünscht, so geliebt zu werden. Wenn ich andere gesehen habe, die mit jemandem zusammen waren, wie sie Arm in Arm gingen und einander anstrahlten, wurde mir jedes Mal schwer ums Herz. Ich konnte mir einfach nicht vorstellen, dass mir das je passieren würde. Aber es ist mir passiert, und ich gebe es nicht wieder her.

Jetzt lässt die Blase mir keine Ruhe mehr. Irgendwie schaffe ich es, mich aus dem Bett zu hieven, und laufe auf Zehenspitzen den Flur hinunter zum Bad. Beim Händewaschen entdecke ich eine kleine Zahnpastatube mit fremdartiger Aufschrift, Russisch vielleicht, daraus quetsche ich mir ein erbsengroßes Stück auf den Finger und putze mir Zähne und Zunge. Ich will keinen Mundgeruch haben. Dann schaue ich in den angelaufenen Spiegel und zupfe an meinen Haaren, um sexy verschlafen auszusehen und nicht wie eine wilde Hexe, die eben aus der Hecke gekrochen ist. Ich befeuchte die Fingerspitzen und glätte meine Brauen, dann biege ich an den Wimpern herum in dem Versuch, meinen Augen etwas mehr Kontur zu verleihen. Ich bin ein so heller Typ, dass ungeschminkt unter Menschen zu gehen eine echte Herausforderung ist. Meine Sorge war, dass Luke mich hier draußen, mit nacktem Gesicht und verstrubbeltem Haar, weniger attraktiv

finden würde, aber er sagt dauernd, ich sei schön und großartig und sexy. Ich hätte den wunderbarsten Körper, den er je gesehen hat. Im Vergleich dazu waren alle, mit denen ich davor zusammen war, absolute Kinder; tollpatschig und unaufmerksam.
Mit Ian habe ich vor einem Jahr Schluss gemacht. Ich war dahintergekommen, dass er pornosüchtig war; außerdem hat er mir immer das Gefühl gegeben, ein Stück Fleisch zu sein. Einfach ... widerlich. Fast muss ich lachen, wenn ich jetzt daran denke, wie viel Mut es mich gekostet hat, ihn zu verabschieden. Dabei fand ich ihn noch nicht mal attraktiv, und er war langweilig. Er hatte nichts anderes im Sinn, als auf seinem Nintendo zu spielen und Pornos anzuschauen. Aber wir waren fast ein Jahr zusammen, und insgeheim hatte ich Angst, dass ich keinen anderen mehr finden würde. Ich bin immerhin fast zwanzig. Es erschien beinahe einfacher, mir einzureden, dass Ian besser sei, als er war, nur um zu vermeiden, dass ich allein blieb. Aber ich habe den Mut gefunden, ihn in die Wüste zu schicken, und einen Monat später bin ich Luke begegnet. Keine zwei Wochen später hat er gesagt, dass er mich liebt, und eine knappe weitere Woche später habe ich mich ertappt, wie ich davon träumte, Helen Aucoin zu sein.
Als ich in den Schlafsaal zurückkomme, sind alle aufgestanden und packen ihr Zeug zusammen. Gerade geht die Sonne auf, ein langer orangefarbener Lichtschweif liegt über dem Raum. Ich gehe hinüber zu Luke und gebe ihm einen Kuss auf den Mund. Er reckt sich, sagt: »Guten Morgen, Schönheit«, und mich durchströmt reine Freude.
Wir machen uns fertig und gehen los. Der Himmel über uns ist strahlend blau, die Berge ringsum sehen aus wie schlafende Drachen. Heute fühle ich mich schon etwas sicherer, was das Klettern angeht, wobei ich weiß, dass die wahren Herausforderungen uns noch bevorstehen.
Als Luke mich das erste Mal gefragt hat, ob ich mitkomme, habe

ich abgelehnt. Ich bin fit, ja, aber klettern in den Alpen? Das habe ich mir überhaupt nicht zugetraut. »Du kriegst das hin«, hat er gesagt, mich bei den Hüften gepackt und auf den Hals geküsst. »Dich hält doch nichts auf. Du wirst diese Berge raufgehen, als wären da Rolltreppen.«
Ich habe gelacht und mich von ihm losgemacht. »Das ist eine Jungswanderung«, habe ich gesagt. »Du und deine Freunde. Es wär komisch, wenn ich mitkäme.« Er zog ein Schmollgesicht, sodass ich mich wieder vorbeugte, um ihn zu küssen. »Im Ernst, Luke. Was ist, wenn ich Bergangst kriege? Oder wie das heißt. Du wirst mich hassen, und das würde mir nicht gefallen.«
»Ich werde dich niemals hassen«, sagte er feierlich und hakte den Zeigefinger hinter den Bund meiner Leggings. »Ich werde dich vermissen, weiter nichts.«
Ich sagte, ich müsse mich fürs Tanztraining fertig machen. Er sah mich von meinem Bett aus an und beobachtete stirnrunzelnd, wie ich in dem Wäscheberg auf dem Boden nach einem sauberen Handtuch suchte.
»Was ist mit diesem Ian?«, fragte er. »Hast du mit dem noch Kontakt?«
Ich drehte mich um und versuchte, aus seiner Miene schlau zu werden. »*Ian?* Witzig, dass du von ihm sprichst. Er hat mir letzte Woche eine Karte geschrieben. So ein *Idiot*.«
»Ich dachte, du hättest vor einem Jahr mit ihm Schluss gemacht.« Sein Ton war nicht mehr entspannt. »Wieso schreibt der dir? Schläfst du noch mit ihm?«
Ich war entsetzt. »Fragst du das im Ernst? Nein!«
Doch er wich meinem Blick aus. Seine Miene war finster. Er murmelte so etwas wie Ian versuche, sich wieder in mein Leben zu schleichen, und womöglich sei er mir ja lieber. Ich kniete mich vor ihn und versuchte ihn dazu zu bringen, dass er mich ansah.

127

»Nie im Leben gehe ich zu Ian zurück, Luke, hörst du? Es ist doch nur ... tut mir leid, ich hätte es gar nicht erwähnen sollen.«
Er grinste verlegen, und dann hob er endlich den Blick. Schob mir das Haar über die Schulter nach hinten und fixierte mich mit diesem Ausdruck, mit dem mich noch *niemand* sonst angesehen hat, diesem Ausdruck, der mich aufzusaugen scheint wie eine göttliche Gabe. Ich könnte ertrinken in diesem Blick.
»Ich will dich nicht verlieren, das ist alles«, sagte er. »Was, wenn du während meiner Abwesenheit zu dem Schluss kommst, dass ich deiner nicht würdig bin?«
»Du weißt genau, dass das nicht passiert ...«
Er stützte den Kopf in beide Hände. Ich sah, dass ich ihn quälte. Und was sprach dagegen, mitzufahren? Seinen Bruder Theo kannte ich schon. Ich kam gut mit ihm aus und hatte das Gefühl, dass er mich mochte.
»*Vielleicht* komme ich doch mit«, sagte ich vorsichtig, und sofort blickte er auf. Nun strahlte er über das ganze Gesicht. »Aber nur, wenn du versprichst, dass du nett bist.«
»Ja! Ja! Ja!«, rief er, sprang hoch, warf die Arme in die Luft und hüpfte auf meinem Bett auf und nieder.
»Macht halblang, ihr zwei«, rief mein Mitbewohner von nebenan und klopfte gegen die Wand. »Wenn ich zu Hause bin, nicht, schon vergessen? *Maaann!*«
»Und ich werde Kletterausrüstung brauchen«, sagte ich. Irgendwie war ich plötzlich skeptisch. »Ich weiß gar nicht, ob das so kurzfristig alles klappt.«
Er zog mich an sich und gab mir einen Kuss. »Keine Sorge, ich kaufe dir, was du brauchst. Alles kaufe ich dir.«
Ich musste lachen. Nach einem Blick auf die Uhr machte ich mich von ihm los. »Das können wir später besprechen, ich muss jetzt wirklich gehen.« Dann schnappte ich mir ein feuchtes Handtuch von der Stuhllehne und rief: »Bis dann!«

Er sah mich herausfordernd an. »Wo willst du denn jetzt hin?«
»Training, tut mir leid.«
Er nahm mir die Tasche weg und pfefferte sie in die Ecke. Zog mich an sich und küsste mich ausgiebig und knieerweichend.
»Du gehst nirgendwohin.«

18

Michael
2. September 2017

Die Maschine geht tiefer. Allmählich werden das graue Band Themse und die Lego-Modellstraßen und -brücken für das menschliche Auge erkennbar. Von einem großen Gebäude etwas außerhalb der City steigen schwarze Rauchschwaden auf. Seit die Buchhandlung gebrannt hat, reagiere ich höchst sensibel auf jedes Anzeichen von Feuer. Davor habe ich auf so etwas nie geachtet. Wenn ich als Teenager zelten war, fand ich es immer schwierig, überhaupt ein Feuer in Gang zu bringen, und habe heimlich gleich zwei Stücke Anzünder unter die Scheite geschoben. Und selbst dann ging es noch beim leisesten Windhauch aus. Heute dagegen brauche ich nur ein Streichholz zu sehen, und schon wird mir übel. Ich sehe Leute die Kerzen auf ihrem Kaminsims anzünden, ich sehe Leute rauchen und muss die Augen zumachen.

Als Mr Dickinson anrief und sagte, im Laden sei Feuer, dachte ich, ein paar Teenager hätten im Hinterhof geraucht und damit den Alarm ausgelöst. Dass einer vielleicht die Mülltonne angesteckt hatte. Schlimmstenfalls, dass ich einen Heizofen angelassen hatte und es nun brannte, aber so, dass wir der Sache mit einem Feuerlöscher Herr werden konnten und kein nennenswerter Schaden entstand.

Natürlich war es anders. Helen und ich sind hingefahren, und was wir vorfanden, war ein Inferno. Hinter den Fenstern loderten Flammen, und unter der Tür quoll schwarzer Rauch hervor wie ein Teppich. Das Einzige, woran ich denken konnte, war, dass ich die Bücher retten wollte. Kurz habe ich sogar überlegt, welche aus meinem Bestand die kostbarsten waren: Oscar-Wilde-

Erstausgaben und *Black Beauty* mit einem Holzschnitt-Frontispiz, ein paar Bände aus dem neunzehnten Jahrhundert mit goldenem Vorsatzpapier, ein Karton mit Briefen aus Viktorianischer Zeit, den uns ein Mann aus der Gegend vermacht hatte. Ich bin die Treppe raufgerannt, zu dem kleinen Raum hinten, wo ich die Sammlerstücke und antiquarischen Sachen aufbewahrte, aber der Rauch war wie eine Mauer – oder eher wie ein lebendes Wesen, das mir eine Faust in die Brust rammte und die Lunge herausriss. Selbst jetzt noch, Monate später, spüre ich diesen Schmerz. Wie Ertrinken, wie ein Herzinfarkt. Blind und halb wahnsinnig bin ich wieder nach unten getaumelt, und dort habe ich alles, was ich hatte an mich raffen können, fallen lassen. Was für eine Dummheit! Ich hätte draufgehen können.

Helen hat mich gepackt und nach draußen geschleift, und dann lagen wir auf dem Fußweg und rangen um Luft, während alles, was wir uns erarbeitet hatten, von den Flammen aufgefressen wurde. Diesen Anblick vergesse ich nie. Nur ein einziges Mal davor hatte ich mich dermaßen hilflos gefühlt. Das lag lange zurück. Aber da auf dem Fußweg, das war genau das gleiche Gefühl wie bei Lukes Tod. Als würde ich nie frei sein.

Mit einem Ruckeln setzt die Maschine auf. Kurz stehen mir die Gesichter meiner Lieben vor Augen. Helen. Saskia. Reuben. Ich bin in dem Armeetransporter zu mir gekommen und habe sie alle gesehen. Ich lag flach auf dem Rücken. Helens Kopf ruhte auf meiner Brust, und Saskia war neben mir ausgestreckt, direkt an meinem Arm. Reuben hockte zusammengekauert in einer Ecke und weinte. Ich habe Helens Gesicht in beide Hände genommen. Als sie zu sich kam, habe ich ihr gesagt, dass alles gut wird. Dass ich sie und die Kinder beschützen werde.

Und jetzt zerreißt die große Entfernung von ihnen mich fast. So heftig sehne ich mich danach, bei ihnen zu sein, dass sich mein Innerstes nach außen kehrt.

Ich gehe in eine Toilette, um mir Wasser ins Gesicht zu spritzen. Im Flugzeug war ich kurz ohnmächtig, und als ich zu mir kam, habe ich mich wie unter Drogen gefühlt – um mich war alles verschwommen, und ich habe buchstäblich Sternchen gesehen; alles, was ich anschaute, war umrahmt von einem Sternchenkranz.
Der Spiegel zeigt mir eine Version von mir, die ein blaues Auge hat, Schnittwunden an der Stirn und blutverkrustete Nasenlöcher. Kein Wunder, dass im Flugzeug mehrere Leute gefragt haben, ob mit mir alles in Ordnung sei.
Ich pumpe Seife aus dem Spender, verteile sie schäumend auf Gesicht und Achselhöhlen und spüle mit Wasser nach. Der Bart ist inzwischen zu lang, damit wirke ich aggressiv. Plötzlich fährt mir ein Schmerz durch die linke Seite, direkt unterhalb des Brustkorbs. Wie eine Verbrennung, als würde ich mit einem heißen Spieß durchbohrt.
Die Schlange an der Passkontrolle kommt mir vor wie einen Kilometer lang. Alle sind genervt. Ich beobachte die Beamten an den Schaltern beim Kontrollieren der Pässe; sie verziehen keine Miene. Das war eine Scheißidee. Sie werden sich meinen Pass ansehen und mich in eine Zelle sperren. Zu der Familie vor mir gehört ein Kleinkind, ein kleiner Junge, vielleicht anderthalb, mit Grüffelo-Rucksack. Er brüllt sich die Seele aus dem Leib. Sein Vater bückt sich, um ihn hochzunehmen, doch der Kleine tritt ihn mitten ins Gesicht. Als er sich davon erholt hat, nimmt der Mann den Jungen in die Arme und winkt hinter seinem Rücken einem Uniformierten zu, der neben der Schlange auf und ab geht.
»Gibt es keinen Extraschalter für Familien mit Kleinkindern?«, fragt er.
Wieder fängt der Junge an zu schreien. Die Mutter schaltet sich ein. Sie nimmt ihn, legt sich seine Beinchen um die Taille und drückt sein Gesicht sanft an ihren Hals. So kommt er zur Ruhe.

Der Uniformierte schüttelt den Kopf. Er murmelt etwas von Verspätungen, und dass sechs Maschinen gleichzeitig gelandet sind. Als er weitergeht, spüre ich seinen Blick, spüre, wie er mein Gesicht scannt, sieht, in welcher Verfassung ich bin. Ich darf nicht zulassen, dass meine Beine, was jederzeit möglich ist, wegknicken und mich verraten. Stattdessen muss ich mir eine Geschichte zurechtlegen, die erklärt, warum ich aussehe, als hätte mich jemand zu Brei geschlagen.
Endlich bin ich an der Reihe. Ich schiebe dem Beamten meinen Reisepass hin und versuche, mich von den Sternchen in meinem Blickfeld nicht ablenken zu lassen.
Er ist um die dreißig. Er starrt mich an, und ich sehe, dass er versucht zu erraten, warum ich aussehe wie unter einen Elefantenfuß geraten. Also zeige ich auf mein Gesicht und grinse.
»Fahrradsturz«, sage ich. »Ich weiß nicht, wen es schlimmer getroffen hat, den Fußweg oder mich.«
Die Andeutung eines Lächelns. Er gibt mir den Pass zurück.
»Einen schönen Tag.«
Erleichterung flutet mich. Im nächsten Augenblick ist mir, als müsste ich mich auf den Tresen erbrechen.
Zum Glück tue ich das nicht, sondern schaffe es von dem Schalter weg bis in den Terminal, wo mich ein ganzes Sortiment bekannter Schilder empfängt: »Boots«, »Dune London«, »Costa Coffee«, »WHSmith«. Hier im Gewimmel von Last-minute-Zahnpasta- und Ferienlektüretaschenbuchkauf beachtet mich keiner. Aber hoch über den Köpfen der Reisenden hängen zahllose Überwachungskameras, und die beobachten alles. An jedem Ausgang stehen mindestens drei Wachleute, und direkt auf mich zu kommen soeben zwei Polizisten in Uniform. Einer runzelt die Stirn, als unsere Blicke sich begegnen. Ich versuche, nicht hinzuschauen, aber dass er so starrt, lässt mir kalten Schweiß ausbrechen, und ich muss mich auf die nächste Bank setzen. Ich hole

mein Handy heraus, tue so, als würde ich Mails checken, und frage mich, ob ich jetzt verhaftet werde. Aber er geht weiter.
Mit zitternden Fingern wische ich noch einmal über das Foto von dem Brief. Als die Adresse auftaucht, vergrößere ich sie:

Haden, Morris & Laurence Law Practice
4 Martin Place
London
EN9 1AS

Laut Google Maps muss ich die U-Bahn nehmen, mit zweimal umsteigen, dann einen Bus und dann noch ein Stück laufen. Es ist lange her, dass ich in London war; alles sieht völlig anders aus. Als ich zum Bahnsteig gehe, kommt mir ein Bild von Helen in den Sinn. Zum ersten Mal sind wir einander begegnet, als wir um die zwanzig waren, während der Montblanc-Reise, und danach habe ich irgendwann nicht mehr damit gerechnet, sie je wiederzusehen. Aber dann, eines Tages, sah ich plötzlich an einem Bahnhof auf dem Bahnsteig gegenüber eine Frau sitzen und lesen. Blondes Haar, zu einem seitlichen Pferdeschwanz gebunden, ein gelber Schal, ein dunkelblauer Minirock, der diese unglaublichen Beine zur Geltung brachte. Die vertraute Haltung – das rechte Bein etwas weiter vorn, der Fuß auswärts gedreht. Ich weiß noch, wie ich innerlich zerfloss. Unmöglich, den Blick von ihr zu wenden. Es war, als sei ich in zwei Hälften gespalten. Die eine wollte sofort ihren Namen rufen, die andere das Weite suchen. Stattdessen verfiel ich in Starre. In dem Moment, als sie aufblickte und mich sah, fuhr mit kreischenden Bremsen ihr Zug ein, und sie war weg.
Seit unserer Abreise vom Montblanc ist kein Tag vergangen, an dem sie mir nicht durch den Kopf spukte. Alles habe ich versucht, um sie ausfindig zu machen. Das war lange vor Social-

Media-Zeiten; damals war es praktisch unmöglich, jemanden zu finden. Ich hatte die eine oder andere Beziehung, aber sie verliefen alle im Sande, weil sie mich im Grunde nicht interessierten. Die ganze Zeit habe ich nach einer gesucht, die wie sie war, und bin kläglich gescheitert. So kam mir eines Tages die Idee, sämtliche Tanzschulen des Landes anzurufen. Sie hatte gesagt, sie sei Ballerina, noch dazu eine gute, also musste doch irgendwer wissen, wo sie lebte.

Dreizehn Telefonate hat es gebraucht. Schließlich landete ich bei einer Empfangsdame in der Tanzschule von Leeds, die den Namen Helen Warren kannte. »Ich arbeite nur zwei Tage die Woche hier«, sagte sie. »Aber Tessa, die die übrige Zeit hier ist, kennt Helen. Vielleicht weiß sie ihre Adresse. Morgen ist sie wieder da.« Ich habe den ersten Zug nach Leeds genommen. Am nächsten Morgen bin ich mit einem riesigen Blumenstrauß und einer Schachtel Pralinen in der Tanzschule aufgekreuzt. Ich habe erklärt, ich müsse die Sachen Helen Warren persönlich übergeben, und mich sehr enttäuscht gezeigt, als sie sagte, Helen besuche die Schule nicht mehr. Zunächst hat sie gezögert, aber sie wollte auch nicht, dass Helen die Geschenke entgehen, deshalb hat sie mir schnell die letzte Adresse aufgeschrieben, die sie von ihr hatte. Ich habe mich überschwänglich bedankt und bin zum Bahnhof zurückgekehrt. In Birmingham New Street musste ich umsteigen. Mein Anschlusszug dort hatte Verspätung, deshalb habe ich mir ein Buch gekauft und auf dem Bahnsteig gewartet. Dann hat irgendetwas mich dazu gebracht aufzuschauen.

Auf dem Bahnsteig gegenüber stand eine Frau. Helen. Das konnte kein Zufall sein. Ich bin hingelaufen und habe sie in die Arme genommen. Sie war so erschrocken, dass sie einen Satz rückwärts gemacht hat. Erst dann hat sie mein Gesicht gesehen. Eine Ewigkeit hat sie mich angestarrt, dann ist sie in Tränen ausgebrochen und hat mich ihrerseits sehr fest umarmt.

Der Zug nach King's Cross fährt ein. Ich habe noch sechs Prozent Akku. Es kostet mich all meine Kraft, Helen nicht anzurufen, ihr nicht zu sagen, wo ich bin und was ich mache. Wahrscheinlich haben sie unsere Telefone verwanzt. Und ich weiß genau, was sie sagen würde. Sie würde sagen, ich soll es nicht tun. Deswegen haben wir ja all die Jahre nie darüber geredet. Deswegen hat sie die Briefe versteckt. Unser Risiko war, dass wir die Kinder verlieren. Hätte irgendjemand herausgefunden, was am Montblanc passiert ist, hätte das unsere Familie auseinandergerissen.

Aber das ist nun ohnehin geschehen. Es gibt kein Zurück.

Martin Place erweist sich als eine Reihe sechsstöckiger Häuser aus Viktorianischer Zeit, die in Büros umgewandelt worden sind. Der Schmerz in meiner linken Seite flammt wieder auf, und der Kopfschmerz ist so heftig, dass mir fast der Schädel platzt. Messingschilder am Eingang geben Auskunft über die Mieter. Wirtschaftsprüfer, eine Literaturagentur, mehrere Anwaltskanzleien. Keine mit dem Namen Haden, Morris Lawrence. Auf einem Schild entdecke ich den Namen Morris – Morris und McColl –, da klingele ich. Eine Empfangsdame meldet sich. Ich sage, ich müsse Mr Morris sprechen.

»Wen?«

»Mr Morris. Ich nehme an, er ist Teilhaber bei Ihnen?«

»Das müsste dann Judy Morris sein«, erklärt sie. »Wie, sagten Sie, ist Ihr Name?«

»… David«, sage ich. »David Ashworth. Ich brauche die neue Adresse der Kanzlei Haden, Morris und Lawrence. Es ist dringend.«

»Ich schaue nach, ob sie frei ist.«

Zehn Minuten später sitze ich in einem schicken Büro. Eine Sekretärin bietet mir Tee an, den ich dankbar nehme. Hier ist altes Geld: ein schwerer Mahagonischreibtisch mit Captain's Swivel

Chair, in den Wandnischen haushohe Bücherregale, Marmorkamin. Die Frau, die eintritt und sich als Judy vorstellt, ist älter, als ich erwartet hatte. Zweite Hälfte siebzig. Kurzes schwarzes Haar, durchdringende blaue Augen. Schwarzer Rollkragenpullover, schwarze Hose.

»Sie suchen Haden, Morris und Lawrence, wie ich höre«, sagt sie und nimmt hinter ihrem Schreibtisch Platz.

»Ja. Die haben vor einiger Zeit Kontakt zu mir aufgenommen und … ich dachte, vielleicht können Sie mir sagen, wo sie hingezogen sind.«

»Verstehe. Allerdings war ich bei dieser Kanzlei nie angestellt. Trotz meines Namens.«

»Ach.«

»Aber ich kann Ihnen sagen, dass sie nie umgezogen sind.«

Ich fasse Mut. »Dann sind sie noch hier?«

Sie schüttelt den Kopf. »Nein. Sie haben die Kanzlei aufgelöst. Vor etwa fünf Jahren, nachdem zwei der Partner verstorben waren.«

Was nun?

Sie neigt den Kopf. »Kann ich Ihnen irgendwie helfen?«

Mein Blick wandert zu dem Winston-Churchill-Porträt hinter ihr an der Wand. Er sitzt, beide Hände auf den Armlehnen, auf einem Stuhl und reckt das Kinn vor, als wolle er jeden Moment aufspringen. Das Bild eines rastlosen Menschen, der keinen Wert darauf legt, dazusitzen und stillzuhalten.

»Jemand hat versucht, mein Geschäft niederzubrennen«, sage ich. »Ich glaube, sie wollen meiner Familie schaden.«

Wieder mustert sie mich kurz, schaut mir in die Augen. »Ich verstehe. Gibt es einen bestimmten Grund, aus dem jemand danach trachten könnte, Ihrer Familie zu schaden?«

Ich zögere. Bin ich bereit, es auszusprechen?

»Vor längerer Zeit ist ein Freund von mir gestorben.«

Sie wartet. Dann: »Und ich nehme an, damit hatten Sie etwas zu tun.«

Ich zögere immer noch. »Kennen Sie jemanden mit Namen Luke Aucoin?«

Sie verschränkt die Hände, schaut zu ihrem Telefon.

»Ist er am Leben?«, frage ich.

»Ich glaube, ich kenne niemanden dieses Namens.«

Keine Ahnung, ob sie die Wahrheit sagt. »Meine Vermutung ist, dass jemand, der zu ihm in Beziehung stand, seit jenem Ereignis nach mir sucht. Über die Kanzlei Haden, Morris und Lawrence haben mich Drohbriefe erreicht. Unterschrieben von K. Haden. Meine Hoffnung war, mit dem fraglichen Mandanten in Verbindung treten zu können, aber wenn die Kanzlei aufgelöst worden ist …«

Sie hebt die Hand. »Keith war in einer anderen Kanzlei mein Kollege«, sagt sie. »Ich fürchte, er lebt nicht mehr. Aber ich kann versuchen, seine Frau zu erreichen. Wenn Sie mir das überlassen wollen – ich könnte ihr eine Nachricht schicken?«

Ich nicke. Ein Lächeln huscht über ihr Gesicht.

»Allerdings fürchte ich, dass wir frühestens morgen etwas in Erfahrung bringen werden. Weil ich erst einmal ihre Nummer heraussuchen muss. Wenn Sie vielleicht gegen Mittag noch mal vorbeikommen?«

Ich erhebe mich und strecke ihr die Hand hin, um mich zu bedanken. Sie nimmt sie nicht gleich.

»Was haben Sie gesagt, wie war noch mal Ihr Name?« Sie kneift leicht die Augen zusammen. »David, oder?«

»Ja. David. David Ashworth.«

Sie lächelt, aber ich sehe, dass sie mir das nicht abnimmt.

Ich kaufe einen Rasierer, eine Schere, ein neues Outfit, etwas zu essen und Pflaster für die Schnittwunden an meinen Armen und im Gesicht, dann beziehe ich das, wie es scheint, letzte freie Hotelzimmer in ganz London, das genau genommen ein Einbauschrank ganz oben in einem Scheibchen von viktorianischem Reihenhaus in Covent Garden ist. Dort rasiere ich den Bart ab, schneide mir das Haar und falle in den tiefsten Schlaf, den man sich vorstellen kann.

Träume kommen nicht, aber meine Gedanken kreisen die ganze Nacht. Das Churchill-Porträt in Judys Büro fällt mir ein, und von da winde ich mich in tiefere Furchen der Erinnerung. Zu Churchills Frau fällt mir etwas ein. Ihr hat ein Anwesen gehört, das später Lukes Eltern gekauft haben. Ich weiß noch, dass Luke immer gesagt hat, in seinem Zimmer habe früher Churchill geschlafen. Dessen Geist stampfe dort immer noch durch die Treppenhäuser, hat er gewitzelt, und das sei der Grund, weshalb er nie nach Hause fahre. Diese Entschuldigung hat er auch seiner Mutter präsentiert, obwohl wir alle wussten, dass er seinen Stiefvater nicht leiden konnte.

Ich fahre aus dem Schlaf hoch.

Dieses Haus. Ich muss dieses Haus finden.

19

Helen
2. September 2017

Jeannie und ich sitzen in Dr. Guptas Büro und skypen mit Leuten von einer Spezialeinheit der Kripo Northumberland, Detective Sergeant Jahan, einem jungen Mann mit durchdringendem Blick und glattem schwarzen Haar, und Detective Chief Inspector Lavery, einer Endfünfzigerin mit kurzem grauen Haar, dicken Brillengläsern in rotem Gestell und deutlich nordenglischer Aussprache.
»Der Fahrer des Vans hat eine schwere Anschuldigung gegen Michael erhoben«, sagt Jeannie, nachdem ich ihnen alles andere dargelegt habe. »Er behauptet, Michael hätte ihn dafür bezahlt, dass er seinen Wagen rammt. Das ist lächerlich – und natürlich beängstigend. Es klingt verrückt, ich weiß, aber man hat wirklich das Gefühl, dass die Polizisten hier meiner Schwester und meinem Schwager die Schuld an dem Unfall zuschieben wollen.«
»Sie haben uns Transkriptionen der Befragungen gemailt, die sie mit Ihnen und dem Fahrer des Vans durchgeführt haben«, sagt DS Jahan. »Wir mussten ein bisschen Druck machen, aber jetzt haben wir sie.«
»Was ist mit dem Fahrer?«, fragt Jeannie. »Wird er beschuldigt?«
»Ich fürchte, sie haben ihn bereits laufen lassen«, sagt DS Jahan.
Mir entfährt ein kleiner Schrei.
»Nicht Ihr Ernst«, ruft Jeannie aus. »Sie haben ihn *laufen lassen*?«
Die Kameraaufzeichnung fällt mir ein, der Mann hinter Michael, von dem ich kurz dachte, dass er Michael vor sich hertreibt.
»Wann haben sie ihn laufen lassen?«
»Innerhalb der vergangenen Stunde«, sagt DCI Lavery. »Laut

Gesetz dürfen Verdächtige in Belize nur begrenzt festgehalten werden. Entweder werden sie binnen vierundzwanzig Stunden offiziell beschuldigt, oder sie müssen freigelassen werden.«
Also ist es unwahrscheinlich, dass der Mann in der Aufzeichnung der Van-Fahrer war.
»Aber warum lassen sie jemanden laufen, der zugibt, Geld dafür genommen zu haben, dass er ein anderes Fahrzeug rammt?«, sage ich. »Wie kann es sein, dass sie ihn *nicht* beschuldigen?«
»Diesbezüglich haben wir aus einer Reihe von Gründen Bedenken. Einer ist, dass Michael unmittelbar nachdem dieser Vorwurf gegen ihn erhoben wurde, verschwunden ist«, sagt DCI Lavery. »Während eines Chats mit Jeannie haben wir notiert, dass Sie einen oder zwei Tage vor dem Unfall jemanden um Ihr Ferienhaus haben schleichen sehen. Ist das richtig?«
»Ja. Am Abend vor unserer Abreise, um genau zu sein.« Dann füge ich hinzu: »Wenn ich ein Foto von dem Van-Fahrer sehen würde, könnte ich vielleicht erkennen, ob er der Mann war, den ich an dem Abend gesehen habe.«
»Ich kümmere mich darum«, sagt DS Jahan, und sofort fühle ich mich besser, weil ich zu einer Lösung beitrage, weil ich helfen kann, wenigstens einen Bruchteil des Chaos, in das ich geraten bin, zu beseitigen.
»Nur um das zu klären«, fragt DCI Lavery, »der Mann, den Sie in der Kameraaufzeichnung gesehen haben – kann der derjenige sein, den Sie in der Nähe Ihrer Strandhütte beobachtet haben?«
Ich zögere. »Nein, ich glaube nicht.«
Mir ist, als könnte jeden Augenblick mein Schädel platzen. Ich muss an Saskia denken. Sehe ihr süßes Gesicht auftauchen und wieder verschwinden, während sie in dem Park nicht weit von unserem Haus auf und ab hüpft. Ihre gespitzten Lippen vor einer Pusteblume. Ihre verdrehten Augen, als sie inmitten von Blut und Glassplittern auf dem Asphalt lag.

»Wann haben Sie das letzte Mal mit Michael gesprochen?«, fragt DCI Lavery.
»Ich weiß es nicht.« Ich presse beide Hände gegen die Stirn. »Kurz vor dem Zusammenstoß, nehme ich an. Wir haben geredet und ...«
Plötzlich höre ich, wie der Van uns rammt, ein fürchterliches Krachen, das sich ständig wiederholt wie in einer Endlosschleife. Meine eigenen Hilfeschreie. Dann etwas, woran ich mich bis jetzt nicht erinnert habe, ein neues Geräusch, klar und hell, als hätte es Kanten. Michael. Er hat mit mir gesprochen.
»Ich erinnere mich, dass Michael etwas gesagt hat«, murmele ich. »Unmittelbar nach dem Zusammenprall. Bevor ich aus dem Wagen gekrochen bin. Kurz danach muss ich ohnmächtig geworden sein.«
»Was hat er gesagt?« Mit gezücktem Stift sitzt DS Jahan da.
Ich strenge mich an, der Erinnerung zu lauschen. Sie ist wie ein Windhauch, der sich nicht festhalten lässt, etwas, das sich mit aller Macht losreißen will ... Doch dann kriege ich sie zu fassen, und die Lautfetzen fügen sich zusammen. Es war nicht einfach ein Stöhnen vor Schmerz. Michael hat etwas gesagt.
Ich muss euch beschützen.
Von weit, weit her kommen die Worte, wie vom anderen Ende eines Tunnels.
»Könnte sein, dass wir nach Belize kommen müssen«, sagt CDI Lavery. »Offenbar hat Michael Pengilly schwere Verletzungen davongetragen. Wir müssen dafür sorgen, dass vernünftig nach ihm gesucht wird. Daher werden wir die Möglichkeit prüfen, in etwa einer Woche rüberzukommen, sollte er sich bis dahin nicht gemeldet haben.«
Ich verliere mich in der Erinnerung an eine Szene, die Jahre zurückliegt, in unserem ersten Haus in Edinburgh. Wir waren noch nicht lange verheiratet, gerade mal ein paar Monate. Ich

hatte einen Albtraum gehabt, von Lukes Tod, und war schreiend aufgewacht. Am nächsten Morgen hat Michael danach gefragt. Kaputt, mit verquollenen Augen und schniefend saß ich vor meinem Kaffee.
»Ich habe Luke geliebt«, sagte ich. »Ich finde, wir sind es ihm schuldig, die Wahrheit zu sagen. Zu erzählen, wie es war.«
»Die Wahrheit?«, fragte er scharf. »Wir kennen die Wahrheit beide, Helen. Wir wissen beide, wer dafür verantwortlich ist.«
Dann wurden seine Züge weicher. Er setzte sich zu mir und nahm meine Hand, doch ich zog sie weg.
»Was soll das heißen?«, fauchte ich.
Er wich meinem Blick aus, wollte nichts sagen. Da bin ich aufgestanden und rausgestürmt und habe die Tür hinter mir zugeknallt. Ich war empört und tief gekränkt. Wollte er andeuten, dass es allein meine Schuld war und dass Theo und er überhaupt keine Rolle gespielt hatten? Vielleicht hat er ja recht, dachte ich dann. Und dieser Gedanke hat sich in mir festgesetzt, ist in mich eingesickert, wie Regen in Erde einsinkt und sie in Schlamm verwandelt.
Ich wollte weg. Ans Ende der Welt wollte ich mit dieser neuen Erkenntnis. Ich habe eine Tasche gepackt und es bis zur Haustür geschafft. Es war unmöglich, ich konnte nicht gehen. Vielleicht hatte ich ihn falsch verstanden. Also beschloss ich, nicht überstürzt zu handeln, sondern mit ihm darüber zu reden, sobald wir uns beruhigt hätten. Wir hatten uns beide von dem, was am Montblanc geschehen war, nie wirklich erholt, das wusste ich.
In der folgenden Nacht bin ich im Morgengrauen aufgewacht, weil ich es rumoren hörte. Das Bett neben mir war leer, die Decke zurückgeschoben. Ich ging in den Flur und sah, dass die Leiter zum Dachboden angelegt war. Oben war gedämpftes Licht, und durch den Spalt zwischen Dach und Regenrinne, den zu verschließen wir nie geschafft hatten, pfiff der Wind herein.

Ich stieg die Leiter hoch und sah nach. Michael saß im gelblichen Schein der nackten Glühbirne mitten im Raum auf einem Stuhl. Er war vollkommen nackt. Es war ein so bizarrer Anblick, dass ich lachen musste.
»Michael?«, sagte ich. »Was ist los?«
Auf seinem Gesicht lag ein Ausdruck, wie ich ihn nie zuvor gesehen hatte. Und er hatte etwas in der Hand.
»Was ist das?«
Langsam hob er es hoch. Ein altes Seil mit einer Schlaufe an einem Ende.
»Eine Schlinge.«
Ich konnte mir überhaupt nicht erklären, wieso er da oben herumsaß und sich mit etwas so Merkwürdigem beschäftigte. Vielleicht hat er das gerade gefunden und wollte es mir zeigen, dachte ich.
Als ich weiter hochstieg, zur letzten Sprosse, schrie er, ich solle stehen bleiben. Ich bekam eine Gänsehaut.
»Du machst mir Angst, Michael. Was ist denn nur?«
Sein Gesicht glänzte vor Schweiß und Tränen, sein Haar war zerwühlt, und es lag etwas in der Luft, irgendetwas war da, eine weitere Präsenz im Raum.
»Als du von Luke angefangen hast«, sagte er, und seine Stimme kippte, »von dem, was passiert ist – ich kann das nicht. Ich kann's einfach nicht.«
Ich dachte an das, was ich gesagt hatte, und war entsetzt über meine eigene Beiläufigkeit. Es war überhaupt nicht meine Absicht gewesen, ihn zu provozieren.
»Es tut mir leid, Michael! Es tut mir wirklich leid ...«
»Ich bin kein Mörder!«, schrie er. Es war ein Flehen um Gnade, um Vergebung, als säße er in einem Käfig und bettele um den Schlüssel zur Freiheit.
Den Kopf in beide Hände gestützt, hockte er da und schluchzte so heftig, dass seine Schultern zuckten.

»Michael, bitte«, sagte ich. »Bitte ... das habe ich nicht gewollt!«
»Es war nicht meine Schuld«, rief er und hob die Schlinge. »Es war nicht meine Schuld!«
Mir hallten die eigenen Rufe in den Ohren wider. »Das weiß ich, Michael. Es war meine Schuld. Jetzt komm weg hier. Komm wieder runter, bitte.«
Irgendwann kam er. Danach habe ich nie wieder vom Montblanc angefangen. Und ich habe ihn nicht verlassen. Ich habe ihn geliebt, und irgendwie habe ich verstanden, dass es der Schmerz war, der ihn dazu getrieben hatte, mir die Schuld zu geben; eine Wunde, die tiefer war als jede Vernunft, tiefer als jeder Instinkt – selbst als die Liebe.
Und als das mit den Briefen anfing, habe ich dafür gesorgt, dass er sie nicht zu sehen bekam. Und ich habe ihn zu immer neuen Ortswechseln überredet.
Auf dem Bildschirm öffnet sich Google Maps und zeigt die Umgebung des Krankenhauses hier in San Alvaro. Ich erkenne die Straße – viele Schlaglöcher, leer stehende Gebäude zu beiden Seiten –, die vom Gelände wegführt.
»Wir nutzen Satellitentechnik, um den letzten Aufenthaltsort von Michael festzustellen«, sagt DCI Lavery. »Hier sieht man, dass die Tür, durch die er das Gebäude verlassen hat, direkt auf diese Straße hinausgeht, daher wollen wir zunächst die örtlichen Polizisten dazu bewegen, die Leute zu befragen, die sich zu dem Zeitpunkt in der Gegend aufgehalten haben. Außerdem bemühen wir uns um Informationen über die Halter der Fahrzeuge, die zur Zeit seines Verschwindens dort geparkt waren. Darüber hinaus kooperieren wir mit der Chefin des Krankenhauses, um an die Daten aus den internen Sicherheitssystemen zu kommen, die Auskunft darüber geben, wer an dem Tag im Gebäude war.«
Ich atme auf und nicke; ihr sicherer, ruhiger Ton verhilft auch mir zu einer gewissen Sicherheit. Sie macht den Eindruck, als

arbeite sie schnell und effizient, und das ist genau das, was wir brauchen.
»Das Einzige, was uns etwas Kopfzerbrechen bereitet, ist das hier«, sagt sie und bewegt den Pfeil auf dem Bild zur Seite. Dort erscheint stark verpixelt ein Häuschen.
»Was ist das?«
»Eine Bushaltestelle. Wir haben das geprüft, da verkehrt eine wichtige Linie, direkt nach Belize City und sogar zum Flughafen. Könnte es sein, dass Michael seinen Reisepass bei sich hat?«
Ich muss schlucken. »Ich ... ich weiß es nicht.«
»Was ist mit Bargeld? Kreditkarten?«
Die haben wahrscheinlich die Polizisten geklaut, denke ich, aber ich sage es nicht. Stattdessen tippe ich die Bankleitzahlen und Kontonummern des Geschäfts- und unseres Privatkontos ein, die ich zum Glück auswendig weiß.
Sehr gut, tippt DCI Lavery ihrerseits in das Chat-Fenster. *Die werden wir genau beobachten. Wir ziehen hier ein paar Leute zusammen und hoffen, morgen Nachmittag gemeinsam mit der Polizei in Belize eine gründliche Untersuchung starten zu können.*

20

Helen

3. September 2017

»Hallo, Helen. Wie geht's Ihnen heute?«
Eine Frau beugt sich über mich. Ich habe keine Ahnung, welcher Tag heute ist. Nach einer Weile dämmert mir, wer die Frau ist – die von der Hochkommission, Vanessa? –, und wie ein Schwerlastzug kommt die Erinnerung, warum ich im Krankenhaus bin, nimmt mich mit und kippt mich krachend zurück in den rauschenden Fiebertraum, der im Moment meine Realität ist.
Vanessa sieht anders aus. Kein Anzug. Ein weißes Trägerkleid, weiße Converse-Schuhe, das schwarze Haar zum Pferdeschwanz gebunden. Sie hält eine Baumwolltasche hoch, aus der diverse Lebensmittel lugen, Wasserflaschen, Brötchen, Äpfel. Rasch schaue ich mich um. Ärgere mich, dass ich eingeschlafen bin. Als ich Reuben nirgends entdecke, fange ich an, mich unter Schmerzen aus dem Bett zu winden, bis mir einfällt, dass Jeannie und Shane ihn gestern Abend mit ins Hotel genommen haben.
»Ich wollte mich vergewissern, dass bei Ihnen alles in Ordnung ist«, erklärt Vanessa, als ich mich wieder zurücklehne. »Ich wohne nur drei Kilometer von hier entfernt und dachte, ich komme einfach mal vorbei.«
Sie schraubt eine Wasserflasche auf und reicht sie mir. Ich leere sie in einem Zug. Es ist brütend heiß hier drin, so, als würde man bei lebendigem Leib gebacken. Als wir in der Strandhütte waren, hatten wir vierzig Grad, aber dank der Meeresbrise war das gut auszuhalten. Hier, in der Stadt, hat man das Gefühl, dass unter der Hitze alles erlahmt. Selbst die Insekten wirken schlaff.
Ich kann mir Vanessa in einer ärmlichen Gegend wie San Alvaro

gar nicht vorstellen. Sie sieht immer so frisch und gepflegt aus mit ihren funkelnden Ohrringen, dem makellosen Kostüm und den rot lackierten Nägeln. Was ich mir vorstellen kann, ist, wie sie nach der Arbeit mit Freundinnen unterwegs ist, bei einem Pilates-Kurs oder in einer Bar. Nicht, wie sie zwischen streunenden Hunden allein den von Buden gesäumten staubigen Weg entlanggeht, der die Stadt San Alvaro darstellt.

»Meine Eltern sind beide blind«, sagt sie und öffnet eine Packung Kekse. »Glauben Sie mir, ich habe sie angefleht, in die Stadt zu ziehen, damit ich mich um sie kümmern kann, aber sie sind schon ihr Leben lang in San Alvaro und weigern sich wegzugehen. Hier, möchten Sie einen Johnny Cake? Die sind in Belize eine Spezialität.«

Aus Höflichkeit nehme ich einen und knabbere daran herum.

»Das tut mir sehr leid für Ihre Eltern.«

»Ach, denen geht's gut. Ich habe noch eine Wohnung in Belize City, aber als meine Mutter letztes Jahr erblindet ist, bin ich wieder zu Hause eingezogen, damit die beiden versorgt sind. Mein Vater ist ein paar Jahre bevor der Fluss vergiftet wurde, in den Ruhestand gegangen. In dem Jahr sind viele Leute erblindet.«

»Welcher Fluss?«, frage ich, und sie erzählt von einem Fluss, der durchs ganze Land fließt und von großen Unternehmen als Giftmülldeponie benutzt wird. Dass in vielen ländlichen Gegenden die Leute das Flusswasser noch immer zum Waschen und Kochen und als Trinkwasser verwenden, wie sie es seit Generationen tun, ist den Verantwortlichen sehr wohl bekannt, hält sie aber nicht auf.

»Ist Ihre Mutter auch dadurch erblindet?«

Sie lächelt traurig. »Mein Vater beharrt darauf, dass sie sich ausgeschlossen gefühlt hat und dass ihre Augen deshalb nicht mehr wollten. Aber natürlich ist es mehr als wahrscheinlich, dass der Fluss die Ursache war. Meine Eltern sind nie behandelt worden.«

»Warum nicht?«

»Als ich sie endlich so weit hatte, dass sie ins Krankenhaus gegangen sind, war es zu spät. Es sind auch Babys erblindet. Es gibt viele Kinder mit … wie nennen Sie es … Behinderungen? Niemand hat das Geld, um nachzuweisen, dass die Verschmutzung daran schuld ist oder dass die Verantwortung bei den Unternehmen liegt.« Sie seufzt und schraubt mir eine zweite Flasche Wasser auf. »Probleme gibt's überall, schätze ich. Belize ist ungeheuer reich, was seine Ökosysteme angeht, es hat die Koralleninseln, das Barrier Reef, den Regenwald. Aber wir haben Probleme mit der Umweltverschmutzung. Und mit Korruption.«

Nun schaut sie sich um, vergewissert sich, dass niemand sie hört, und zieht ihren Stuhl näher zu mir heran. »Mein Vater war fünfunddreißig Jahre lang Polizist. Ich habe mit ihm über die Kollegen hier gesprochen, über das, was sie Ihnen gesagt haben.«

Ich setze mich auf. »Und?«

»Er sagt, er hält es für ziemlich sicher, dass sie sich haben schmieren lassen. Von dem Mann, der Ihren Wagen gerammt hat.« Inzwischen flüstert sie, und ich muss beinahe von ihren Lippen ablesen, was sie sagt. »Das passiert oft. Und Sie sind nicht von hier, verstehen Sie, keiner kennt Sie. Keiner wird sie zur Rechenschaft ziehen, wenn sie die Schuld Ihnen zuschieben.«

»Sie haben sich schmieren lassen«, wiederhole ich, als würde es, wenn ich es ausspreche, erträglicher.

Sie beugt sich noch näher zu mir. »Mein Vater erinnert sich an einen Fall von vor acht oder neun Jahren, kurz bevor er in den Ruhestand ging. Damals ist etwa fünfzehn Kilometer von hier ein britisches Paar ermordet worden. Mein Vater war zu der Zeit Detective Sergeant. Die Polizisten hatten den Mörder, sie wussten alle, dass er es getan hatte, aber er hat sie geschmiert. Es war noch nicht einmal eine große Summe, und trotzdem haben sie ihn laufen lassen.«

Was sie sagt, bringt Farbe in meine Umgebung, zeigt mir sehr plastisch mögliche Gründe, warum ich hier bin, warum wir alle in diesem Albtraum stecken. Es ist erschreckend und absurd zugleich; dass die Polizei versuchen könnte, uns auszutricksen, löst eine körperliche Reaktion in mir aus. Vanessa schaut kurz zu der Krankenschwester, die hereingekommen ist, um die Vermerke auf dem Krankenblatt an meinem Fußende zu überprüfen. Wir warten, bis ihre Schritte im Gang verhallt sind.
»Ich werde versuchen, den Namen des Van-Fahrers herauszukriegen«, sagt Vanessa schließlich. »Aber versprechen kann ich nichts.«
»Was soll ich machen?«
»*Vielleicht* kann die britische Polizei auf die hiesige Druck ausüben, aber darauf würde ich mich nicht verlassen. Viele der Polizisten in San Alvaro interessiert nur, was für *sie* bei einer Sache herausspringt. Wenn sie etwas nicht tun müssen, tun sie es nicht.« Sie hält kurz inne. »Aber sie werden nicht alle so sein. Mein Vater war ein guter Polizist. Er hat nie Schmiergeld genommen. Er glaubt an Karma. Sagt Ihnen das was?«
Ich nicke. »Karma, ja.«
»›Alles rächt sich irgendwann.‹ Deshalb versucht er auch nicht, gegen die großen Unternehmen vorzugehen. Sie kriegen es ohnehin zurück. Wenn man nur lange genug anderen Gutes tut, kommt das Gute eines Tages zu einem zurück.«
Sie reißt eine braune Papiertüte mit Meerestrauben auf und bietet sie mir an. Ich weiß nicht, wie lange ich nichts Richtiges mehr gegessen habe. Inzwischen sind mir die eigenen Sachen schon zu weit.
»Erzählen Sie mir von Ihrem Zuhause.« Vanessa lächelt. »Ich bin noch nie in London gewesen. Wie ist es dort?«
Ich erkläre ihr, dass ich früher zwar in London gewohnt habe, jetzt aber ungefähr fünfhundert Kilometer weiter nördlich lebe.

»In London gibt es etwas, wo ich schon immer einmal hinwollte«, sagt sie. »Hoffentlich waren Sie schon mal da, dann können Sie mir wenigstens erzählen, wie es ist, und mein Traum wird durch Sie Wirklichkeit.«

»Und welcher Ort ist das?«

»Harrods«, sagt sie träumerisch. »Das muss der Himmel auf Erden sein. Sollte ich jemals nach London kommen, brauche ich wohl ein paar Tausend Dollar. Zum Shoppen.«

Ich sage, dass es in England unzählige Kaufhäuser gibt, von denen viele bis ins Kleinste genauso schön sind wie Harrods, aber sie scheint nicht überzeugt. Schließlich füge ich hinzu: »Wenn Sie meinen Mann finden und mich hier rausholen, gehe ich mit Ihnen zu Harrods. Das verspreche ich Ihnen.«

Sie strahlt. »Sie würden mit mir zu Harrods gehen?«

»Ich würde Ihnen sogar den Flug bezahlen.«

Sie lacht und klatscht in die Hände. »Jetzt bin ich diejenige, die sich schmieren lässt«, flüstert sie, und mir läuft ein Schauer über den Rücken.

»Wenn Sie in San Alvaro leben«, frage ich, »meinen Sie, jemand hier könnte den Mann, der uns gerammt hat, kennen?«

»Das versuche ich herauszubekommen.« Sie überlegt kurz. »Eins muss Ihnen aber klar sein: *Wenn* die Polizisten sich haben schmieren lassen, werden sie besonders wachsam sein und alles daransetzen, dass die Schuld Ihnen zugeschoben wird. Sie sind Touristen, verstehen Sie. Sie werden versuchen zu behaupten, Sie seien betrunken gewesen oder leichtsinnig gefahren.« Wieder hält sie inne, länger diesmal. »Deshalb beunruhigt mich die Anschuldigung gegen Ihren Mann so.«

»Das ist nichts als eine Lüge«, sage ich, und sie nickt.

»Sicher, aber sie macht die Sache schwierig. Sie bedeutet schlicht mehr Arbeit für die Polizei.«

»Wieso?«

»Normalerweise würden sie das Schmiergeld nehmen, und fertig. Wenn sie sagen, dass der andere Fahrer diesen Vorwurf erhoben hat, sind sie verpflichtet, Ihren Mann aufzuspüren und zu vernehmen.«
Natürlich sind sie verpflichtet, ihn aufzuspüren, er gilt offiziell als vermisst, denke ich.
»Was ich meine«, sagt Vanessa, »ist: *Wenn* jemand, aus welchem Grund auch immer, einen Mann dafür bezahlt hätte, dass er ein anderes Fahrzeug rammt, hätte die Polizei es vielleicht mit Totschlag oder Mord zu tun. Da der Vorwurf gegen Michael erhoben wurde, gilt er als möglicher Täter, und sie sind verpflichtet, ihn zu finden. Stattdessen hätten sie einfach das Schmiergeld nehmen, die Anschuldigung verschweigen und gar nichts unternehmen können. Den Zusammenprall als Unfall darstellen, und gut.«
Darüber denke ich eine Weile nach. »Und ... was meinen Sie, warum haben sie es getan?«
Sie seufzt. »Ich verstehe es überhaupt nicht. Ich werde noch einmal mit meinem Vater reden, der findet sicher eine Erklärung.«

Im Krankenhaus in Belize City schiebt Vanessa mich in das angegebene Zimmer. Vollkommen reglos und still liegt dort, inmitten seltsamer Schläuche und Maschinen, ein Kind auf dem Bett. Saskia.
Ich rolle näher heran, greife nach ihrer Hand, spreche leise mit ihr, sage ihr, dass ich da bin. Einer ihrer Finger zuckt, und sofort durchströmt mich die Hoffnung, sie könnte gleich aufwachen. Aber sie wacht nicht auf, und ich bleibe lange, lange bei ihr sitzen und bitte stumm, dass sie die Augen aufmacht.
Ist es wirklich erst ein paar Tage her, dass sie lachend und kreischend vor der Strandhütte herumgehüpft ist? Ich drücke ihre Hand an meine Wange und sende stumme Gebete ins Univer-

sum. Dass sie sich erholt, dass es ihr bald wieder gut geht. Dass sie wieder genauso tanzen und lachen und spielen kann, wie sie es vorher getan hat. Dann beschleicht mich die Furcht, dass die Zukunft, die ich für sie erhoffe, für immer ausgelöscht sein könnte, und es bricht mir fast das Herz.
Reuben holt eine kleine Bluetooth-Box hervor und stellt sie auf ihren Nachttisch. »Ich hab einen Podcast für dich gemacht, Saskia. Hör ihn dir an.«
Er tickt auf seinem iPad etwas an, und kurz darauf sind aus der Box die Wellen zu hören, wie sie auf den Strand rollen und wieder zurück. Im Hintergrund Stimmen. Auch meine: *Kinder!,* rufe ich. *Kommt, es gibt was zu essen!*
»Ich dachte, vielleicht erinnert sie sich gern daran, wie schön es war«, sagt er.
Und noch eine Stimme, eine hohe Mädchenstimme: *Das musst du dir ansehen! Komm!*
Saskia. Ihr Lachen. Ihre Stimme, die mal lauter, mal leiser wird, während sie über den Strand davonstiebt.
Nein, nein, nicht so, sagt sie. *Soo.* Im Hintergrund bin wieder ich zu hören, wie ich ihr Fragen stelle. Mir fällt ein, dass sie mir gezeigt hat, wie ihr Sandtheater aussehen sollte. Wir haben eine Bühne mit Säulen gebaut, Sitze, einen Orchestergraben, und die ganze Zeit hat sie mich angeleitet. Immer sehr genau, sehr entschieden. Sie hat einen so starken Willen. Als ich sie jetzt so reglos daliegen sehe, wünsche ich ihr inständig, dass diese Facette ihrer Persönlichkeit ihr hilft, das hier durchzustehen.
Dann Michaels Stimme. *Wollen wir reingehen, Kinder?*
Ich höre ihn mit Reuben darüber reden, ob vor der Küste weiße Haie sind oder nicht und was sie tun würden, sollten sie einen entdecken. *Was, wenn?,* fragt er wieder und wieder. *Was, wenn du eine Flosse sehen würdest? Was, wenn du nicht schnell genug wegkönntest?* Mir wird bewusst, dass wir seit dem Tag, an dem wir

Reubens Diagnose erfuhren, in der Zukunft gelebt haben, immer in der Ungewissheit, wie es für unseren Jungen weitergeht. Nachdem sie uns gesagt hatte, dass Reuben Autist ist, riet uns die Frau in der Beratungsstelle, uns auf das einzustellen, was nicht gehen würde. Darauf, dass er nicht in der Lage sein würde, ein selbstständiges Leben zu führen, dass er nicht Karriere machen, nicht heiraten würde, dass er vielleicht nie sprechen würde. Mit einem Mal mussten wir um die Zukunft trauern, die wir uns für unseren Sohn ausgemalt hatten. *Autismus ist nicht heilbar,* hieß es, und so wurde unsere Vorstellung von einem Jungen, der studierte, auf Reisen ging, sich sein Leben einrichtete, von einer Sekunde zur anderen weggewischt.

Irgendwann haben wir uns natürlich damit arrangiert, aber dieses Gefühl, dieses Immer-nach-vorn-Schauen und In-der-Zukunft-Leben, ist uns geblieben. Bis heute. Heute sieht die Zukunft allerdings anders aus. Heute glaube ich, dass es sinnlos war, mit diesem ständigen »Was, wenn« zu leben. Ja, es ärgert mich, dass ich so lange so gelebt habe.

Reuben drückt auf »Pause« und schaut mich irritiert an. Erst jetzt fällt es mir wieder ein: Er weiß nicht, dass Michael weg ist.

»Mir geht's gut«, sage ich und räuspere mich. »Es ist nur … Saskias Stimme, weißt du. Die hat mich so gerührt.«

Darüber denkt er einen Moment nach, dann springt er zu einer anderen Datei. Diesmal erklingt seine eigene Stimme im Gespräch mit einer anderen männlichen Stimme. Sie reden über alte Ruinen. Ich brauche einen Moment, um zuzuordnen, wer das ist. Shane. Reuben fragt ihn aus.

Bist du Polizist?

Shane lacht. *Wie kommst du denn darauf?*

Du hast graue Haare und Polizistenschuhe.

Ach ja? Gut, also nein, ich bin kein Polizist. Ich bin an einer Akademie.

Einer Epidemie? Ist das nicht was, wo viele Leute krank werden?
Äh ... Ich leite eine Forschungsgruppe zu politischer Theorie und arbeite im mittleren Management der Institution.
Was ist politische Theorie?
Nun, dazu gehört die Beschäftigung mit Menschenrechten, mit der Rechtsprechung, der Regierung, mit ethischen Fragen, damit, wie in Mehrheitsdemokratien Minderheiten geschützt werden können ...
Was ist mit der Zivilisation der Tolteken? Erforschst du die auch?
Äh ...
... der Name »Tolteken« heißt so viel wie »großartige Baumeister«. Weil sie so viele große Gebäude errichtet haben. Mein Papa war mit mir in Chichén Itzá. Das ist eine Mayastätte von vor über tausend Jahren. Warst du schon mal in Chichén Itzá?
Ich war noch nie in Mexiko, sagt Shane. *Eines Tages vielleicht.*
Ich bitte Reuben, das Gespräch noch mal abzuspielen, antworte aber nicht, als er fragt, warum. Stattdessen höre ich aufmerksam zu.
Noch nie in Mexiko?
Aber Jeannie hat doch gesagt, er hätte dort zu tun gehabt.
Warum lügt er?

21

Michael

18. Juni 1995

Es ist sechs Uhr morgens und eiskalt, was einem das zeitige Aufbrechen leicht macht. Nichts bringt einen so in Fahrt und lässt den Körper Mühe und Schmerz so schnell vergessen wie die erhabene Gegenwart der Berge und der scharfe Wind, der hier oben weht. Luke und Theo treten in Shorts und T-Shirts an. Ich habe mich für eine Trainingshose mit Thermoschicht und eine Fleecejacke entschieden, Helen hat offensichtlich den Rat der anderen Climber beherzigt und ist bereits in voller Montur mit Kletterhose, Funktionswäsche und Schutzhandschuhen. Sie lächelt mir zu, und ich lächle zurück.

»Okay, Jungs«, sagt sie, schon an der offenen Hüttentür. »Los geht's!«

Theo, der größte Nerd unter uns und am besten organisiert, ist erklärtermaßen unser Kartenverantwortlicher. Dabei gibt es auch jede Menge Schilder, die uns eine Vorstellung davon vermitteln, wo wir langgehen sollten. Noch ist der Weg bequem, steigt sanft an, ist von Bäumen gesäumt, aber nicht allzu hoch über uns hängen schon Wolken. Irgendwie surreal. Der Montblanc ragt immer noch himmelhoch auf; zarte Wolken umschweben ihn; seine Spitze touchiert den Mond.

Unsere Route führt zu einer Hütte auf ungefähr einem Viertel des Anstiegs, in der wir einen oder zwei Tage bleiben wollen. Nachdem wir uns so gründlich vorbereitet haben, erscheint dieser Teil der Tour trügerisch leicht – vor uns liegt, in vielen Schattierungen von Smaragdgrün, das Tal hingebreitet, umgeben von sattgrünen, schneegeäderten Bergen. Wiesen voller Butterblumen, Häschen und hin und her schießende Libellen lassen unsere »Expedition« zu einer Art Sommerspaziergang schrumpfen. Zwanzig Minuten nachdem wir gestartet sind, verstricken Luke und Theo sich in Streitereien über dies und das, was dazu führt, dass ich mit Helen gehe. Ich versuche, ein paar Schritte voraus zu sein, doch sie holt mich immer wieder ein und lächelt mir unsicher zu.

»Und wie habt ihr euch kennengelernt, Luke und du?«, breche ich schließlich das Schweigen.

»Auf einem Oasis-Konzert im Earls Court«, sagt sie. »Er hat versucht, meine Freundin Anna anzubaggern, aber sie war nicht interessiert.«

»Ich hab Anna nicht angebaggert. Ihre Nase ist viel zu groß«, ruft Luke über die Schulter. Ich hatte vergessen, dass er das Gehör einer Fledermaus hat. »Sie sieht aus wie ein Kerl.«

»Das erklärt natürlich alles«, sagt Theo. Er hat genug von der Diskutiererei mit Luke, lässt sich zurückfallen und geht neben mir weiter.

»Das war ... Taktik«, erklärt Luke, als wir ihn einholen. »Die alte ›Mach die beste Freundin an‹-Nummer.«

»Also Liebe auf den ersten Blick, oder?«, frage ich weiter. Ich weiß nicht, warum, es ist mir einfach herausgerutscht.

Helen lächelt Luke schelmisch zu.

»Das nehme ich mal als ›Nein‹«, sage ich.

»Von ihrer Seite war es vielleicht schon Liebe auf den ersten Blick«, entgegnet Luke. »Oder etwa nicht?«

»Eigentlich nicht«, gibt sie zurück. »An Liebe auf den ersten Blick glaube ich nicht. Vielleicht *Lust* auf den ersten Blick.«

Keiner von beiden sieht mich an, sie haben nur Augen füreinander. Komisches Gefühl. Bisher hat Luke sich immer eher cool gegeben, wenn er mit einer Frau aufgekreuzt ist, aber jetzt legt er Helen den Arm um die Taille und küsst sie auf die Wange.

»Ach, der Hochmut derer, die so innig geliebt werden ...«
Als er ihr auch noch etwas ins Ohr flüstert und sie loskichert, tauschen Theo und ich einen konsternierten Blick.
»Ich nehme alles zurück«, sagt Luke. Er hebt die Arme über den Kopf und macht ein paar Schritte rückwärts. »Als ich gesagt habe, dass es für sie Liebe auf den ersten Blick war, meinte ich, sie hat schnell begriffen, dass ich ein Vollidiot bin, und es sich anders überlegt. Für mich war es Liebe auf den zweiten Blick und auf den dritten und den vierten et cetera. So hart der Angriff und der Sieg so schwer, die Lust, nur nahn'd, um rasch sich zu entfernen, all dies zusammen – mein' ich – Liebe wär«, deklamieren Theo und er im Chor.
Es dauert einen Moment, bis ich kapiere, dass sie Chaucer zitieren. »Das ist aus dem *Parlament der Vögel*«, murmele ich der sichtlich verwirrten Helen zu. »Einem Gedicht aus dem vierzehnten Jahrhundert über die Liebe und den Valentinstag und das ganze Zeug.«
Jetzt schnappt Luke sich Helen und hebt sie auf seine Schultern. Ich schaue weg, es ist mir peinlich.
»Was ich die ganze Zeit sagen will, ist: Liebe!«, ruft er und dreht sich im Kreis, bis Helen kreischt. Dann setzt er sie ab, zieht sie an sich und küsst sie. Gerade als ich ihm raten will, irgendwo ein Zimmer zu nehmen, reckt er die Arme mit Victory-Fingern hoch und schreit: »Ich liebe sie! Ich liebe diese Frau!«
»Ja, Mann, ist ja gut«, sagt Theo.
»Wir haben's kapiert«, füge ich hinzu. »Jetzt lass es stecken, bis wir wieder in England sind, okay?«
Luke will Helen bei der Hand nehmen, doch sie schiebt die Daumen hinter die Träger ihres Rucksacks. Dabei späht sie zu mir. Sie sieht, dass Theo und ich genervt sind, und will, dass Luke sich beruhigt.
Theo bleibt stehen, um in die Karte zu schauen.

»Ich dachte, du freust dich für mich«, wendet Luke sich an ihn. »Dass ich endlich eine gefunden habe, die ich wirklich mag.«
»Endlich?« Theo hebt den Blick nicht von der Karte. »Ich gehe mal davon aus, dass du mit dem gesamten Oxford-Campus geschlafen hast. Man braucht kein Mathematiker zu sein, um drauf zu kommen, dass du dann früher oder später eine treffen würdest, die es länger mit dir aushält als eine Woche.«
Von Helen kommt ein nervöses Lachen. Luke wirft seinem Bruder, der ungerührt die Karte studiert, einen giftigen Blick zu. Ich will Theo schon fragen, ob wir uns verlaufen haben, lasse es aber lieber bleiben.
»Ist es nicht Zeit für die Mittagspause?«, fragt Helen, wohl um das Thema zu wechseln. »Ich habe Hunger!«
»Wusstest du schon, dass wir zusammenziehen?«, sagt Luke in Theos Richtung. »Wenn wir zurückkommen, musst du dir eine neue Bleibe suchen.«
Jetzt hebt Theo den Kopf, schiebt die Brille auf seiner Nase ein Stück nach oben und starrt Luke an. »Aha. Allerdings wirst du wohl feststellen, dass Mutter die Wohnung auf meinen Namen angemietet hat. Also wirst du derjenige sein, der auszieht.«
Luke schlägt ihm die Karte aus der Hand, sodass sie durch die Luft wedelt wie ein Flügel. Schon droht der nächste Streit; das Gezerre von heute Morgen scheint noch nicht beendet. Sie liegen sich nicht oft in den Haaren, aber wenn, dann ist es immer sehr unschön.
»Leute, jetzt kommt mal runter«, sage ich, drängele mich zwischen die beiden und grinse auf Teufel komm raus.
Auch Helen mischt sich ein, versucht, Luke von Theo wegzuziehen. Sein Gesicht ist dunkelrot, er hat die Hände zu Fäusten geballt. »Als du darauf bestanden hast, dass ich mit auf diese Tour komme, hab ich gesagt: nur, wenn du nett bist«, hält sie ihm vor.
Ich drehe mich um. »Entschuldigung, was sagst du da?«

»Hast du gerade gesagt, Luke hat ›darauf bestanden‹, dass du mitkommst?« Theo malt Anführungszeichen in die Luft.
Sie scheint verwirrt. Ihr Versuch, Frieden zu stiften, ist nach hinten losgegangen.
»Du hast darauf bestanden, dass sie mitkommt?«, wiederhole ich, doch Luke weicht meinem Blick aus. »Da haben wir aber eine andere Geschichte gehört.«
»Ja, also nein, ich wollte gar nicht«, stottert Helen. »Jedenfalls am Anfang. Es ist ja eine große Sache, deshalb … na ja, ich wusste nicht, ob ich das überhaupt schaffe.« Sie verstummt, und ihr Blick wandert zu Luke. »Ich habe gesagt, ich komme nur mit, wenn ich vorher die Möglichkeit kriege zu trainieren.« Dann schaut sie in die Runde, und als sie unsere grimmigen Mienen sieht, ruft sie: »Was ist denn los mit euch?«
»Oh, nichts, gar nichts«, sagt Theo. »Unsere Sorge war, dass du vielleicht gar nicht mitkommen willst, stimmt's, Luke?«
Ich boxe ihn leicht in den Magen. Er zuckt zusammen, boxt aber nicht zurück.

Nach ein paar Stunden wird aus dem verräterisch sanften Waldboden allmählich Geröll. Als am Wegesrand eine Gruppe trockener Felsbrocken auftaucht, beschließen wir, dort unsere Pause einzulegen. Wir nehmen die Rucksäcke ab und setzen den Kocher in Gang. Ich mache Tee für alle, während Theo, sehr hilfreich, eine Zigarette dreht.
»Will jemand?«, fragt er vage.
Helen und ich schütteln den Kopf. Ich habe mir vorgenommen, das Rauchen für die Dauer der Tour deutlich zu reduzieren. Luke aber greift zu.
Es weht ziemlich stark, deswegen treten die beiden in den Windschatten eines größeren Felsens. Ihr Gemurmel ist bis hier herüber zu hören; sie regen sich über die Massen von weiteren Wan-

derern auf, die die gleiche Tour machen und von Weitem schon zu sehen sind.
Ich koche eine Portion Nudeln für Helen und reiche sie ihr mit einem Spork, dann mache ich welche für mich. Peinliches Schweigen. Offenbar erwartet sie, dass ich Konversation mache. Ich tue so, als sei ich mit dem Nudelkochen vollauf beschäftigt.
»Und was studierst du?«, fragt sie schließlich, und nachdem ich sie vermeintlich nicht gehört habe, wiederholt sie die Frage.
»Literatur«, sage ich. »Das gleiche wie die beiden.«
»Mittelalter oder eine andere Art von Literatur?«
Ich kann nicht anders. »Es gibt keine andere Art.«
Sie grinst. »Aha, verstehe.«
»Was?«
»Warum Luke dich so mag. Er ist Mittelalter-Freak, weißt du ja sicher.«
»Ja, wir sind schon eine ganze Weile Freunde.«
»Tut mir leid, dass ich hier so eingedrungen bin«, sagt sie nach einer kurzen Pause. Sie scheint noch etwas hinzufügen zu wollen, ruft dann aber nur: »Es ist so schön hier oben. Ich meine, guck dir das an!«
Damit wendet sie sich ab und schaut hinunter auf das Tal, aus dem wir gekommen sind. Die Wolken reißen gerade weit genug auf, um einen Streifen leuchtend blauen Himmels preiszugeben, und filtern das Sonnenlicht, das ins Tal fällt.
»Vielleicht hat Sibelius beim Schreiben seiner Fünften Sinfonie an einen Berg wie diesen gedacht. Kein Wunder ...«
»Wer ist Sibelius?«, frage ich und bereue es sofort.
»Ein Komponist. Ich mag klassische Musik.«
»Also willst du Komponistin werden?«
Sie lacht und setzt sich auf den Felsbrocken neben mir. Ich weiß gar nicht, was daran so komisch sein soll.
»Ich bin Tänzerin.«

Sehe ich so aus, als ob mich das interessiert?
»Luke will eine Buchhandlung aufmachen, wenn er fertig ist. Ich schätze, sehr viel anderes kann man mit einem Abschluss in Literatur auch nicht anfangen.«
»Ach, das weiß ich nicht«, erwidere ich. »Ich denke, diejenigen unter uns, die dumm genug sind, etwas so Überflüssiges wie Literatur zu studieren, können es durchaus zu was bringen. Als Müllsammler zum Beispiel oder als Toilettenputzkraft, und das mit einem derart nutzlosen Abschluss.«
Sie ist sauer. Abrupt steht sie auf und entfernt sich. Sofort will ich mich entschuldigen. Ich sehe ihr nach, wie sie zu dem grasbewachsenen Streifen jenseits des Weges hinübergeht, vielleicht um einen besseren Blick über das Tal zu haben, aber auch, das ist mir klar, um Abstand zu mir zu gewinnen. Sie ist noch nicht ganz drüben, da kommt eine Horde junger Russen den Weg entlanggestampft wie eine Fahrzeugkolonne. Der Schritt ihrer schweren Stiefel bringt den Boden zum Beben. Ein Schrei, und ich sehe, dass einer der Russen Helen beiseitegestoßen hat. Ein Scharren ist zu hören, als sie über den Rand des Vorsprungs rutscht und stolpert.
Von da geht es steil runter bis ins Tal.
»Luke!«, rufe ich, laufe hinüber und schaue zu ihr hinunter. Sie liegt auf der Seite, auf einem vorstehenden, von einer dicken Moosschicht überzogenen Felsen, und hat sichtlich zu kämpfen, damit sie den Halt nicht verliert. Und das Gefälle, das sich unter ihr auftut, ist alles andere als sanft. Luke kommt herbeigestürzt.
»Was ist denn passiert?«
»Ich ...«
»Luke!«, ruft Helen.
Er will zu ihr absteigen, bleibt aber mit dem Stiefel in einem Felsspalt stecken und kommt nicht schnell genug los. Also lasse ich mich, Gräser und Risse im Fels zum Festhalten nutzend, ein

Stück hinunter. Sie kriecht mir entgegen und streckt den Arm aus, so weit sie nur kann, bis ich ihre Hand zu fassen kriege und sie weiter zu mir ziehen kann. Schließlich liegen Luke und Theo flach auf dem Bauch und hieven uns beide wieder ganz nach oben.

Sobald sie den Grasstreifen erreicht hat, nimmt Luke sie in die Arme, drückt ihr einen Kuss auf die Stirn und zieht das Ganze ins Komische.

»Liebling«, sagt er und fährt ihr über den Kopf wie einem kleinen Mädchen, »warum bist du vom Berg gesprungen?«

Helen ist sichtlich dankbar für diese Leichtigkeit, sie hilft ihr, sich mit jedem Atemzug mehr von dem Todesschrecken zu erholen.

»Wenn du mich loswerden willst, brauchst du es nur zu sagen«, setzt Luke seine Show fort. »Deswegen musst du dich nicht von einer Klippe stürzen!«

Sie lacht, und er verkündet, dass er kubanische Zigarren dabeihat und dies der richtige Zeitpunkt sei, eine anzuzünden.

»Gut gemacht«, sagt er später zu mir und reicht mir eine Flasche Scotch rüber. »Und ich möchte, dass du mir zeigst, welcher von den Russen sie geschubst hat, ja? Sie will es mir nicht sagen.«

Ich stutze. »Warum?«

Dumme Frage. Seine Miene verdüstert sich, und er wendet sich ab. »Du weißt, warum.«

»Wir wollen hier keine Kämpfe austragen, Luke, okay? Das war keine Absicht, da bin ich sicher.«

»Du sollst ihn mir nur zeigen. In Ordnung?«

Ich nicke. »In Ordnung.«

22

Helen
3. September 2017

Als wir in den Parkplatz des Krankenhauses von San Alvaro einbiegen, klingelt Jeannies Telefon. Sie nimmt das Gespräch an und zeigt mir ein stummes »Vanessa«. Ich beobachte sie beim Zuhören, sehe, wie sie das Gesicht verzieht. Kaum hat sie das Gespräch beendet, sagt sie Shane, er solle weiterfahren.
»Weiterfahren?« Er versteht nicht. »Aber wir sind da. Bin ich zum falschen Krankenhaus gefahren?«
»Nein, aber ... fahr einfach!«, ruft sie, und er lässt hektisch den Motor an und fährt los.
»Wohin?« Er zieht auf die falsche Straßenseite. Jemand hupt, und er wechselt die Seite und winkt den anderen Fahrern, die wild aufblenden und durch offene Fenster schimpfen, entschuldigend zu. Ich krümme mich in meinem Sitz und halte mir mit beiden Händen die Augen zu. Rechne jederzeit damit, dass ein weißer Van auftaucht und es genauso eine Explosion von Glas und Metall gibt wie schon einmal.
»Das war Vanessa von der Hochkommission«, höre ich Jeannie sagen. »Sie meint, die Polizei ist auf dem Weg ins Krankenhaus.« Und nach einer kurzen Pause fügt sie hinzu: »Sie wollen dich festnehmen, Helen.«
Ich reiße die Augen auf. »*Mich* festnehmen?«
Jeannie starrt mich entsetzt an, ihre Stimme ist schrill. »Sie hat was von Drogen gesagt. Die glauben, dass Michael abgehauen ist, und indem sie dich verhaften, wollen sie ihn dazu bringen, zurückzukommen.«
»Google das«, sagt Shane und sucht Jeannies Blick im Rückspie-

gel. »Google die Commonwealth-Reiseempfehlungen für Belize! Und Strafen bei Drogenvergehen!«
»Dafür ist es ein bisschen spät, meinst du nicht?«, gibt Jeannie zurück, sucht aber schon auf ihrem Handy und sagt: »Oh, oh.«
»Was?«, schreie ich.
Sie liest vor, was sie gefunden hat. »Handel und Besitz von Drogen werden in Belize, selbst im Fall einer unwissentlichen Beteiligung, mit hohen Geld- und/oder Gefängnisstrafen belegt. Eine lebenslängliche Haftstrafe ist nicht ungewöhnlich.«
»Was ist lebenslänglich, Mama?«, meldet Reuben sich zu Wort.
»Das Gegenteil von lebenslustig?«
In dem Moment jagt auf der Gegenspur ein Polizeifahrzeug mit Blaulicht vorbei. Ich drehe mich um und sehe es in die Krankenhauszufahrt einbiegen.
»Was machen wir jetzt?«, fragt Shane. Er ist blass geworden.
»Fahr hier links«, sagt Jeannie, und obwohl die Ampel gerade auf Rot springt, biegt er links ab und beschleunigt dermaßen, dass es uns in die Sitze drückt.
»Wohin?«, fragt er erneut, als er auf die Autobahn fährt. Die Knöchel an seinen Händen sind weiß; er umklammert das Lenkrad, als könnte es sonst vom Armaturenbrett fallen. Als wir bei hundertfünfzig Stundenkilometern sind, schließe ich die Augen und versuche, nicht daran zu denken, dass wir in einem Auto sitzen. Kurz spähe ich zu Reuben und sehe, dass ihm das Schlingern des Wagens gefällt und er alles mit dem iPad filmt. Das Herz schlägt mir bis zum Hals, mir ist, als könnte jeden Augenblick alles vorbei sein.
»Wir müssen zurück in das Krankenhaus in Belize City«, sagt Jeannie, und ausnahmsweise bin ich froh, dass sie so auf Extremsituationen steht, denn während mir nur Handschellen und Sträflingsarbeit durch den Kopf geistern, konzentriert sie sich darauf, eine Strategie zu entwickeln. »Wir müssen Saskia holen«, verkündet sie, »und dann müssen wir nach Hause fliegen.«

Nach Hause? Ich kann Michael nicht einfach zurücklassen. Das versuche ich Jeannie zu erklären, doch sie fällt mir ins Wort.
»Ich muss dich was fragen, Helen.«
»Was?«
Sie beugt sich zu mir, damit Reuben es nicht mitbekommt. »Diese Anschuldigung gegen Michael ...«
»Was ist damit?«
»Glaubst du ... ich meine, siehst du auch nur eine klitzekleine Wahrscheinlichkeit, dass er das getan haben könnte?«
Es ist wie eine Ohrfeige. »Natürlich *nicht*! Wie kannst du das auch nur fragen?«
»Die ganze Sache ist völlig schräg«, gibt sie zurück. »Michael hat sich in Luft aufgelöst. In der Kameraaufzeichnung haben wir gesehen, dass er einfach aufgestanden und gegangen ist. Er hat euch in diesem Krankenhaus zurückgelassen, ohne auch nur nachzuschauen, ob ihr noch am Leben seid. Und jetzt will die Polizei dich für den Rest deines Lebens in eine dreckige Gefängniszelle sperren. Außerdem benimmst du dich, ehrlich gesagt, ziemlich seltsam. Wenn du nicht selbst auf dich aufpasst, muss ich es eben tun ...«
Bevor ich antworte, vergewissere ich mich, dass Reuben völlig auf sein iPad konzentriert ist. Es fällt mir schwer, Jeannie nicht anzuschreien. »Ich benehme mich seltsam, weil meine Kleine gerade eine Gehirnoperation durchstehen musste, damit sie überhaupt am Leben bleibt! Ich benehme mich seltsam, weil ich in einem fremden Land bin, in einem kakerlakenverseuchten Krankenhaus ohne sauberes Wasser und anständige Bäder; weil jemand versucht hat, uns umzubringen! Ich benehme mich seltsam, weil mein Mann verschwunden ist und die Polizei mich wegen Drogenhandels verhaften will!«
Der Zorn in meiner Stimme überrascht mich selbst, und Jeannie scheint ebenso verblüfft, wie heftig ihre stets sanfte, ausgleichen-

de Schwester sie in die Schranken weist. Sie nickt, und mir wird bewusst, wie wenig erwachsen sie ist. Jeannie, das heißt: große Klappe und nichts dahinter. Viel Fassade, große Wirkung und erschreckend wenig Substanz. Unser Verhältnis war immer kompliziert. Genau genommen sind wir Halbschwestern, der einzige Hinweis auf eine genetische Übereinstimmung zwischen uns ist das etwas spitze Kinn, das wir beide haben.
Ich frage sie, ob sie mir ihr Handy leiht, damit ich Vanessa anrufen kann, und die bestätigt es: Die Polizisten waren bei ihr in der Britischen Hochkommission und haben nach mir gefragt. Sie ist ruhig geblieben, hat nur gesagt, dass ich noch im Krankenhaus behandelt werde. Dem Officer ist herausgerutscht, dass ich verhaftet werden soll; »Drogenverdacht« hat er gesagt.
Und jetzt bin ich auf der Flucht.

Im Krankenhaus in Belize schreibt eine Schwester Alfredo an und teilt ihm mit, dass wir Saskia mit nach Großbritannien nehmen wollen, um sie dort behandeln zu lassen. Er gibt bereitwillig zu, dass die Behandlungsmöglichkeiten dort besser sind, und bevor ich weiß, wie uns geschieht, organisiert Jeannie schon ein MedEvac-Rettungsflugzeug, und ein Team von Ärzten und Schwestern legt fest, wie der Transport von Saskia am besten ablaufen und wie sie im Flugzeug überwacht und versorgt werden soll. Ich bin so gebannt – mit meiner Aufmerksamkeit immer abwechselnd beim Krankenhauseingang, um zu sehen, ob da ein Polizist auftaucht, und bei Saskia –, dass ich es kaum fassen kann, als Jeannie mir plötzlich mitteilt, das Flugzeug werde im Morgengrauen auf dem Krankenhausparkplatz bereitstehen und Shane habe ganz in der Nähe ein Hotel gefunden, in dem wir über Nacht bleiben könnten.
Nicht sicher, ob ich sie richtig verstanden habe, starre ich sie an.
»Und was ist mit Michael?«

Sie will mich beschwichtigen, sagt, ich müsse vor allem an Saskia denken, und da gehe ich hoch.
»Woher willst *du* denn wissen, was das Beste für meine Kinder ist?«, schreie ich. Wir sind im Gang. Schwestern drehen sich um und starren zu uns herüber, aber das ist mir egal. »Du wirst mich nicht zwingen, meinen Mann in einem fremden Land zurückzulassen, dazu hast du kein Recht!«
Ihr Gesicht glüht. Sie spürt, dass alle uns beobachten, und schaut sich vorsichtig um.
»Ich will noch mal mit den Polizisten zu Hause skypen«, sage ich, als ich mich etwas gefangen habe. »Die sollen mir sagen, was los ist, und mir einen Rat geben.«
Jeannie nickt nur, holt ihr Handy hervor und tippt darauf herum. Kurz danach befinden wir uns in einem Nebenraum und sind online mit den Detectives im Kontakt. Sie teilen mir mit, dass der Mann, der in der Videoaufzeichnung hinter Michael hergeht und von dem ich dachte, dass er Michael vor sich hertreibt, gefunden wurde. Er heißt Apolonio Martinez und hat an dem Tag seine Frau im Krankenhaus besucht. Sein Alibi klingt absolut glaubwürdig: Seine Frau wird wegen Nierenversagens behandelt, und er besucht sie jeden Tag. Und sie bestätigen, was Jeannie gesagt hat: dass Michael das Krankenhaus offenbar freiwillig verlassen hat, ohne auch nur nachzuschauen, ob die Kinder und ich noch am Leben sind. Sie sagen, dass er wieder in England ist. Dass er ohne uns nach Heathrow geflogen ist.
Unmöglich.
»Gestern Nachmittag ist am Flughafen Heathrow sein Reisepass gescannt worden«, sagt DS Jahan. »Leider gab es einen technischen Fehler, sodass sie ihn nicht an Ort und Stelle festgesetzt haben. Wir gehen gerade das Material aus den Überwachungskameras durch, um zu klären, wo er hingefahren sein könnte. Jedenfalls ist er zweifelsfrei in Großbritannien.«

Unsicher, ob ich das alles richtig verstanden habe, starre ich auf den Bildschirm. Ich fasse es nicht. Warum ist er von Belize nach Heathrow geflogen? Warum hat er nicht nach mir gesucht?
»Er hat eine Kopfverletzung«, ergänzt DCI Lavery. »Nach Unfällen dieser Art tun Leute manchmal merkwürdige Dinge.«
Ich nicke und murmele eine Antwort, aber meine Gedanken überschlagen sich, filtern Informationen und fügen Fragmente dessen, was die Polizisten gesagt haben, zusammen, suchen nach einer Erklärung, die *irgendwie* Sinn ergibt.

Mit der Unterstützung von Alfredo und mehreren Krankenschwestern wird Saskia vom Team des Rettungsflugzeugs als Letzte an Bord manövriert. Bislang zeigt der Monitor, der an die ICP-Sonde in ihrem Kopf angeschlossen ist, dass ihr Zustand stabil ist. Alfredo teilt mir noch mit, dass er mit den Neurochirurgen in England zu einer Videokonferenz verabredet ist, um sie über das bisherige Vorgehen zu informieren und die weitere Versorgung zu besprechen.
Ich halte fortwährend Ausschau nach Superintendent Caliz, doch er taucht zum Glück nicht auf.
Die Mediziner an Bord bestehen darauf, mir ein Beruhigungsmittel zu geben, damit ich während des Fluges schlafen kann, und am Ende füge ich mich, strecke mich neben Saskia aus und halte ihre Hand. Reuben umklammert ihre andere Hand. Ich höre ihn. Er schnalzt rhythmisch mit der Zunge und stampft dazu mit dem Fuß auf. So versucht er, seine Angst unter Kontrolle zu bekommen. Ich hebe den Kopf und lächle ihm so aufmunternd, wie es mir möglich ist, zu, und er lächelt zurück.
Mit einem Donnern hebt das Flugzeug ab.

23

Reuben
4. September 2017

Flugzeuge sind laut, aber nicht so laut wie ein Blauwal. Der Motor eines Jets erzeugt beim Start hundertvierzig Dezibel. Ein Blauwal, der unter Wasser ruft, zweihundertdreißig. Wenn ich mal mit einem Blauwal schwimmen will, werde ich Noise-cancelling-Kopfhörer erfinden müssen, die unter Wasser funktionieren.

Als wir in den Himmel steigen, wird mir schlecht, und als ich kein Internet mehr habe, blubbert es wieder in meinem Bauch. Ich will in dem Flugzeug nach Hause sitzen, und ich will es nicht. Mein Papa ist nicht da. Er soll da sein. Mama sagt, er kommt bald, aber das glaube ich nicht, denn Shane und ich sind sechsundvierzigmal um San Alvaro herumgefahren und haben nach ihm Ausschau gehalten, und das hätten wir nicht gemacht, wenn er bald kommen würde. Ich habe hundertzwölf Minuten Film von Leuten, die in ihren Autos an uns vorbeifahren und uns anschreien, und vierundfünfzig Sekunden von einem Esel, der sich mitten im Verkehr losgerissen hat und fast von einem Melonenlaster zerquetscht worden wäre.

Ich logge mich in iPix ein und lese meine Nachrichten, aber gerade als ich Malfoy schreiben will, dass ich noch mehr für ihn aufgenommen habe, fällt das 4G auf meinem iPad aus. Er hat gesagt, wenn ich Sachen aufnehme, besorgt er mir 3-D-Rendering-Software für meine animierten Zeichnungen, deshalb habe ich ihm so schnell wie möglich alles geschickt. Ich hatte Shane und mich bei der Suche nach Papa und dann noch was Altes von Saskia und mir, wie wir eine Maya-Sandburg bauen.

Keine Nachricht. Riesenscheiße. Halt – da ist eine. Von Malfoy! Er hat einen Link zu einem Download geschickt und ein Passwort dazu, sodass ich mir Trapcode Particular kostenlos runterladen kann. Und einen Link zu einem YouTube-Tutorial hat er auch geschickt! Super.
Mama liegt auf einer Liege neben Saskia. Eben hat sie noch Saskias Hand gehalten, aber plötzlich wird ihre Hand ganz schlaff, sackt in die Lücke zwischen den beiden Betten und reißt Jack-Jack mit auf den Boden.
Da liegt Staub. Jack-Jack wird schmutzig. Deshalb stehe ich auf und schwanke ein bisschen, weil das Flugzeug immer noch steigt, aber ich kann mir Jack-Jack angeln und ihm den Staub abklopfen.
An seinem Halsband ist das kleine Herz. Am Valentinstag haben Mädchen in der Schule Schokoherzen verteilt. Ich hab ein gelbes gekriegt, auf dem stand: »Echte Lippen«, und ein weißes mit der Aufschrift »Willst du mit mir gehen?«. Ich wusste nicht, was das bedeutet, aber Lucy fand es lustig.
Als ich es mir genauer anschaue, stelle ich fest, dass das Herz von Jack-Jack nicht einfach nur ein Anhänger ist. Schon allein deshalb, weil es wie Plastik schmeckt und sich auch so anfühlt. Außerdem steht »TRKLite« drauf. Ich weiß nicht, was das heißt. Ist das ein Wort?
Ich gehe online und will es googeln, doch dann fällt mir ein, dass das 4G nicht funktioniert. Aber das Flugzeug hat eigenen Empfang; ich tippe das Symbol an, und kurz darauf bin ich online. Es gibt eine Website, die heißt www.trklite.com, auf die gehe ich und erfahre, dass auch ich mir für nur vierzig Pfund aus einer großen Auswahl an Farben, auch Babypink, ein TRKLite-Herz aussuchen kann, wie Jack-Jack eins am Halsband trägt. Da steht: *Eine einfache und vielseitige Möglichkeit, Schlüssel, Gepäckstücke, Telefon und Wertsachen über Bluetooth zu finden! Laden Sie sich*

einfach unsere kostenlose App herunter, und verlieren Sie Ihren Schlüssel nie wieder!
Ich lade die App runter und sehe mir an, wie das funktioniert. Genial! Auf einer Karte erscheint ein roter Kreis, der anzeigt, wo der Herzanhänger ist. Vier Minuten lang beobachte ich das Display. Der rote Kreis blinkt auf der digitalen Karte, gerade fliegen wir über einen Ort, der Calakmul heißt. Das kleine Herz ist ein Tracker. So was hab ich schon im Internet gesehen. Richtig cool. Man bringt so ein Ding irgendwo an, und dann findet man es mit Google Maps überall auf der Welt. Also so was ist das.
Aber ich verstehe es nicht. Warum bringt jemand einen Tracker an einem Teddy an?

ZWEITER TEIL

24

Helen
5. September 2017

Graue Straßen. Hupen. Menschenmengen.
Helen, meine Liebe, wir geben Ihnen nur ein Beruhigungsmittel, ja? Ein Piks, so.
Alles schwarz.
Ich bin in meinem Körper gefangen. In einen gläsernen Käfig gesperrt, unfähig, zu sprechen oder mich zu bewegen.
Weißer Kittel, mitfühlende Miene.
Auf ihrem Schreibtisch Fotos von lächelnden Kindern.
Was Sie erlebt haben, Helen, war eine verzögerte Schockreaktion. Es ist völlig normal, dass Menschen, die irgendwo im Ausland eine traumatische Erfahrung gemacht haben, damit so lange zurechtkommen, wie sie dort sind, aber wenn sie wieder nach Hause kommen, einen Zusammenbruch erleiden. Manchmal macht erst das Vertraute das, was geschehen ist, real. Wir haben eine Trauma-Spezialistin für Sie. Liz kommt Sie täglich besuchen, einverstanden?«
Ich schüttele den Kopf. Ich brauche keine Trauma-Spezialistin, ich will, dass Reuben seinen Vater wiederbekommt. Und seine Schwester. Was ich brauche, ist, dass mein Mann nach Hause kommt. Dass meine Tochter lebt.
Platt auf dem Rücken liegend, werde ich in die CT-Röhre geschoben. Ich wünschte, ich könnte in eine andere Zeitzone wechseln, mich in die Vergangenheit zurückversetzen.
Die Schnittwunde am Kopf heilt, und ich habe eine leichte Gehirnerschütterung und ein Schleudertrauma. Ein Handgelenk ist gebrochen, im Fuß sind Bänder gerissen. Die Kopfwunde heilt sehr gut. Meine Blase ist in Ordnung. Mitgenommen, sagt die

Ärztin, wie praktisch mein ganzer Körper, aber intakt. Nur mein Herz. Ich stelle es mir in einer CT-Darstellung vor. Hunderte Bruchstücke, und auf jedem stehen die Namen meiner Tochter und meines Mannes.
Mit einem Rezept für starke Schmerztabletten, einer Bandage am Fuß, einem Stützverband am Handgelenk, Krücken und einer Anleitung für tägliche Nackenübungen gegen das Schleudertrauma werde ich entlassen. Ich hasse mich dafür, dass ich am Leben bin, während Saskia an der Schwelle des Todes steht. Das ist verkehrt. Ich würde alles dafür geben – alles –, mit ihr tauschen zu können.

In einen Krankenhauskittel gehüllt, sitze ich in einem Rollstuhl am Fußende von Saskias Bett und sehe zu, wie die Intensivschwestern und Saskias Neurologin, Dr. Hamedi, um sie herumwuseln und an den Maschinen Einstellungen vornehmen, alles, um sie aus dem Koma zu holen.
»Fertig?«, höre ich jemanden fragen und sage mir mit einem langen Ausatmen: *fertig*.
Im honiggelben Licht der Lampen wirkt sie unnatürlich weiß, durchscheinend, wie ein Engel, als gehöre sie schon mehr in den Himmel als hierher, auf die Erde.
Sie geben kein Beruhigungsmittel mehr. Das Summen der Maschinen erlischt. Mein Herz spielt verrückt. Sie beugen sich über sie, rufen ihren Namen.
Saskia? Wie fühlst du dich, Saskia? Wir wecken dich jetzt langsam auf. Deine Mama ist da, Süße. Möchtest du sie sehen?
Ich fahre aus dem Rollstuhl hoch und humpele näher zu ihr heran, höre meine eigene Stimme schrill und leicht irre von dem gefliesten Boden widerhallen.
»Saskia, Schatz, ich bin da. Mama ist da, Süße, Mama ist da.«
Ihre Augen gehen auf, grau, abwesend, als sei sie aus einem Albtraum gerissen worden.

»Hörst du mich, Schatz?«
Aber ich spüre, dass sie mich nicht sieht, dass sie außer der Traumwelt, in der sie ist, gar nichts sieht. Plötzlich schlagen ihre Arme und Beine unkontrolliert aus, krachen gegen die Metallstreben rund um das Bett.
»Saskia!«
Verzweifelt greife ich nach ihrer Hand, will sie beruhigen, und als sie mich für einen Moment aus weit aufgerissenen Augen anschaut, sage ich: »Bleib, Süße, bitte bleib hier!«
Doch die Zuckungen lassen nicht nach, und ich muss zurücktreten, den Schwestern Platz machen. Entsetzt beobachte ich, wie sie die Schläuche wieder anschließen, die Maschinen anschalten und sie erneut sedieren.
So rutscht sie wieder weg, treibt weiter durch die Dunkelheit.

Dr. Hamedi bringt einen Becher Wasser und stellt ihn mir hin.
»Manchmal ist der Patient einfach noch nicht so weit, dass er aufwachen kann«, sagt sie. »Dann braucht das Gehirn noch etwas Zeit und Ruhe zum Heilen.«
Ich bin eine Hülle rund um das Loch in meiner Brust, wo einmal mein Herz war. Tränen laufen mir übers Gesicht.
Unmöglich, mir vorzustellen, was ich tue, wenn Saskia stirbt. Eine Welt, in der sie nicht ist, kann ich nicht akzeptieren.

Unsere Straße.
Einzelhäuser, jedes mit eigenem Garten.
Ein marmorgrauer Trauerhimmel.
Vor unserer Tür Leute mit Luftballons und Schildern; viele bekannte Gesichter: meine Freundinnen Camilla und Rosie; Lucy und Matilda, die beiden Studentinnen, die wir für die Wochenendschichten in der Buchhandlung eingestellt hatten; eine ganze Schar Freundinnen von Saskia, aus der Schule und vom Ballett;

etliche Eltern und Kinder von der St-Mary's-Grundschule. Andrew Cheek, Michaels Buchhalter und Mentor in geschäftlichen Dingen, ist da, und ich sehe Jim und Simon, ein Paar unter den Schulvätern, mit denen Michael hin und wieder ein Bier getrunken hat. Ich bin tief gerührt von so viel Anteilnahme, und zugleich erschreckt mich der Gedanke, sie alle begrüßen zu müssen, denn ich habe Angst, sofort in Tränen auszubrechen.
»Was sind das für Leute, Mama?«, fragt Reuben, der neben mir sitzt und aus dem Fenster späht.
»Die wollen uns Hallo sagen«, antworte ich und versuche mich zu wappnen.
»Warum?«
Nein. Die Kraft habe ich nicht. Ich wende mich an Jeannie. »Ich glaube, das ist zu viel.«
»Meine Schuld«, gibt sie zurück. »Die von der Schule haben mich angerufen, und ich habe gesagt, dass wir das Krankenhaus verlassen.«
»Nein, nein, ist schon gut.« Ich atme tief durch. Und trotzdem. Es passt alles nicht. Der Blick in die vertrauten Gesichter bestätigt, dass das, was in Belize war, tatsächlich passiert ist. Dass ich nur mit der halben Familie nach Hause komme.
»Überlass das mir«, sagt Jeannie entschlossen. »Ich erkläre ihnen, dass ihr ein bisschen Ruhe braucht ...«
Ich sehe die Schilder, mit denen die Kinder sich so viel Mühe gegeben haben. WIR HABEN EUCH VERMISST!, steht da in großen bunten Buchstaben, und GUTE BESSERUNG!. Ich sehe die erwartungsvollen Gesichter.
»Nein«, sage ich, »es ist okay, ich schaffe das.«
»Was machen die ganzen Leute in unserem Garten?«, fragt Reuben. Kaum stehe ich auf dem Fußweg, kommen mir die Tränen. Im Vorgarten umringen mich die Kinder und bestürmen mich mit Umarmungen, Küssen, Mitgefühl.

»Warum sieht Ihr Gesicht so aus, Mrs Pengilly?«
»Was ist mit Ihrem Arm passiert? Geht's Ihnen schon besser?«
»Wann kommen Sie wieder? Sind Sie am Montag in der Schule?«
»Haben Sie mein Bild gekriegt? Ich habe Ihnen Schmetterlinge gemalt. Und einen Regenbogen.«
Jeannie schaltet sich ein. Sie hebt die Hände, als wolle sie einen Terroristen besänftigen. »So, Kinder. Ich weiß, ich habe gesagt, ich werde *persönlich* dafür sorgen, dass jedes gemalte Bild, jede Zeichnung und jedes Sandbild in Mrs Pengillys Haus einen schönen Platz bekommt, aber jetzt muss sie sich erst mal ein bisschen ausruhen, okay?«
Die Kinder sind enttäuscht, aber die Eltern haben verstanden und überzeugen sie, wieder in die Autos zu steigen. Ich habe ein schlechtes Gewissen und bin doch erleichtert. Ein paar Leute sind auch Reubens wegen gekommen. Seine Lehrer Mr Aboulela und Mrs Abbott und der Schulleiter, Dr. Angier. Lily, ein Mädchen aus seinem Jahrgang, das sich immer mütterlich vor ihn gestellt hat, und Jagger. Josh nicht. Sie umringen ihn und sagen Hallo, doch er holt sein iPad hervor und filmt sie, während sie ihn fragen, wie es ihm geht. Ich greife nicht ein.
Saskias Freundinnen Amber, Holly und Bonnie sind mit ihren Müttern da. Die Frischen Vier haben wir sie immer genannt, so strotzend vor Energie, stets mit einer eigenen Meinung, die freimütig kundgetan wurde, alle verrückt nach Ballett und kleinen Tieren. Oft habe ich, wenn die Zukunft mir trostlos erschien, an Saskia und ihre Freundinnen gedacht. Diese Mädchen, dachte ich, die bringen die Welt in Ordnung. Oft haben sie sich mit ihren Tieren zum Spielen verabredet, und das war trotz der aufwendigen Logistik, die es erforderte, einfach toll.
»Wo ist Saskia?«, fragt Bonnie verwirrt, und als ich kurz ihre Mutter anschaue, dämmert es mir: Sie wissen nicht, wie schlecht es ihr geht.

»Warum ist sie denn im Krankenhaus?«, ruft Amber ängstlich, nachdem sie mich unter Tränen eine Erklärung hat murmeln hören. »Hat sie eine Mandelentzündung? Ich hatte mal eine Mandelentzündung, stimmt's, Mami?«
Die Mütter wissen nicht, was sie sagen sollen, und als Holly mich mit Tränen in den Augen fragt, ob sie Saskia jemals wiedersehen wird, versagt mir die Stimme. Es ist niederschmetternd. Ambers Mutter entschuldigt sich und versucht, sie wegzuziehen, aber sie sträubt sich mit Händen und Füßen.
»Saskia!«, schreit sie, als sie an der Gartentür sind. »Wo ist Saskia?«

Jeannie macht die Tür auf, und ich will wissen, ob sie abgeschlossen war. Sie kann es nicht sagen.
»Was ist los?«, fragt sie, als sie sieht, dass ich mich sofort in Wohnzimmer und Küche umschaue.
»Ich glaube, hier war jemand«, sage ich leise und deute auf den Stuhl, der umgefallen neben dem Esstisch liegt. Ist Michael hier gewesen? Oder jemand anders? Etwas Fremdes, Unbekanntes liegt in der Luft, die Spur von etwas Unheilvollem.
Es sieht so aus, als sei jemand durch die Hintertür hereingekommen und habe im Vorbeihasten den Stuhl umgeworfen. Auf dem Boden sind Schmutzspuren, und auf dem Küchentisch liegt ein Stapel Papiere. Die Schublade, aus der sie geholt worden sind, steht noch offen. Es ist die, in der wir sämtliche Rechnungen und Quittungen, allen Haushaltspapierkram aufbewahren einschließlich der Geburtsurkunden und der Unterlagen zu Reubens sonderpädagogischer Förderung. Mit einem flauen Gefühl im Magen und klopfendem Herzen wühle ich darin herum.
»Wenn ich ehrlich sein soll«, sagt Jeannie, »sieht es bei euch immer aus, als sei gerade eingebrochen worden.«
Mein Blick wandert zu der Ecke mit Saskias Spielzeugen, ihrem

Puppenwagen voller Teddys. Ich sehe die Kisten mit den Büchern, die Michael aus dem Laden geholt hat. Seine Jacken im Flur. Ihre rosa Gummistiefel an der Hintertür, ihre Balletttasche, die über einer Stuhllehne hängt. An den Wänden die Fotos von uns, strategisch platziert, wie ich sehr wohl weiß, um die Zeichnungen zu kaschieren, die Reuben auf der Wandfarbe hinterlassen hat.

Eine Trennlinie hat sich in mein Leben gegraben, teilt es in ein Davor und ein Danach.

Mitten im Wohnzimmer rolle ich mich auf dem Boden zu einer Kugel zusammen und weine.

In der Küche reden Jeannie und Reuben miteinander. Sie findet eine Tiefkühlpizza im Eisschrank und bäckt sie für ihn auf. Kurz darauf kniet sie sich neben mich und fährt mir sanft über den Rücken.

»Möchtest du einen Tee?«

Könnte ich doch nur an Saskias Stelle sein!

»Okay. Dann geh doch vielleicht einfach ins Bett. Wenn ich mal eine Nacht richtig geschlafen habe, bin ich immer gleich viel besser drauf. Na komm, ich helfe dir mit der Treppe.«

»Ich kann nicht ins Bett.«

»Warum nicht?«

»Reuben geht erst um neun schlafen. An seiner Routine darf sich nichts ändern. Ich muss mit ihm aufbleiben.«

Sie lacht leise. »Dafür gibt es ja *mich*. Ich habe mir bei der Arbeit freigenommen und hier in der Nähe eine Airbnb-Wohnung gemietet, bin also komplett für euch da, okay? Wenn Reuben noch ein bisschen braucht, um hier wieder anzukommen, warte ich auf ihn. Wir können die Tiere bei euren Freunden abholen. Und solange ich hier bin, kann ich gleich unten ein bisschen aufräumen. Also los, komm, ich helfe dir.«

Auf sie gestützt, schlurfe ich zum Bad und putze mir die Zähne.

Im Schrank liegt Michaels Rasierer; zwischen den Klingen sitzen noch winzige Stoppeln. Sein Shampoo und das Deo stehen im Korb, in einem der Handtücher hängt noch sein Geruch.
»Soll ich dir die Haare waschen?«, fragt Jeannie.
Ich kann mich nicht erinnern, wann ich sie das letzte Mal gewaschen habe, und jetzt schaffe ich das auf keinen Fall allein. Unter Schmerzen lasse ich mich auf dem Boden nieder und lehne den Kopf rückwärts über den Wannenrand, während sie Wasser darüberlaufen lässt, Shampoo auf die Haare gibt und mir die Kopfhaut massiert. Ich wüsste nicht, dass sie das schon mal gemacht hätte. Es ist keine große Sache, tut mir aber unendlich wohl.
Im Schneckentempo bewege ich mich die Treppe hinauf, vorbei an weiteren Fotos aus glücklichen Tagen, und weiter bis zu Saskias Zimmer. Dort bleibe ich an der Tür stehen und betrachte das Ballett-Reich, in dem sie so viele Stunden zugebracht hat; das Himmelbett, das sie in ein Theater verwandelt hat, um mit ihren Puppen *Schwanensee* aufzuführen. Jeannie schlägt vor, dass ich mich setze, holt Saskias Bürste aus der Schublade und bietet an, mir hier die Haare zu föhnen. Sie sind viel zu dick und lang, als dass ich sie offen tragen könnte; wenn sie nicht zum Zopf geflochten sind, fühle ich mich nicht wohl.
»Weißt du, ich habe Saskia nie erzählt, dass ich früher getanzt habe.« Ich bin nicht sicher, zu wem ich das gesagt habe, aber Jeannie ist diejenige, die antwortet.
»Das kannst du ihr immer noch erzählen«, erwidert sie, während sie mir eine Klammer ins Haar steckt.
»Als sie zum Ballett wollte, habe ich mir nicht viel dabei gedacht. Alle ihre Freundinnen waren beim Ballett. Aber sie ist so gut! Die geborene Tänzerin. In letzter Zeit habe ich manchmal gedacht, dass sie später vielleicht auf eine richtige Tanzschule gehen kann. Und mir vorgenommen, ihr zu erzählen, dass ich da auch war. Ich hab mir vorgestellt, was sie für ein Gesicht macht, wenn sie

die Poster von meinen Vorstellungen in London und Prag sieht – wahrscheinlich würde sie mir gar nicht glauben. Aber ich dachte, vielleicht ist sie auch stolz.«
»Das wird sie sein, Helen.«
Schließlich hilft Jeannie mir bei Ausziehen. Bevor ich das Nachthemd überstreife, sehe ich meinen Körper im Spiegel. Ich habe abgenommen und bin bunt marmoriert. Quer über Brustkorb und Bauch verläuft da, wo der Sicherheitsgurt war, ein kurkumagelber Streifen. Die Konturen meines Gesichts ergeben sich aus der Anordnung unterschiedlicher Pflaumen- und Merlottöne. Es ist erstaunlich, wie sehr immer noch jede einzelne Bewegung wehtut.
Ich schlage die Decke zurück und lege mich ganz automatisch auf meine Seite des Bettes, so, als sei Michael da und könne jeden Moment neben mir auftauchen. Ein Kuss auf die Stirn. *Gute Nacht, Schatz.* Die unbegreifliche Tatsache, dass er nicht da ist, sein seltsames, unheimliches Verschwinden nicht nur aus dem Krankenhaus, sondern sogar aus dem Land, in dem, nach allem, was er wusste, die Kinder und ich gestrandet waren, in dem wir sogar hätten eingesperrt werden können, treibt mich pausenlos um. Als säße ich auf einem Kreisel, den jemand viel zu schnell gedreht hat und auf dem ich mich halten muss, während ich gleichzeitig mit allem anderen fertigzuwerden habe. Damit, dass es nicht gelungen ist, Saskia aus dem Koma zu holen. Mit den Ängsten, die Reuben hat, weil er nicht weiß, wo sein Vater steckt. Mit der Gewissheit, dass ich selbst hier, in meinem eigenen Haus, beobachtet werde, und zwar von jemandem, der mich umbringen will.
Jeannie sagt, sie wird Reuben morgens zur Schule bringen und nachmittags wieder abholen und die Fahrten zum Krankenhaus und zurück machen. Ich sehe sie an, und in mir blüht Dankbarkeit auf wie eine Pfingstrose in einem Distelfeld. Wann ist sie

dieser Mensch geworden? Diese hilfsbereite, selbstlose Erwachsene?

Als unsere Mutter mit ihr aus der Klinik kam, war ich voller Ehrfurcht; in mir regten sich Beschützerinstinkt und mütterliche Gefühle. Ich nannte sie sogar nach einer Frau, die an unserer Schule arbeitete und immer sehr freundlich war. Unsere Mutter war Alkoholikerin und nahm, wie ich es hatte kommen sehen, ihre alten Gewohnheiten schnell wieder auf. Oft ließ sie Jeannie und mich tagelang allein. Ich war gerade mal zehn, lernte aber schnell, sie zu versorgen. Es waren Ferien, sodass niemandem etwas auffiel, als jedoch im September die Schule wieder anfing, war ich in ständiger Angst um das Baby. Eines Tages stellte eine Lehrerin mich wegen meiner Fehlzeiten zur Rede, und zwei Wochen später waren Jeannie und ich in einer Pflegefamilie. Ich hatte darauf bestanden, dass sie uns nicht trennen. Ich weiß noch, wie genervt die Pflegeeltern oft waren, weil ich mich ständig »einmische« und mich unbedingt selbst um Jeannie kümmern wollte.

Ich schätze, ich habe sie immer bemuttert, und zwar auf eine Weise, die sie hat anspruchig und manipulativ werden lassen. Als Michael mitbekam, dass ich ihr immer noch jeden Monat Geld überwies, ist er an die Decke gegangen. Ich wusste, es war nicht normal, der kleinen Schwester die Miete zu zahlen, obwohl sie schon Mitte zwanzig war, aber ich hatte Schuldgefühle. Und selbst als mir klar wurde, dass sie mich ausnutzte, wusste ich nicht, was ich dagegen tun sollte.

Vielleicht nutzt sie dich auch jetzt aus, flüstert eine Stimme in meinem Kopf, doch ich höre nicht auf sie.

Nein, ich werde sie jetzt nicht zurückweisen. Menschen können sich ändern.

Auf Michaels Nachttisch liegen seine Bücher. Ganz oben auf dem Stapel ein Notizbuch mit Spiralbindung, in die ein Stift geschoben ist. Ich bitte Jeannie, es mir zu geben, und blättere darin. To-do-Listen für den Laden, ein paar Zitate aus den Büchern, die er gerade las. Notizen zu seinen Träumen, von denen ich gar nicht wusste, dass er sie festhält. Träume, in denen Saskia wegläuft oder Reuben verloren geht. Wieder und wieder eine Tür aus Flammen, hinter der das Paradies liegt. Eine Notiz ist unterstrichen: *Diesmal habe ich Helen gefragt, ob sie sie mit mir zusammen öffnet. Aufgewacht, bevor sie geantwortet hat.*

»Was ist das?«, fragt Jeannie.

»Er hat seine Träume aufgeschrieben. Das wusste ich gar nicht. Achtzehn Jahre zusammen, und ich erfahre immer noch Dinge über ihn, die ich nicht wusste.« *Nur nicht, warum er gegangen ist.* Sie überfliegt die Notizen. Blinzelt ungläubig. »Eine Tür aus Flammen? Was bedeutet das?«

»Ich weiß nicht.«

Auf einer Seite stehen Zahlen, die ich nicht zuordnen kann, von denen ich aber annehme, dass es Rechnungsbeträge sind. Aber eine Seite weiter sehen die Zahlen aus wie Datumsangaben, und daneben ist jeweils in Michaels schwer entzifferbarer Schrift ein Satz gekritzelt:

5/4/17 – DERSELBE TYP WIE GESTERN STAND LÄNGERE ZEIT VORM LADEN HERUM
7/4/17, 15.15 UHR – DERSELBE TYP, SCHWARZES AUTO, SCHWARZER MANTEL, GLEICH UM DIE ECKE VOM LADEN. PAKISTANI?
FOTO MACHEN!
8/4/17, 8.05 UHR UND 18 UHR – WIEDER DER MANN IN DEM SCHWARZEN AUTO VOR DER POST
13/4/17, 11.17 UHR – VOR REUBENS SCHULE
14/4/17, 18.30 UHR – IST MIR BIS NACH HAUSE GEFOLGT

»Sind das auch Träume?«, fragt Jeannie und verrenkt sich den Hals. »›Ist mir bis nach Hause gefolgt?‹«
Stirnrunzelnd versuche ich mir einen Reim auf die Datumsangaben zu machen. April. »Ich weiß es nicht.«
Ein Geräusch dringt von unten herauf. Die Haustür. Sie geht auf und wieder zu. So schnell ich eben kann, stehe ich auf, gehe zum Fenster und schaue auf die Straße hinunter. Da steht ein schwarzer Wagen. Mein Magen krampft sich zusammen, mir wird schlecht. Von unten ist eine Männerstimme zu hören.
»Keine Panik«, sagt Jeannie, als sie mein Gesicht sieht. »Das ist Shane.«
»Hallo?«, ruft er.
»Hallo, Schatz«, ruft Jeannie zurück. »Bin gerade oben. Komme gleich.«
»Shane?«
Plötzlich bin ich sauer. Wie kommt sie dazu, ihn in mein Haus einzuladen, ohne mich vorher zu fragen? Wer ist er? Seit wann sind die beiden fest zusammen? Mir fällt wieder ein, was er in der Aufnahme auf Reubens iPad sagt.
Ich war noch nie in Mexiko.

25

Reuben
5. September 2017

Roo: Bist du da Malfoy??
Malfoy: Ja. Geht's dir gut?
Roo: Ja. Wieder zu Hause.
Malfoy: In England?
Roo: Jaa. In meinem Zimmer. Aber Papa ist nicht da.
Malfoy: Weißt du, wo er ist?
Roo: nein. Niemand weiß irgendwas.
Malfoy: Wie doof.
Roo: Danke für Trapcode particular. Is super.
Malfoy: Gern. Danke, dass du deine Mama aufgenommen hast. Und die vielen Leute vor eurem Haus.
Roo: Die wollten alle hallo sagen.
Malfoy: Wo ist deine Mama jetzt?
Roo: Ich will jetzt lieber einen animierten Blauwal machen und keine Mayastadt.
Malfoy: Oh. Wie kommt's?
Roo: Weiß nich. Mir hat das dreidimensionale Modell von dem Mayatempel gefallen, aber Saskia fand die Wale toll, und da dachte ich, sie freud sich, wenn sie aufwacht und bewegte Wale sieht
Malfoy: Auf jeden Fall.
Roo: Meinst du?
Malfoy: Bestimmt. Und Blauwale sind s. interessante Lebewesen.
Roo: Ich lerne gerade ganz viel über sie! Sie sind riesig! Und sie sind gefährdet und keiner weiß was über sie und auf Youtube

gibt's auch fast nichts über sie weil man sie so schwer findet und weil sie so groß sind das man nicht nahe rangehen kann weil man sich sonst was tut

Malfoy: Wenn du willst, kann ich dir bei der Animation helfen. Willst du zeichnen, wie welche springen?

Roo: Glaub schon. Kann ein Blauwal springen? Die sind 30 Meter lang!!!!!

Malfoy: Guck nach. Es wär toll, einen beim Springen zu zeichnen, aber es soll ja auch stimmen. Wenn er springen soll, wirst du Cinema 4D brauchen. Das kann ich dir geben.

Roo: Jaaa! ☺☺☺☺☺

Malfoy: Wo ist deine Mama gerade?

Roo: Unten?

Malfoy: Ist sie allein?

Roo: Nein. Tante jeani ist da

Malfoy: Ich hätte gern noch mehr Aufnahmen von ihr. Kannst du mir noch was schicken?

Roo: ok. Von was?

Malfoy: Von deiner Mama und deiner Tante.

Roo: ok

Malfoy: Ich glaube, ich sollte dir etwas sagen, Reuben, aber das kann auch gefährlich sein. Meinst du, du kannst ein Geheimnis bewahren?

Roo: ja

Roo: Was ist es?

Roo: Du kannst es mir sagen

Malfoy: Ach, ist egal.

Roo: Malfoy?? Bist du noch da?

Roo: Malfoy?

26

Michael
5. September 2017

Als wir in den Tunnel einfahren, verschwinden durch das Fehlen von Tageslicht alle Farben; nur noch die Scheinwerfer des Zuges flackern einen Morsecode in die Dunkelheit. Dann gehen die Lichter komplett aus, und das grün schimmernde EXIT-Zeichen verwandelt den Waggon in etwas aus einem David-Lynch-Film.
Der Traum von der Flammentür fällt mir ein – dass die Tür immer beides ist, eine Erleichterung und beängstigend, denn sie ist ein Licht in der Dunkelheit jener Welt, die ich die ganze Zeit hinter mir lassen will. Das ist es immer, was mich anzieht: die Vorstellung, mit meiner Familie Schmerz und Angst zurückzulassen und ein besseres Leben zu finden. Vielleicht ist die Fahrt jetzt das, worum es in dem Traum immer ging. Jahrelang haben die Angehörigen von Luke mich verfolgt, und jetzt wissen sie, wo wir wohnen. Die Flammentür ist die Schmerzgrenze: Ich muss sie überwinden und der Familie gegenübertreten. Mich der Vergangenheit stellen.
Ein paar Reihen weiter vorn sitzt eine hochschwangere Frau. Sie fühlt sich sichtlich unwohl und verändert ständig ihre Position, um mit dem riesigen Bauch zurechtzukommen. Ich denke an Helens zweite Schwangerschaft. Je mehr ihr Bauch wuchs, desto gestresster war Reuben. Er verstand nicht, was mit ihrem Körper vor sich ging. Es war herzzerreißend und niedlich zugleich. Er war sechs, immer noch mit Windeln, und sprach nur eine Handvoll Wörter. *Mama, Papa, okay, ich hab dich lieb.* Unser schöner Junge mit seinem langen braunen Haar, dem süßen, sommersprossigen Gesicht, den großen dunkelbraunen Augen, die selbst das Herz eines Ungeheuers erweichen könnten.

Wir brauchten die Sprache nicht, um mit unserem Sohn zu kommunizieren, wir kannten ihn ja durch und durch, und seine Augen haben uns tausend Geschichten erzählt. Trotzdem schien es, als sei er durch eine nicht wahrnehmbare Membran vom Rest der Welt getrennt, wobei es ihm damit die meiste Zeit sehr gut ging. Geändert hat sich das erst, als er beobachtete, wie Helens Bauch sich in einen Berg verwandelte. Das hat ihm schreckliche Angst gemacht.
Als Saskia geboren war, hatte ich Sorge, dass Reuben ihr irgendwie wehtun könnte. Mir war klar, dass er ihr niemals mit Absicht etwas antun würde, aber es konnte immer noch jederzeit zu einem Ausbruch kommen; manchmal auch zu Gewalt. Mit ihren fünfzig Zentimeter Länge und einem Gewicht von gerade mal sechs Pfund erinnerte sie mich an ein Vögelchen, winzig und fragil, vor allem im Kontrast zu ihrem großen, unbeholfenen Bruder. Ich musste ihn mit Argusaugen beobachten und ständig auf der Hut sein.
Dabei war er unglaublich zärtlich mit ihr. Er küsste sie und war sehr beunruhigt, wenn sie irgendwie unzufrieden schien. Schrie sie das Haus zusammen, hielt er sich die Ohren zu, fing aber nicht an, seinerseits zu schreien oder vor und zurück zu schaukeln, wie er es sonst bei Lärm tat. Er ging in ein anderes Zimmer, wartete, bis sie wieder still war, dann kam er zurück und sah sie ehrfurchtsvoll an.
Wir nähern uns dem Tunnelausgang, einem stecknadelkopfgroßen Lichtfleck, der ständig wächst. Die Schwangere fährt sich seufzend über den Bauch, und als von drinnen ein kleiner Ellbogen oder ein Füßchen eine Beule in ihr schwarzes T-Shirt kickt, zuckt sie zusammen. Mit einem Lächeln erinnere ich mich daran, wie mühsam Helen jeweils die letzten Wochen fand. Sie konnte nicht mehr schlafen, aus Angst vor Sodbrennen nichts mehr essen, nicht das kleinste bisschen Unbeholfenheit mehr tolerieren.

Einige Freunde haben sich relativ bald nach der Geburt ihres Kindes getrennt. Ich werfe ihnen das nicht vor. Ein Kind zu haben verändert die Beziehung von Grund auf. Es ist, als balanciere man über ein Drahtseil und müsse plötzlich noch eine Python oder eine Robbe schwankend und schlingernd mit auf die andere Seite tragen. Bei uns war es aber so, dass die Kinder uns noch enger zusammengebracht haben. Vielleicht geht es uns beiden, Helen und mir, im tiefsten Innern vor allem darum, dass unsere Kinder anders aufwachsen als wir selbst.

Als kleiner Junge wollte ich Fußballer werden. Ich habe miserabel Fußball gespielt. Gute Noten hatte ich dagegen immer in Englisch, Literatur hat mich interessiert, und ich hatte diesen Lehrer, Mr Biscup, und habe heimlich immer so getan, als sei er mein Vater. Seine Leidenschaft für Chaucer hat auf mich abgefärbt. Er hat mich ermutigt, mich an der Uni zu bewerben, und irgendwie habe ich einen Platz in Oxford ergattert. Zuerst dachte ich, jemand will sich über mich lustig machen. Aber es war das Richtige, ich habe jede Minute genossen. Mein Ziel war, den Master zu machen, dann zu promovieren und eines Tages Professor für Literatur des Mittelalters zu werden.

Eine Entscheidung hat diesen Plan für immer zunichtegemacht. Nach dem Montblanc bin ich ausgestiegen und habe mich jahrelang von einem Aushilfsjob zum nächsten gehangelt: in einer Fabrik Fische ausnehmen, Toiletten putzen, dann eine längere Zeit als Tatortreiniger, was hieß, Blut und sonstige Überreste zu beseitigen, die nach Morden, Selbstmorden, Unfällen oder lange unbemerkten Todesfällen zurückgeblieben waren. Erstaunlich gut bezahlt. Da bin ich in eine Welt geraten, wie Chaucer sie während der Jahre der Pestseuche erlebt haben muss. Es war besser, als aus sicherem Oxbridge-Abstand darüber zu lesen. Jemand verhungert, weil seine Stütze nicht kommt, und verwest auf seinem Sofa. Ein Leben wird weggeballert, die Überreste über den

ganzen Raum verteilt, die Erzählung dieses Lebens, der vorgezeichnete Weg, alles Schutt und Asche. Wir waren die Ersten, die nach Polizei und Spurensicherung an diese Orte kamen. Ich kann nicht erklären, warum es guttat, etwas so Grausiges wie diese Tatorte aufzuräumen, aber es tat gut.
Wir verlassen den Tunnel. Jenseits des Fensters liegt eine Patchworkdecke aus grünen Feldern ausgebreitet. In der Scheibe sehe ich das Spiegelbild eines Mannes etwas weiter vorn, auf der anderen Seite des Ganges. Er trägt ein schwarzes Basecap mit dem weißen Aufdruck »NYC« und schaut mir in die Augen. Seine Miene ist finster. Als ich mich umdrehe, um den direkten Blick zu erwidern, senkt er den Kopf. Ein Zucken durchläuft meinen Körper. Ich habe ihn nur flüchtig gesehen, aber er kam mir bekannt vor; vorsichtig, ohne den Kopf zu drehen, schaue ich wieder in die Scheibe, und es überrascht mich nicht, dass er mich erneut fixiert. Ich rühre mich nicht, aber innerlich schreie ich. Ich kenne sein Gesicht. Überall würde ich es erkennen, überall. Sein Gesicht, seine Stimme, seine Eigenarten – Luke ist für immer in mein Gedächtnis eingebrannt.
Gerade als ich beschließe, aufzustehen und in einen anderen Wagen zu gehen, erhebt er sich, greift nach einem schwarzen Rucksack und schiebt sich in den Doppelsitz direkt hinter mir. Mir läuft der Schweiß in Strömen. Ich höre, wie an dem Rucksack ein Reißverschluss aufgezogen wird, und warte, füge mich in das Unausweichliche.
Mach schnell, Luke.
Über Lautsprecher verkündet eine Frauenstimme, dass wir gleich den Gare du Nord erreichen. Im Stillen zähle ich bis drei, dann springe ich auf und gehe rasch in Richtung der Türen. Alle meine Sinne sind geschärft, und obwohl ich nur ein paar Augenblicke brauche, um an die Zwischentür und in den nächsten Wagen zu gelangen, weiß ich, dass er mir nicht gefolgt ist. Er hat den Reiß-

verschluss wieder hochgezogen, in den Rucksack zurückgepackt, was auch immer er herausgeholt hatte, was auch immer er hatte benutzen wollen. Der Zug wird langsamer, und ich hämmere auf den Knopf zum Türöffnen. Auf dem Bahnsteig drängen sich Menschen wie Sardinen. Niemand macht Platz, also schiebe ich mich zwischen ihnen hindurch, trete einem Typen auf die Zehen, renne beinahe ein altes Mütterchen um.

»Entschuldigung!«, rufe ich über die Schulter und laufe, ohne mich noch einmal umzudrehen.

Als ich Toiletten angezeigt sehe, begebe ich mich wie auf Autopilot dorthin. Über Jahre war unser Bad mein Heiligtum, der einzige Ort im Haus, an den ich mich zurückziehen konnte, wo ich die Tür abschließen und mich sammeln konnte. Das Gleiche tue ich jetzt, nur dass die Lücke zwischen Kabinentür und Boden weit aufklafft. Es ist feige, sich hier zu verstecken.

Nach einer Weile öffne ich die Tür, spähe zu den Waschbecken. Niemand da. Ich halte meine Handgelenke unters kalte Wasser. Schritte quietschen auf den Fliesen. Ein »NYC«-Basecap. Mein Magen krampft sich zusammen. Er geht in eine Kabine, überlegt es sich anders, öffnet die nächste Tür. Ich drehe mich um, will ihn genauer anschauen. Meine Gewissheit, dass das Luke ist, kommt ins Wanken. Als unsere Blicke sich begegnen, sehe ich erleichtert, dass er es überhaupt nicht ist. Das gleiche Kinn, das gleiche Haar, falls es ihm irgendwie gelungen sein sollte, über zwanzig Jahre den gleichen Schnitt zu behalten und nicht grau zu werden. *Natürlich war das nicht Luke, du Idiot.* Noch ein Seitenblick, nur um sicher zu sein. Auch er guckt wieder und hebt die Brauen, als wollte er sagen: *Was starrst du mich so an?*

Ich stütze mich mit den Handflächen auf den Waschbeckenrand und atme tief durch. *Reiß dich zusammen, Feigling,* sage ich zu meinem Spiegelbild. *Luke ist tot, Mann. Luke ist tot.*

Als Erstes suche ich mir ein Internetcafé und recherchiere. Goo-

gle »Luke Aucoin« und »Theo Aucoin« und bekomme eine vielversprechende Anzahl von Ergebnissen. Mehr als eine halbe Stunde bringe ich damit zu, sie durchzusehen. Die eine Hälfte hat mit Mode zu tun, die andere mit einem Koch namens Maurice Aucoin, von dem sich schnell herausstellt, dass er mit Luke und Theo in keiner Weise verwandt ist.
Ich versuche es mit »Churchills Haus Paris Frankreich«. 475 000 Treffer. Mit einem Seufzer fange ich an zu scrollen. Viel über den Krieg, über Churchills Zeit als Kavallerieoffizier, über Orte, an denen er sich aufgehalten hat. Ein paarmal taucht Roquebrune-Cap-Martin auf, ich klicke einen Link an. Ein Haus, das einmal Coco Chanel gehört hat. Davon hat Luke nie etwas gesagt, außerdem ist das in Südfrankreich. Hat er gesagt, dass seine Familie in Südfrankreich lebt? Wie bin ich auf Paris gekommen?
Tu es fini«, sagt eine Stimme.
Hinter mir steht ein Mann. Fettiges graues Haar, dicke Brillengläser. Er zeigt auf die Uhr.
»Ihre Zeit ist um. Andere warten schon.«
Ich schiebe den Stuhl zurück, erhebe mich, grabe in der Hosentasche nach weiteren Münzen. Es sind alles britische. Ich muss eine Bank finden und ein paar Euros ziehen.

Als ich in einem Café an der Rue La Fayette den ersten Anflug eines Rausches verspüre, fällt mir etwas ein, das Luke mir einmal erzählt hat. Er war neun oder zehn und langweilte sich mit seinen Eltern und Theo zu Tode, also verzog er sich eines Tages nach dem Abendessen, packte seine Sachen und verließ das Haus. Bis Paris hat er es geschafft, dort hat ihn dann am Tor zum Bahnsteig ein Zugbegleiter angehalten und seine Eltern verständigt. Zwei Stunden habe die Zugfahrt gedauert, hat er gesagt. Zwei Stunden.
Ich springe auf und kehre zum Gare du Nord zurück, um die

Fahrpläne zu studieren. Da mir die Ortsnamen nichts sagen, trete ich vor die große Landkarte an einer der Wände. Normandie. Zweieinhalb Stunden Fahrt. Ich kaufe mir ein Ticket für den nächsten Zug. Er geht erst morgen früh, aber ich kaufe es trotzdem, dann trete ich wieder hinaus in die heraufziehende Dunkelheit und mache mich auf, ein Zimmer zum Übernachten zu finden.
Es regnet, und überall herrscht Gedränge. Mein Französisch reicht nicht, um jemanden zu fragen, in welche Richtung ich gehen sollte, wenn ich ein Hotelzimmer brauche. Die Beine tun mir weh. Ich muss mich hinlegen. Schließlich fahre ich mit der Metro bis zur Endhaltestelle, Place d'Italie, und gehe, vorbei an einer Reihe von Geschäften, die gerade dichtmachen, auf ein Schild mit der Aufschrift *Hôtel du Paradis* zu. Klingt genau nach dem, was ich suche.
Um abzukürzen, nehme ich einen feuchten, schmalen Durchgang. Plötzlich sind hinter mir Schritte zu hören, dann eine Stimme. Kaum drehe ich mich um, trifft mich eine Faust seitlich am Kopf und lässt mich direkt zu Boden gehen. Ich richte mich auf und liege sofort wieder mit dem Gesicht in einer Pfütze. Drei Gestalten spiegeln sich in dem schwarzen Wasser. Ein Fuß schwingt zurück, soll mich in die Rippen treffen, ich kann ihn stoppen und dafür sorgen, dass der Kerl strauchelt, aber das gefällt seinen Freunden nicht. Inzwischen sind es vier, die sich um mich geschart haben wie ein Rudel Wölfe. Alle gleichzeitig fangen sie an, nach mir zu treten, und ich rolle mich zusammen, so gut ich eben kann. Einer tritt mir von oben auf den Kopf. Schmerz explodiert hinter meinen Augen, ich rühre mich nicht mehr.
Sämtliche Lichter gehen aus.

27

Helen

6. September 2017

Ich fahre hoch. Ein Lichtstrahl vom Fenster her fällt auf einen Blisterstreifen auf dem Nachttisch. Schlaftabletten. Wann habe ich die gekauft? Ich bin ziemlich sicher, dass ich sie überhaupt nicht gekauft habe. Und ich kann mich nicht erinnern, gestern Abend eine genommen zu haben. Die Digitaluhr auf Michaels Nachttisch zeigt 13.24 Uhr. Ich weiß nicht, welcher Tag ist.
Mühsam schiebe ich mich bis zur Bettkante. Es ist ein Gefühl, als wären meine Muskeln pulverisiert. Mich an den Wänden entlangtastend, schaffe ich es bis zum oberen Treppenabsatz.
»Reuben?«
Keine Antwort.
Mein Herz rast. Im Sitzen arbeite ich mich Stufe um Stufe abwärts, wie Saskia es gemacht hat, als sie laufen lernte. Unten angelangt, sehe ich, dass die Haustür offen steht. Voller Angst schleppe ich mich hin und frage mich, ob bereits jemand im Haus ist. Ich trete hinaus, schaue mich um, niemand zu sehen. Der Himmel ist grau, ein erster Hauch Herbst liegt in der Luft. Zögernd gehe ich wieder nach drinnen. Ich empfinde das Haus nicht mehr als einladend, fühle mich nicht heimisch. Stattdessen denke ich an all seine verborgenen Winkel. An den Keller, den wir nicht benutzen. Den Dachboden.
Langsam humpele ich über knarrende Dielen bis in die Küche, ziehe sämtliche Schubladen auf, hole das größte Messer heraus, das ich finden kann, und raffe mich auf, damit im Anschlag durch alle Zimmer zu gehen, bis mir klar wird, dass ich, selbst wenn ich jemanden entdecken sollte, mit meinen Puddingmus-

keln und den angeschlagenen Knochen einem Eindringling nicht wirklich etwas entgegenzusetzen hätte. Also verkrieche ich mich im unteren Bad, schließe ab und sacke schlotternd und hoffnungslos weinend auf dem Boden zusammen.

Nach etwa einer halben Stunde mache ich die Tür ein kleines Stück auf und lausche. Nichts. Von hier habe ich das Festnetztelefon im Blick, es steht auf der Arbeitsfläche in der Küche. Ich hole es mir und wähle Jeannies Nummer. Beim dritten Rufton meldet sie sich.

»Hallo, Süße. Alles okay?«

»Reuben ist nicht da«, flüstere ich. »Hast du ihn gesehen?«

»Ja, heute Morgen«, sagt sie. »Ich habe ihn in die Schule gebracht. Und ehrlich gesagt glaube ich, er fand es super, wieder hinzugehen. In ungefähr einer Stunde bin ich da, ich kaufe nur vorher noch ein paar Lebensmittel für euch ein. Bleib einfach im Bett, ja? Genieß die Ruhe und den Frieden.«

Ein Klopfen an der Haustür. Ich bitte Jeannie dranzubleiben und gehe, das Telefon in der einen, das Messer in der anderen Hand, durch den Flur. Drei Gestalten hinter Glas. Langsam öffne ich die Tür einen Spaltbreit und spähe nach draußen. Eine kleine Frau mit lila Brille und kurz geschnittenem Silberhaar, zwei Männer. Alle im Anzug.

»Helen?«

»Ja.«

»Ich bin Detective Constable Fields«, sagt einer der Männer in derbem Yorkshire-Dialekt. Dabei wandert sein Blick zu dem Messer in meiner Hand. »Haben wir einen schlechten Zeitpunkt erwischt?«

Ich öffne die Tür ganz und lasse sie herein. Währenddessen beende ich das Telefonat mit Jeannie, lege das Messer schnell auf den Konsoltisch und murmele etwas von Apfelschälen.

DC Fields erklärt, dass er mein Opferschutzbeamter ist. Er besteht darauf, dass ich mit einer Mohairdecke über den Knien auf dem Sofa bleibe, während er mir einen Tee macht, dabei bin ich noch vollauf damit beschäftigt, mich abzuregen. Mit dem Untätigherumsitzen komme ich nicht klar, und so mache am Ende ich den Tee und hole DC Fields zu Hilfe, als mir der Kessel zu schwer ist. DS Jahan und DCI Lavery sitzen im Wohnzimmer und beginnen mit Small Talk, reden über das Wetter, fragen, wie lange wir schon in Northumberland wohnen, erkundigen sich nach der Buchhandlung.

»In die Buchhandlung kann ich noch nicht«, sage ich, und DC Fields lächelt mitfühlend. »Ich weiß, ich könnte in fünf Minuten dort sein, aber ...« Die Vorstellung, den schwarzen, verwüsteten Ort zu betreten, der einmal unser Bücherparadies war, jagt mir sofort wieder Angst ein.

Als niemand hinschaut, nehme ich eine Citalopram und zwei Ibuprofen gegen die Schwindelanfälle und Zuckungen, die mich infolge des Antidepressiva-Entzugs quälen, und gegen die Schmerzen, die von den Muskelzerrungen in Rücken, Schultern und Handgelenk ausgehen. Das Schleudertrauma hat bisher keine Schmerzen verursacht, allerdings meinte die Ärztin, es sei gut möglich, dass der Schock den Schmerz bislang nur blockiert habe.

Schließlich sitze ich halbwegs bequem, und der Vorrat an Nettigkeiten ist aufgebraucht. Detective Sergeant Jahan schlägt ein Notizbuch auf. Er ist jünger, als ich beim Skypen dachte, und trägt einen grauen Anzug, perfekt mit weißem Hemd und dunkelblauer Krawatte. Seine dunklen Augen scheinen bis ans Ende des Universums sehen zu können. Detective Chief Inspector Lavery ist klein, drahtig und agil, ihr silbergraues Haar stoppelkurz. Sie hat eine dunkelblaue Hose an, dazu ein kurzärmliges weißes Hemd. Deutlich zeichnen sich an ihren Armen und am Hals die Adern ab. Mir ist klar, dass die drei hier sind, um mir zu helfen,

und trotzdem macht ihre Gegenwart mir ein flaues Gefühl im Magen. Ich hatte noch nie mit der Polizei zu tun, schon gar nicht mit Detectives in Zivil. Nach Lukes Tod brach mir der Schweiß aus, sobald ich nur die Neonstreifen eines Polizeifahrzeugs sah.
»Wir möchten die nächsten Schritte mit Ihnen besprechen«, sagt DCI Lavery. »Ein wichtiger Aspekt bei der Suche nach Ihrem Mann sind die Gespräche, die in San Alvaro mit möglichen Zeugen geführt werden. Außerdem würden wir uns gern im Haus umsehen.«
Ich blinzele. »Im Haus? Sie meinen, *hier* im Haus?«
»Ja. Auf der Suche nach Schriftverkehr, den Michael gehabt haben könnte«, sagt DS Jahan. »Briefe interessieren uns, E-Mails, SMS ...«
»... vor allem natürlich seine Geräte«, ergänzt DCI Lavery.
»Sein Handy und der Laptop sind bei dem Unfall zerstört worden«, sage ich.
»Wie sieht es mit Desktop-Rechnern oder Tablets aus? Hat er hier einen Arbeitsplatz?«, fragt DS Jahan.
»Sein Büro war im Laden. Es ist vollständig ausgebrannt.«
Ratlose Blicke. »Gut, aber vielleicht gibt es Ausdrucke, Briefwechsel – irgendetwas, das weiterhilft.«
Ich fasse es immer noch nicht. »Briefwechsel mit *wem* denn?« DS Jahan runzelt die Stirn. Mir ist bewusst, wie angespannt ich klinge. »Entschuldigung«, sage ich. »Ich versuche nur zu verstehen, wozu diese Untersuchung gut sein soll.«
»Wir wissen, dass er in Belize abgeflogen und in Heathrow gelandet ist«, erklärt DCI Lavery. »Im Moment gehen wir noch die Daten von Heathrow durch, vielleicht entdecken wir da einen Hinweis darauf, wo er sich hingewandt haben könnte, aber das wird noch eine Weile dauern. In der Zwischenzeit würden wir uns gern ein Bild von Michaels Leben vor dem Unfall machen.«
»Heute Morgen haben wir mit Ihrer Schwester Jeannie gespro-

chen«, meldet DS Jahan sich wieder zu Wort. »Sie meint, Sie hätten vor Ihrem Urlaub manchmal paranoide Züge gehabt. Jedenfalls hat sie sich vor Ihrer Abreise um Sie gesorgt.«
»Gesorgt? Na ja, ich nehme an, sie hat sich wegen des Feuers gesorgt ... Davor habe ich meine Schwester kaum gesehen, also ... verstehe ich nicht ganz, wieso sie sagt, ich hätte paranoide Züge gehabt.«
»Sie haben bereits erwähnt, dass Sie sich beobachtet gefühlt haben«, sagt DCI Lavery. »Während Ihres Urlaubs.«
Ich nicke. »Ja, und das war definitiv keine Paranoia, es war eine Tatsache.«
»Und in der Zeit vor dem Urlaub? Haben Sie sich da auch beobachtet gefühlt?«
Natürlich. Es kam jedes Jahr ein Brief.
»Nein. Vor dem Urlaub ging es mir gut.«
»Ich vermute, das Feuer hat Michael zusätzlich gestresst«, sagt DS Jahan.
»Sicher. Das Feuer hat uns alle zusätzlich gestresst«, erwidere ich. »Wir wissen bis heute nicht, ob die Versicherung zahlt. Wir haben für den Laden ein hohes Darlehen aufgenommen, und wenn die nicht zahlen ...« Schon beschleunigt sich mein Herzschlag, und ich spüre, wie ich rot werde.
»Würden Sie uns Genaueres darüber erzählen?«, fragt DCI Lavery. »Über das Feuer?«
Wie von selbst verhaken sich meine Finger ineinander, und ich schließe die Augen. Es fällt mir nicht leicht, darüber zu sprechen. »Mitten in der Nacht kam ein Anruf. Wir sind sofort hingefahren, aber das Feuer war viel größer, als wir vermutet hatten. Wir dachten, wir nehmen die paar Feuerlöscher mit, die wir für den Notfall hier zu Hause hatten ...«
Sofort ist die schreckliche Erinnerung an den schwarzen Rauch wieder da, der unter den Jalousien hervorquoll. Mir wird eng

ums Herz, ich fröstele. »Michael ist reingegangen, hat versucht, etwas zu unternehmen.« Meine Stimme wird rau. »Aber wir konnten nichts tun, gar nichts. Er hat diesen Laden geliebt. Er war sein Baby.«

»Und Sie glauben nicht, dass das Feuer absichtlich gelegt worden ist?«, fragt DCI Lavery.

Ich schüttele den Kopf. »Die Untersuchung ist noch nicht abgeschlossen. Ein Feuerwehrmann meinte, dass es wohl Zufall war. Leider gibt es in einer Buchhandlung nun mal viele Sachen, die gut brennen.«

»Halten Sie es für möglich, dass Michael etwas damit zu tun hatte?«, fragt DS Jahan rundheraus.

Es dauert einen Moment, bis ich verstehe, was er meint.

»Sie meinen, dass Michael das Feuer gelegt hat? Nein! Niemals!«

»Wir haben das Material aus den Überwachungskameras in der Stadt ausgewertet«, erklärt DCI Lavery. »Michael fährt einen grünen Vauxhall Zafira, richtig? Amtliches Kennzeichen NP03 TRF?«

Ich nicke. Sie blättert in ihren Notizen. »Gegen Mitternacht ist das Feuer ausgebrochen. In dem Material aus der Überwachungskamera taucht um null Uhr dreizehn ein grüner Zafira auf, der die Fraser Street runterfährt, also die Strecke zwischen hier, Ihrem Haus, und dem Geschäft.«

»Es gibt bestimmt fünfzig grüne Zafiras in der Stadt«, sage ich schnell.

»Fünf«, wirft DS Jahan ein. »Zwei waren nicht in der Stadt, einer stand in der Garage. Bleiben nur Ihrer und ein weiterer. Ihre Schwester hat gesagt, dass Michael oft abends lange gearbeitet hat. War das auch an dem Abend der Fall?«

Meine Gedanken fahren Achterbahn, mein Herz hämmert. »Ich weiß nicht. Könnte sein. Ich glaube wirklich nicht ...«

»Außerdem haben wir hier eine Notiz, dass Michael kurz nach

dem Brand in eine Auseinandersetzung mit einem anderen Vater verwickelt war«, fährt DCI Lavery kühl fort. »Benjamin Trevitt, Vater von Joshua Trevitt. Reubens Freund, glaube ich. Mr Trevitt hat Anzeige wegen Körperverletzung erstattet.«

Mir schnürt es die Kehle zu. Ich versuche, in ihren Gesichtern zu lesen. »Das wusste ich nicht. Also, dass Ben Anzeige erstattet hat.«

»Erzählen Sie uns von Michael«, sagt DCI Lavery und beugt sich leicht vor, sichtlich bemüht, mich nicht noch mehr aufzuregen. Würde ich jetzt zusammenbrechen, hätte sie auch nichts davon. Sie schaut sich um, registriert die glücklichen Familienfotos an den Wänden, das Durcheinander in der Ecke mit Saskias Spielsachen. Ich fange an, von der Buchhandlung zu reden, wie sehr sie Michael am Herzen liegt, dass er Lesekreise eingerichtet hat, für junge Mütter oder Pensionäre, dass er Schreibwettbewerbe durchführt und Schulklassen einlädt – dass es sich eben eher um eine soziale Einrichtung handelt als um ein reines Geschäft. Sie lächelt.

»Aber abgesehen von seiner Arbeit. Was ist er für ein Ehemann und Vater? Hinter verschlossenen Türen?«

Die Frage verwirrt mich – oder vielleicht eher der Grund, aus dem sie sie stellt –, aber ich lasse mich darauf ein, wenn auch wachsam. »Michael ist ein guter Ehemann. Ein wunderbarer Vater. Er war es, der die Reise nach Mexiko vorgeschlagen hat. Reuben zuliebe, verstehen Sie?«

»Kostspielige Sache«, bemerkt DS Jahan. »Hatten Sie das schon länger geplant?«

Ich schüttele den Kopf. »Nein, es war eher eine Last-minute-Geschichte.«

Er schaut in seine Notizen. »Er hat die Reise nach dem Brand gebucht, ist das richtig?«

Als ich nicke, fixiert er mich.

»Ich kenne Sie ja nicht, aber wenn ich gerade meine Existenzgrundlage verloren hätte, würde ich nicht zwei Monate Familienurlaub in der Karibik buchen.«

Unter seinem durchdringenden Blick fange ich an, hektisch zu atmen. Meine Haut wird eiskalt. Ich setze zu einer Antwort an, doch er hebt die Hand.

»Wie war das vor dem Brand?«, fragt DCI Lavery. »Waren Sie, oder einer von Ihnen beiden, wegen der Finanzen in Sorge?«

Was sie da andeutet, gefällt mir nicht. »Nicht mehr als andere Leute«, sage ich. »Wir haben Darlehen zu bedienen, für das Haus und für den Laden, aber wir haben keine Kreditkartenschulden oder Ähnliches.«

Das scheint die richtige Antwort zu sein, denn nachdem sie einen Blick gewechselt haben, kommen sie zum nächsten Punkt, wollen Einzelheiten über die Strandhütte wissen, fragen nach dem Butler und dem Reiseveranstalter, bei dem wir in Mexiko gebucht haben.

Dann sagt DCI Lavery unvermittelt: »Wir haben Neuigkeiten über den Fahrer des anderen Wagens. Vanessa Shoman, die Frau bei der britischen Botschaft, konnte uns einen Namen nennen, und auf mehrmaliges Nachfragen haben die Polizeikollegen in Belize bestätigt, dass dies der Mann ist, den sie vernommen haben. Wir haben Kollegen von einer anderen Wache in der Region gebeten, den Van zu überprüfen, und so sind wir jetzt zu achtzig Prozent sicher, dass das der Mann ist, den wir suchen.«

Ich schaue von ihr zu DS Jahan und wieder zurück. Warum haben sie das nicht schon früher gesagt?

»Okay. Und wer ist es?«

»Er heißt Jonas Matus.« DS Jahan aktiviert sein Tablet-Display. »Sagt Ihnen der Name etwas?«

Meine Hände zittern, ich bekomme kaum Luft. Es ist, als schlüpfe ein Ungeheuer in eine menschliche Gestalt. Mir wird schlecht.

»Ich habe ihn noch nie gehört«, sage ich matt.

DCI Lavery konsultiert ihre Notizen. »Er wohnt in San Alvaro. Hat einige Vorstrafen. Diebstahl, Betrug, Körperverletzung.«
»An seine Schuhe erinnere ich mich«, bringe ich hervor. *Seine Stiefel. Neben meinem Gesicht. An einem vorn ein Kratzer.*
»Seine Schuhe?«, fragt DC Fields, und ich erkläre es.
»Leider haben wir kein Bild, auf dem er ganz zu sehen ist.« DS Jahan wischt auf seinem Tablet herum. »Was sie uns geschickt haben, ist dieses Fahndungsfoto.«
Er reicht mir das Tablet herüber. Das Bild zeigt einen Mann mit ausdrucklosen dunklen Augen und ausgeprägtem Unterbiss. Abscheu packt mich. Ich stehe auf und fange an, auf und ab zu gehen. DCI Lavery fragt, ob wir eine Pause machen sollen, einmal durchatmen. Ich gehe nach draußen auf die Veranda und spüre die kalte Luft. Es kostet mich alle Kraft, nicht ohnmächtig zu werden.
Eine Hand legt sich auf meine Schulter. »Alles in Ordnung?«
DC Fields. »Ich weiß, das ist sehr, sehr schwer«, sagt er sanft. »Aber je eher wir eine genaue Vorstellung von der Zeit vor dem Unfall haben, desto besser. Glauben Sie, das ist der Mann, den Sie in der Nähe der Strandhütte gesehen haben?«
Er hält mir das Tablet mit dem Fahndungsfoto hin; es ist, als könnte der starre Blick von Jonas Matus mir die Augen aus dem Kopf brennen. Ich zwinge mich, gleichmäßig zu atmen und mich zu konzentrieren. Ist das der Mann, der von der Hütte weggelaufen ist?
»Das Gesicht habe ich nicht gesehen«, erkläre ich.
Er wischt weiter zu einem Bild von Matus' Van, eindeutig vor dem Unfall. Im Reflex schlage ich die Hand vor den Mund und drehe mich weg, denn ich habe sofort wieder vor Augen, wie der Wagen auf meine Spur rüberzieht. Ich sehe es gestochen scharf. Ich spüre, wie er mich rammt, wie der Wagen sich dreht. Sehe ihn verschwommen, durch ein Mosaik aus zersprungenem Glas,

auf der anderen Straßenseite stehen, hochkant, die Stoßstange eingedrückt, die Windschutzscheibe kaputt, Rauch, der unter der Motorhaube hervorquillt. Es ist genau dieser Van.

»Wir haben mit den Leuten gesprochen, die zur selben Zeit in dem Ferienresort waren wie Sie«, teilt DS Jahan mir mit. »Ein Mann sagt, er habe kurz vor Ihrer Abreise einen weißen Van gesehen. Offenbar kommen dort nicht viele Autos vorbei, deshalb ist er ihm aufgefallen.«

»Aber *wenn* Matus Sie beobachtet hat«, sagt DCI Lavery und verschränkt die Arme, »woher hat er gewusst, wo Sie sich aufhalten? Wenn kaum jemand überhaupt wusste, dass Sie in Belize sind, geschweige denn die genaue Adresse kannte, und Sie sagen, dass zwischen Matus und Ihnen keinerlei Verbindung bestand ... woher wusste er, wo Sie sind?«

»Vielleicht wusste er es ja nicht«, höre ich mich sagen. »Vielleicht war der Zusammenstoß ein Unfall, und er erhebt diese Vorwürfe, um die Schuld von sich abzuwälzen.«

Darüber denken sie eine Weile nach, aber nicht einmal ich selbst glaube es. Das Gefühl, beobachtet zu werden, das ich in der Hütte hatte, ist längst wieder da. Ein Gefühl, als sei etwas für mich im toten Winkel und als müsste ich es, wenn ich meine Erinnerungen nur genau genug anschaue, klar und deutlich sehen können.

»Alles in Ordnung?«, fragt DCI Lavery.

Offenbar bin ich blass geworden. Mir ist flau, aber ich sage, ich komme zurecht. Vor allem muss das hier mal vorbei sein.

»Also ... noch einmal zu der Auseinandersetzung mit Mr Trevitt.« DCI Lavery lässt den Blick über unsere Familienfotos schweifen. »Sie haben ein schönes Haus und eine nette Familie. Würden Sie sagen, dass Michael normalerweise nicht gewalttätig war?«

Das wieder! Warum kapieren sie nicht, dass Michael mit Jonas Matus nichts zu tun hat?

»Michael hat gesagt, er habe Reuben beschützen wollen. Ich weiß nicht genau, um welche Gefahr es ging, aber … in gewissen Situationen müssen wir mit Reuben sehr vorsichtig sein. Es war das erste Mal seit langer Zeit, dass er zu einer Geburtstagsfeier eingeladen war. Genau genommen war es wahrscheinlich überhaupt das erste Mal in seinen vierzehn Jahren. Ich nehme an, Michael war übertrieben protektiv und …«

»War Michael davor jemals gewalttätig?«, fragt DCI Lavery. Und schiebt sanft hinterher: »Gegen Sie zum Beispiel?«

Ich schüttele den Kopf. »Nie.«

»Auch nicht, wenn es Streit gab? Nach ein paar Drinks?«

»Streit gibt es bei jedem Paar, vor allem wenn man so lange zusammen ist wie wir …«

»Worüber haben Sie sich gestritten?«

Achselzucken. »Über die gleichen Dinge wie andere auch. Hausarbeit. Geld.«

»Also waren Sie glücklich?«, mutmaßt DC Fields.

Ich starre auf meine Hände. Auf meinen Ehering. »Wir hatten Höhen und Tiefen.«

»Wie schlimm waren die Tiefen?«

»Michael hat nicht gern über Dinge geredet. Er konnte sehr … distanziert sein.«

»Was war das mit dem Bild? Ihre Schwester sagt, Michael habe ein teures Gemälde, das er Ihnen selbst geschenkt hatte, zerstört. Würden Sie uns davon erzählen?«

Mir klappt die Kinnlade herunter. Das hat Jeannie wirklich getan? Sie hat von dem Bild gesprochen?

Ich schaue sie einen nach dem anderen an und weiß, meine Wangen glühen, ich glühe vom Ausschnitt bis zu den Ohren, kann nicht verbergen, wie sehr mich das aufregt. Am liebsten würde ich die Frage abbiegen, irgendeine Ausrede vorbringen, aber sie starren mich alle an, und ich will nicht, dass sie denken, ich lüge.

Warum hat Jeannie ihnen davon erzählt? Ich hatte ganz vergessen, dass ich es ihr anvertraut habe.
»Das war lange bevor wir Reuben bekommen haben.« Meine Stimme zittert. »Wir waren in Venedig auf einem Trödelmarkt. Da sind wir auf dieses Bild gestoßen, in das ich mich sofort verliebt habe. Es zeigte eine Ballettstunde, eine Reihe von Tänzerinnen an der Stange. Der Mann hat behauptet, es sei ein verschollener Degas. Jedenfalls sollte es fünfhundert Euro kosten, und natürlich wusste keiner, ob es wirklich ein Degas war. Trotzdem hat Michael darauf bestanden, es mir zu kaufen.«
Es war ein herrlicher Herbsttag, und wir sind nach Murano gefahren, auf die schöne, zu Venedig gehörende Insel mit den regenbogenbunten Häusern und den Knochen eines erlegten Drachen hinter dem Altar der Kirche. Michael und ich waren sehr verliebt, eng miteinander verbunden und zutiefst dankbar dafür, dass wir einander gefunden hatten. Dass wir nach all dem Leid endlich Frieden hatten. Ich weiß noch, dass dieser Urlaub für unseren Umgang mit der Vergangenheit, mit der Schuld an Lukes Tod, einen Wendepunkt darstellte. Für mich war das Bild nicht nur eine schöne Darstellung von Tänzerinnen, eine Erinnerung an alte Ballettzeiten, sondern auch das Versprechen auf eine Zukunft, in der wir zusammen glücklich sein konnten.
»Michael hat das Bild kaputt gemacht, ist das richtig?«, fragt DCI Lavery.
Ich nicke. Ich bin den Tränen nahe. Die Erinnerung trifft mich bis ins Mark.
»Können Sie uns sagen, warum?«
Es frisst an mir, dass ich Jeannie überhaupt davon erzählt habe. Ich hätte wissen müssen, dass sie es eines Tages weitertratschen und gegen mich verwenden würde, wenn es am meisten wehtut.
»An der Schule, an der ich unterrichtet habe, gab es einen neuen Direktor«, sage ich und knete meine Hände. »Scott Renzi.

Michael fing an, seltsame Bemerkungen zu machen, von wegen, wie Scott mich ansieht oder wo ich wohl war, wenn ich mal fünf Minuten später nach Hause kam. Ich habe mir nicht viel dabei gedacht. Michael ist nicht der Typ für Eifersucht. Und ich wusste, dass er gerade mal wieder nicht schlafen konnte.«
»Nicht schlafen konnte?«
Wieder nicke ich. »Er hat regelrechte Attacken von Schlaflosigkeit, besonders wenn er unter Stress steht. Das kann immer schlimmer werden, wenn er nicht behandelt wird und Medikamente bekommt, und selbst dann … Egal, eines Abends habe ich Scott erwähnt. Dass er mich für irgendwas bei der Arbeit gelobt hatte, ich weiß noch nicht mal mehr, was es war. An dem Abend hat Michael gar nichts dazu gesagt.« Was ich von mir gebe, ist eher ein Stammeln, die einzelnen Wörter sind gar nicht mehr klar zu unterscheiden. Dann herrscht für einen Moment Stille. »Als ich am nächsten Tag von der Arbeit kam … hatte er das Bild zerstört.« Ich hole tief Luft. »Ich wusste, dass Michael sich hintergangen fühlte. In seiner Vorstellung hatte ich ihn mit Scott betrogen und war im Begriff, ihn zu verlassen …« Ich fange an, zu erklären, wie es mit seiner Mutter war, dass sie gegangen ist, als er klein war, und dass er das nie verarbeitet hat, aber es kommt alles etwas wirr heraus. »Egal. Jedenfalls wusste ich, dass er das spontan gemacht hatte, im Affekt. Er hatte das Bild in den Ascheimer gesteckt und … angezündet. Aber als ich mit ihm darüber sprechen wollte, war er so kleinlaut und verletzt, dass ich es am Ende gelassen habe. Ich meine, es war nur ein Bild.«
Zuletzt habe ich nur noch geflüstert. Ich will nicht länger darüber reden. Michael ist nicht hier, er kann sich nicht verteidigen. Es erscheint mir unfair, und es tut extrem weh, mich daran zu erinnern, wie fassungslos ich war, als mir aufging, was er getan hatte.
»Wie haben Sie das empfunden?«, fragt DCI Lavery.

»Ich war ... verwirrt.« Tränen steigen mir in die Augen. Die Sache ist nur: Ich kenne Paranoia. Ich weiß, dass sie einen dazu bringt, Sachen für real zu halten, die es nicht sind. Und es hat ihm so, so, so leidgetan.
Ich schlage die Hände vors Gesicht und fange an zu weinen. DC Fields setzt sich zu mir aufs Sofa und legt mir eine Hand auf den Rücken.
»Nehmen Sie es mir nicht übel«, sagt er, »aber das klingt überhaupt nicht nach einem ›guten Ehemann‹. Eher klingt es wie das Werk eines grausamen und manipulativen Menschen.«
»Es hat ihm leidgetan«, entgegne ich und wische mir die Tränen weg. »Es war eine spontane Sache. Überhaupt nicht typisch für Michael.«
Über das, was am Montblanc passiert ist, kann ich nicht sprechen. Michael ist kein schlechter Mensch. Er war unsicher und durch den Schlafentzug nicht mehr er selbst. Ich habe gewusst, dass es ihm leidtat.
»Jeder hat eine dunkle Seite«, sage ich. »Michael würde niemals die Hand gegen mich erheben. Er würde mir niemals wehtun.«
»Und trotzdem hat er Benjamin Trevitt angegriffen«, sagt DCI Lavery.
Jetzt verstehe ich, warum sie nach dem Bild gefragt haben. Sie wollen Michael als gewalttätig hinstellen. Das ist falsch.
»Zu der Auseinandersetzung mit Bejamin Trevitt ist es kurz nach dem Feuer gekommen, Michael stand also unter massivem Stress«, sage ich. »Ich habe versucht, mit Ben zu reden, aber er wollte nichts davon wissen. Er hat mich schlicht ignoriert. Was sagt das über *ihn*?«
Das hört sich verbittert an, das ist mir klar, aber es ist die Wahrheit. Nach dem Streit habe ich bei den Trevitts angerufen, aber sie sind nicht drangegangen. Ich habe Ben Trevitt vor der Schule gesehen – ich weiß noch, dass ich bei seinem Anblick erschro-

cken bin, er hatte ein übles blaues Auge – und ihm zugewinkt, aber er ist wütend davongestapft. Was hätte ich denn tun sollen? Dennoch steht eine Frage im Raum, das Puzzleteil, das bislang gefehlt hat und sich nun mit den anderen verbindet, sodass ein Bild entsteht. Was, wenn Ben Trevitt etwas mit dem Unfall zu tun hatte? Reuben hat Josh von der Strandhütte aus angeskypt, das weiß ich. Sehr wahrscheinlich hat Josh genau gewusst, wo wir sind. Er kann es seinen Eltern erzählt haben. Michael hat Ben Trevitt vor dessen Sohn angegriffen, vor den anderen Eltern, und von unseren kurzen Begegnungen vor der Schule weiß ich, dass Ben ein großes Ego hat, ein Alphamännchenego …

Fand er die Blamage so groß, dass er sich zu einem Racheakt hat hinreißen lassen?

28

Michael

20. Juni 1995

Den Vormittag verbringen wir auf dem Mer de Glace, einem fast acht Kilometer langen Gletscher. Ich posaune heraus, es sehe aus wie eine Spur weißer Federn, die sich durch schwarze Kronen windet. Luke klopft mir in Anerkennung meiner Poesie auf die Schulter, während Helen erklärt, die Beschreibung fange die Szenerie haargenau ein. Mit einer Kabinenseilbahn fahren wir zu der Eisgrotte, die direkt in den Gletscher gehauen wird. Ein langer, polarblauer Tunnel, der in glitzerndes Eis geschnitten ist. Es ist, als betrete man das Innere eines riesigen blauen Achats, die Wände scheinen eher aus Quarz zu sein als aus Eis. Und je weiter wir vordringen, desto mehr verändert sich die Architektur. Fast bekommt die Röhre etwas Menschliches, erinnert an eine Nabelschnur, so, als seien wir auf dem Weg zurück in den Mutterleib.
Angesichts meiner Begleiter verkneife ich es mir, das auszusprechen.
»Am anderen Ende wartet der Weihnachtsmann, oder?«, ruft Luke.
»Ob wir auch Rudi treffen?«, fragt Theo alle, die hinhören.
Nach dem Mittagessen kehren wir zum eigentlichen Wanderweg zurück. Auf einem grünen Berghang stehen unzählige seltsame gehörnte Geschöpfe und grasen.
»Was sind *das* denn für Tiere?«, fragt Helen und bleibt stehen, um ihnen zuzusehen.
»Sehen aus wie eine Kreuzung aus Dachs und Antilope«, stellt Luke fest.

»Gämsen«, sagt Theo und zündet sich eine Selbstgedrehte an. »Eine Unterart der Ziegenantilopen, in den Alpen beheimatet.«
»Oh!« Luke sieht seinen Bruder an und hebt eine Braue. »Sind die gefährlich?«
Theo zuckt die Achseln. »Ich würde nicht versuchen, in der Nacht mit einer zu kuscheln.«
Helen gurrt einem Kleinen zu, das unsicher über die Felsen auf sie zustakst. Dann rupft sie ein Büschel Gras aus und hält es dem Tier hin. Das kommt mit gesenktem Kopf näher, und sie lacht, als es ihr aus der Hand frisst. In dem Moment galoppiert ein großes Exemplar heran – die Mutter –, und wir sehen, wie wuchtig die Hörner sind.
»Wie aus *Die drei Ziegenböcke Gruff*«, sagt Theo.
»Nimm dich vor dem Troll in Acht«, ergänzt Luke. Und als er sieht, dass Helen sich dem großen Tier nähert, ruft er: »Was machst du, verdammt?«
Sie hat ein neues Büschel Gras in der Hand und bewegt sich vorsichtig vorwärts. Das Kleine kommt näher, das große Tier stampft mehrmals auf.
Luke packt Helen beim Arm und zieht sie weg. Sie zuckt zusammen, wohl weil es wehtut, sträubt sich aber nicht. Als sie seine zornige Miene sieht, duckt sie sich leicht.
»Willst du dich umbringen lassen?«, schreit er.
»Nur die Ruhe, mein Lieber«, sagt Theo. »Zigarette?«
Luke kehrt auf den Weg zurück und stapft voraus. Helen, sichtlich verstört, reibt sich den Arm.
»Alles okay?«, frage ich.
Sie zwingt ihre Mundwinkel nach oben, aber ich sehe, dass sie ziemlich aufgewühlt ist.
Später, als wir eine Rast einlegen, löst sie ihren Haarknoten und zieht sich den Pullover über den Kopf. An ihrem Arm, da, wo Luke sie gepackt hatte, ist ein Abdruck zu sehen.

Vier lange gelbe Striemen, dicht beieinander.

Deshalb ist sie zusammengezuckt: Er hat die Stelle getroffen, die sowieso schon lädiert war.

»Was ist passiert?«, frage ich leichthin.

Sie zieht den Arm an die Brust, sodass die Striemen nicht mehr zu sehen sind. »Ich ... ich bin hingefallen.«

»Hingefallen?« Ich ziehe meine Stiefel aus, um einen Stein loszuwerden. »Sieht aus wie Fingerabdrücke.«

Ihr Blick geht zu Luke, der ein paar Meter weiter mit Theo eine raucht. Seine Stimmung wandelt sich, ich sehe es ihm an. Es ist, als brodele in ihm ein Zorn, der irgendwie rausmuss. Manchmal löst er das, indem er einen Streit vom Zaun bricht, dann wieder betrinkt er sich dermaßen, dass er in irgendeinem Hauseingang liegen bleibt, meistens hilft er sich, indem er etwas raucht, das zu süßlich riecht, um gesund zu sein.

»Nicht der Rede wert«, sagt sie, aber als sie den Pullover hochhebt, um ihn wieder anzuziehen, sehe ich einen weiteren blauen Fleck, einen sichelförmigen dunklen Abdruck auf ihrer rechten Schulter. Als sie meinen Blick registriert, streift sie den Pulli schnell über.

Jetzt kommt Luke angestapft. Bester Dinge.

»He, Süße«, sagt er, und Helen blickt auf. Der Ausdruck ihrer Augen straft ihr Lächeln Lügen.

»He. Geht's dir besser?«

Er holt tief Luft und trommelt mit den Fäusten gegen seine Brust. »Jep. Gehen wir weiter?«

»Helen hat noch nichts gegessen«, sage ich. »Ich habe gerade den Topf ...«

Er schaut auf die Uhr. »Wenn wir rechtzeitig zum Abendessen in der Hütte sein wollen, müssen wir aufbrechen.«

»Ich habe keinen Hunger«, erklärt Helen und springt auf.

Ich will protestieren, doch sie wirft mir einen Blick zu, der mich

sofort verstummen lässt. Also esse ich schnell meine Nudeln auf und packe zusammen. Theo und Luke sind schon losgegangen, Helen hängt etwas hinterher.
Nie hätte ich für möglich gehalten, dass ich das sagen würde, aber sie fängt an, mir leidzutun. Warum hat Luke sie genötigt mitzukommen? Eben noch kann er die Finger nicht von ihr lassen, und dann behandelt er sie, als hätte er sie am liebsten gar nicht dabei.
Acht Stunden später kommen wir schließlich zur Hütte. Sie steht auf einer großen Felsnase und hat zum Bergmassiv hin eine Glasfront, die einen atemberaubenden Blick bietet. Kaum zu glauben, dass wir uns noch auf dem Planeten Erde befinden. Fühlt sich eher an wie auf dem Olymp hier oben. Die Sonne versinkt in Wolkenschaum und überzieht die Alpenkämme und -kuppen mit einem glückseligen Goldton. Eigentlich wollten wir in einen der Schlafräume in der Hütte gehen, aber der Laden brummt – es ist Sommer. Selbst der Campingplatz hinter der Hütte füllt sich so schnell, dass wir uns Stellplätze sichern und die Zelte aufbauen. Ich habe nichts gegen Zelten – ist viel billiger, als in der Hütte zu schlafen –, aber das gebe ich Luke und Theo gegenüber nicht zu. Die könnten wahrscheinlich den ganzen Laden einfach kaufen.
Wir treffen ein paar Leute, denen wir schon in der vorigen Hütte begegnet sind: die Italiener, die Luke aufgefallen sind, weil sie so ungeniert über Drogen geredet haben, und die alten Franzosen, die uns als Erste von diesem Campingplatz erzählt haben. Einer sieht aus wie hundert Jahre alt, Weihnachtsmannbart, zerklüftetes Gesicht und Zähne, die gut zu einem Esel passen würden. Er lädt uns ein, später mit seinen Kumpels und ihm am Lagerfeuer noch ein Bier zu trinken. Teiresias, sagt er, heißt er, und das trifft bei Theo, Luke und mir auf offene Ohren.
Helen geht mit Luke in ein Zelt, ich teile mir eins mit Theo.

Ursprünglich hatten wir ausgemacht, dass wir mein nagelneues, eigens für die Reise angeschafftes Dreimannzelt nehmen, und als ich Theo helfe, das aufzustellen, das er für uns mitgebracht hat – ein winziges, ungeeignetes Billigteil, dem ich nicht zutraue, dass es den rauen Winden näher am Gipfel standhält –, kocht Ärger in mir hoch.

Und als ich Helen in ihr Zelt kriechen sehe und nach ihr Luke, der uns noch triumphierend Victory zeigt – wie er es bei jeder Eroberung tut –, packt mich zu meiner eigenen Überraschung noch eine ganz andere Regung. Eifersucht. Ich bin eifersüchtig auf ihn.

Reiß dich zusammen, Mann, sage ich mir. *Vor einer Woche um diese Zeit konntest du sie auf den Tod nicht ausstehen. Und jetzt schmachtest du sie an?*

Ich versuche mir einzureden, dass ich Sehnsucht nach Nina habe, aber ich weiß, dass es das nicht ist. Es ist auch nicht die Höhenluft.

Es ist Helen.

29

Michael

6. September 2017

Ich komme zu mir. Es hat aufgehört zu regnen, aber ich liege in einer großen Pfütze. In einem Durchgang. Jemand stopft schwarze Müllsäcke in die Tonne neben mir. Er bleibt vor mir stehen, starrt auf mich herunter. Ein großer Kerl in weißer Kochkluft. Schreit etwas, dessen Sinn ich nur erahnen kann. Offenbar hält er mich für betrunken und will, dass ich verschwinde.

Ich komme auf alle viere. Von meinem Ohr tropft Blut in die Pfütze. Ich lehne mich an die Wand, schiebe mich langsam in die Senkrechte. Der Mann schreit immer noch herum und gibt mir zu verstehen, dass ich abhauen soll. Ich sehe ihn doppelt. »*Barre-toi!*«, ruft er und wedelt mit einer fetten Hand. »*Dégage!*«

»Ich bin überfallen worden«, murmele ich, doch er hebt einen Besen auf und fängt an, mir den Stiel in die Rippen zu stoßen. Als er an die Stelle kommt, an der mich die Stiefel getroffen haben, krümme ich mich vor Schmerz. Es fühlt sich an, als wären mehrere Rippen gebrochen. Mindestens. Er zückt ein Handy und fängt an, eine Nummer einzutippen.

»*Gendarme?*«

Das verstehe ich. Ich schaue mich nach meinem Rucksack um. Dabei weiß ich, dass er weg ist. Der Typ ruft die Polizei. Ich entschuldige mich und gehe schwankend davon.

Es ist bereits Tag. Wie viel Uhr, weiß ich nicht. Sieht so aus, als wären die Leute auf dem Weg zur Arbeit. Auf den Straßen viele Autos und Motorroller, auf den Fußwegen viele Menschen. Jetzt erst sehe ich, dass neben mir die Seine fließt. In der Ferne mache ich Notre-Dame aus. Den Eiffelturm. Ich wünschte, Helen wäre

hier. Ich wünschte, ich könnte ihr alles erzählen. Der Drang, sie anzurufen, ist übermächtig. Ich grabe die Hände in die Taschen. Es folgt ein Moment blinder Panik. Alles war im Rucksack. Mein Reisepass. Sämtliche Kreditkarten, das Geld, das ich abgehoben habe.
Mein Bahnticket.
Weg.
Ich durchsuche die Taschen noch einmal. Zur Sicherheit. Und ganz tief unten in der vorderen Tasche finde ich tatsächlich mein Handy. Und einen schmalen Streifen Papier, ein paar Münzen, vier Euro etwa. Erleichtert stelle ich fest, dass der Streifen Papier das Ticket in die Normandie ist.
08.46 Uhr steht darauf. Habe ich den Zug verpasst? Während ich zurückgehe in Richtung Gare du Nord, suche ich die umliegenden Gebäude nach einer Uhr ab. Am Ende halte ich einfach Leute an und versuche mich auf mein Französisch zu besinnen.
»*Excusez-moi ... quelle heure est-il?*«
Niemand sagt mir, wie spät es ist. Buchstäblich niemand. Irgendwann erspähe ich schließlich die weißen Ziffern auf dem Handy einer Frau. 08.43.
»Danke«, sage ich und haste zum Bahnhof.
Der Zug steht schon an Bahnsteig 4. Mir bleiben nur noch Sekunden.
»*Pièce d'identité*«, bellt ein Wachmann.
Ein Pendler holt seinen Führerschein hervor, ein anderer einen Reisepass. Ich zeige meine leeren Hände.
»*Non ... non passport.*«
»*Pièce d'identité*«, wiederholt er, und mir bricht der Schweiß aus.
Er lässt sich von meinen Bitten nicht erweichen.
Der Zug rollt ohne mich aus dem Bahnhof.

30

Helen
6. September 2017

Benommen schließe ich die Tür hinter ihnen. Sie haben den Desktop-Rechner von oben und meinen Kindle mitgenommen. Ich habe gesagt, dass ich ihn ausschließlich zum Lesen benutze, aber sie haben ihn trotzdem mitgenommen. DC Fields meinte, wenn ich über irgendetwas reden wolle, könne ich ihn jederzeit anrufen. Für mich ist eindeutig, dass sie etwas total missverstanden haben. Michael hat nichts Schlimmes getan. Er gilt als vermisst, er ist erheblich verletzt. Er könnte in Gefahr sein. Aber wie es aussieht, geht es jetzt nicht mehr darum, ihn zu finden, sondern darum, ihm etwas anzuhängen.
Was meine Schwester ihnen über das Bild erzählt hat, war natürlich noch Öl ins Feuer.
Ich ziehe mich am Handlauf nach oben und humpele in Saskias Zimmer. Rolle mich auf ihrem rosa Teppich ein und schreie in das Fell eines ihrer Plüscheinhörner. Aus meiner Trauer ist blinde Wut geworden. Was hat Jeannie vor? Ich habe ihr vertraut! Als Michael das Bild zerstört hat, war ich außer mir. Ich weiß noch, wie ich in blankem Entsetzen die verkohlten Überreste aus der Tonne geholt habe. Selbst da dachte ich noch, er spielt mir einen missratenen Streich, dachte, er hätte ein anderes Bild verbrannt und würde das in Venedig gekaufte gleich hervorzaubern und sagen, es sei nur ein Scherz gewesen. Aber das war es nicht.
Von unten kommt ein Geräusch.
»Helen? Wo bist du?«
Jeannie. Ich höre die Haustür zugehen. Dann eine zweite Stimme.

»Hallo, Mama!«, ruft Reuben – so fröhlich, dass es mich wach rüttelt.

Ich schleppe mich nach unten.

»Ist Papa wieder da?«

Die Frage versetzt mir einen Stich. »Nein«, sage ich und stottere eine Ausrede, aber er weiß schon Bescheid. Er mustert mich genau, sieht, dass ich geweint habe.

»Wann kommt er?« Er späht an mir vorbei die Treppe hinauf. »Wo ist er, Mama?«

»Ich ...«

Er hält sein iPad hoch. »Malfoy hat sein Piratenschiff fertig. Ich will es Papa zeigen.«

»Wer ist Malfoy?«, fragt Jeannie, während sie ihm die Jacke auszieht. »Ist das nicht einer aus *Harry Potter*?«

»Ein iPix-Freund von mir«, sagt Reuben und zeigt mir eine Zeichnung, die gerade auf dem Display geöffnet ist. »Er hilft mir bei der Blauwal-Animation. Ist Papa oben?«

Wie gern würde ich einfach Ja sagen. Stattdessen sage ich nichts, und er läuft, immer zwei Stufen auf einmal nehmend, nach oben. »Papa? Papa?«

Jeannie und Shane sprechen leise miteinander. Sehr liebevoll. Ihre Beziehung irritiert mich immer noch. Er ist Akademiker, jedenfalls sagt er das. Jetzt legt er den Arm um ihre Taille, flüstert ihr etwas ins Ohr, und sie kichert. Er ist Lichtjahre entfernt von der Sorte Männer, die sie bisher bevorzugt hat – leidenschaftliche, großspurige, übergriffige Typen, Schauspieler normalerweise oder Tänzer. Auch sie selbst scheint verändert, wobei für mich außer Frage steht, dass das nur eine Rolle ist, die sie gerade spielt. Keine bauchfreien Tops mehr, kein pinkfarbenes Haar, keine zerlöcherten Jeans. Heute steckt sie in einem waldgrünen Hobbs-Kleid und schwarzen Brogues. Das kurze rote Haar ist mit einem Seitenscheitel gestylt, und sie ist perfekt geschminkt:

dick Mascara, Lidschatten in Herbsttönen, Lipgloss. Auch ihre Nägel sind gemacht. Wie bringt sie es fertig, sich die *Nägel* machen zu lassen, während für mich die Welt in Stücke bricht? Mit einiger Mühe stelle ich es mir vor. Wie sie in ein Nagelstudio marschiert und die Hände hinstreckt, während Saskia im Krankenhaus im Koma liegt. Wie sie bei der Maniküre über das Wetter plaudert. Absurd.
Shanes Stiefel fallen mir auf. Schwarze Stiefel, genau wie die, die ich gesehen habe, als ich nach dem Unfall zu mir kam. Ich schnappe nach Luft.
Jeannie schaut zu mir herüber und sieht, dass ich entsetzt bin.
»Helen«, sagt sie und macht ein paar Schritte auf mich zu. »Komm. Ich habe was für dich.«
Sie nimmt mich bei der Hand und führt mich ins Esszimmer. Auf dem Tisch steht ein Blumenstrauß. Keine Rosen oder Lilien, sondern Disteln von der Farbe blauer Flecken, grelle Strelitzien, blutroter Mohn und lila Fingerhut, dessen Blüten an erschrocken aufgerissene Münder erinnern. Hinter dem Strauß schaut die Ecke eines Goldrahmens hervor. Ungläubig, fassungslos starre ich auf das, was er enthält. Es ist ein Kunstdruck des Bildes, das Michael zerstört hat und zu dem die Polizisten mich gerade befragt haben. Was für ein Timing!
Ich schlage die Hand vor den Mund. Jeannie verschränkt die Arme und lächelt teilnahmsvoll.
»Ich musste heute Vormittag nach Newcastle, um es zu holen«, sagt sie, und jetzt strahlt sie. »Als ich es online gefunden hatte, habe ich sofort in dem Geschäft angerufen und gefragt, ob sie es wirklich dahaben. Ich konnte einfach nicht anders. Allerdings muss ich sagen, dass es kein Degas ist, wie du schon vermutet hast. Édouard Sylvester, ein Degas-Schüler. Aber trotzdem großartig.« Stolz wendet sie sich an Shane. »Siehst du? Ich *wusste*, dass es ihr gefällt!«

Dazu klatscht sie in die Hände und bewundert ihr Werk. Als ich nicht aufhöre zu weinen, legt sie mir eine Hand auf die Schulter.
»Was ist denn? Ist was passiert? Helen?«
In einer Art Explosion packe ich den Rahmen mit dem Druck, hebe ihn hoch über den Kopf und schmettere ihn auf den Boden. Glassplitter spritzen in alle Richtungen, landen unter dem Tisch und auf meinen Füßen. Jeannie keucht entsetzt. Ich bücke mich, hebe den Rahmen auf und schüttele die letzten Scherben auf den Boden. Dann reiße ich den Druck heraus und knülle ihn zu einer Kugel zusammen.
»Denkst du, ich weiß nicht, worauf du es angelegt hast?«, sage ich und werfe ihr die Kugel ins Gesicht.
»Wovon redest du?«, fragt sie unter Tränen.
Mein Blick geht zu Shane, zu seinen Stiefeln. Sie wussten beide, wo wir sind. Sie wussten genau, wo in Belize wir gewohnt haben. Er hat gesagt, er sei nie in Mexiko gewesen, aber er war dort. Die ganze Zeit war er dort und hat uns beobachtet. Hat dafür gesorgt, dass die Sache erledigt wird. Und jetzt sind sie hier. In meinem Haus.
»Ich rufe die Polizei«, sage ich leise und gehe auf den Konsoltisch zu, wo die Ladeschale mit dem Festnetztelefon steht. »Vielleicht willst du denen erzählen, was du an der Unfallstelle gemacht hast, Shane.«
Er fährt zusammen. »Was?«
»Du hast uns *beobachtet*«, sage ich und haue mit der Faust auf den Tisch. »Wie konntest du das tun?«
»Was?«
»Du hast Reuben angelogen! Du hast ihm erzählt, du wärst noch nie in Mexiko gewesen, und dabei hat Jeannie gesagt, dass du genau zu der Zeit, als der Unfall passiert ist, dort warst!«
Er stolpert über seine eigenen Worte. »Ich ... Ich war nicht in Mexiko ...«

»Hör doch auf!«, schreie ich. »Ich weiß, dass du es warst! Du hattest genau diese Stiefel an … Ich bin zu mir gekommen und habe dich gesehen. Und du hast nichts unternommen!«
»*New* Mexico«, sagt Shane plötzlich. »Ich war auf einer Konferenz in Albuquerque, bei einem Plenum über Totalitarismus. In Mexiko bin ich nie gewesen. Wenn du willst, kannst du dir meinen Reisepass anschauen.«
Er holt sein Handy hervor und fängt an, mir Fotos zu zeigen, die er dort gemacht hat. Auf einem steht er in einer Gruppe von Männern vor einem Schild mit der Aufschrift »15. Konferenz der Association of Political Thought. 27.–31. August 2017, Albuquerque, NM«.
»Mein Paper war am Dreißigsten dran«, sagt er und scrollt weiter durch die Fotos. »Das war doch der Tag, an dem der Unfall passiert ist, oder? Du kannst die anderen zweihundertfünfzig Delegierten fragen, ob ich dort war.« Dazu lächelt er kurz und unerträglich höflich. »Aber ich mache dir keinen Vorwurf. Ich habe meinen Vater durch einen Autounfall verloren, als ich zehn war. Der Impuls, einen Schuldigen zu suchen, ist mir nur allzu vertraut.«
Ich weiß nicht, ob ich ihm in das selbstgefällige Plenum-über-Totalitarismus-Gesicht schlagen oder vor ihm auf die Knie fallen und um Vergebung bitten soll. Fürs Erste setze ich mich an den Esstisch, um zur Besinnung zu kommen. Jeannie ist die Nächste, sie setzt sich mir gegenüber, und Shane setzt sich dazu.
»Bitte hör mir zu, Helen, ich habe einiges zu sagen«, sagt Jeannie und legt beide Hände flach auf den Tisch. Dann dreht sie sich zu Shane. »Und ich bin froh, dass du da bist, denn wenn wir zusammenziehen und eine ernstere Verbindung eingehen, musst du ein paar Dinge über mich wissen.«
Sie atmet tief durch, die berühmte Jeannie-Dramapause. Ich unterdrücke ein genervtes Stöhnen.

»Okay. Ich habe eine kleine Ansprache vorbereitet«, sagt sie und atmet einmal yogamäßig, indem sie sich Luft in die Nasenlöcher fächelt. »Ich weiß, dass ich eine zickige, egoistische und undankbare Diva war. Ich wusste, wie ich dir ein schlechtes Gewissen mache und dich dazu kriege, mir dieses oder jenes zu geben, und ich habe es wieder und wieder getan. Ich hielt mich für clever, und ich fand, dass du mir irgendwie etwas schuldig bist. Unbewusst wollte ich mir wahrscheinlich einen Ausgleich dafür holen, dass ich nie eine richtige Mutter hatte.«

Sie spricht langsamer als sonst, ihr nordenglischer Akzent kommt deutlicher heraus. Tränen laufen ihr übers Gesicht, aber sie tupft sie nicht mit großer Geste weg. Sie wirkt ... echt.

»Als ich den Polizisten von dem Bild erzählt habe, ging es mir nicht darum, dich zu kränken oder dir eins auszuwischen«, sagt sie. »Ich habe mir das Hirn zermartert, was ich tun könnte, um dir zu helfen. Die haben so viele Fragen gestellt. Und dann ist mir eingefallen, was du mir über das Bild erzählt hast: Erst hat er es dir gekauft, und dann hat er es zerstört. Das hat mich wirklich schockiert. Ich hatte immer gedacht, er ist ein Guter.«

»Okay, Jeannie.« Ich lehne mich zurück. »Ich weiß, dass du Michael nie leiden konntest. Du musst jetzt nicht extradick auftragen ...«

Sie reißt in vermeintlicher Unschuld die Augen auf. »Nein! Ich habe überhaupt nichts gegen Michael ... Okay, ja, ich war eifersüchtig auf ihn. Zufrieden? Er kam einfach anspaziert und hat dich mir weggenommen.« Sie verschränkt die Arme. Beißt sich auf die Lippe. Die Maske fällt. »Ich war gerade mal dreizehn, weißt du noch?«

Ich stutze. Als Michael und ich zusammenkamen, war ich dreiundzwanzig, also ja, Jeannie war dreizehn. Kann das sein? Sie hat viel älter gewirkt ... So oder so, es war ja nicht so, dass ich sie rausgeworfen hätte. Sie hat bei einer Pflegefamilie gelebt. Sobald

ich achtzehn war, hatte ich versucht, als ihr offizieller Vormund eingesetzt zu werden, aber die Gerichte haben das abgelehnt. Die Pflegeeltern, bei denen wir damals waren, John und Amanda Carney, waren nett, schon etwas älter, einfache Leute. Sie hatten einen kleinen Hof: Shetlandponys, Hühner, einen reizbaren Schafbock mit Namen Roger, endlose Gemüsebeete. Jeannie mochte die Tiere, sie mochte die Freiheit draußen, also dachte ich, es sei in ihrem Interesse, wenn sie bis zu ihrem achtzehnten Lebensjahr dortbliebe.
»Ich dachte, du warst glücklich bei den Carneys«, sage ich stockend.
Sie senkt den Kopf. »Du hast mir gefehlt. Ich meine, es ist lange her, aber ... egal, das ist Geschichte.«
Mich überkommt Reue. Als sie ausgezogen ist, habe ich ihr fast zehn Jahre lang die Miete gezahlt. Sie hat angerufen und gesagt, sie würde gern zur Schauspielschule gehen, könne sich aber die Gebühren nicht leisten. Ich habe gesagt, ich zahle. Ich bin immer noch dabei, diese verdammten Gebühren abzustottern. Wiedergutmachungsgeld. Tief im Innern wusste ich, dass sie unglücklich war, als ich bei den Carneys auszog, aber ich war an der Tanzakademie angenommen worden, und nichts und niemand hätte mich davon abhalten können, dorthin zu gehen.
»Und du hast natürlich recht.« Sie fährt sich mit dem Ärmel über die Nase, als wäre sie wieder neun. »Im Nachhinein sehe ich ein, dass es nicht besonders schlau war, den Polizisten von dem Bild zu erzählen. Das ist so lange her. Ja, okay, wir wissen alle, dass ich etwas zum Übertreiben neige. Ich arbeite schon seit einer ganzen Weile daran, das zu ändern. Vielleicht habe ich immer das Gefühl, ich muss irgendwie besonders sein und ein bisschen Drama machen, damit sich überhaupt jemand mit mir abgibt ...«
Shane nimmt ihre Hand und sieht sie aufmerksam an.
»Ist das die Wahrheit?«, frage ich.

Sie nickt, hebt den Blick, sieht mich an. »Ich schwör's bei Mamas Leben.«

Ich brauche einen Moment, aber dann weiß ich es wieder. Das haben wir als Kinder immer gesagt, in der Zeit, als wir in Pflege waren. Unsere Mutter war ein sagenhaftes Wesen, eine liebevolle, mütterliche Gestalt, die nichts lieber wollte, als uns aus der endlosen Abfolge gleichgültiger Pflegefamilien zu erretten, und zugleich eine schwache, nicht greifbare Frau, die wir nie kennengelernt hatten, weil sie heillos in den Klauen der Sucht gefangen war. Jeannie könnte alles Mögliche sagen, aber bei dem Leben unserer Mutter schwören, das tut sie nicht mal eben so.

»Wenn dich das noch nicht überzeugt, kann ich dir sagen, dass Jean den Rettungsflug zurück nach England bezahlt hat.«

»Shane!«, murmelt sie vorwurfsvoll.

Was? »Du hast gesagt, das war Crowdfunding!«

Er schüttelt den Kopf. »Fünfzigtausend. Sie wusste, dass es kaum möglich sein würde, das Geld so schnell zusammenzubekommen, und sie wollte euch unbedingt nach Hause bringen.«

»Das hast du wirklich bezahlt?« Ich fasse es nicht.

Sie nickt kurz, beißt sich auf die Lippe. »Du hast mich durch die Schauspielschule gebracht. Das hat mir alles bedeutet, wirklich alles. Und ich habe mir immer geschworen, dass ich dir das Geld zurückgebe.«

Mir fehlen die Worte. Plötzlich tut es mir unendlich leid, dass ich das Bild kaputt gemacht und ihnen diese schrecklichen Dinge unterstellt habe.

»Entschuldige, Jeannie. Es tut mir leid. Ich bin einfach am Ende mit meiner Kraft und ...«

Sie streckt die Hand über den Tisch, nimmt meine und drückt sie kurz.

»Bitte nicht, Helen. Wenn du mich fragst, ist es längst an der Zeit, dass du aufhörst, dich zu entschuldigen!«

31

Reuben

6. September 2017

Roo: Bist du da Malfoy?
Malfoy: Ja. Geht's dir gut?
Roo: Jaa. Ich bin da, aber ich muss immer an was denken, was du gesagt hast.
Malfoy: Was habe ich denn gesagt?
Roo: Dass du mir was erzählen willst. Was gefährliches.
Malfoy: Das hab ich gesagt?
Roo: JAAA
Malfoy: Wahrscheinlich war das ein Code für ein Minecraft-Geheimnis.
Roo: Das glaub ich dir nich
Malfoy: Hast recht, es war was anderes. Aber es ist ein gefährliches Geheimnis, und ich weiß nicht, ob ich es dir anvertrauen kann.
Roo: Du kannst mir vertrauen.
Roo: Malfoy?
Malfoy: Erzähl mir, was bei dir so los ist. Wie geht's dir?
Roo: Mama ☹ ganz viel. Heute waren Polizisten da und haben mit ihr geredet da war mir komisch im Bauch ☹
Malfoy: Was haben die gesagt? Haben sie eine Spur?
Roo: Was für eine Spur?
Malfoy: Ich meine, wissen sie, wo dein Papa gerade ist?
Roo: Wissen sie nicht. Und Sask ist noch im Koma. Weis nicht, ob sie jemals aufwacht. Mein Papa fehlt mir.
Malfoy: Dein Papa fehlt dir?
Roo: Ja. Und ich glaube es liegt an mir, dass er weg ist.

Malfoy: Das stimmt nicht.

Roo: Woher weißt du das?

Malfoy: Vertrau mir, manche Sachen weiß ich einfach. Die Aufnahmen von deiner Mama und deiner Tante, die du mir geschickt hast, zeigen eine glückliche Familie.

Roo: Vielleicht sieht es nur so aus.

Malfoy: ?

Roo: Mein Papa hat immerzu gearbeitet, obwohl er das gar nicht musste.

Malfoy: Warst du darüber traurig?

Roo: ☹

Roo: Wusstest du, dass Ketchup früher als Medizin verwendet worden ist?

Malfoy: Du wirst deinen Papa wiedersehen.

Roo: Das weißt du gar nicht! Wenn du etwas nicht weißt, sollst du es auch nicht sagen.

Malfoy: Ich WEISS es.

Roo: Du weißt wo mein Papa ist?

Malfoy: Ja.

Roo: nein

Malfoy: Doch.

Roo: Du musst es mir sagen!

Roo: Und du musst mir sagen woher du weißt wo er ist!!!

Malfoy: Mach ich, versprochen. Aber erst musst du noch was für mich tun, okay?

Roo: okay

Malfoy: Ich möchte, dass du noch mehr Aufnahmen von deiner Familie machst.

Roo: warum

Malfoy: Weil ich mich darüber freue. Versuch es so zu machen, dass keiner mitkriegt, dass du filmst, weil sie sich sonst vielleicht aufregen.

Roo: -.-
Malfoy: Was heißt das?
Roo: Morsezeichen für den Buchstaben K, und der bedeutet auch OK.
Malfoy: -.-
Roo: ☺

32

Michael
21. Juni 1995

Etwa zehn Meter weiter lodert ein großes Lagerfeuer, und einer nach dem anderen kommen die Wanderer aus ihren Zelten und setzen sich davor. Die Alpen hüllen sich zusehends in Dunkelheit, aber der Himmel erwacht mit unzähligen Galaxien und Sternschnuppen zum Leben, und knapp oberhalb des Horizonts schlängelt sich ein rosa glühender Streifen wie ein Aal in schwarzem Wasser.
Ich beobachte, wie Helen sich nahe beim Feuer auf einen Felsbrocken setzt. Luke quetscht sich neben sie und legt den Arm um sie, und es versetzt mir aufs Neue einen Stich, als er ihr etwas ins Ohr flüstert und sie kichert. Ich schaue weg.
Irgendjemand hat tatsächlich eine Ukulele mit in die Alpen gebracht und fängt an zu spielen. Einige klatschen mit, doch dann verstummen die Klänge. Unruhe kommt auf, ein Riesenwirbel. Eine Gruppe Deutsch sprechender Wanderer ist angekommen, eine von ihnen auf einer behelfsmäßigen Trage.
»Was ist los?« Helen steht auf.
Viel ist in der Dunkelheit nicht zu sehen, aber eben hat jemand nach einem Arzt gerufen.
»Anscheinend eine Frau«, sagt Luke. »Hast du eine Lampe, Theo?«
Theo gibt ihm eine, und er macht sie an. Sie sind nur ein paar Meter von uns weg. Auf der Trage liegt eine junge Frau, unser Alter vielleicht. Ihr eines Bein sieht übel aus, ihre Schuhe und die Trage sind schon durchweicht von Blut. Eine zweite Lampe geht an, und jetzt sieht man, dass am Knöchel der nackte Knochen hervorspießt.

Der Typ neben mir übergibt sich.

»Hübsch«, sagt Luke. Dann schaut er in die Runde und fragt: »Will nicht jemand die Rettung rufen?«

Als keiner sich rührt, drückt er ärgerlich seine Kippe aus und sprintet in die Hütte, um den Notruf abzusetzen. Die Frau auf der Trage schluchzt und stöhnt fürchterlich. Helen geht zu ihr und nimmt ihre Hand. Theo diskutiert mit einem anderen Typen darüber, ob es gut wäre, sie etwas Gras rauchen zu lassen, gegen die Schmerzen. Am Ende beschließt er, kein Risiko einzugehen; er will keine Schwierigkeiten. Offenbar nimmt die französische Polizei es mit Drogenkonsum in den Alpen ziemlich genau.

Nach etwa zwanzig Minuten landet ein Hubschrauber. Der Wind von den Rotorblättern weht eine ganze Fahne aus Staub über das Lagerfeuer. Es geht aus. Einiges Gerangel, bis die Verletzte an Bord ist. Mir fällt auf, dass sie nicht mehr weint, sondern mit geschlossenen Augen reglos daliegt.

»Meinst du, sie ist tot?«, fragt Helen erschrocken.

»Nö.« Ich bleibe cool. »Wahrscheinlich ist sie einfach k. o. von den Schmerzen. Das wird wieder.«

Aber im Stillen frage auch ich mich, ob sie tot ist. Mir wird flau im Magen.

Kurz darauf steigt der Hubschrauber in die Nacht. Keiner macht mehr Musik, die Stimmung ist gedrückt. Mir fällt auf, dass Luke sich keine neue Zigarette ansteckt. Die Begleiter der Verletzten wirken sehr mitgenommen. Selbst Luke scheint das Pech der Frau nahezugehen. Ein Mann sagt etwas von einer Lawine.

»Lawine?« Helen schaut ängstlich zu Theo. »Ich dachte, die gibt's nur, wenn richtig viel Schnee liegt.«

Teiresias lacht. »Oben in den Bergen ist das ganze Jahr über viel Schnee, eine Lawine droht also immer. Solange du die Vorboten erkennst, sollte dir nichts passieren. Aber selbst wenn – es kann

einen trotzdem erwischen.« Er nickt in Richtung der deutschen Kletterer, die eben eine von ihnen einem Rettungshubschrauber übergeben mussten.
»Sie hat Glück gehabt. Sie sind die Cosmiques-Route gegangen, und die ist um diese Jahreszeit etwas gefährlicher. Definitiv nichts für Anfänger. Letzte Woche hatten wir heftige Regenfälle und starken Wind. Jedem, der auf den Gipfel will, empfehle ich abzuwarten. Sich zurückzuhalten, bis es mit den Regenfällen vorbei ist. Versucht nicht zu klettern, wenn das Wetter schlecht ist.«
»Ich dachte, wir nehmen auch die Cosmiques-Route?« Ich schaue zu Luke. »Oder nicht?«
»Welche ist am sichersten?«, fragt Helen.
Teiresias kratzt sich den Bart. »Ich hätte gedacht, dass ihr, wenn ihr schon so weit seid, eure Route geplant habt.«
»Wir nehmen die Goûter-Route«, sagt Theo.
»Und wo wollt ihr euch akklimatisieren? In der Goûter-Hütte?«
Theos Blick geht zu Luke. Über das Thema Akklimatisieren haben wir nie gesprochen, aber jetzt, da Teiresias es erwähnt, ist klar, dass wir das tun sollten. Der Alte lacht und schüttelt missbilligend den Kopf.
»Ihr werdet höhenkrank«, verkündet er. »Wenn ihr eurem Körper keine Zeit lasst, sich an den geringeren Sauerstoffgehalt der Luft zu gewöhnen, werdet ihr da oben so krank, dass ihr in eine Art Delirium fallt und die anderen gefährdet. Ein nicht akklimatisierter Kletterer ist eine Belastung.«
»Das ist doch ein Ammenmärchen«, sagt Luke.
Teiresias zieht eine spöttische Miene. »Ein Ammenmärchen, ja? *Mon Dieu*. Unterschätzt nicht die Fähigkeit des Berges, euch in den Arsch zu treten. Er wird euch mit hausgroßen Felsbrocken bewerfen, er wird euch Schneefelder vor die Füße schütten, und wenn er euch gar nicht mag, sorgt er dafür, dass euch vor Kälte der Piephahn abfällt.«

Luke gibt ein glucksendes Lachen von sich und verschränkt lässig die Arme, als sei das alles ein großer Spaß, aber der Mann meint es ernst.

»Jeder Idiot, der ihm nicht den Respekt zollt, ein paar Tage zu warten, bevor er den Gipfel ersteigt, kann davon ausgehen, dass er krank wird.« Er schaut Helen an. »Ist das dein Freund?«

Sie nickt.

»Er ist ein Dummkopf«, sagt er und lässt seinen Blick über die Gruppe schweifen. »Du solltest ihn vergessen, diesen dummen Jungen. Ich finde, du solltest es mit einem anderen versuchen. Vielleicht mit dem da?« Jetzt fixiert er mich.

Ich muss lachen. Lukes Miene aber verdüstert sich. Er steht auf, und einen schrecklichen Augenblick lang fürchte ich, er könnte auf den Alten losgehen, doch er stakst wortlos davon. Helen steht ebenfalls auf und folgt ihm.

»Ich sage nur, wie es ist«, murmelt Teiresias und zündet sich eine Zigarette an.

Jemand reicht mir eine Flasche Bier, und ich rücke näher ans Feuer, das wieder schön kräftig lodert und wärmt. Wenig später kommt Helen zurück und setzt sich neben mich.

»Luke ist nur was trinken«, sagt sie, aber als ich in Richtung Hütte schaue, sehe ich ihn mit den Hippies zusammenstehen, denen wir neulich schon begegnet sind. Man braucht kein Oxford-Studium, um sich auszurechnen, dass er sich Gras besorgt. Wir sehen zu, wie er einem der Typen etwas zusteckt, sich kurz danach eine anzündet und den bekannten eklig süßlichen Rauch in unsere Richtung bläst.

»Komischer Drink«, sage ich. »Rauchst du?«

Sie schüttelt den Kopf. »Nein. Normalerweise trinke ich auch nichts. Wie gesagt, ich bin Tänzerin. Wir haben einen strengen Probenplan.«

»Luke hat gesagt, dass du Ballerina bist.«

»›Tänzerin‹ ist mir lieber.«

»Bist du gut?«

Sie zuckt die Achseln. »Zuletzt habe ich im London Coliseum in *La Sylphide* mitgetanzt.«

Ich bin beeindruckt. »Wow? Wie bist du dann an jemanden wie Luke geraten?«

»Du meinst, abgesehen davon, dass er eine super Ausstrahlung hat und umwerfend aussieht?«

Ich nippe an meinem Bier, dann biete ich ihr einen Schluck an. Sie lehnt ab.

»Du weißt, was ich meine«, sage ich. »Du kommst mir so ausgeglichen vor, so vernünftig. Und eindeutig begabt. Luke dagegen ist ein bisschen durchgeknallt.«

Sie lacht unbehaglich. »Nicht direkt. Er studiert eben in Oxford.«

»Okay. Er ist ein akademisch brillanter, emotional unterbelichteter Hohlkopf.«

»Ich dachte, ihr seid Freunde.« Sie lächelt.

»Sind wir. Aber du passt nicht in sein Schema. Kurz gesagt.«

Sie wendet den Kopf in Richtung Feuer. »Ich weiß, dass er sprunghaft ist. Und gern die Aufmerksamkeit auf sich zieht. Besonders die von Frauen.«

»Mhm.« Ich bin mehr als versucht, ›emotional unterbelichteter Hohlkopf‹ durch ›unausstehliches egoistisches Arschloch‹ zu ersetzen und ihr klarzumachen, dass er, während sie für die guten Menschen von London getanzt hat, mit Dutzenden von Frauen zusammen war.

Sie zieht die Knie unters Kinn. »Er gibt einem das Gefühl, in der Sonne zu stehen.« Mechanisch reibt sie sich den Arm, wo, wie ich weiß, die gelben Fingerabdrücke sind. »Und dann wieder ist es manchmal, als würde in seinem Kopf ein Schalter umgelegt, und er …« Der Satz bleibt unvollendet.

»Luke ist mein bester Kumpel«, sage ich. »Ich mag diesen Kerl wirklich. Aber wenn ich eine kleine Schwester hätte, würde ich, glaube ich, nicht wollen, dass sie in seine Nähe kommt.« Für den Fall, dass ich zu weit gegangen bin, schiebe ich noch hinterher: »Aber ich meine, wenn er darauf bestanden hat, dass du mit auf diese Reise kommst, muss er wirklich an dir hängen.«
»Ich glaube, es war eher so, dass er mich im Blick behalten wollte«, sagt sie zögerlich. »Er ist ziemlich besitzergreifend. Das hat mir geschmeichelt. Es ist schön, so sehr gewollt zu werden.« Sie beißt sich auf die Lippe. »Na ja, ich habe sonst niemanden.«
»Wie meinst du das?«
Sie zuckt die Achseln. »Ich habe Freundinnen, ja, aber keine Familie. Meine kleine Schwester lebt in Grimsby, sie ist erst neun. Über meinen Vater weiß ich nichts. Und unsere Mutter war immer ein bisschen ...«
»Abwesend?«
»Alkoholikerin. Sie ist vor ein paar Jahren gestorben. Emotional hatte sie uns schon lange vor ihrem Tod verlassen. Meine Schwester und ich sind bei Pflegefamilien aufgewachsen.« Plötzlich rutscht sie unruhig herum, so, als sei sie von sich selbst überrascht. »Entschuldige«, sagt sie und schlägt eine Hand vor den Mund. »Luke sagt ständig, dass ich unpassendes Zeug erzähle, und er hat recht. Lass uns lieber übers Wetter reden oder so.«
»Das ist überhaupt nicht unpassend«, sage ich schnell. »Ich bin auch vor langer Zeit von meiner Mutter verlassen worden.«
Sie sieht mich fragend an. In ihren Augen glitzert das Lagerfeuer. »Ja?«
»Ja. Ich habe lange nicht gewusst, warum. Mein Vater war schuld. Er hat sie ständig kontrolliert und auf absurde Weise bestraft. Zum Beispiel hat er sie morgens im Schlafzimmer eingeschlossen und erst wieder rausgelassen, als er abends von der Arbeit kam.«
Sie reißt die Augen auf. »Ehrlich?«

»Ja.«
Jetzt bin ich es, der sich wundert. Warum erzähle ich das alles? Ich habe es noch nie erzählt. Niemandem. Dass ich es ausspreche, hat den Effekt, dass ich am ganzen Leib zittere, sogar meine Zähne klappern. Seltsame Reaktion. Helen scheint davon zum Glück nichts mitzubekommen. Betroffen wirkt sie trotzdem.
»Hat er sie ... na ja ... geschlagen?«
Ich schüttele den Kopf. »Er hat immer betont, dass er nie die Hand gegen sie erhoben hat, als wäre er dadurch schon ein Held. Ich weiß nur, dass sie eines Morgens, als ich aufgestanden bin und mich angezogen habe, nicht mehr da war.«
Sie legt mir eine Hand auf die Schulter. »Wie alt warst du da?«
Ich muss schlucken. »Neun. Ich habe ein paar Tage gebraucht, um zu begreifen, dass sie gegangen war. Und mindestens einen Monat, um auch nur auf den Gedanken zu kommen, dass sie vielleicht nie zurückkehrt. Und sie ist nie zurückgekehrt.«
»Was hat dein Vater gesagt?«
»Er hat es einfach ignoriert.« Zorn kocht in mir hoch, aber das will ich mir nicht anmerken lassen. »Ich habe dauernd gefragt, wo meine Mutter ist, und er hat jedes Mal das Thema gewechselt. Das hat mich völlig verwirrt. Nach einiger Zeit war ich mir nicht mal mehr sicher, ob es sie überhaupt gegeben hatte. Er hat alles weggeschmissen, Fotos, sämtliche Kleidungsstücke, die sie dagelassen hatte, sogar ihr Shampoo.«
»Furchtbar«, sagt Helen.
Ihr Mitleid fährt mir in die Eingeweide wie eine scharfe Klinge.
»Das *muss* dich ja verwirrt haben. Du warst ein kleiner Junge! So was Manipulatives!«
Ich nicke heftig. Fast beiläufig hat sie den Grundton meiner gesamten Kindheit und Jugend in Worte gefasst. Gehört zu werden, endlich verstanden zu werden, endlich sagen zu können, dass ich eine Mutter hatte, ist wie ein erfrischender Regenguss.

»Hast du sie wiedergefunden?«

Bevor ich weiterspreche, muss ich tief durchatmen. Ich zittere, als hätte ich Angst, und sie soll nicht denken, dass ich gleich in Tränen ausbreche.

»Vor vier Jahren«, sage ich schließlich langsam, »habe ich unter seinem Bett einen Stapel Briefe gefunden. Alle von ihr. Alle an mich. Darin stand, dass sie versucht hat, mich zu treffen, dass sie versucht hat, mich von ihm wegzuholen. Er hat das verweigert, hat verlangt, dass sie sich fernhält. Er hat ihr gedroht, sie als schlechte Mutter beschimpft, eine, die ihr Kind im Stich gelassen hat. Von all dem hat er mir nie etwas erzählt. Und ihre Briefe hat er versteckt.«

Helen rückt näher an mich heran und legt mir den Arm um die Schultern. Mit der anderen Hand umfasst sie meine. Mit Schrecken wird mir bewusst, dass mir inzwischen Tränen und Rotz nur so herunterlaufen.

»In einem der Briefe steht, sie glaubt, dass er recht hat«, sage ich, unfähig, diese verbale Diarrhö aufzuhalten. »Dass sie eine schlechte Mutter ist. Ihr Weggehen begründet sie damit, dass sie das Gefühl hatte, in der Falle zu sitzen. Dass sie Angst hatte, er könnte sie eines Tages umbringen. In der Nacht, bevor sie gegangen ist, hat er ihr offenbar ein Kissen aufs Gesicht gedrückt. Sie war sicher, dass ihr Leben in Gefahr ist. Also ist sie gegangen, hat aber versucht, mich zu sich zu holen. Und er hat ihr erzählt, dass ich das nicht will.« Jetzt schluchze ich tatsächlich. Es ist beschämend und befreiend zugleich.

»Und dann?«, fragt sie. »Hast du nach ihr gesucht, nachdem du die Briefe gefunden hattest?«

Mir entfährt ein bitteres Lachen. »Natürlich war sie kurz davor gestorben. Sie war nach Liverpool gezogen, hatte einen Sekretärinnenjob gefunden. Hatte Abendkurse gemacht und war persönliche Assistentin geworden. Hatte einen Mann kennengelernt. Und dann kam der Krebs.« Ich wische die Tränen weg. »Ich kann mich an sie erinnern. Sie war ein angenehmer Mensch. Nervös, ängstlich, ja, aber heute weiß ich auch, warum. Es war seine Schuld. Sie war eine wunderbare Mutter. Ich habe meinen Vater zur Rede gestellt, habe sogar daran gedacht, ihn zu verprügeln für alles, was er mit ihr gemacht hat, für die ganzen Lügen, die er mir erzählt hat.«

»Lügen?«

»Über sie. Aber auch sonst. Er hat erklärt, er sei ein guter Mann, der sich um seine Familie kümmert. Ein starker Mann beschützt seine Familie, hat er gesagt. Deshalb, meinte er, hätte er sie von mir ferngehalten: um mich zu beschützen. Alles gelogen. Jedenfalls habe ich mir geschworen, dass ich nie so werden will, dass ich sehr wohl ein guter Mann sein und meine Familie beschützen will, aber nicht so.«

Sie lehnt den Kopf an meine Schulter. »Das tut mir sehr leid. Dass du deine Mutter nicht noch mal getroffen hast. Sie wäre sehr stolz gewesen, wenn sie gesehen hätte, was aus dir geworden ist.«

Damit hat sie einen Nerv getroffen. Plötzlich ist der Neunjährige in mir wieder da, liegt auf den Knien und fleht, dass sie recht haben möge. Fleht, dass seine Mutter stolz auf ihn wäre. Zurückholen kann ich sie nicht, aber ich kann hoffen, dass sie da, wo sie jetzt ist, gut findet, was ich aus meinem Leben mache. Aus diesem Grund bin ich nach Oxford gegangen – meine Mutter hat sich immer gewünscht, sie hätte zur Uni gehen können, zur *besten* Uni. Von Leuten, die in Oxford waren, hat sie gesprochen, als seien sie Royals.

Vom Feuer her fällt ein goldener Schimmer auf Helens Gesicht, und als sie den Kopf hebt, sind wir einander so nahe, dass ich ihren warmen Atem auf der Wange spüre. Ich möchte sie küssen. Es ist ein brennender Wunsch. Ihre Hand schiebt sich in meine.

Unausgesprochen passiert etwas zwischen uns, treffen unsere Körper mit ihrer eigenen Sprache eine Entscheidung.
»Ich hoffe, ich störe nicht«, sagt jemand hinter uns, und Helen fährt zusammen und zieht ihre Hand zurück.
Theo tritt neben uns und starrt mich ärgerlich an. »Geht's dir gut, Michael?«
»Theo ...« Ich stocke. Mir fällt nichts ein, ich müsste etwas sagen, irgendeine Erklärung liefern, aber mein Gehirn ist eingerostet.
»Wir haben ... wir haben nur geredet«, sagt Helen. Ihre Stimme ist leicht schrill.
Seine Miene verfinstert sich noch mehr. »Jaja. Genau so sieht's aus.« Damit macht er auf dem Absatz kehrt und geht zurück zur Hütte, wo Luke ist.
Ich lache nur, Helen aber ist nicht wohl, das sehe ich. Sie weicht meinem Blick aus. Ich springe auf und laufe Theo hinterher. Als er nicht reagiert, überhole ich ihn und bleibe vor ihm stehen.
»Warte, Theo. Das ist doch kein Grund, ein Fass aufzumachen. Ich hab nichts getan!«
»Was du tust oder mit wem du es tust, ist deine Sache, Mike. Lass mich vorbei.«
»He, erzähl Luke nichts davon, okay?« Ich bleibe vor ihm stehen. »Ja? Es war wirklich nichts. Wir haben geredet, weiter nichts. Gar nichts.«
Er hebt den Blick. Seine hellen Augen fixieren mich. An seinem Kiefer zuckt ein Muskel. »Ich kann nicht zulassen, dass du meinem Bruder die Freundin wegnimmst.«
»Das hab ich nicht ...«
»Danach sah es aber aus.«
»Ich schwör's dir, Theo, bitte! Zoff unter Freunden ist doch das Letzte, was wir auf dieser Tour gebrauchen können. Okay?«
Er schaut mich ein letztes Mal grimmig an, dann stapft er davon.

Ich weiß, dass er nichts Unüberlegtes tun wird, und trotzdem mache ich mir Sorgen um Helen. Kurz muss ich an die blauen Flecken an ihrem Arm und der Schulter denken. Ich bin ziemlich sicher, dass Luke der Verursacher ist, und der Gedanke lässt die Sorge sofort in Wut umschlagen. Wenn ich mitkriege, dass wirklich er das war, dann gibt es kein Halten mehr.
In mancher Hinsicht hatte mein Vater recht. Ein guter Mann beschützt die, die er liebt.
Über sich selbst hat er nie gesprochen.

Als ich später den Reißverschluss an meinem Schlafsack aufziehe, schlägt mir wie aus einem offenen Abwasserrohr der Geruch von Gämsendung entgegen. Es stinkt dermaßen, dass ich es förmlich schmecke. Theo hat den ganzen Schlafsack gefüllt, und selbst nachdem ich das Zeug ausgeschüttet habe, ist der Geruch noch so durchdringend, dass ich – ich habe ja keine Wahl, ich muss den Schlafsack benutzen – die ganze Nacht würgen muss.
Das ist die Strafe dafür, dass ich mit Helen geredet, das Hoheitsgebiet seines Bruders betreten habe.
Am nächsten Tag kommentiert Luke den Geruch ganz unschuldig. Er weiß von nichts.
»Alter«, sagt er und sieht mich fragend an. »Geht's dir gut?«
Ich spähe zu Theo hinüber. Der pfeift fröhlich; sichtlich zufrieden mit sich.
»Kleines Verdauungsproblem«, murmele ich. »Sonst geht's mir gut.«
»Wahnsinn, Mann«, sagt er und fächelt sich Luft zu. »Du solltest schleunigst zum Arzt. Du riechst fürchterlich.«

33

Helen

6. September 2017

Ich gehe nach oben, um nach Reuben zu sehen. Er sitzt an seinem Schreibtisch und zeichnet auf dem iPad etwas, das an einen Blauwal erinnert.
»Dein Gesicht sieht aus wie aufgeblasen«, sagt er. »Wie eine Matratze.«
»Hast du Hunger?«
Er schüttelt den Kopf. »Wo ist Papa?«
Ich halte die Luft an, lege mir die Antwort zurecht. »Ich habe heute mit der Polizei gesprochen. Sie arbeiten daran, ihn zu finden und nach Hause zu bringen. Okay?«
Er schaltet das iPad aus und sieht mich an. Seine Augen erscheinen noch dunkler als sonst, sein Ausdruck ist traurig, seine Unterlippe zittert. »Ich hab genau gehört, wie die Ärzte gesagt haben, dass er aus dem Krankenhaus weggegangen ist. Hat er das wegen mir gemacht?«
»Natürlich *nicht*!«
Er nickt, so, als wollte er mir glauben, und dann fängt er an zu jammern und schlägt sich mit der Faust gegen den Kopf. Es gelingt mir, ihn aufs Bett zu dirigieren. Dann setze ich mich im Schneidersitz zu ihm. Seine Füße liegen auf meinem Schoß. Ich ziehe ihm die Socken aus, beginne die Füße zu streicheln, und binnen Sekunden atmet er wieder normal.
»Reuben, Schatz. Papa ist nicht deinetwegen gegangen. Das kann ich dir versprechen.«
»Warum denn *dann?*« Er schnieft und starrt an die Decke.
»Ich weiß es nicht. Aber wir finden es heraus. Bald.«

»Ist es wegen dem, was mit Joshs Papa passiert ist? Weil ... ich hätte mich ja entschuldigt. Ich wollte nicht so schlimme Sachen zu ihm sagen. Es war nur ...« Wieder verzieht er das Gesicht.
»Helen?«, ruft Jeannie von unten. »Bist du oben, Helen? Das Essen ist fertig!«
»Bin gleich da«, rufe ich zurück und ziehe Reuben behutsam die Socken wieder an. Dann rücke ich ein Stück näher, setze mich neben ihn auf die Bettkante und nehme seine Hand.
»Ich weiß, das ist schwer«, sage ich sehr langsam, »aber meinst du, du könntest mir erzählen, was bei ... Joshs Feier los war?«
»Joshs Feier war dumm«, knurrt er unter Tränen, und ich bin schon versucht zu sagen, okay, wir brauchen nicht darüber zu reden, aber ich sage es nicht, weil ich es einfach wissen muss. Ich war nicht dabei, und Michael hat mir nie die ganze Geschichte erzählt. Es muss sein.
»Bitte, Reuben.« Fast flüstere ich. »Kannst du mir erzählen, was los war? Hier bist du in Sicherheit. Es wird nie wieder vorkommen, versprochen.«
Ein paar Minuten lang starrt er nur an die Decke und schweigt.
»Papa hat mich hingefahren«, sagt er. »Ich hab ihm die Postleitzahl gesagt, die auf der Einladung stand. Als wir ankamen, war er ganz ... durcheinander. Er hat immer gefragt, wo die Feier denn nun ist.«
»In den Simonside Hills, oder?«
Er nickt. »Josh hat gesagt, dass wir uns auf dem Parkplatz treffen. Und dass sein Papa die Ausrüstung hat. Sie waren alle da. Jagger, Dylan, Lucas. Die meisten aus der Klasse und ihre Eltern waren schon da.« Die Erinnerung regt ihn auf, er fängt an zu stottern.
»Es sollte eine Wanderung werden, stimmt's?«
»Ja und nein. Josh hat gesagt, wir wandern, aber das war nur Spaß. Um sieben sollten wir wieder abgeholt werden. Als Papa Joshs Ausrüstung gesehen hat, ist er ganz unruhig geworden. ›Ihr

wandert nur, ja?‹, hat er gefragt, und ich habe Ja gesagt. Und dann ist Joshs Papa gekommen und hat gesagt, dass er für jeden einen Helm und Gurte hat. Dass wir nur einen kleinen Abstieg machen; keine große Sache.«
»Ihr wolltet euch abseilen?«
Er nickt, und auf einmal fügt sich für mich alles zusammen.
»Papa hat die Hände gehoben und ist richtig laut geworden. Dass das gefährlich ist und dass er, wenn er das gewusst hätte, gleich wieder umgekehrt wäre und mich mit nach Hause genommen hätte. Die anderen Gäste und die Eltern – alle haben uns angestarrt. Ich habe Papa gesagt, er soll sich beruhigen, ich schaffe das, aber er wollte mich einfach wegziehen.«
»Und Joshs Papa? Hat der was gesagt?«
Inzwischen ist er sehr aufgeregt. Er hält sich mit einer Hand die Augen zu, und mit den Fingern der anderen schnipst er, immer schneller, bis es klingt wie ein rasender Herzschlag.
»Ist gut, Reuben«, sage ich. Er ist so empfindlich, ich muss behutsam sein. »Ist gut. Du brauchst es mir nicht zu erzählen.«
Er löst sich aus meinem Griff; sein Haar ist feucht vor Schweiß. Jetzt nimmt er seine Minecraft-Figuren aus dem Regal, setzt sich damit auf den Boden und baut sie in einem engen Kreis um sich herum auf. Ich warte geduldig, bis er sie so angeordnet hat, wie er es haben möchte. Es ist deutlich zu sehen, wie es ihn beruhigt, seine Schätze in der richtigen Ordnung nahe bei sich zu haben.
»Ich weiß nicht«, sagt er schließlich. »Papa hat mir Angst gemacht. Ich habe Helme aufprobiert, um einen in der richtigen Größe zu finden, und dann hab ich mich umgedreht und gesehen, wie Papa Joshs Papa ins Gesicht geschlagen hat und Joshs Papa umgefallen ist. Es war das erste Mal, dass ich Papa so gesehen habe.«
Kein Wunder, dass er so heftig reagiert hat. Mit einem Mal kommt mir eine Erinnerung an jenen Nachmittag. Ich habe

mich gewundert, als das Auto in die Auffahrt einbog. Eigentlich hätten sie erst viel später zurückkommen sollen, daher dachte ich, Reuben hätte etwas vergessen, das noch geholt werden musste. Aber Reuben kam ins Haus gestürmt, verschwand in seinem Zimmer und knallte die Tür zu. Und gleich darauf hörte man ihn darin schreien und Sachen herumwerfen. Ich habe dann Michael gefragt: *Was ist passiert? Warum ist er so wütend?*

»Er hat Joshs Papa die ganze Zeit angeschrien«, fährt Reuben fort. Allein die Erinnerung regt ihn auf. Er verändert die Anordnung der Minecraft-Figuren, macht den Kreis noch enger.

»Hast du verstanden, was er geschrien hat?«

Er schüttelt den Kopf. »Josh hat gesagt, es wird lustig.« Seine Stimme kippelt. »Dass wir einen Felsen hochklettern und uns dann von da abseilen und dass er das mit seiner Drohne filmen will. Er hat gesagt, dass es besser sein wird als alles, was wir jemals gemacht haben, und dass es sicher sein wird, weil sein Vater Kletterer ist und sich auskennt.«

Seine Stimme wird immer leiser, und schließlich rollt er sich vor lauter Kummer zu einer Kugel zusammen. Ich lege mich neben ihn auf den Boden, und nach ein paar Minuten atmet er wieder ruhiger und gleichmäßiger.

»Ich bin ganz sicher, dass Papa nicht deinetwegen aus dem Krankenhaus verschwunden ist. Oder wegen etwas, das du getan hast. Glaub mir, Reuben. Er liebt dich.«

Kurz flackert Zorn in seinen Augen auf. »Warum ist er dann nicht hier?«

Was soll ich darauf antworten?

Ich stehe auf, um nach unten zu gehen, doch dann kommt mir eine Idee. »Als Papa und ich entschieden haben, dass wir nicht in Cancún bleiben, sondern in die Strandhütte ziehen, hast du das irgendjemandem gegenüber erwähnt? Hast du es zum Beispiel Josh geschrieben?«

Er blickt auf. Angst malt sich in seinem Gesicht.
»Egal, ist schon gut«, sage ich. »Kein Problem, versprochen.«
»Ich glaube, ich habe es Malfoy geschrieben«, sagt er und senkt den Blick.
»Malfoy?«
»Meinem iPix-Kumpel. Und Josh.«
»Josh?«
Er nickt. »Ich hab's ihm geschrieben.«

34

Helen
22. Juni 1995

Ich stehe am Fenster und nehme den Ausblick in mich auf. Vor mir ragen turmhohe Gipfel auf, so hoch, dass jede Perspektive verloren geht. Erst als ich begreife, dass es sich bei dem dünnen weißen Faden dort hinten um einen Wasserfall handelt, beginne ich die Dimensionen zu erahnen. Und ich erkenne den Montblanc. Das weiße Ungeheuer, wie Theo ihn nennt. Ich muss zugeben, die Tatsache, dass ich da hinaufklettern werde, schüchtert mich ziemlich ein. Es sieht so unfassbar hoch aus. Buchstäblich so, als könnte man, wenn man oben steht, die Hand ausstrecken und den Himmel berühren.

Ich gehe zum Herd und mache Kaffee. Ein anderer Kletterer, ein Deutscher, bietet mir eine Art Muffin an. Das Teil sieht aus wie aus Sägespänen gebacken. Ich lächele und sage: »Nein danke«, was ich gestern Abend aufgeschnappt habe. Nur für den Fall, dass Luke auftaucht. Womöglich denkt er noch, ich flirte. Der Deutsche macht einen Witz, und ich lache, aber er könnte genauso gut behauptet haben, ich hätte einen fetten Hintern. Das ist das Problem, wenn man versucht, mit Leuten zu kommunizieren, die eine andere Sprache sprechen – man muss immer eine Möglichkeit finden, eine komplexere Unterhaltung zu vermeiden.

Die Nacht im Zelt war in Ordnung. Wir haben zum Schutz gegen die Kälte die Klamotten anbehalten und uns aneinandergekuschelt wie ein altes Ehepaar. Das war schön. Aber ich habe die ganze Zeit an Michael gedacht. Als ich ihm das erste Mal begegnet bin, kam er mir vor wie ein Großvater, so steif und zugeknöpft. Kaum dass er einmal in meine Richtung geschaut hätte.

Luke hatte gesagt, Michael finde es super, dass ich mit auf die Tour gehe, und könne es kaum erwarten, mich kennenzulernen, deshalb war ich von seinem Benehmen mir gegenüber entsetzt. Ich hatte einen großartigen Typen erwartet. Er ist Lukes bester Freund, deswegen war ich neugierig auf ihn und wollte einen guten Eindruck machen. Umso enttäuschter war ich, als er so unfreundlich war.

Am Anfang jedenfalls. Und gestern Abend hat er sich auf einmal dermaßen geöffnet.

Wie sich zeigt, ist er tatsächlich sehr nett, genau wie Luke gesagt hat. Wir haben uns gegenseitig das Herz ausgeschüttet, das hat uns einander nähergebracht. Fast war es mir unangenehm, als plötzlich Theo auftauchte. Es war ja gar nichts, aber die Gruppendynamik ist hier oben total aus dem Gleichgewicht, und ich finde einfach die richtigen Grenzen nicht. Wir sind keineswegs die Einzigen, die den Montblanc besteigen wollen, und trotzdem ist es die ganze Zeit ein Gefühl wie: wir vier gegen den Rest der Welt, gegen die Elemente. Mutter Natur ist sehr viel launischer und rücksichtsloser, als ich es mir vor dieser Reise hätte vorstellen können. Luke, Theo, Michael und ich sind voneinander abhängig. Jeder Tag ist härter als der davor. Außerdem kommt es einem so vor, als seien wir in einer Art Zeitraffer. Kaum zu glauben, dass ich Michael erst vor ein paar Tagen kennengelernt habe. Bei einem Drink in Chamonix, als hätten wir vier einen Strandspaziergang vor und nicht eine Tour zum Gipfel dieses riesigen Berges, wo wir in eine andere Welt eintreten werden.

Als ich meine Tasse spüle, kommt Theo in die Küche. Ich lächle ihm zu und sage: »Guten Morgen«, aber er gibt sich reserviert.

»Morgen«, murmelt er.

Etwas ratlos schaue ich zu, wie er Wasser in den Kessel füllt und mir hartnäckig den Rücken zukehrt. Warum benimmt er sich, als hätte ich etwas Schlimmes getan?

Er pfeift vor sich hin – auch eine Art, ein Gespräch zu vermeiden –, also stelle ich meine Tasse hin und gehe nach draußen. Luke ist dabei, das Zelt abzubauen. Er unterhält sich mit Michael, der eine Geste macht, als sei ihm speiübel. Mir wird mulmig. Manchmal beschleicht mich ein seltsames Gefühl. Als sei ich eine Marionette und Luke sei derjenige, der die Fäden zieht. Wenn er sagt, dass er mich liebt, könnte ich in seinen Armen dahinschmelzen. Diese Liebe ist so leidenschaftlich, dass ich Spuren davontrage. Bevor wir nach Chamonix aufgebrochen sind, hat er mich einmal so fest gepackt, dass auf meinen Armen und Schultern Abdrücke zurückgeblieben sind. Das gefällt ihm, er empfindet sie als seine Signatur. »Aber du meinst nicht, wie ein Hund, der sein Revier markiert, oder?«, habe ich im Scherz gesagt, und er hat mich aufs Bett gedrückt und sich so an der Haut über meinem Hüftknochen festgesaugt, dass danach dort ein dunkler Halbmond prangte. »Da«, sagte er. »Das ist Hautschrift und heißt: Hier war Luke.«
Tiefere, unsichtbare Spuren hinterlässt er allerdings, wenn er mich ignoriert, wenn er mir seine Aufmerksamkeit entzieht. Diese Spuren graben sich in mein Herz. Es ist beunruhigend, wie sehr ich an ihm hänge. Irgendetwas sagt mir, dass Liebe so nicht sein sollte. Nicht dieses Pendeln zwischen Extremen. Andererseits – was weiß ich schon? Es hat mich ja noch nie jemand geliebt. Meine Mutter nicht. Mein Vater, wer er auch war, ganz bestimmt nicht. Niemand unter den Pflegemüttern und -vätern. Nur Luke. Ich gehe auf ihn zu und zwinge mich zu lächeln. Er hebt kurz das Kinn, begrüßt mich wie jemanden, den er flüchtig kennt, und ich spüre, wie sich ein Schatten über mein Herz legt. Michael rollt seinen Schlafsack zusammen. Plötzlich liegt ein fauliger Geruch in der Luft. Dann dreht Michael sich um und grinst, und dieses Grinsen genügt, um den Schatten zu vertreiben und mir wieder das Gefühl zu geben, dass ich in Ordnung bin.

35

Helen

6. September 2017

Jeannie steht über den Esstisch gebeugt und sammelt Glassplitter auf. Ich habe immer noch ein schlechtes Gewissen wegen des zerstörten Bildes. Als sie mich sieht, richtet sie sich auf.
»Möchtest du etwas essen?«
»Später vielleicht.« Ich rücke mir einen Stuhl zurecht und setze mich an den Tisch.
»Ist mit Reuben alles in Ordnung?«
»Er sagt, er hat mit jemandem gechattet, der Malfoy heißt. Davon hat er früher schon mal gesprochen. Und er meint, er habe diesem Malfoy erzählt, dass wir in Belize sind.«
Sie sieht mich forschend an. »Malfoy? Ist das ein Mensch oder ein Bot?«
»Reuben sagt, ein Freund auf iPix. Sagt dir das was, iPix?«
Nach kurzem Überlegen schüttelt sie den Kopf. »Ist das so was wie dieses musical.ly, das die Kids jetzt alle machen?«
»Musical.ly? Nein, das glaube ich nicht. Social Media erlauben wir ihm gar nicht. Bisher dachte ich, iPix sei eine reine Zeichen-Software, aber offenbar kann er sich da auch mit anderen Leuten vernetzen. Könntest du dir das mal ansehen? Und vielleicht rauskriegen, mit wem er im Kontakt war?«
Sie zückt ihr Handy, googelt iPix. Tatsächlich bietet die Seite vor allem Videos zum Thema Zeichnen. Sie tippt »Malfoy« in die »Suchen«-Leiste, aber das ergibt keinen Treffer.
»Dafür brauchen wir wohl Reubens Log-in-Daten. Aber in Bezug auf den Unfall wird ein Vierzehnjähriger nicht die erste Anlaufstelle sein.«

»Irgendjemand hat gewusst, dass wir dort sind, Jeannie. Ich weiß, du hältst mich für paranoid, aber es ist eine simple Tatsache, dass Wer-auch-immer nur wissen konnte, wo wir sind, weil jemand es ihm gesagt hat.« Ich sehe die Facebook- und Twitter-Buttons auf ihrem Handy. »Hast *du* jemandem erzählt, dass wir in Belize sind?«

Sie blickt auf. »Na ja, Shane, wie du weißt. Sonst niemandem.«

Und was ist mit deinen sozialen Medien? Hast du da eine Andeutung gemacht?«

Sie ruft ihre Facebook-Seite auf. Das Profilbild ist von einem professionellen Fotografen gemacht, und darüber steht der Name, den sie sich durch eine offizielle Namensänderung zugelegt hat: Jean Kensington-Smith. Einer von zahlreichen Versuchen, ihre einfache Herkunft als Jeannie Warren zu überschreiben. Auf der Seite finden sich ein paar schöne Fotos von Shane und ihr, mehrere Schließt-euch-dieser-Petition-an-Posts sowie eine ausgiebige Klage über die obszöne Menge von Verkehrskontrollen auf Northumberlands Straßen. Keinerlei Hinweis auf Belize.

»Du siehst es. Da ist nichts über dich oder deine Familie und euren Urlaub«, sagt sie. »Ich weiß doch, dass du Facebook nicht ausstehen kannst, deshalb würde ich niemals etwas über dich oder die Kinder hier posten.«

Ich erzähle ihr, was die Polizisten über den Fahrer des Vans gesagt haben und dass er Jonas Matus heißt. Sie starrt mich einen Moment an, dann tippt sie den Namen in die Suchleiste.

»Was machst du?«, frage ich.

»Ihn suchen.«

»Das geht?«

Halb amüsiert, halb mitleidig hebt sie die Brauen. Ich bin noch nie auf die Idee gekommen, in den sozialen Medien nach jemandem zu suchen. Michael und ich sind stillschweigend übereingekommen, dass wir uns nicht online präsentieren wollen, und haben die Online-Präsenz der Buchhandlung in Lucys Hände gelegt, sodass ich von diesen Dingen tatsächlich keine Ahnung habe. Fasziniert schaue ich zu, wie Jeannie auf Facebook eine Liste von mehreren Jonas Matus hervorzaubert und dann auf Twitter und Instagram das Gleiche tut. Es gibt in Australien ein paar Jonas Matus, mehrere in Großbritannien und einen in Israel.

»Wahrscheinlich hat er seinen Account gelöscht«, sagt sie stirnrunzelnd. »Aber man weiß es nicht.«

Ich sehe mir sehr genau die Bilder an, versuche, sie mit dem Fahndungsfoto zusammenzubringen, das DS Jahan mir gezeigt hat. Währenddessen klickt sie die Profile an und schickt jeweils eine Freundschaftsanfrage.

»Und was ist das jetzt?«

Sie zuckt die Achseln. »Kann nicht schaden, oder? Ist doch nicht verboten, sich mit Leuten anzufreunden.«

Es enttäuscht mich, dass keiner von den Männern auf der Liste in Belize ansässig ist.

»Reuben hat mir erzählt, was zwischen Michael und dem Vater von Josh vorgefallen ist.« Mir geht durch den Kopf, was die Detectives über Ben Trevitt gesagt haben.

Aufmerksam sieht sie mich an, überlegt. »Meinst du, er könnte damit zu tun haben?«

»Ist er bei Facebook?«

Sie tippt Benjamin Trevitt ein, und sofort poppt ein Bild auf: Da steht er, vor einer Northumberland-Landschaft, mit Josh im Arm, und beide grinsen in die Kamera. Jeannie scrollt weiter nach unten. Besonders viel postet er nicht, aber ein Eintrag sticht mir ins Auge. KOMM MIR QUER, UND DU KRIEGST, WAS DU VERDIENST steht da fett weiß auf schwarzem Hintergrund. Jeannie scrollt zu den Kommentaren.

Sam u Sue Muir: ☹
Lewis Ure: Genau!
Philippa Crewe: Ist dir jemand quergekommen?
Shayee Peeke: Hab davon gehört. Joshies Geburtstagsfeier!! Ätzend ...
Lewis Ure: Was war los?
Ben Trevitt: Ich schreib dir direkt.

»Wann hat er das gepostet?«, frage ich.
»Am vierundzwanzigsten Juli.«
»Also nach dem Streit. Da waren wir schon in Mexiko.«
»Hier«, sagt sie und klickt Bens Freundesliste an. Da gibt es jemanden, der ›John Matos‹ heißt. Mein Herzschlag beschleunigt sich.
»Reuben sagt, er hat auch Josh geschrieben, dass wir in Belize sind.«
»Das ist Zufall«, sagt Jeannie. »Allerdings sehe ich hier nicht, wo dieser John Matos wohnt. Ein Bild gibt es auch nicht. Er hat offenbar ziemlich strikte Sicherheitseinstellungen.«
Mich hält es nicht mehr auf dem Stuhl.
»Wo willst du hin?«, fragt Jeannie.
Ich streife die Hausschuhe ab und ziehe Stiefel an. »Zu den Trevitts. Mit ihnen reden.«
Sie beobachtet, wie ich nach meinem Autoschlüssel suche. »Du darfst nicht fahren, Helen.«
»Das werden wir ja sehen.«
»Ich fahr dich«, sagt sie und seufzt.
Sie ruft Shane an und bittet ihn, noch einmal zu kommen und bei Reuben zu bleiben, während sie mich zu den Trevitts in der Larkspur Lane fährt. Ich habe Reuben ein paarmal hingebracht, daher weiß ich, wo sie wohnen. In einem hübschen Cottage nicht weit von der Schule, mit einem großen Garten und einer

hohen Tanne davor, in die sie zur Weihnachtszeit Lichterketten hängen. Ein Bilderbuchzuhause für eine Familie.
Jeannie parkt ein Stück weiter die Straße rauf.
»Ich habe kein gutes Gefühl«, sagt sie und sieht sich nach allen Seiten um. »Was wollen wir hier eigentlich?«
Meine Entschiedenheit wackelt schon, aber das will ich nicht zugeben. »Wenn Ben Trevitt etwas mit dem Unfall zu tun hat, will ich das wissen. Diese Unterstellungen Michael gegenüber entwickeln so eine Eigendynamik, dagegen muss ich was tun.«
»Du willst also bei jemandem klingeln, der möglicherweise versucht hat, deine gesamte Familie umzubringen. Du magst mich für verrückt halten, aber vielleicht wäre es das Beste, die Polizisten anzurufen und ihnen das zu erzählen.«
»Ich gehe nicht da rein und schieße aus allen Kanonen. Nein, ich bleibe ganz ruhig. Von den Polizisten weiß ich, dass die Trevitts gegen Michael Anzeige erstattet haben. Ich hätte sie direkt nach dem Streit zur Rede stellen müssen. Die Sache im Keim ersticken.«
»Darum geht es also? Die Sache im Keim zu ersticken?«
Ich steige aus, bevor mich der Mut verlässt. In der Einfahrt steht ein silberfarbener Porsche Cayenne, aber in keinem der Räume zur Straße hin brennt Licht.
Jeannie murmelt eine Sprachnachricht für Shane in ihr Handy: »Solltest du nichts mehr von mir hören, bin ich in der Larkspur Lane 13 ermordet worden.«
Wir klingeln und warten eine Weile. Es rührt sich nichts.
»Seiteneingang«, sagt Jeannie.
Auf der rechten Seite gibt es eine kleinere Tür, die aussieht, als würde sie regelmäßig benutzt. Durch das kleine Fenster ist dahinter die Küche zu erkennen. Ich klopfe an – eine Klingel gibt es hier nicht –, und die Tür gibt nach. Nach kurzem Zögern stoße ich sie weiter auf und rufe: »Hallo?«

Keine Antwort. Ich setze den Fuß über die Schwelle, gehe einen Schritt weiter hinein, dann noch einen.
»Was machst du?«, faucht Jeannie. »Wir können nicht einfach in ein fremdes Haus eindringen!«
»Ich gucke nur ...«
Aus weit aufgerissenen Augen starrt sie mich an, und mir ist bewusst, dass ich komplett aus der Rolle falle. Normalerweise würde ich das niemals tun, nicht im Traum würde ich auf die Idee kommen, etwas Kriminelles zu tun oder irgendwie aggressiv vorzugehen. Es ist, als wäre ich zwei Frauen, von denen eine fassungslos zusieht, während die andere von einem inneren Brennen getrieben wird, dem Zwang, irgendetwas zu finden, das mir sagt, wo Michael ist. Zu beweisen, dass er mit dem Unfall nichts zu tun hatte.
Im Wohnzimmer herrscht eine solche Ordnung, dass ich mir sofort völlig verlottert vorkomme. Ein großer offener Kamin, ein Spiegel in einem Goldrahmen mit Herz- und Sternenornamenten. Mir ist schnell klar, dass ich hier nichts finden werde, also gehe ich ins nächste Zimmer, wo Stahlrohrstühle um einen Esstisch gruppiert sind. Auf dem Tisch thront eine große Glasschale. Auf der gegenüberliegenden Seite steht ein Ahorn-Sideboard. In der obersten Schublade entdecke ich einen silbernen Laptop, den ich sofort aufklappe und hochfahre. Jeannie tritt neben mich. Sie verströmt Angst aus allen Poren.
»Wir müssen verschwinden, Helen. *Jetzt*«, raunt sie mir zu. »Ist dir klar, in welchen Schlamassel du uns bringen kannst?«
Die Versuchung ist zu groß. Schon klicke ich das E-Mail-Icon an und überfliege das Posteingangsfach. Dann schreibe ich »Jonas Matus« in die Suchen-Leiste. Nichts. Ich versuche es mit Michaels Namen, dann mit »Belize«.
Nichts. Vielleicht mache ich etwas falsch.
»Okay, du hast sie durchgesehen. Jetzt lass uns gehen«, drängt

Jeannie entnervt, aber in dem Moment, als ich den Rechner zuklappe, kommt von der Seitentür her ein lautes Geräusch.
»... ich hol nur schnell mein Portemonnaie, bin gleich da!«, ruft eine Frauenstimme. Kate Trevitt. Im. Haus.
Einen Schreckensmoment lang starren wir einander an, dann ducken wir uns und krabbeln unter den Esstisch. Jeannie bleibt bei dem Versuch, sich zwischen den Beinen eines Stuhls hindurchzuwinden, stecken. Ich will ihr helfen, schiebe den Stuhl ein wenig beiseite, und plötzlich hallt das helle Klirren von Metall gegen Metall durch den Raum. Die Schritte in der Küche stocken.
Jeannie bedeutet mir, mich nicht zu rühren, und so halten wir beide die Luft an, ich unter dem Tisch, sie dahinter, für jeden, der hereinkommen sollte, deutlich zu sehen. Jetzt klacken Kates Absätze wieder über die Fliesen. Sie kommt in unsere Richtung. Ich bleibe mucksmäuschenstill.
Zwischen Stuhl- und Tischbeinen hindurch sehe ich ihre Leoprint-Pumps hierhin und dahin eilen, und die ganze Zeit spricht sie mit jemandem im Hintergrund.
»Hannah ist bei Ava, das habe ich dir doch erzählt«, sagt sie ungeduldig, und ich gestatte mir, einmal auszuatmen. Sie hat uns nicht gesehen. Aus dem Flur tönt das Quietschen einer Schranktür. Offenbar sucht sie zwischen den dort hängenden Mänteln.
»Ich bin eigentlich noch verabredet«, sagt eine Männerstimme in der Küche. Ich erstarre erneut. Ben Trevitt. Sie sind beide da.
Das Herz schlägt mir bis zum Hals. Wir haben die Seitentür offen gelassen, da bin ich ziemlich sicher. Und die Sideboard-Schublade, habe ich die auch offen gelassen? Ich versuche mich in meiner Vierfüßlerposition umzudrehen und nachzuschauen, doch das misslingt. Wenn sie uns entdecken, rufen sie die Polizei, so viel steht fest. Oder es passiert Schlimmeres. Wenn Ben den Unfall inszeniert hat, wird er nicht einfach die Polzei rufen. Er wird unsere Bestrafung selbst in die Hand nehmen.

»Es wird nicht lange dauern«, ruft Kate. Sie erscheint mit einer großen weißen Handtasche in der Küche und späht hinein. »Wo hab ich es bloß hingetan?«

Jetzt kommt sie. Ich kneife die Augen zu und warte auf den Schrei, den sie ausstößt, wenn sie Jeannie hinter dem Tisch hocken sieht. Ihre Füße nähern sich, und direkt über mir klirrt etwas. Offenbar greift sie in die Glasschale und nimmt etwas heraus.

»Vergewissere dich, dass sie da ist, damit wir nicht umsonst rüberfahren«, ruft Ben. »Es wär besser gewesen, du hättest was mit ihr ausgemacht.«

Ich zwinge mich, die Augen zu öffnen. Kate, offenbar durch irgendetwas abgelenkt, geht langsam zurück in den Flur. Wieder halte ich die Luft an.

Aus dem Flur kommt ein leises Ticken – sie tippt eine Telefonnummer in ihr Handy. Mir schießt durch den Kopf, dass das Bluff ist, dass sie uns sehr wohl gesehen hat und jetzt die Polizei ruft. Mein Magen hebt sich. Doch in der nächsten Sekunde summt mein Handy in der Jackentasche. Mir bleibt fast das Herz stehen. Zitternd taste ich nach dem Handy, schalte es aus, ziehe es hervor und lese »Joshs Mutter« auf dem Display.

Jeannie und ich wechseln einen verzweifelten Blick. Die Küchentür wird zugemacht, und ohne selbst zu wissen, warum, tippe ich auf »ANTWORTEN«.

»Was machst du?«, fragt Jeannie stumm, während ich das Handy ans Ohr presse und »Hallo?« murmele.

»Hallo, Helen, bist du's?«, fragt Kate. Im Hintergrund höre ich krachend die Wagentür zugehen. Räder, die aus der Einfahrt rollen. »Hier ist Kate Trevitt. Wenn es dir passt, würden wir gern auf ein kurzes Gespräch vorbeikommen. So in zehn Minuten. Ginge das?«

»Klar«, sage ich, halte mir aber die Hand vor den Mund. Dann

füge ich hinzu: »Ich bin gerade unterwegs, brauche aber nicht mehr lange. Reuben ist da.«
»Oh, das ist gut. Wir bringen Josh mit, die beiden freuen sich bestimmt, sich zu sehen. Bis gleich.«
Ich lege auf und schnappe nach Luft. Dann winden wir uns hastig aus unserem Versteck und gehen zur Tür. Ganz kurz fürchte ich, sie könnte abgeschlossen sein. Und wir in der Falle. Ich ziehe am Knauf, noch einmal, fester, und dann sind wir draußen. Erleichterung durchflutet mich.
Sobald wir in Jeannies Auto sitzen, schauen wir einander an – und prusten los.
Dann, schlagartig wieder ernst, sagt Jeannie: »Versprich mir, dass du so was nie wieder machst.« Ihre Stimme bebt. »Nie. Du hast soeben mein Leben um fünf Jahre verkürzt.«
Langsam fahren wir zu unserem Haus, vor dem ein silberner Porsche Cayenne parkt. Sie sind schon da.

36

Helen
6. September 2017

Sie sitzen mit Shane im Wohnzimmer. Reuben und Josh hocken, jeder über sein eigenes iPad gebeugt, am Küchentisch. Shane geht, und Jeannie zieht sich diskret nach oben zurück, während ich mich am Teekocher zu schaffen mache. Ein Versuch, Zeit zu schinden und innerlich ruhig zu werden. Am Ende haben sie uns doch in ihrem Haus gesehen. Oder sie entdecken Jeannie und mich in den Aufnahmen einer Überwachungskamera. Meine Hände zittern. *Was habe ich mir bloß dabei gedacht?*

Ich trage das Tablett mit klirrenden Tassen und Löffeln und der Teekanne ins Wohnzimmer und stelle es auf den Couchtisch. Während ich mit flatternden Händen Tee einschenke, spüre ich, dass Ben mich beobachtet. Er ist ein reservierter Typ mit orangerotem Haar und Brille. Arbeitet beim Tiefbauamt. Kate, schlank und dunkelhaarig, ist Ernährungswissenschaftlerin. Wir haben uns manchmal über unsere Jungen unterhalten, über Kinderärzte und die St-Mary's-Schule, in die die beiden gehen.

Als wir schließlich im Dreieck einander gegenübersitzen, herrscht einen Moment lang peinliches, wenn auch beredtes Schweigen. Kate und Ben wechseln einen gequälten Blick, als wüssten sie nicht, wie anfangen. Mein Magen krampft sich zusammen vor Angst. Mir ist immer noch nicht klar, warum sie da sind. Natürlich wegen des Streits.

»Seid ihr gekommen, um mir mitzuteilen, dass ihr gegen Michael Anzeige erstattet habt?« Meine Stimme klingt eng.

Wieder wechseln sie einen Blick. »Wir mussten Anzeige erstatten«, sagt Ben. »Aber deswegen sind wir nicht hier.«

»Wir haben gehört, was in Belize passiert ist«, fügt Kate sanft hinzu. »Und kurz davor mit eurem Geschäft. Euch hat es ja wirklich hart getroffen. Wir wollten einfach mal vorbeischauen und hören, wie es euch geht.«
Ich bin völlig perplex. Während ich eine Antwort stottere, registriere ich auf Bens rechtem Wangenknochen, kurz unterhalb des Brillengestells, zwei Kratzer. Überbleibsel des Fausthiebs, den Michael ihm verpasst hat. Er dagegen starrt auf den schwarzen Stützverband an meinem Handgelenk und dann in mein zerschundenes Gesicht.
»Das mit Saskia tut mir so leid«, fährt Kate fort. »Wie kommt ihr damit zurecht, Michael und du?«
»Michael gilt als vermisst«, platzt es aus mir heraus. »Ich nehme an, ihr seid vor allem seinetwegen gekommen. Er ist nicht da.«
»*Vermisst?*« Sie scheint verwirrt, dabei dachte ich, unsere Geschichte sei inzwischen stadtbekannt. »Was soll das heißen, vermisst?«
Ich schlucke, lausche der Frage nach. Kate klingt ehrlich, aber ich wage es nicht, ihr zu trauen.
»Das ist eine lange Geschichte«, sage ich, knete meine Hände, hebe den Blick nicht. »Die Polizei sucht nach ihm.«
»Seit wann wird er denn vermisst? Wir haben nur gehört, dass ihr dort drüben einen schrecklichen Unfall hattet.«
Nach kurzem Zögern erzähle ich vom Krankenhaus, von Saskia, von dem Vorwurf, den der Van-Fahrer gegen Michael erhoben hat. Dabei beobachte ich sie aufmerksam, lauere auf ein Anzeichen dafür, dass sie nicht die Wahrheit sagen, aber sie scheinen beide ehrlich erschrocken.
»Also ist er … noch in Belize?«
Langsam geht mir die Geduld aus. »Könnte sein. Im Moment hängt alles in der Schwebe. Die Polizei stellt Nachforschungen an …«

»Können wir irgendetwas tun?«, fragt Ben. »Ich weiß, dass Michael sich mit ein paar anderen Vätern aus der Schule ganz gut versteht. Vor einer Weile haben sie doch eine Kneipentour zusammen gemacht. Vielleicht könnten wir uns bei ihnen umhören? Ob er irgendetwas gesagt hat, das ...«
»Das was?«, fragt Kate, und er zuckt die Achseln.
»Ich weiß auch nicht. Es kommt mir nur so verrückt vor. Andererseits – der Hieb, den er mir verpasst hat, war auch verrückt.«
Mir geht durch den Kopf, was Reuben mir über den Streit erzählt hat. »Michael hat gesagt, dass er damit nur Reuben beschützen wollte. Stimmt das?«
Ben reißt die Augen auf. »Reuben beschützen? Ich weiß nicht, was er dachte, wovor er ihn beschützt, aber – du liebe Zeit, derjenige, der hätte beschützt werden müssen, war ich!«
Ich schlucke. »Erzähl mir, wie es war.«
Sein Blick geht zu Kate. »Na ja, ich wusste buchstäblich nicht, wie mir geschieht. Eben hatten wir noch miteinander geredet, und dann – wumm! Er hat mich genau am Kinn getroffen, ein richtig fieser Aufwärtshaken.« Das demonstriert er, indem er die eigene Faust zum Kinn führt. »Dieser Schlag war allerdings noch nicht so schlimm«, fährt er fort. »Nach diesem ersten Hieb bin ich rückwärts getaumelt, und da hat er ein zweites Mal zugeschlagen. Da habe ich, glaube ich, kurz das Bewusstsein verloren, denn das Nächste, woran ich mich erinnere, ist, wie ich auf dem Boden lag und die Leute alle um mich herumstanden. Josh hat geweint und immer gesagt, ich soll doch bitte aufwachen.« Er schüttelt den Kopf. »Wahnsinn.«
Ich versuche mir vorzustellen, wie Michael das tut. Jemanden angreift. Jemandem einen solchen Schlag verpasst, dass er zu Boden geht. Er ist ein so empfindsamer Mann. Plötzlich kommt mir die Erinnerung, wie er Luke geschlagen hat.
Das war etwas anderes.

»Und was geschah, nachdem du aufgestanden bist?«, frage ich.
»Das ist es ja gerade«, sagt er. »Michael ist einfach weggelaufen. Kein ›Tut mir leid‹, keine Erklärung.« Wieder schaut er zu Kate, und mir fällt auf, dass sie rot geworden ist. Allein die Erinnerung bringt sie in Rage. »Meine Brille war kaputt. Die Feier war natürlich gelaufen. Ich bin mit Josh nach Hause gefahren. Habe versucht, das Ganze abzuschütteln. Aber am nächsten Morgen konnte ich kaum den Kopf bewegen; ich hatte stechende Schmerzen den Nacken runter bis in die Schultern. Das Kinn war auch geschwollen. Ich bin zum Arzt gegangen und musste am Ende ins Krankenhaus zum CT, weil sie feststellen wollten, ob ich eine Gehirnerschütterung habe.«
Ich bin entsetzt. Frage, ob er eine Gehirnerschütterung hatte.
»Zum Glück nicht. Aber so eine Art Schleudertrauma. So viel dazu, wie er mich geschlagen hat. Ich musste drei Wochen zu Hause bleiben, habe Akupunktur gekriegt und Physiotherapie. Und eine neue Brille. Das war zusammen eine Stange Geld. Ja, deshalb bin ich zu einem Anwalt gegangen und habe Anzeige erstattet.«
Je länger er redet, desto mehr regt er sich auf. Er spricht zunehmend lauter und schaut sich lauernd um, so, als könnte jeden Moment Michael aufkreuzen und ihn angreifen.
»Ich muss herausbekommen, was Michael dazu getrieben hat, aus dem Krankenhaus wegzulaufen«, sage ich. »Ich habe ihn so oft gefragt, was ihn am Tag von Joshs Feier so provoziert hat, aber er wollte es mir nicht sagen. Erklären konnte ich es mir nur damit, dass du irgendetwas gesagt hast, das ihn aus der Fassung gebracht hat.«
Wie im Reflex hebt Ben die Hand und massiert sich das Kinn.
»Tausendmal bin ich das Ganze durchgegangen«, sagt er. »Dein Mann scheint in Ordnung zu sein. Akzeptabler Kerl – schlägt eben nur mit ziemlichem Wumms zu. Ist schon richtig, wie es

immer heißt: Stille Wasser sind tief.« Er verschränkt die Arme. »Eine Entschuldigung hätte ihm trotzdem nicht wehgetan. Hab immer darauf gewartet, dass er mal anklopft. Oder anruft ...«
»Ich habe versucht, dich anzusprechen«, fahre ich dazwischen. »Blumen habe ich geschickt ...«
»Ja, aber das hätte doch von ihm kommen müssen, oder?«, wirft Kate ein. »Dann haben wir gehört, dass ihr in Belize seid, und ich dachte: nicht schlecht. Mein Mann muss hier im Sitzen schlafen und sich von einem Akupunkteur zerstechen lassen, und der, der ihn so zugerichtet hat, macht den Urlaub seines Lebens.«
Ich nicke stumm. Es wäre besser gewesen, ich hätte Michael noch mehr gedrängt, darüber zu reden und sich bei den Trevitts zu entschuldigen. Die Dinge so in der Schwebe zu lassen führt nie zu etwas Gutem.
Also noch ein Versuch. »Was ist geschehen, unmittelbar bevor er auf dich losgegangen ist?«, frage ich. »Warum hat er so reagiert?«
»Wie gesagt, ich weiß es nicht.« Er überlegt kurz. »Jedenfalls war er total dagegen, dass ich Reuben mit da raufnehme. Ich hab ihm gut zugeredet, hab gesagt, dass das in Ordnung ist. Dass ich weiß, was ich tue. Dass ich, wenn das nicht so wäre, auch mein eigenes Kind da nicht mitnehmen würde.«
Ich nicke. »Und was hat er darauf erwidert?«
Ben kratzt sich am Kopf. »Er hat gesagt: Nein, Reuben klettert nicht, wir fahren nach Hause, ich nehme ihn mit. Okay, vielleicht habe ich darauf so was gesagt wie, er soll Reuben nicht verhätscheln, soll ihn seinen Mann stehen und mit seinen Freunden losziehen lassen. Eine etwas schlichte Wortwahl, wenn ich es mir jetzt so überlege. Aber es war Joshis Geburtstagsfeier, zum Henker. Mike ist einfach ausgeflippt.«
Seine Erzählung bestätigt, was ich mir ohnehin gedacht hatte, aber es so zu hören, versetzt mir trotzdem einen Stich. Michael hatte nicht damit gerechnet, dass die Geburtstagfeier eine Klet-

tertour sein würde, so einfach ist es. Ben ist ein netter Kerl, sein Fehler war nur, zu sehr darauf herumzureiten und Michael zu bedrängen. Aber natürlich kam das nicht infrage. Nie im Leben hätte Michael zugelassen, dass Reuben klettern geht.
Nicht nach dem, was am Montblanc passiert ist.
»Entschuldigt«, sage ich und hinke, so schnell ich kann, in die Küche. Schaffe es gerade noch zum Spülbecken, bevor ich mich übergebe.

37

Michael

24. Juni 1995

Um Theo zu beweisen, dass ich nicht vorhabe, seinem Bruder die Freundin auszuspannen, bleibe ich möglichst auf Abstand zu Helen, wobei Luke es vor allem darauf anlegt, sich mit den Italienern gut zu stellen, die zweifellos mehr Marihuana in ihren Rucksäcken haben als ernst zu nehmende Kletterausrüstung.
Mein Schlafsack will den Geruch von Gämsendung ums Verrecken nicht loswerden. Da ich keinen Ersatz habe, bleibt mir nichts anderes übrig, als Abend für Abend hineinzusteigen und zu versuchen, mich irgendwie abzulenken, wobei ich mich meistens mehr oder weniger in den Schlaf würge. Theo, der Mistkerl, hat Geld für ein Zimmer in der Hütte hingelegt. Abends am Feuer kriege ich mit, wie Leute sich zu mir setzen und schnell wieder aufstehen, um sich woanders einen Platz zu suchen. Ich kann es ihnen nicht verdenken.
Luke macht sich fast in die Hose vor Lachen, als Theo ihm erzählt, warum ich so stinke. Immerhin behält er für sich, *warum* er meinen Schlafsack mit Gämsenlosung gefüllt hat.
»Das ist so super«, sagt Luke unter Gelächter und zeigt seinem Bruder High five. »Gämsendung! Genial, Mann.«
Theo strahlt vor Stolz.
Als wir den Campingplatz verlassen und weiterziehen, ist etwas anders zwischen uns; irgendwie hat sich die Gruppendynamik verändert. Ich vermute die Ursache in meinem Gespräch mit Helen, aber es muss noch etwas anderes sein. Zwischen Luke und mich ist ein Schatten gekrochen, ebenso wie zwischen Theo und

mich. Es ist, als könnten sie entziffern, was ich für Helen empfinde, auch wenn ich noch so sehr versuche, es zu unterdrücken.
Ich glaube, ich verliebe mich in sie.
Die Sonne geht gerade erst auf, ein Gürtel aus flüssigem Gold für den Horizont. Schweigend folgen wir dem Weg. Der geht nach etwa einer Stunde in Stein und Schotter über; aus dem ebenen Wanderpfad wird eine steinige Steigung, gegen die Wadenmuskeln und Kniegelenke bald protestieren. Wir schlüpfen in unsere Steigeisen, tauschen das einfache T-Shirt gegen Thermohemd und Daunenjacke aus, setzen den Helm auf und legen den Gurt an. Es ist eine Mondlandschaft, feindselig. Genau auf unserer Höhe liegt eine Wolkendecke wie aus Baumwolle. Man meint, einen Schritt zur Seite machen und darauftreten zu können.
Wir entdecken ein Fixseil und klammern uns daran wie Seekranke auf einem krängenden Schiff. So setzen wir unseren Weg entlang der Bergschulter fort, um irgendwann die nächste Hütte zu erreichen.
Meine Gedanken kreisen um das Gespräch mit Helen. Ich habe mich ihr gegenüber geöffnet wie noch keinem Menschen gegenüber. Was ich empfinde, ist eine Verbindung, eine Anziehung, die anders ist als alles, was ich kenne. Ich war nie verliebt, aber mein Gefühl sagt mir, dass ich den ersten Schritt dahin längst getan habe. Dabei ist es sinnlos. Sie ist mit Luke zusammen. Zu sehen, wie er sie bei der Hand hält, versetzt mir einen Stich. Ich bin eifersüchtig.
Reiß dich zusammen, Mann.
Der Anstieg fordert uns mehr und mehr; die Luft ist inzwischen so dünn, dass ich bei jedem Atemzug japsen muss, damit mir nicht schwindelig wird. Wenn man das ein paar Stunden lang macht, hat man buchstäblich das Gefühl zu ertrinken, und gegen die Panik anzugehen, die dadurch entsteht, ist noch mal ein eigener zermürbender Kampf. Meine Lunge fühlt sich an, als würde

sie langsam, aber sicher zerquetscht. Inzwischen gehen wir nicht, sondern krauchen vielmehr seitlich eine Steigung hinauf, wobei wir viele Hundert Meter über dem Meeresspiegel langsam ertrinken.

Und dann verschwindet das helle Sonnenlicht binnen Minuten, und statt des blauen Himmels haben wir eine dichte schwarze Wolkendecke über uns. Unvermittelt ertönt ein dumpfes Grollen.

»Steinschlag!«, schreit Theo. »Geht in Deckung!«

Wir drängen uns unter einem Überhang zusammen. Der Boden bebt, das Donnergrollen wird lauter und lauter. Und von einem Moment zum nächsten ist der Boden um uns herum von kleinen und größeren Felsbrocken bedeckt.

Es ist ein ohrenbetäubender Lärm, und inzwischen herrscht so dichter Nebel, dass wir nicht einmal mehr einander richtig sehen. Dazu fängt es an zu regnen, und praktisch sofort bilden sich an den Hängen Rinnsale wie Adern, die viel Gestein mit hinunternehmen. Was hat Sebastian noch gesagt, was wir bei Steinschlag tun sollen? Ich weiß, dass er das Thema behandelt hat, kann mich aber an nichts erinnern. Ich rutsche auf den losen Steinen weg, verliere den Halt. *Das war's,* denke ich, als ich meine Füße den Abhang hinunterglitschen sehe. *Ich sterbe hier.*

Luke haut zwei Spitzhacken in den Boden. Als ich an ihm vorbeirutsche, zögert er kurz, dann streckt er mir die Hand hin, und ich halte mich fest.

»Danke, Schatz«, sage ich, von unten zu ihm hinaufschauend.

Er grinst. »Gern geschehen.«

Trotzdem bin ich nicht sicher, wie lange ich mich werde halten können. Eine falsche Bewegung, und ich bin weg; schlittere in den sicheren Tod.

Aber so schnell, wie es heraufgezogen ist, geht das Unwetter auch vorüber; der Nebel zieht sich zurück, der blaue Himmel kommt wieder zum Vorschein, und kein einziger Stein rollt mehr den Berg hinunter.

Gerade als wir wieder aufbrechen wollen, taucht über uns das typische Wumm-Wumm-Wumm von Rotorblättern auf. Wir sehen zu, wie der Hubschrauber eine Weile über einem Gebiet vielleicht hundert Meter unter uns kreist und schließlich landet, wobei eine große Staubwolke aufsteigt.

»Da muss jemand verletzt sein«, keucht Helen, wischt sich feuchten Staub aus dem Gesicht und beugt sich neugierig vor.

Was wir erkennen, sind ein paar Leute rund um den Hubschrauber und eine Trage, die ins Innere bugsiert wird.

»Sieht so aus«, sagt Theo.

Der Hubschrauber erhebt sich wieder. Stumm schauen wir ihm nach, wie er in Richtung Tal verschwindet.

Als wir schließlich erschöpft und außer Atem ankommen, dämmert es bereits. In der Hütte herrscht nicht so viel Betrieb wie in der vorigen, aber sie ist genauso groß, mit einer geräumigen Küche und einem Bereich zum Essen, zehn Schlafräumen, reichlich Platz zum Zusammensitzen mit Fähnchen und Nachrichten von früheren Gästen an den Wänden, einem Raum für die Ausrüstung und sogar einer kleinen Bibliothek. Der Anblick von anderen Leuten, die einfach dasitzen und atmen, ohne zu ertrinken oder zu sterben, hat etwas seltsam Tröstliches.

Ich verbiete mir hinzuschauen, als Helen und Luke ihr Zimmer suchen gehen. *Denk nicht an sie, Mann. Das ist keine Liebe, das ist Höhenfieber.*

Stattdessen vertreibe ich mir die Zeit mit einem guten Buch, das ich entdeckt habe, einer seltenen Ausgabe der *Ilias,* und einem Kaffee. So mache ich es mir am prasselnden Kaminfeuer gemütlich, fest entschlossen, Helen und Luke ihre Ruhe zu lassen und mich an jedem Quadratzentimeter des luxuriös ebenen Hüttenbodens zu erfreuen.

Eine Weile später, ich habe längst gegessen und bin schon auf meinem Stuhl am Küchentisch eingenickt, raffe ich mich auf und gehe in den Gepäckraum, um meinen Schlafsack zu holen. Auf dem Weg dorthin halte ich Ausschau nach Theo. Im Essbereich sind mehrere Grüppchen zu sehen, aber sonst scheint der allgemein zugängliche Raum verwaist.

Unter der Tür ziehe ich den Kopf ein. Da meine ich Theo zu sehen, am Feuer. Aber dann erkenne ich Helen, und mir wird klar, dass die andere Gestalt Luke ist.

Sie stehen einander gegenüber, Helen mit verschränkten Armen und gesenktem Kopf. Er hält den Arm im Fünfundvierzig-Grad-Winkel und reckt ihr den erhobenen Zeigefinger entgegen. Vorwurfsvoll und drohend zugleich.

Ich höre sie »Hör auf, Luke« sagen, und dann hebt er die Hand, und sie dreht den Kopf, und von da, wo ich stehe, sieht es so aus, als verpasse er ihr eine heftige Ohrfeige.

Ehe ich weiß, was ich tue, bin ich über ihm auf dem Boden und packe ihn mit beiden Fäusten beim Shirt. »Du schlägst sie nicht!«, schreie ich. »Niemals. Wage es nicht!«

Er braucht nicht lange, um mich abzuschütteln.

»Hast du den Verstand verloren?«, keucht er, als wir beide wieder in der Senkrechten sind. Er tastet seine Nase ab, entdeckt Blut und sieht mich an, als wollte er sagen: *Da hast du eine Grenze überschritten, mein Freund.* Aber ich wanke nicht. Er ist der Stärkere; wir wissen beide, dass er einen Zweikampf gewinnen würde. Neben uns lodert das Feuer. Einen Augenblick lang denke ich, er könnte hinlangen, ein Scheit packen und es mir ins Gesicht stoßen.

»Du schlägst sie nicht«, wiederhole ich und zeige auf Helen.

»Sie *schlagen*?« Wir drehen uns beide zu ihr. Sie sieht erst mich an, dann Luke, und dann schüttelt sie kurz den Kopf. »Ich hab sie noch nie geschlagen, Blödmann. Wir haben uns gestritten, und wie es der Zufall will, sogar deinetwegen. Weil ihr neulich abends so gekuschelt habt, ihr zwei.« Er fixiert mich. »Theo hat mir alles erzählt.«

»Luke, sie hat blaue Flecken am Arm, ich hab es gesehen! Und ich habe gesehen, wie du sie geschlagen hast.«

Helen schüttelt erneut den Kopf, will etwas sagen, doch da schubst Luke mich schon mit beiden Händen. Ich taumele rückwärts, falle aber wie durch ein Wunder nicht hin.

»Was läuft zwischen euch?« Er starrt Helen durchdringend an. In seiner Stimme klingt etwas wie ein Schluchzen an, und als er sich wieder zu mir dreht, sieht er nicht mehr wütend aus, sondern einfach verletzt. Und ich fühle mich elend.

»*Nichts* läuft zwischen uns«, sagt Helen müde.

»Nichts läuft zwischen uns«, wiederhole ich wie ein Roboter.

»Ich dachte ... es sah aus, als ob du sie schlägst. Wenn du sie betrügst, ist das eine Sache, aber sie schlagen – das lasse ich nicht zu.«

»Betrügst?« Helens Blick springt zwischen Luke und mir hin und her. »Wie – betrügst?«

Ich schaue Luke an, sage aber nichts. Da habe ich ein schönes Chaos angerichtet. Zu spät, ich kann nicht zurück.

»Was meint er damit? ›Betrügst‹?«, drängt Helen.

Er kann es nicht leugnen, aber er ballt die Fäuste, als würde er am liebsten auf mich losgehen. Fast wünsche ich mir, dass er es tut. Gerade habe ich Helen den Vorrang gegeben. Habe eine Frau, der ich nie wieder begegnen werde, meinem besten Freund vorgezogen.

Von links kommt ein Geräusch, und als ich mich umdrehe, steht Theo vor mir wie der Geist aus Lukes Flasche. Vor Theo habe ich keine Angst, denn ich nehme an, dass er von dem Aufstand zwischen uns viel zu gebannt ist, als dass er irgendetwas unternehmen würde.

Von da, wo Lukes Faust mich trifft, zuckt eine Explosion durch meinen Schädel.
Im nächsten Augenblick bin ich auf dem Boden, und seine Hände schließen sich um meinen Hals. Helen schreit, er soll aufhören. Jetzt ist Luke über mir. Seine Hände drücken so fest zu, dass der Raum um mich verblasst. Ganz in der Nähe lodert das Feuer, es ist heiß. Ich höre Theo murmeln: »Bleib locker, Luke! Mann! Er kriegt keine Luft!«
»Ich bin kein Idiot«, sagt Luke und klingt plötzlich fremd.
»Schluss jetzt, Luke!«, schreit Helen.
Er lockert seinen Griff weit genug, damit ich ihn von mir stoßen und mich auf die Seite rollen kann, bis ich auf allen vieren bin und nach Luft schnappe. Ich sehe Sternchen. Mein Hals fühlt sich an, als wäre etwas gebrochen. Nach einem letzten angewiderten Blick in meine Richtung stapft er davon. Kurz darauf folgt Theo ihm. Er hat sich entschieden, auf welcher Seite er steht.

38

Helen
6. September 2017

Ich spüle mir mit einem Schluck Wasser den Mund aus und gehe zurück ins Wohnzimmer.
»Tut mir leid.«
Kate und Ben sind sichtlich erschrocken. »Geht's wieder?«, fragt sie.
»Bei dem, was du erzählt hast, ist mir eine Idee gekommen, warum Michael so reagiert haben könnte«, sage ich langsam.
»Was denn?«, fragt Kate. »Drogen?«
»Es war ganz bestimmt keine Böswilligkeit.« Meine Gedanken überschlagen sich. »Der Brand in der Buchhandlung ... war wirklich eine Katastrophe für uns. Danach war Michael nicht mehr der Alte. Und als junger Mann ist er klettern gegangen. Er war am Ben Nevis unterwegs, in den Alpen ...« Bei der Vorstellung, es auszusprechen, fange ich an zu zittern. »Er hat beim Klettern einen Freund verloren. Schrecklich. *Deshalb* musste ich mich eben übergeben.«
Kate scheint gerührt, und als ich meinen eigenen Worten nachlausche, wird mir bewusst, dass es genau das war: erst das Feuer, dann der Eifer, mit dem Ben unseren Sohn unbedingt auf eine Klettertour mitnehmen wollte. Die richtige Mischung, um ihn zu derart drastischem Verhalten zu treiben.
»Meinst du, das ist es auch, was hinter seinem Verschwinden steckt?«, fragt Kate. »Hat es mit dem Freund zu tun, den er verloren hat?«
Ich will schon verneinen, doch dann zögere ich.
Plötzlich bin ich wieder in unserer Cardiffer Wohnung und ma-

che den ersten Brief auf. Jedes Jahr der gleiche Brief, immer am 25. Juni. Lukes Todestag.

»Ich weiß gar nichts mehr«, sage ich schließlich mit brüchiger Stimme. »Ich hätte gedacht, dass er sich meldet – dass er hören will, wie es uns geht, und mir die Gewissheit geben, dass er am Leben ist, aber er meldet sich nicht.«

»Wenn wir irgendetwas tun können, sag Bescheid, ja?«, drängt Kate. »Egal, was.«

Lieber stelle ich mir nicht vor, was wäre, wenn sie wüsste, dass ich eben noch in ihrem Haus war und in ihren Schränken gewühlt habe, weil ich dachte, ich finde einen Hinweis darauf, dass ihr Mann etwas mit unserem Unfall zu tun hatte.

Ben ruft Josh, und kurz darauf erscheinen die Jungen, und Josh erzählt mit leuchtenden Augen von Reubens Animation eines springenden Buckelwals.

»Wir können Reuben gern mal mit zu uns nehmen, wenn er möchte«, sagt Kate.

Und tatsächlich, Reuben strahlt. Er war noch nie bei einem anderen Kind zu Hause, war – bis auf das eine Mal – nie zum Geburtstag eingeladen oder zum Spielen verabredet. Jahrelang habe ich mir eingeredet, dass es, selbst wenn es eine solche Einladung gäbe, zu schwierig wäre. Was, wenn er auf der Toilette nicht klarkäme oder einen Zusammenbruch hätte?

Als sie meine Unsicherheit sieht, legt Kate mir eine Hand auf den Arm. »Und denk nicht darüber nach, was er vielleicht sagen oder machen könnte. Wir kennen uns damit aus, oder, Ben?«

Währenddessen steht Josh neben ihr und fragt immer wieder nach dem Autoschlüssel. Sie vollendet unbeirrt ihren Satz, und dann wendet sie sich ihm zu: »Zählst du bis dreißig, Schatz? Wenn du bei dreißig bist, gebe ich ihn dir.«

Er nickt und legt los. »Eins, zwei, drei ...«

»Ich glaube, Reuben wäre begeistert«, sage ich.

Als sie gehen, kommt Jeannie nach unten und sieht mich forschend an. »Und?«, zischt sie. »Sind sie Axtmörder oder nicht?«
»Nein.« Ich bin völlig erschöpft.

Es ist ein strahlender Morgen: dunkelblauer Himmel und helles Sonnenlicht, das sich über Kirchturmspitzen, Täler und Felder ergießt und sie golden schimmern lässt. Hier in Northumberland ist der Herbst meine liebste Jahreszeit. Michaels auch, nicht zuletzt deshalb, weil dann in der Buchhandlung die Verkaufszahlen steigen. Autorenlesungen und Lesekreise finden regen Zuspruch, und im Café hatten wir einen Kaminofen aufgestellt und zwei Sofas dazu, eine gemütliche Ecke, wo Kunden etwas Warmes trinken und in neuen Büchern blättern konnten.
Ich bitte Jeannie, auf dem Weg zu Saskia am Laden vorbeizufahren. Dort macht sie den Motor aus, sodass ich aussteigen und aus der Nähe gucken kann, zumindest von draußen. Es bricht einem das Herz. Das Sonnenlicht macht die Zerstörung umso schmerzlicher bewusst: Das Herbstlaub auf dem Kopfsteinpflaster leuchtet honigfarben, während unser armer Laden schwarz verkohlt dasteht. Selbst jetzt noch, Wochen nach dem Brand, trägt der Wind Spuren von ätzendem Rauchgestank vor sich her. Unser wohliger, büchergefüllter Zufluchtsort – ein rußiges Wrack. Alles, wofür Michael sich verausgabt hat, über Nacht dahin.
Jeannie steigt ebenfalls aus, kommt zu mir und sieht es sich an. Sie legt mir den Arm um die Schultern.
»Das tut mir so leid«, sagt sie. »Vielleicht können wir ja schnell alles wieder herrichten.«
Ich nähere mich der Tür, entferne das Polizeisiegel und berühre die Klinke. Die Tür ist nicht abgeschlossen. Ich stoße sie auf.
»Was machst du?«
»Ich möchte rein.«
»Helen, du kannst da nicht rein!«, ruft sie, aber ich muss.

Ich muss wissen, ob sie noch da sind.
Der Laden ist nicht wiederzuerkennen. Im Erdgeschoss liegen verkohlte Bücher verstreut, dazwischen umgekippte Regale und Schutt vom oberen Stockwerk, von dem im hinteren Bereich ein Teil eingebrochen ist. Selbst die Bücher, die noch in Regalen stehen, sind verkohlt, auf dem Kassentisch türmen sich verbrannte Papiere und Asche. Der Anblick schmerzt weniger, als ich erwartet hatte. Saskias Leben hängt am seidenen Faden – der Laden kann ersetzt werden. Und ich bin nicht hier, weil ich sehen will, was zu retten ist. Ich bin gekommen, um etwas zu suchen, das ich vor langer Zeit hier versteckt habe.
»Helen ...« Jeannie legt mir eine Hand auf den Arm, aber ich muss. Ich will das Chaos sehen, es genau anschauen. Es verinnerlichen. Ich will sehen, ob es Spuren gibt, die auf die Brandursache schließen lassen. »Du weißt nicht, ob die Statik Schaden genommen hat!«
Langsam, mich an das massive Geländer klammernd, gehe ich die Treppe hinauf. Geländer und Stufen sind erstaunlich intakt, und auch wenn der Handlauf von einer dicken Schutt-Asche-Schicht bedeckt ist, sieht es so aus, als sei das Feuer nur bis zur ersten Stufe gelangt, habe sie angefressen, sich dann aber andere Wege gesucht. Es war die Treppe, in die Michael sich sofort verliebt hat – die Original-Mahagonitreppe aus den 1830er-Jahren, die in einer dramatischen Windung ins obere Stockwerk führt. Der handgeschnitzte Pfosten unten, der einen Durchmesser von fast fünfzig Zentimeter hat, verweist stolz auf die Vergangenheit der Räumlichkeiten. Ein in das Holz geschnittenes Kreuz erinnert an die Jahre, da sie ein Krankenhaus waren, ein Federkiel an die Zeit, als eine Schule hier untergebracht war. Es wird Michael sehr freuen, dass die Treppe unversehrt ist.
»Wo gehst du hin?«, ruft Jeannie mir nach. »Helen, da oben ist der halbe Boden weggebrochen! Du musst sofort umkehren!«

»Nur ganz kurz«, sage ich und mache schneller, falls sie beschließt, mir hinterherzukommen.
Oben sieht es noch schlimmer aus als unten. Die schönen Ledersofas, die ich Anfang des Jahres gekauft habe, sind zerstört; kahl ragen die Sprungfedern aus schwarzen Stuhlgerippen auf. Ruß und Staub hängen in der Luft, so dick, dass ich schon eine Schicht davon am Gaumen spüre. Inmitten der Trümmer liegen Dinge, die seltsamerweise überlebt haben – so thront eine einzelne, immer noch weiße Plastiklilie auf einem Berg Asche. Kaffeebecher, ein nahezu unversehrtes Exemplar eines Gedichtbandes von Mary Oliver, an dem nur eine bräunliche Ecke darauf verweist, dass es den Brand mitgemacht hat.
Eine Hand vor dem Mund, steuere ich die enge Wendeltreppe an, die noch eine Etage höher führt, in Michaels Büro. Es ist riskant, da hinaufzugehen, das weiß ich, aber ich muss nachsehen.
Der Dachboden gleicht einem Kohlebergwerk, die Raufasertapete, die wir damals nicht abbekommen haben, scheint in Holzkohle verwandelt. Immerhin dringt durch das kaputte Velux-Fenster ein himmlisch heller Sonnenstrahl herein; Licht und Luft, die man atmen kann. Michaels Schreibtisch ist übel verbrannt, Computer und Papiere sind nur noch Asche. Der Aktenschrank hat sich unter der Hitze verzogen und lässt sich nicht öffnen.
Ich gehe in den hinteren Winkel des Raums und angele nach oben zwischen die Dachbalken. Ich muss wissen, ob sie noch dasteht. Die Box, die ich dort versteckt habe.
Meine Finger stoßen auf Blech.
Da ist sie.
»Was machst du denn?«, ruft Jeannie. »Ich saue mich hier total ein. Können wir jetzt bitte gehen?«
Statt ihr zu antworten, hole ich die Box herunter und puste die Asche vom Deckel. Der Balken, auf dem sie gestanden hat, ist

schwer in Mitleidenschaft gezogen, aber die Box selbst hat kaum etwas abbekommen. Ich nehme den Deckel ab, halte die Luft an. Der Puls hämmert in meinen Ohren. Die ganze Zeit höre ich Jeannie drängeln. Jetzt ist sie schon im ersten Stock. Ich kann den Blick nicht von dem wenden, was in der Box liegt. Alle Briefe, die wir im Laufe der Jahre bekommen haben, alle adressiert an »Michael King« und nicht an »Michael Pengilly«, hatte ich hier hineingelegt.
Geöffnet hatte ich nur einen. Die anderen hatte ich zugelassen. Aber die Umschläge sind alle aufgerissen.
Mit zitternden Fingern falte ich den zuoberst liegenden Brief auseinander.

K. Haden
Haden, Morris Laurence Law Practice
4 Martin Place
London, EN9 1AS

25. Juni 2012

Michael King
101 Oxford Lane
Cardiff
CF10 1FY

Mein Herr,

ich erwarte Ihre Antwort auf unseren letzten Brief.
Wir verlieren die Geduld.
Inzwischen sind wir bereit, zu tun, was nötig ist, um Sie der Justiz zuzuführen.

Um weitere Konsequenzen zu vermeiden, antworten Sie bitte innerhalb von achtundvierzig Stunden.

Mit freundlichen Grüßen
K. Haden

Die meisten der Briefe sind von unserer Cardiffer Adresse weitergeleitet worden. Die ganze Zeit, als wir von Wales nach Sheffield gezogen sind, dann nach Belfast, London, Kent und schließlich hierher, nach Northumberland, habe ich die Post von Cardiff an ein Postfach weiterschicken lassen. Und jedes Jahr im Juni, wenn der Brief kam – immer der gleiche Poststempel, immer adressiert an »Michael King« –, habe ich ihn versteckt. Irgendwann, dachte ich. Irgendwann, wenn das Leben so weit in ruhigen Bahnen liefe, dass Michael und ich stark genug sein würden, uns dem zu stellen, würden wir die Briefe zusammen lesen. Und es klären.
Aber »irgendwann« kam nie. Die Jahre spulten sich ab wie ein Wollfaden von einem Knäuel, das in immer weiterer Ferne zurückbleibt. Und ich bin nie auch nur auf die Idee gekommen, dass Michael die Box finden und die Briefe öffnen und lesen könnte.
Nur hat er es offenbar getan.
Ich falte ein weiteres Blatt auseinander, einen Brief, der im Januar gekommen ist. Ein einziges Wort steht auf dem Blatt, fette schwarze Buchstaben, die mich anschreien:

MÖRDER

Mein Magen krampft sich zusammen, mir wird eiskalt. Mit Anstrengung bleibe ich fokussiert, wehre die Panik ab. Ich weiß noch, wie ich den Brief aufgemacht habe, wie es mich irritiert hat, dass er hierhergeschickt worden war. Mir war klar, dass er von Lukes Familie kam. Keine Aufforderung zu einem Gespräch, keine angedeutete Drohung. Nur das scheußliche Wort. Sie hatten uns gefunden.

In dem Moment war ich starr vor Angst, hatte keine Ahnung, was tun. Mit wem hätte ich darüber sprechen sollen? Zur Polizei konnte ich nicht gehen. Reuben hatte es in der Schule gerade sehr schwer, und sein Verhalten war eine echte Herausforderung. An einem Abend holte er nach mir aus, am nächsten Tag nässte er im Supermarkt ein. Die Suche nach Gründen ergab, dass er in der Schule gehänselt wurde. Das nahm mich dermaßen in Anspruch, dass es mir gelungen ist, den Brief weitgehend zu verdrängen. Ich habe es nicht gewagt, mich damit zu befassen. Solange er versteckt war, mir aus den Augen, konnte ich halbwegs so tun, als hätte es ihn nie gegeben.

Zitternd sehe ich mir den Umschlag genauer an. Er ist sehr zerknittert, aber ich erkenne eine französische Briefmarke. Eine Reihe Stempel, die den Eiffelturm zeigen. Und auf der Rückseite einen verwaschenen Aufdruck und eine Notiz. Einen Namen. Ziemliches Gekrakel, aber als ich mich ins Licht drehe, das durch das Fenster hereinfällt, und etwas blinzele, kann ich ihn entziffern:

CHRIS HOLLOWAY

»Helen? Wo bist du?«

Jeannies Stimme vom Fuß der Wendeltreppe her lässt mich zusammenfahren und kickt mich aus meinen Erinnerungen zurück auf den verkohlten Dachboden.

»Ich komme«, rufe ich. »Bleib da, Jeannie, es ist zu gefährlich hier oben!«

Schnell klaube ich die Briefe aus der Box und stopfe sie oben in meine Jacke. Jeannie habe ich nie davon erzählt. Wie auch? Wie hätte ich ihr auch nur ansatzweise erklären können, was es damit auf sich hat?

»Was hast du denn um Gottes willen da drin gemacht?«, fragt Jeannie, sobald wir auf dem Weg zum Auto sind. »Ehrlich, Helen, glaubst du wirklich, ich könnte es ertragen, wenn dir etwas passiert? Was kann denn so wichtig sein, dass du dafür bis auf den Dachboden kraxeln musstest?«

Herausfinden, wer Jonas Matus dafür bezahlt hat, dass er unseren Wagen rammt.

Chris Holloway.

Den muss ich finden.

39

Michael
25. Juni 1995

Um zwei Uhr morgens stehen wir auf, eine Stunde später, als wir etwas gegessen und unsere Ausrüstung zusammengepackt haben, gehen wir los. Theo versucht die allgemeine Befangenheit zu vertreiben, indem er unablässig über die Route redet oder Witzchen reißt. *Wer sitzt im Dschungel und schummelt? Mogli. Sagt der Wal: Was wolln wir heute tun, Fisch? Sagt der Thunfisch: Ich mach heute blau, Wal.*
Irgendwann hört er damit auf und redet nur noch über den Gipfel. Heute ist ein großer Tag. Fast ein Jahr lang haben wir uns darauf vorbereitet.
»Wie hast du geschlafen?«, frage ich Helen.
Ein vorsichtiges Lächeln. »Kurz.«
Lukes Blick brennt mir ein Loch in den Rücken, also lasse ich es damit bewenden.
Nur noch tausend Höhenmeter müssen wir überwinden, um zum Gipfel zu gelangen, aber die Luft ist so dünn und der Schnee so dicht, dass mir jeder Schritt vorkommt, als müsste ich einen Kilometer zurücklegen. Trotzdem bleiben wir, als die Dunkelheit verflogen ist, einmal stehen und betrachten schweigend, was vor uns hingebreitet liegt.
Die Wolkendecke, die lange so nahe schien, hängt nun deutlich unter uns, am Horizont schimmert silbrig die aufgehende Sonne, der Mond ist ein blassweißer Punkt im Blauen. Wie das Rückgrat eines Ungetüms ragt die Gipfelkette aus den Wolken; wie versteinerte Wellen sehen die Bergspitzen aus.
Um neun haben wir den Gipfel erreicht. Es ist ein unbeschreib-

liches Gefühl: halb Erleichterung, halb Ungläubigkeit. Aus solcher Höhe auf die Welt hinunterzuschauen macht schwindelig. Es ist berauschend. Der dicke weiße Wolkenteppich liegt jetzt mehrere Hundert Meter unter uns. Von den Gipfeln steigen Nebelschwaden auf und sinken wieder herab, als würden die Berge atmen. Für mich steht längst fest, dass es sich bei ihnen um lebende Wesen handelt und nicht einfach um Felsen. Und was uns vier angeht – wir sehen nicht mehr aus wie menschliche Wesen, sondern wie Aliens, die Gesichter hinter Sonnenbrillen und Tüchern und Helmgurten verschanzt. Das Ganze hat etwas Surreales. Und doch haben wir es getan. Wir sind *da*.
»Jaaa!«, schreit Theo und reckt beide Arme über den Kopf. »Wir haben es geschafft! Wir haben's wirklich geschafft!«
Luke holt eine französische Flagge aus seinem Rucksack, steckt sie in den Schnee, bekreuzigt sich davor und zeigt Theo High five.
Ich entferne mich von den anderen, um mein eigenes Gipfelritual zu vollziehen. Wie ich es seit zehn Monaten vorhabe, rezitiere ich das Gedicht, das Percy Bysshe Shelley geschrieben hat, als er 1816 am Montblanc war.
… Geheime Kraft der Dinge
Wohnt ganz in dir, sie wirkt im Denken fort,
und ihr Gesetz beherrscht den Himmel …
Als mein Blick auf Helen fällt, halte ich inne. Sie hat, vielleicht fünfundzwanzig Meter weiter, eine kleine Säule aus Schnee errichtet, angelt etwas aus der Jackentasche und platziert es darauf. Ein Stück verwaschenes Glas. Ich kann mich kaum losreißen von dem Bild. Es gibt so vieles, das ich über sie wissen möchte, ich könnte ihr endlos Fragen stellen. Und ich möchte ihr alles erzählen.
Jetzt geht Luke auf sie zu und breitet die Arme aus. Mir dreht sich der Magen um. Doch als Luke sich vorbeugt, um sie zu küs-

sen, entzieht sie sich. Theo schaut zu mir, dann wieder zu den beiden. Ich wende mich ab. Und mir ist klar, was diese Abfolge kleiner Gesten zeigt: Zwischen uns ist es aus. Weder Luke noch Theo möchte ich jemals wiedersehen, und ich bin sicher, dass das auf Gegenseitigkeit beruht.
Allerdings ist da noch das kleine Problem, dass wir wieder nach unten kommen müssen. Das wird zwei, vielleicht auch drei Tage dauern. Wenn wir Chamonix unversehrt erreichen wollen, müssen wir unsere Differenzen für diese Zeit vergessen und kooperieren.
Wenigstens haben die dünne Luft und die physischen Strapazen uns die Kampfeslust ausgetrieben, auch Luke. Als der Adrenalinstoß, den der Gipfel uns verpasst hat, nachlässt, sammeln wir uns an der Stelle, an der unser Weg über die Bergschulter und hinunter nach Chamonix beginnt.
»Können wir abwärts nicht einfach Ski fahren?«, sagt Luke mit Blick auf die Schneefelder unterhalb des Gipfels, den weißen Teppich, der sich kilometerweit vor uns auszubreiten scheint.
Ich weiß, was er meint: Von unten gesehen, aus dem grünen, sonnigen Tal von Chamonix, kam es einem nicht so endlos weit vor. Durch Schnee zu laufen, egal, ob auf- oder abwärts, ist das einzige wirklich Schwere, das ich jemals gemacht habe. Auf diesen Schneefeldern fühlt man sich wie auf dem Mond, in einer anderen Welt als überall sonst auf diesem Planeten. Nie wieder werde ich es als selbstverständlich betrachten, ohne Gepäck auf den Schultern unterwegs zu sein.
Das Bedürfnis, sich hinzusetzen und zu schlafen, ist permanent da, aber wir müssen in Bewegung bleiben. Nach etwa einer Stunde kommen wir zu einer Felsnase, die dazu einlädt, ein bisschen Schnee zu schmelzen, Nudeln zu kochen und die Speicher wieder zu füllen, aber bis wir aufgegessen haben, hat sich dichter Nebel zusammengebraut. Warnzeichen gibt es nicht. Kein Don-

nergrollen, keinen Regen. Nur ein unheimlicher grauer Schleier hat sich vor den Himmel gelegt, über das Tal und die schwarzen Gesichter der Berge, die ihre Gäste aufmerksam mustern.

»Ich glaube, wir sollten abwarten, bis das vorbei ist«, sagt Helen. »Man sieht ja überhaupt nichts.«

»Nein«, erwidert Luke. »Wir gehen weiter.« Damit wendet er sich ab und marschiert los.

Er ist kaum fünf Schritte gegangen, da hat der Nebel ihn verschluckt. Wir folgen ihm. Ich schalte meine Stirnlampe ein, um mir eine Sichtschneise zu schlagen, doch der Lichtstrahl prallt an der weißen Wand ab. Wir müssen unsere Stöcke benutzen, um uns vorwärtszutasten.

Als wir zwei Stunden lang praktisch blind weitergegangen sind, hebt sich der Nebel wie der silbrige Vorhang in einem riesigen Theater. Plötzlich haben wir wieder blauen Himmel, wobei sich um uns herum schwere, bedrohliche Dunstwolken formieren.

»Leute, wir haben ein Problem«, sagt Theo leise.

»Was ist denn?«, fragt Luke und wischt sich den Schweiß von der Stirn.

Theo starrt auf die Karte, zieht die Nase kraus, blickt auf. Starrt wieder auf die Karte, dreht sich um, blickt auf.

»Wir haben uns total verfranzt«, sagt er, »aber komplett.«

Wir drehen uns alle einmal um uns selbst, als könnten wir so ein Schild entdecken, das uns die Richtung weist.

»Sieht so aus, als würde der Weg hier enden«, sagt Helen, und ich erkenne, dass es direkt vor ihr steil abwärtsgeht. Im Grunde steht sie auf einer Klippe.

»Wenn wir nicht die Superkraft des Fliegens entwickeln, kommen wir hier nicht weiter«, sagt Theo.

»Willst du uns allen Ernstes sagen, dass du nicht weißt, wo wir sind?«, fragt Luke.

Ein Hüsteln. »Wir – also wir müssten uns auf einem Weg befin-

den, der nach und nach abwärtsführt, und nicht auf einem Felsvorsprung.«
Helen geht zu ihm, stellt ihren Rucksack ab und lässt den Zeigefinger über die Karte wandern. Mehrmals dreht sie sich um und hält Ausschau.
»Meinst du, wir müssten eigentlich *dort* sein?«
Sie zeigt auf einen weiter entfernten Bergpfad, der sich zu einer Hütte hinunterwindet, und Theos Schweigen sagt, dass sie recht hat. Wir sind falsch gegangen. Aber es ist müßig, darüber zu streiten; wir wissen alle, wer das verbockt hat.
»Irgendwie sollten wir uns dahin durchschlagen«, sage ich, immer noch keuchend. »Hier geht's zu steil runter. Und seht euch das an«, füge ich hinzu und zeige auf die schwarze Wolke hinter uns.
»Das gibt einen Sturm«, sagt Helen. Sie klingt ängstlich.
Luke geht zur Kante des Felsvorsprungs, kniet sich hin und inspiziert etwas. »Hier sind wir schneller. Seht's euch an. Fixpunkte sind da.«
»Was ist mit den Bohrhaken?«, fragt Theo. »Lassen sie sich drehen, oder sind sie sicher?«
»Sicher«, gibt Luke zurück, wobei ich nicht gesehen habe, dass er die Haken überprüft hätte. Schon holt er Karabiner und Seil aus seinem Rucksack.
»Was machst du?«, frage ich.
»Dem Sturm ausweichen«, sagt er. »Hast du eine bessere Idee?«
Ich antworte nicht. Er fängt an, eine Sicherung an mehreren Fixpunkten zu bauen. Ich bin nicht überzeugt. Es stecken Haken im Felsen, aber sie sehen alt aus und rostig, und es ist kein Fixseil da.
»Das ist nicht sicher«, sage ich.
»Es ist absolut sicher.«
»Was?« Helen schaut von mir zu ihm und wieder zurück.
»Wir lassen uns hier nach unten«, sagt Luke leichthin. »Wir bauen ein Fixseil, in das wir uns einhängen, und wenn wir dann die

Steigeisen und Eisgeräte zum Abstützen benutzen, kommen wir sicher und bequem unten an. Alles klar?«
»Wie tief geht's denn runter?«, fragt Theo, der sichtlich zögert.
»Vielleicht dreißig Meter«, sagt Luke.
»Das schätzt du«, ruft Helen aus. »Sebastian hat gesagt: nie schätzen, sondern immer ...«
»Meiner Meinung nach haben wir keine Alternative«, erwidert Luke, und ich gehe den Weg ein Stück zurück, um vielleicht doch eine zu finden, aber ich entdecke keine.
»Wir werden eine Seilschaft bilden müssen«, sagt Theo mit spürbarem Widerwillen.
»Damit haben wir überhaupt keine Erfahrung«, erwidere ich. Bislang haben wir es geschafft, solche steilen Abstiege zu vermeiden. Mein Gefühl sagt mir, dass wir zu unserer ursprünglichen Route zurückkehren sollten, aber das wäre sehr weit, und jeder Schritt kostet unendlich viel Kraft.
»Da kommt ein Sturm, Michael«, sagt Luke genervt und zeigt auf die schwarze Wolkenwand, die von hinten auf uns zukriecht.
»Ja, aber ...« Die Luft ist so dünn, dass selbst das Sprechen Mühe kostet. Jedes Wort verbraucht mehr, als meine Lungen schaffen.
»Weißt du was, Michael?« Auch Luke keucht. »Du gehst den Weg, okay? Wir machen ein Rennen draus. Los, ab mit dir.«
Schweigend sehe ich zu, wie Theo vorangeht, sich einhängt und beginnt, sich abzuseilen.
»Jetzt ich«, sage ich, als Luke sich in Bewegung setzt.
»Hast du Schiss, allein zu gehen?«
»Nein.« Ich lasse mich ein Stück herunter.
Luke will Helen beim Einhängen helfen, doch sie tut es allein. Ohne ein weiteres Wort schließt er sich an.
Erleichtert stelle ich fest, dass es in Ordnung ist. Am Anfang. Es gibt gute Tritte für die Füße, tiefe Löcher, in denen man Halt findet. Solange ich nicht nach unten schaue, ist alles gut.

Bald darauf schauen wir auf eine Schicht Gewitterwolken, die von oben aussehen wie eine flauschige weiße Decke.
»Wie weit noch bis nach unten?«, ruft Theo.
»Zu neblig«, ruft Luke zurück. »Ich werfe was runter, und wir horchen auf den Aufschlag.«
Er wirft einen Stein. Ich höre nichts.
»Das sind mehr als dreißig Meter«, sagt Theo.
»Vielleicht ist er in einem Busch gelandet«, wiegelt Luke ab.
Er sagt noch etwas, aber das verstehen wir nicht mehr, denn in diesem Augenblick kommen Steine geflogen, unzählige Brocken, die herabstürzen, als sei der Berg in Auflösung. Helen schreit, und wir drücken uns an die Felswand, so dicht es nur geht, während es um uns herum Steine regnet.
Plötzlich geht ein heftiger Ruck durch das Seil, und im nächsten Augenblick sehe ich, wie Luke sich vom Felsen löst und fällt. Fällt. Das geht so schnell, dass meine Arme und Beine gegen die Wand geschmettert werden. Theo schafft es, sein Seilende um einen Baum zu schlingen, der gerade auf seiner Höhe aus der Felswand wächst. Damit rettet er uns das Leben. Doch dann schnellt das Seil mit einem weiteren, schrecklichen Ruck nach oben und schleudert uns erneut gegen die scharfen Felskanten, während um uns herum weiter Steine fallen.
Es dauert einen Moment, dann legt sich der Staub.
Alles ist still. Ich mache die Augen auf. Nichts von dem, was ich sehe, ergibt Sinn.
»Luke?«, schreit Theo. »Luke!«
Ich brauche einen Augenblick, um zu kapieren, dass ich kopfüber hänge. Der Helm baumelt lose, das Blut steigt mir in den Kopf. Ich sehe Wolken, dann Helen, die sich wimmernd an das Seil klammert, und über ihr Theo, der wie ein Stern an der Felswand klebt.
Um nach unten schauen zu können, muss ich den Kopf in den

Nacken legen. Da ist Luke. Wieso ist er unter mir? Das kann nicht sein. Eben war er noch ganz oben, jetzt hängt er unten, kopfüber wie ich, den Kopf geneigt, die Arme auf dem Rücken wie eine Marionette, die nur noch an einem Faden hängt.
Er rührt sich nicht.
»Hilfe!«, schreit Helen. »Hilfe!!!«
Gerade als ich versuche, einen klaren Gedanken zu fassen, beginnt es wieder Steine zu hageln, nicht mehr so dicht, aber trotzdem bedrohlich. Ich erkenne, dass Luke noch in das Seil eingehängt ist. Was sich gelöst hat, sind die Haken, unsere Fixpunkte. Man sieht sie am Ende des Seils, dicht an seinem Gurt. Sie haben sich gelöst und ihn in die Tiefe gerissen.
Das Einzige, was verhindert, dass wir alle vier in den Tod stürzen, ist die Tatsache, dass Theo in das Seil darüber eingehängt ist.
»Theo«, rufe ich. »Hast du uns einen Fixpunkt gemacht?«
»So ungefähr.« Seine Stimme klingt eng. »Ich kann das nur nicht lange halten. Hat jemand eine Idee?«
Helen sagt irgendetwas über ihre Finger; sie hat sich verletzt.
»Alles in Ordnung, Helen?«, ruft Theo, und ich schaue zu ihr hinauf.
»Meine Hand«, stöhnt sie. »Ich glaube, meine Hand ist gebrochen.«
»An die Wand«, ruft Theo, »ich höre was kommen!«
Das Seil schwankt gefährlich; das Gewicht von Luke, der dort unten hängt, ist eindeutig zu viel.
»Luke!«, schreie ich. »Luke, hörst du mich?«
Er muss zu sich kommen und sich an den Felsen klammern. Das Einzige, was er von sich gibt, ist ein leises Stöhnen. Als er sich dreht, sehe ich, dass er seinen Helm verloren hat.
»Wir brauchen noch einen Fixpunkt, Theo!«, rufe ich. »Kriegst du das da oben hin?«
»Ich versuch's.«

»Geht's, Helen?« Ich schaue zu ihr hinauf und hebe den Daumen.
Sie nickt, aber es ist offensichtlich, dass ihre Hand sehr wehtut.
»Luke!«, schreit sie. »Gib uns ein Zeichen! Sag was!«
»Ist alles in Ordnung, Luke?«, schreit auch Theo.
Nichts.
»Er hat sich am Kopf verletzt«, sage ich. »Sein Helm ist weg …«
Ich bringe den Satz nicht zu Ende. Das Seil bewegt sich, sackt tiefer. Wir schreien wie aus einer Kehle. Langsam, aber sichtbar, Stück für Stück, löst sich der Baum, um den Theo das Seil geschlungen hat, aus dem Felsen.
»Ich kann das nicht mehr halten!«, ruft Theo.
Ich schreie zu Luke hinunter, er soll aufwachen, aber er hängt reglos da. Theo brüllt, dass er es nicht schaffen wird, rechtzeitig einen Fixpunkt zu bauen, dass er es versucht, dass aber einfach zu viel Gewicht an ihm hängt. Wieder ruckt das Seil ein Stück tiefer, und diesmal weiß ich, es ist vorbei. Ich hebe den Kopf, um Helen ein letztes Mal anzuschauen. Ein letzter Blick, bevor wir alle in die Tiefe stürzen.
Sie erwidert den Blick. »Schneid es durch!«, ruft sie unter Tränen. »Schneid das Seil durch.«
Zeit zum Überlegen bleibt mir nicht. Mir bleibt zu gar nichts Zeit, ich folge meinem Instinkt. Luke ist ernsthaft verletzt; auf seiner Stirn glänzt frisches Blut. Er wird nicht rechtzeitig zu sich kommen und sich am Felsen festklammern können. Es ist unsere einzige Möglichkeit zu überleben, wir haben nur diese eine Chance.
Ich hole das Stanley-Messer aus der Tasche an meinem Oberschenkel. Als die Klinge das Seil berührt, zögere ich noch einmal.
»Bitte, Luke, wach auf!«
Nichts.
Jetzt ziehe ich die Klinge über die Fasern. Im nächsten Augen-

blick schwingt das Ende des Seils nach oben, während das Gewicht unter mir in den Schatten verschwindet.
Kein Schrei ist zu hören, nur eine Art Rauschen, das seinen Sturz begleitet. Eine Reihe furchtbarer dumpfer Laute, immer wenn sein Körper auf dem Weg nach unten gegen den Felsen prallt.
»Nein!«, schreit Theo. »Nein, nein, nein!«
Lange noch hängen wir schreckgebannt da, es herrscht eine lähmende Stille.
Der Sturm legt sich.
Es hört auf zu regnen.
Die Sonne kommt heraus.
Irgendwie schaffen wir es, uns zum nächsttieferen Vorsprung herunterzulassen, wo Theo sich auf mich stürzt und zu Boden stößt. Fast schiebt er mich über den Rand. Helen schreit, er soll aufhören, aber das will ich gar nicht. Soll er mich doch runterwerfen. Ich habe Luke in den Tod geschickt.
Ich habe ihn umgebracht.
»Michael hatte keine Wahl«, sagt Helen. »Wir wären alle gestorben!«
Darauf reagiert Theo nicht. Er ist außer sich. Tränen laufen ihm übers Gesicht, und seine Lippen sind zu einem Ausdruck verzogen, den ich noch nie gesehen habe. Er schluchzt bitterlich, stößt klagende Laute aus, die von den gleichgültigen Felsen, den stillen Gipfelwänden, abprallen.
Diese Laute dringen in mich ein, entern meine Blutbahn, winden sich in meine DNA.
Verändern mich für immer.

Wir gehen einen Weg.
Wir machen nicht halt, um zu essen oder zu trinken.
Wir reden nicht.
Theo weint.

Ich bin taub, absolut unter Schock. Helen schluchzt.
Als wir sie schließlich dazu kriegen, den Handschuh auszuziehen, wird klar, dass ihre rechte Hand durch den Steinschlag zertrümmert worden ist. Die Finger sind blau angelaufen und extrem geschwollen, die Knochen eindeutig gebrochen.
Sobald wir zu einer Hütte kommen, setzen wir den Alarm ab.
Ein Arzt kümmert sich um Helens Hand, legt ihr einen Verband von der Größe eines Boxhandschuhs an. Eine Bergrettungsmannschaft wird mit dem Hubschrauber losgeschickt, und den ganzen Abend leben wir in der aberwitzigen, aus der Erschöpfung geborenen Hoffnung, dass vielleicht, irgendwie, Luke in der Tür erscheinen könnte. Er wird mich windelweich prügeln dafür, dass ich das Seil durchtrennt habe, aber das wird mir nichts ausmachen, denn er wird ja am Leben sein, und wir werden ein Bier trinken, alle zusammen, und über die abenteuerlichste Klettertour aller Zeiten witzeln.
Als die Rettungsmannschaft zurückkehrt, stürmen wir nach draußen, alle drei in der Vorstellung, dass die Hubschraubertür aufgehen und uns einen Luke präsentieren wird, der vielleicht den Arm in einer Schlinge hat und uns anschaut, als wollte er sagen: *Danke, dass ihr mich entsorgen wolltet.*
Stattdessen sehen wir in bitterem Schweigen zu, wie die Männer in Helm und Overall eine Trage nach draußen bugsieren. Auf der Trage liegt eine lose zugedeckte Gestalt.
Theo dreht durch. Er rennt hin und reißt die Decke weg. Im grellweißen Licht der Notbeleuchtung, die in der Rettungshütte eingeschaltet worden ist, erkenne ich Lukes Körper. Von Luke keine Spur. Nicht das kleinste Anzeichen seiner überwältigenden Ausstrahlung, stattdessen ein zertrümmerter Schädel, ein zerschlagenes Gesicht, starre Arme und Beine. Helen fällt auf die Knie und weint lautlos. Theo muss von ihm weggezogen werden. Sie reichen uns Becher mit wässrigem Tee und fragen zum wie-

derholten Mal, was passiert ist. »Für die *gendarmerie*«, sagen sie, Stift und Papier gezückt.
Helen schafft es zu antworten, während Theo und ich den Mund halten.
»Es gab einen Steinschlag. Meine Hand ist kaputt. Wir ... wir nehmen an, dass Luke am Kopf getroffen worden ist.«
Theo fängt wieder an zu weinen. Er schluchzt herzzerreißend, wie ein kleiner Junge.
Sie nicken, erklären, sie müssten Lukes Eltern anrufen.
Theo ist derjenige, der es ihnen sagt.
Ich steige in ein Flugzeug, ohne mich von Helen oder Theo verabschiedet zu haben.
Nachdem ich in Heathrow gelandet bin, verbarrikadiere ich mich mit einer Menge Wodka, die für die Rote Armee reichen würde, für eine Woche in einem schäbigen Motel.
Irgendwie überlebe ich.
Aber ich schlafe nicht.
Ein paar Wochen später stehe ich auf einer Brücke, starre auf den Fluss unter mir und begreife, dass ich die Wahl habe. Ich könnte sterben, und es wäre eine Erleichterung, denn es würde mich von den Gefühlen, die mich quälen, befreien. Oder ich kann mit dem Leben, das mir auf wundersame Weise noch einmal geschenkt worden ist, etwas anfangen. Genauso gut hätte ja ich ganz unten an dem Seil hängen können.
Eine im Bruchteil einer Sekunde gefällte Entscheidung hat meinem Leben eine andere Richtung gegeben. Und das von Luke beendet.

40

Michael
7. September 2017

Das Zimmer ist winzig, eine Bodenkammer mit Dachschräge und einem Minifenster, von dem aus man auf Dachterrassen und blaues Meer schaut. Gelbe Tapete, eine altmodische Frisierkommode, halb heruntergelassene Jalousien, die ein Gitter aus Licht auf den Dielenboden werfen. Auf dem Prospekt, der auf dem Tisch liegt, steht: *Hôtel de Côté Fleurie*.

Es dauert einen Moment, bis die Bilder in meinem Kopf sich auflösen und Theos Schreie nicht mehr in meinen Ohren gellen. Ich höre ihn so deutlich, den Klang seiner Stimme, die Qual darin. *Nein!*

Nach Lukes Tod habe ich Oxford den Rücken gekehrt. Ich habe meinen Nachnamen geändert – nicht in dem bewussten Versuch unterzutauchen, sondern weil der Sturz jede Zelle meines Körpers verändert hatte. Michael King war am Montblanc gestorben.

Weder zu Theo noch zu Lukes Eltern habe ich je wieder Kontakt aufgenommen. Erst Jahre später bin ich eines Morgens schweißgebadet aufgewacht und wusste plötzlich, dass ich genau das hätte tun sollen: zu ihnen Kontakt aufnehmen, ihnen mein Beileid aussprechen und, vor allem, die ganze Geschichte erzählen.

Wiederum ein paar Jahre später ging mir, viel zu spät, auf, dass mein Schweigen den Eindruck erwecken musste, ich hätte etwas viel Schlimmeres getan. Ich hätte vorsätzlich und mutwillig gehandelt.

Ich hätte ihn kaltblütig ermordet.

Und manchmal, in meinen Albträumen, frage ich mich, ob es so

war. Ob ein niederträchtiger Teil meines Unterbewusstseins Helen so sehr begehrt hat, dass ich das Seil durchtrennt habe, um den Weg zu ihr frei zu machen. Ob ich tatsächlich einfach nur befolgt habe, was sie mir zugerufen hat.
Ich kneife die Augen zusammen. Und wie am Ende eines Korridors erscheint ein anderes Bild.
Ein Traumbild.
Die Tür aus Flammen.
Hitze strömt durch den Korridor, kommt näher und wärmt mir das Gesicht. Ich fürchte mich davor, darauf zuzugehen, und zugleich werde ich davon angezogen.

Ich dusche, halte lange die Stirn in den heißen Wasserstrahl und hoffe, dass er Müdigkeit und Kopfschmerz vertreibt. Dann ziehe ich mich an und gehe zum Frühstücken nach unten. Die Frau an der Rezeption hebt die Hand.
»Hallo?«
Ich gehe zu ihr. »Ja?«
Leicht errötend sagt sie: »Es gab ein Problem mit Ihrer Kreditkarte. Sie ist nicht akzeptiert worden. Hätten Sie vielleicht noch eine andere?«
»Bestimmt.«
Ich hole die Brieftasche hervor und nehme eine American-Express-Karte heraus. *Lieber Gott, gib, dass sie funktioniert.*
Die Frau schiebt die Karte in das Gerät. Lächelt. »Geht.«
Mühsam verberge ich meine Panik. Die Karte gehört mir nicht. Fragt sich nur, wie lange die Polizei braucht, um die Transaktion zurückzuverfolgen. Ich habe nicht die Absicht, lange hierzubleiben.
»Lassen Sie sich das Frühstück schmecken.«
»*Merci.*«
Gestern Morgen habe ich am Gare du Nord dem Zug, den ich

hatte nehmen wollen, hinterhergeschaut. Ich bin zum Schalter gegangen, um zu fragen, ob sie mir das Ticket umtauschen, sodass ich einen späteren Zug nehmen kann, doch es hat sich gezeigt, dass ich Französisch noch schlechter verstehe als spreche, und Google Translate konnte ich auch nicht nutzen, weil ich mein Handy zwar hatte, der Akku aber leer war. Ich war, wie es so schön heißt, auf See, aber ohne Schiff.

Mein Magen knurrte; von den Schlägen, die ich kassiert hatte, tat mir alles weh, und ich fror fürchterlich. In Frankreich ist es verdammt viel kälter als in Belize, weshalb die Klamotten, die ich angezogen hatte – T-Shirt, Jeans und Flipflops – denkbar unpassend waren. Lange saß ich in der Bahnhofshalle auf einer Bank und dachte darüber nach, wie es weitergehen sollte. Ich wollte nach Hause. Ich dachte an Helen und die Kinder. Hätte ich noch Akku gehabt, ich hätte sie angerufen. Der Wunsch, mit ihr zu sprechen, ihr zu sagen, dass ich sie liebe, brannte förmlich in mir. Also beschloss ich, die Geschäfte ringsum nach einem Ladekabel abzuklappern. Ich hatte vier Euro. Vielleicht bekam ich dafür eins, vielleicht konnte ich feilschen. Ich humpelte in ein Einkaufszentrum, schaute in sämtliche Läden. Ladekabel kosteten um die zwanzig Euro. Gerade als ich drauf und dran war, eins zu klauen – wenn ich jemals geklaut habe, dann nur in hoffnungslosen Situationen –, entstand am Eingang des Geschäfts ein ziemlicher Tumult. Geschrei und ein Handgemenge. Ich ging ein paar Schritte in die Richtung und sah, wie ein junges Mädchen mit pinkfarbenem Haar und riesigem Parka von einem Wachmann gefilzt wurde. Offenbar hatte die Kassiererin sie des Diebstahls bezichtigt. Die Jugendliche leugnete lautstark, auch dann noch, als der Wachmann alles Mögliche aus ihren Taschen beförderte: Schachteln mit Parfümflakons, mehrere Armbanduhren, eine Brieftasche.

Plötzlich riss das Mädchen sich los und rannte im Affenzahn

weg. Dabei langte sie noch in die Dekoration und stieß eine Schaufensterpuppe an, die scheppernd zu Boden ging und dem Wachmann und der Kassiererin, die die Verfolgung aufgenommen hatten, den Weg versperrte. Ein paar Kunden standen da und gafften, und genau in dem Moment sah ich etwas auf dem Boden liegen. Eine Lederbrieftasche. Bestandteil der Beute des Mädchens. Sie musste während der wilden Jagd heruntergefallen sein.
Ich hob sie auf und verließ das Einkaufszentrum auf dem schnellsten Weg. Im nächsten Supermarkt griff ich mir ein Ladekabel aus dem Regal. Nahm etwas zu essen mit, eine Jacke. Ein sauberes Paar Socken. An der Kasse fischte ich eine Kreditkarte aus der Brieftasche und legte in Zeichensprache eine charmante, oscarverdächtige »Meine PIN fällt mir gerade nicht ein«-Nummer hin. Die Kassiererin begnügte sich mit einer hingekritzelten Unterschrift.
Es war ein merkwürdiges Hochgefühl.
Und dann habe ich einen Zug in die Normandie genommen und mir dieses Hotel gesucht. Habe mein Handy aufgeladen. Beklommen Helens Nummer gewählt. Es hat geklingelt und geklingelt, bis schließlich die Mailbox anging. Da habe ich aufgelegt und bin ins Bett gegangen. Habe mich in den Schlaf geweint.

Nach dem Frühstück setze ich mich an den Gästerechner in der Lobby und suche nach der Adresse von Lukes Eltern. Mit Google komme ich nicht weiter. Eine Stunde lang denke ich mir immer neue Suchbegriffe aus, und keiner bringt auch nur ein Ergebnis. Die Frau an der Rezeption, die mitkriegt, wie ich den Rechner beschimpfe, kommt vorsichtig näher.
»Kann ich Ihnen helfen?«
Ich reibe mir die Augen. »Ich suche eine Adresse«, sage ich, werde

aber sofort misstrauisch. Ich weiß nicht, wem ich trauen kann. Sie ist jung. Ungefähr zwanzig. Niedliches Gesicht, blassrosa Strickjacke, Ohrringe in Gestalt kleiner Cupcakes. Plötzlich denke ich, sie könnte eine ältere Ausgabe von Saskia sein. Mir schnürt sich die Kehle zu.
»Welche denn? Suchen Sie vielleicht einen Freund?«
»Ja, einen von früher. Er hieß – heißt – Theo Aucoin. Seine Eltern hatten ein großes Haus, das früher einmal Winston Churchill gehört hat. Ich weiß, dass das irgendwo hier in der Gegend war.« Sie überlegt einen Augenblick, dann hellt sich ihre Miene auf. »Ah.« Sie läuft zu ihrem Tresen und kommt mit einem Flyer wieder. »Das hier?«
Ich starre eine Weile auf das Bild und versuche, das Haus hinter dem Schloss zu finden, bis ich kapiere, dass das Schloss das Haus *ist*. Château du Seuil. Ein sechzehn Hektar großes Anwesen mit etlichen Nebengebäuden und einem verdammten See.
»Tagsüber bieten sie Besichtigungstouren an«, sagt die junge Frau und zeigt mir die Preisliste.
»Ich glaube nicht, dass es das ist«, widerspreche ich, doch sie nickt energisch.
»Theo Aucoin? So heißt Ihr Freund?«
»Ja?«
»Dieses Haus gehört schon sehr lange der Familie Aucoin. Sie wohnen bis heute da.«
»Aber die Touren ...« Das Ding sieht aus wie ein öffentlich unterhaltenes Denkmal und nicht wie das Zuhause einer einzelnen Familie.
»Sie wohnen im Westflügel«, sagt sie und nickt erneut. »In einem kleinen Teil. Der Rest ist der Öffentlichkeit zugänglich.«

41

Helen
7. September 2017

Die Briefe stecken in meiner Jacke wie lebendige Herzen, die wie wild klopfen. Jeannie kriegt heraus, dass ich etwas vom Dachboden mitgebracht habe, und ich erzähle ihr, es seien Steuer- und Versicherungsunterlagen, die ich aus dem Aktenschrank geborgen hätte. Eine Lüge nach der anderen, aufgefädelt wie Perlen an einer Schnur.

Wir sind auf dem Weg zum Krankenhaus. Mir ist bewusst, dass ich in Schweigen verfalle, aber ich habe einfach nicht die Kraft, mir ein harmloses Gesprächsthema auszudenken. Darin, anderen etwas vorzumachen, war ich noch nie gut. Jeannie springt ein, indem sie vom Laden redet: dass wir übergangsweise eine Pop-up-Buchhandlung eröffnen könnten, um das Geschäft am Laufen zu halten; dass sie sich über Zuschüsse oder Spenden informieren will, um befristete Aushilfskräfte zu bezahlen; dass wir vielleicht sogar Matilda und Lucy wieder einstellen könnten, wo sie sich doch beide so für den Laden engagiert hätten und über das Feuer so verzweifelt gewesen seien.

Und dann bricht sie mitten im Satz ab und fragt: »Es wird doch wohl keine der beiden das Feuer gelegt haben, oder?«

Ich starre sie an. »Was? Lucy, Matilda? Nettere Mädchen kannst du dir überhaupt nicht vorstellen. Warum hätten sie ...«

Sie schüttelt den Kopf, muss aber erst mal in die A1 einbiegen, ehe sie weitersprechen kann. »Es gibt Gerede, dass es Brandstiftung war«, sagt sie schließlich. »Was meinst du dazu?«

Ich setze mich auf. »Gerede?«

»Als ich bei der Post war, um eure Briefe abzuholen, hat die Frau am Schalter Sam Jennings erwähnt. Kennst du den? Er ist Feuerwehrmann im Ruhestand, wohnt um die Ecke von der Buchhandlung.«

Der Name kommt mir bekannt vor.

»Offenbar geht er von Brandstiftung aus«, fährt sie fort. Es macht ihr sichtlich Spaß, etwas herausgefunden zu haben und mich an ihrem Wissen teilhaben zu lassen. »Die Frau meinte, er hätte sich im Laden umgesehen und v-förmige Muster entdeckt.«

»V-förmige Muster? Was soll das denn heißen? Dass eine Sekte das Feuer gelegt hat?«

Sie zögert kurz. »Es hat mit dem Brandherd zu tun oder so ähnlich. Er hat wohl gesagt, wenn man v-förmige Muster findet, hat man die Quelle, und bei spontan ausbrechenden Feuern ist das oft ein altes Heizgerät oder eine kaputte Steckdose oder was auch immer. Die Muster, die er gefunden hat, waren aber nicht in der Nähe von irgendetwas in der Art. Und seiner Erfahrung nach heißt das, dass jemand das Feuer gelegt hat, mit Feueranzünder oder Brennspiritus oder so.«

»Okay, wenn Sam Jennings das alles so genau weiß«, sage ich, »warum braucht die Versicherung dann so lange?«

»Als wir vorhin drin waren, hab ich mich mal umgeschaut«, sagt sie und biegt in eine enge Gasse ein, die zwei Hauptstraßen miteinander verbindet. »Ich habe nichts V-Förmiges gesehen. Ehrlich gesagt meinte die Frau am Postschalter auch, dass Sam nicht alle Tassen im Schrank hat, also könnte das alles schlicht Unsinn sein.«

Mir wird kalt; Angst streckt die Fühler nach mir aus. »Die Untersuchung dauert jetzt schon Monate. Langsam glaube ich nicht mehr daran, dass sie jemals fertig werden.«

Sie dreht kurz den Kopf und sieht mich irritiert an. »Hast du die Briefe nicht gelesen?«

Im ersten Moment denke ich, sie meint die Briefe, die in meiner Jacke stecken, und kriege Herzklopfen.

»Egal, dafür bin ich ja da«, verkündet sie stolz. »Die von der Versicherung schreiben, dass sie noch auf den Bericht des Sachverständigen für Brandstiftung warten. Ein paar Ergebnisse der Spurensicherung liegen ihnen bereits vor, aber sie wollen noch mit der Polizei reden.«

Ich zucke zusammen. »Sachverständiger für Brandstiftung? Also gehen sie von Brandstiftung aus?«

Sie zuckt die Achseln. »Das schreiben sie nicht. Vielleicht wird, wenn die Feuerwehr die Brandursache nicht feststellen konnte, automatisch so ein Sachverständiger hinzugezogen.« Und nach einem kurzen Seufzer fährt sie fort: »Hoffentlich sind sie dann auch in ein paar Wochen damit durch. Das wär's doch, oder? Ich finde es einfach unfassbar, dass eine einzige Familie so viel Pech auf einmal haben kann.«

Im Krankenhaus sitze ich an Saskias Bett, halte ihre Hand, lese ihr ein Einhorn-Buch vor und unterhalte mich mit ihr, wie ich es zu Hause beim Insbettbringen tun würde. Es ist sinnlos – meine Stimme ist dünn, mein Ton angespannt, ich bin ständig kurz vorm Weinen. Sie immer noch so daliegen zu sehen ist niederschmetternd. Es raubt mir sämtliche Hoffnung, die ich zu Hause, in ihrem Zimmer und zwischen ihren Spielsachen und Bildern, zusammengeklaubt hatte. Sie wird von mehr Maschinen am Leben erhalten, als ich mir jemals hätte vorstellen können; sie haben komplizierte Namen, die ich mir alle eingeprägt habe: ein Gerät zur transkraniellen Dopplersonografie, Kreislaufparameter, eins zur Sauerstoffpartialdruckmessung im Gehirn, die ICP-Sonde und etwas zur zerebralen Blutflussmessung durch Thermosensoren. Für mich ist unbegreiflich, dass überhaupt jemand solche Verletzungen überleben kann, aber ein siebenjähriges Mädchen? Und trotzdem ist sie noch da und kämpft und kämpft. Daran klammere ich mich, auch wenn innere Stimmen mir einreden wollen, dass es dumm ist, weiter zu hoffen, und dass ich mich auf ein Leben ohne meine Tochter gefasst machen sollte.

Aber ich kann nicht. Ich habe keine Ahnung, wie das gehen soll. Die Reha-Schwester, eine junge Frau namens Heather mit ausdrucksstarken grünen Augen, sagt, Saskia vorzulesen und ihr Fragen zu stellen sei eine sehr effektive Methode, das Gehirn zu aktivieren. Nachdem sie hier aufgenommen worden war, haben wir schnell eine Art Schichtdienst etabliert, ein paar Freundinnen von mir, Lehrerinnen von Saskia und sogar Eltern von Freundinnen von ihr – alle haben sich bereit erklärt, täglich eine oder zwei Stunden herzukommen und ihr etwas vorzulesen. Nachts schließen die Schwestern einen MP3-Player an gespendete Boxen an und spielen ihr vor, was Reuben für sie aufgenommen hat, sodass sie vertraute Stimmen hört, auch ihre eigene.

Wir sind ausdrücklich dazu aufgefordert worden, mit ihr zu sprechen und auch Fragen zu stellen, so, als bestünde die Aussicht, dass sie antwortet. »Das kann einem merkwürdig vorkommen«, sagt Heather. »Wir wissen aber, dass das Gehirn auf die Fragen reagiert und in Arealen, die durch das Trauma beschädigt sind, Muster ausbildet. Außerdem kann das Mit-ihr-Sprechen ihrem Körper helfen, gegen Infektionen anzukämpfen. Es sieht vielleicht so aus, als würde sie nicht reagieren, aber was in ihrem Kopf vor sich geht, ist das genaue Gegenteil.«

Während ich Saskia von Chewy und Oreo erzähle, summt das Handy in meiner Tasche. Ich erkenne die Stimme von Detective Sergeant Jahan sofort.

»Es gibt Neuigkeiten«, sagt er. »Eine Transaktion mit einer der Kreditkarten. Können wir vorbeikommen und das mit Ihnen besprechen?«

Als wir aus dem Krankenhaus zurückkehren, warten die Detectives bereits. Jeannie hilft mir beim Aussteigen, und sie kommen mit rein. Sie lächeln und fragen nach Reuben, aber DS

Jahans etwas starre Miene verrät, dass die Neuigkeit keine gute ist.
»Wie geht's Ihrer Tochter?«, fragt Detective Chief Inspector Lavery und setzt sich.
Bevor ich antworte, atme ich einmal tief durch. »Sie hängt an tausend Maschinen und wird beobachtet«, sage ich schließlich und strenge mich an, nicht zu weinen. Ich habe genug davon, Fremden etwas vorzuheulen. »Und sie fängt an, die Finger zu bewegen und Laute von sich zu geben. Das ist ein gutes Zeichen.«
»Gehört dieser Teddy ihr?«, fragt DCI Lavery mit Blick auf Jack-Jack, der auf meinem Schoß liegt.
Ich klopfe ihn vorsichtig ab. »Ihr Lieblingsteddy, ja. Leider mussten wir ihn wieder mitnehmen; sie wollten dort nichts aus Synthetikfasern herumliegen haben. Womöglich hätte ihn noch jemand von den Reinigungskräften weggeschmissen.«
»Sie haben eine Transaktion erwähnt?«, schaltet Jeannie sich ungeduldig ein.
DS Jahan nickt. »In einer Bank in Paris ist Bargeld abgehoben worden.«
»In Paris?«
»Haben Sie Verbindungen nach Paris?«, fragt DC Fields.
»Nein.«
»Keine Verwandten oder Freunde, die dort leben?«
Soll ich ihnen sagen, was ich denke, wer ihn gekidnappt hat?
»Freunde oder Kollegen? Eine Geliebte?«
»Bestimmt nicht.«
Schweigend warten sie darauf, dass mir doch jemand einfällt.
»Hier geht es nicht um eine Affäre, die einer von uns beiden hätte, das können Sie mir glauben.«
Michael hat mich nie betrogen. Ein paarmal habe ich gezweifelt, aber selbst ausgiebiges Hinterherschnüffeln hat nichts ergeben.

Und ich bin nie in Versuchung geraten. Es dreht sich alles um Saskia und Reuben. Was und wie wir arbeiten, die häuslichen Abläufe, selbst unsere Ehe – alles richtet sich nach ihnen aus. Und selbst wenn einer von uns beiden versucht gewesen wäre, es hätte ihm an Kraft gefehlt.

»Okay«, blafft DS Jahan und wirft angesichts meiner unerwartet entschiedenen Aussage seiner Kollegin einen Blick zu. »Ich zeige Ihnen, was wir haben.« Er holt ein Tablet hervor und öffnet eine Datei. »Das ist vorgestern Nachmittag in einer Bank in der Nähe der Place de la Concorde aufgezeichnet worden.«

Das Video zeigt eine Warteschlange, die sich vor drei Geldautomaten im Inneren einer Bank gebildet hat. Da ist ein Mann mit Basecap, die Hände in den Hosentaschen. Die Kamera ist irgendwo hoch oben angebracht und steil nach unten gerichtet. Ich halte die Luft an. Wo ist Michael? Langsam bewegt die Schlange sich vorwärts. Der Mann mit dem Basecap geht auf einen Bankangestellten zu. Mir fällt auf, dass er humpelt.

»Ist das Michael?«, frage ich.

»Das ist jedenfalls der Mann, der das Geld abgehoben hat«, sagt DS Jahan.

Er drückt »Stopp« und lässt das Ganze noch einmal von vorn beginnen. Ich schaue genau hin. Enttäuschung macht sich in mir breit. Frustration. Ich erkenne einfach nicht, ob das Michael ist. Der Mann trägt schwarze Jeans und ein weißes T-Shirt mit einem Logo auf der Brust. Er kommt mir zu schmal vor. Aber dann dreht er kurz den Kopf, eine kaum wahrnehmbare Bewegung, und in dem Moment weiß ich, dass er es ist. Das ist Michael.

Ganz hinten in der Schlange steht noch ein Mann, breiter in den Schultern, aber auch mit Basecap und genauso gekleidet wie Michael. Er hält den Kopf gesenkt und schaut auf sein Handy. Schließlich ist Michael dran, er tritt an den Automaten, tippt eine Nummer ein und bekommt ein Bündel Scheine. Dann wendet er sich ab und geht, und der andere Mann nickt ihm zu.

»Wer ist das?«, frage ich laut. »Dieser Mann da? Ist der mit Michael zusammen da?«

DS Jahan zeigt die Aufzeichnung noch einmal von vorn und zoomt den Mann größer. »Erkennen Sie ihn?«

»Nein, aber er hat Michael ein Zeichen gemacht. Hier, sehen Sie?« Wir beugen uns alle vor, um genau hinzuschauen.

»Okay, es sieht so aus, als würde er Michael zunicken«, sagt DCI Lavery.

»Das könnte einfach ein kurzes Hallo sein«, wirft Jeannie ein, »ein kleiner Gruß unter Fremden.«

»Oder sie gehören zusammen«, erwidert DS Jahan. »Schwer zu sagen. So oder so – Michael hat fünfhundert Euro abgehoben.«

»Dazu könnte er gezwungen worden sein«, sage ich, denn es ist nicht Michaels Art, ohne Rücksprache mit mir Geld von unserem Konto zu nehmen, schon gar nicht eine solche Summe. Fünfhundert Euro? Sicher? Darf man überhaupt so viel an einem Tag abheben? DS Jahan sagt, anders als in Großbritannien gebe es in Frankreich viele Automaten ohne Begrenzung, aber mir will einfach nicht einleuchten, wieso Michael aus freien Stücken einen so hohen Betrag abheben sollte.

»Vielleicht war dieser Mann da, um aufzupassen, dass er das Geld wirklich holt«, sage ich, und mein Magen rebelliert.

»Für alle Fälle werden wir die Identität des Mannes, der Michael zugenickt hat, überprüfen«, antwortet DS Jahan. »Wir sind mit den Kollegen in Frankreich in Kontakt.«

Michael da so zu sehen lässt mich am ganzen Leib schlottern, und das Herz schlägt mir bis zum Hals.

»Wissen Sie etwas darüber, wo er wohnt?«, frage ich mit zittriger Stimme. »Haben Sie die Hotels überprüft?«

DS Jahan atmet scharf ein, offensichtlich genervt, weil die Dinge nicht so laufen, wie er es sich vorgestellt hat. »Normalerweise geht eine solche Suche schnell und unkompliziert vonstatten. Wir können ANPR-Technik nutzen oder ein Handy orten und bekommen zügig eine Adresse. Michael scheint allerdings sein Handy nicht zu benutzen, und er ist offenbar nicht mit einem Pkw unterwegs, sondern mit öffentlichen Verkehrsmitteln.«

Wenn der Mann, der im Video zu sehen ist, ihn tatsächlich gekidnappt hat, wird er nicht in einem Hotel oder Hostel sein. Dann halten sie ihn irgendwo in einem Haus gefangen, in einem Keller. Chris Holloway. Der hat Michael. Der zwingt ihn, Geld zu holen, der nimmt ihn aus. Chris hat vom Montblanc gewusst. Und er wird keine Ruhe geben, er will Rache.

Aber den Polizisten kann ich das nicht sagen. Sie würden Fragen stellen. Warum sollte jemand Rache wollen? Und alles würde herauskommen; Stück für Stück würden sie unsere Welt zerpflücken. Deswegen ist Michael in Frankreich, er spielt das Spiel mit, tut, was Chris von ihm verlangt. Alles, um unsere Familie zu schützen.

»Wir stehen noch am Anfang. Jetzt müssen wir erst einmal sehen, was die französischen Kollegen zusammentragen«, sagt DS Jahan müde. »Wenn gegen jemanden keine Anzeige vorliegt, ist das alles etwas komplizierter, aber da sind wir jetzt dran.«

»An einer Anzeige?«, wirft Jeannie ein und schaut zwischen den Detectives und mir hin und her.

Ich bin so mit meinen eigenen Gedanken beschäftigt, dass ich ihre Frage gar nicht erfasse. DCI Lavery verschränkt die Hände und holt tief Luft.

»Wir haben uns auch die anderen Konten angesehen, die Sie und Michael gemeinsam haben«, erklärt sie, »und das Spendenkonto für die Buchhandlung. Wir wussten, dass etwas über elftausend Pfund für die Buchhandlung gespendet worden waren, und haben uns gefragt, warum diese Summe nie auf Ihrem Geschäftskonto angekommen ist.«

»Was soll das heißen: nie auf dem Geschäftskonto angekommen?« Ich starre sie an.

»Offenbar ist irgendwann in den vergangenen Monaten etwas an der Zuordnung der Konten geändert worden; jedenfalls ist das Geld auf ein Konto bei einer Bank in der Karibik weitergeleitet worden«, sagt DS Jahan. »Unsere Untersuchung diesbezüglich läuft noch, aber einer von unseren Spezialisten für Darknet-Kriminalität meint, solche Transaktionen gibt es häufig.«

Mir wird schlecht. »Darknet? Also im Internet, oder was? Ich mache überhaupt nichts in den sozialen Medien oder so, ich bin eher etwas technikfeindlich und nicht ständig online.«

»Das ist im Prinzip ein Untergrundinternet für Kriminelle«, sagt DCI Lavery, »eBay sagt Ihnen was, nehme ich an?«

Ich nicke.

»Gut. Dann stellen Sie sich eine Art eBay für Leute vor, die ihre Dienste beispielsweise als Mörder oder Kidnapper anbieten. Und eins unserer Teams ermittelt online in dieser Sphäre. Unter anderem haben wir eine Liste von markierten Namen und ausländischen Konten, auf denen häufig Beträge landen, die dann an Kriminelle weitergeleitet werden – so was wie PayPal für Übeltäter, wenn Sie so wollen. Und das Konto, auf das die Spenden für die Buchhandlung geflossen sind, steht auf unserer Liste.«

Das muss ich erst einmal verdauen. Jeannie beugt sich zu mir und nimmt meine Hand. Als unsere Blicke sich begegnen, lese ich in ihrem, dass sie traurig ist, aber auch solidarisch.

»Kann ich Sie etwas fragen, Helen?«, meldet DS Jahan sich wieder zu Wort. DCI Lavery senkt den Kopf.

»Natürlich.«

»Haben Sie wirklich nicht gewusst, dass die Spendengelder nicht auf Ihr Geschäftskonto geflossen sind?«

Ein tödliches Schweigen tritt ein. Beide, DS Jahan und DCI Lavery, starren auf den Teppich. Warum fragt er mich das?

»Nein«, sage ich. »Nein ...«

»Sie hatten Zugang zum Geschäftskonto, oder?«, fragt er weiter. »Es läuft auf Ihrer beider Namen.«

Ich nicke. Unterstellt er, dass ich etwas mit diesem Transfer zu tun habe? »Ja, ich ... es ist Michaels Geschäfts...«

»Aber Sie sind beide Kontoinhaber. Und Sie sind beide als Geschäftsführer der Buchhandlung eingetragen.«

»Ja. Aber ich arbeite als Grundschullehrerin. Daneben bleibt mir gar keine Zeit, mich auch noch ums Geschäft zu kümmern. Der Laden ist – war – Michaels Baby.«

DS Jahan setzt zu einer Antwort an, doch DCI Lavery kommt ihm zuvor. »Wir hatten ein Gespräch mit Ihrem Hausarzt am Lilyfield Medical Center, Dr. Fowad. Offenbar werden Ihnen seit zehn Jahren Antidepressiva verordnet. Dürfte ich Sie fragen, warum Sie diese Medikamente einnehmen?«

»Ich habe seit Reubens Geburt mit Angstzuständen zu kämpfen«, sage ich. *Und schon lange davor.*

»Und Michael?«, fragt DS Jahan. »Wir haben erfahren, dass er an Schlafstörungen leidet.«

»Manchmal, ja.« Ich bin vorsichtig. »Aber insgesamt ging es ihm gut. Michael ist freundlich und sensibel. Die Familie steht für ihn an erster Stelle ...« Mir fällt ein, wie ich in den Ascheimer im Garten geschaut und den demolierten Rahmen meines kostbaren Bildes entdeckt habe, dazu ein paar Leinwandfetzen, auf denen noch die Gesichter von Tänzerinnen zu erkennen waren. Er hat mir das Bild gekauft, um mir Hoffnung zu machen, dass ich eines Tages vielleicht wieder anfangen würde zu tanzen. Dass ich meinen Traum vom eigenen Tanzstudio wahrmachen könnte. Mit dem Zerstören des Bildes hat er zugleich meinen Traum zunichtegemacht, das war das eigentlich Schlimme; der wahre Schmerz, den ich nie ganz losgeworden bin.

»Wir haben die Aussage des Van-Fahrers in Belize. Er nennt Mi-

chael als denjenigen, der ihn zu dem Zusammenstoß angestiftet hat«, erklärt DS Jahan langsam. »Wir haben die Konten von diesem Matus überprüft. Vor dem Unfall ist ihm eine Summe überwiesen worden, die elftausend Pfund entspricht.«
»Es ist absolut ausgeschlossen, dass das etwas mit uns zu tun hat«, stammele ich, doch DCI Lavery unterbricht mich.
Langsam und entschieden, als habe sie ein Kind vor sich, sagt sie: »Helen, unsere Ermittlungen haben uns zu der Annahme geführt, dass Ihr Mann jemanden beauftragt hat, Ihren Wagen zu rammen, und dass es sich dabei um einen Versuch gehandelt hat, sich und seinen Kindern nach einem letzten, wunderbaren Familienurlaub das Leben zu nehmen.« Sie hält kurz inne. »Und Ihnen.«
Der Raum um mich herum kippt, mir wird schwindelig. »Was?«
»Weiter vermuten wir, dass er, nachdem das misslungen war, aus dem Krankenhaus verschwunden ist, um einer Strafverfolgung zu entgehen.«
Ich stehe auf, gehe zum Fenster. Ich brauche Luft. Ich muss raus hier.
DCI Lavery steht ebenfalls auf und stellt sich dicht neben mich. Ich klammere mich ans Fensterbrett, damit ich nicht umkippe. Die Knie geben unter mir nach, und meine Lunge scheint kurz vorm Zerspringen zu sein.
»Geht's?«, fragt sie.
Ich schüttele den Kopf. Sie ist kleiner als ich. Das Sonnenlicht lässt ihr silbriges Haar zum Heiligenschein werden und einzelne Flecken in ihren tiefblauen Augen besonders leuchten. Mitfühlend sagt sie: »Der sogenannte erweiterte Suizid ist ein Problem, das weltweit unter weißen Männern zwischen dreißig und fünfzig häufig auftritt.«
Nun nicke ich, als könnte ich sie, wenn ich dieser Aussage zustimme, zum Schweigen bringen.

»Es kommt vor, dass Eltern eines Kindes mit besonderen und komplexen Bedürfnissen gemeinsam einen Plan schmieden. Hat er je mit Ihnen über so etwas gesprochen?«

Als mir klar wird, was sie da andeutet, dreht sich mir der Magen um. *Hat Michael Ihnen einen gemeinsamen Suizid vorgeschlagen?* Plötzlich muss ich laut lachen. »Sie irren sich! Das ist nicht ...«

»Manchmal erschrecken die Menschen, die einem am nächsten stehen, einen am meisten«, fasst DC Fields zusammen.

Ich konzentriere mich auf die Kinder, die draußen auf der Straße spielen. Lucy und Daniel aus Nummer zweiundvierzig. Lucy und Saskia haben oft zusammen gespielt, und ich beobachte, dass Lucy oft zu unserem Haus herüberschaut, als erwarte sie, dass Saskias Gesicht am Fenster auftaucht.

»Sie meinen, Michael hätte das Geld vom Spendenkonto an den Van-Fahrer transferiert«, wende ich mich an DCI Lavery. »Aber ... dann müsste es doch eine Mail von ihm geben, eine Nachricht an einen Mittelsmann, der das organisiert, oder eine ausländische Nummer auf seiner Handyrechnung. Ich habe seine Mails haarklein durchgesehen.«

»E-Mails lassen sich leicht löschen«, gibt sie mit einem Seufzer zurück, und ich erzähle ihr, dass ich auch den gesamten Mailverkehr der Buchhandlung gelesen habe, Hunderte Mails, Zeile für Zeile, die eingegangenen und die gesendeten, immer auf der Suche nach einem Hinweis darauf, wo er sein könnte oder warum er verschwunden ist.

»Er könnte einen Mailaccount haben, von dem Sie gar nichts wissen«, wirft DS Jahan vom Sofa her ein. »Im Darknet läuft die Kommunikation über ein ausgeklügeltes Chat-System. Dass ein Schriftwechsel dieser Art in einem Hotmail- oder Google-Account auftaucht, ist doch mehr als unwahrscheinlich.«

Dieser Art.

»Wir arbeiten mit einem Spezialistenteam zusammen. Kriminal-

psychologen«, sagt DCI Lavery, kehrt zum Sofa zurück und schiebt das Tablet in seine Hülle. Dann bedeutet sie mir, ich solle mich zu ihr setzen, und ich füge mich. »Die Statistik zu dieser Art von Vergehen ist erschreckend. In der Regel sind die Täter heterosexuelle Männer mit Familie und Hypotheken. Ganz normale Leute, die in eine Ausnahmesituation geraten. Die ihren Job verlieren, ihre Familie nicht mehr ernähren können – sie können einen Knacks erleiden und plötzlich vollkommen untypisch agieren, oft eben mit extrem tragischen Folgen.«
Ich setze mich, versuche mich zu konzentrieren. »Michaels Existenzgrundlage ist zerstört worden, aber das heißt doch nicht, dass er ...«
»Sie müssen wohl auch die Möglichkeit in Betracht ziehen, dass Michael das Feuer in der Buchhandlung selbst gelegt hat«, fährt sie fort. »Wir sind nahezu sicher, dass der grüne Zafira, der von der städtischen Überwachungskamera erfasst worden ist, seiner war.«
Bei der Unterstellung, dass der Brand die Verdächtigungen gegen Michael noch erhärtet, dass die Polizisten tatsächlich glauben, mein Mann sei zu etwas so Unvorstellbarem imstande – dazu, seine Familie umzubringen –, schnürt sich mir die Kehle zu und schrumpft meine Lunge zusammen.
Denn Michael hatte völlig recht. Nicht Kinder haben das Feuer gelegt.
Ich habe das Feuer gelegt.

DRITTER TEIL

42

Helen

12. Dezember 1995

Gestern habe ich mich von der Tanzschule abgemeldet. Ich war ein halbes Jahr lang nicht dort, daher kann ich mir nicht vorstellen, dass sie etwas anderes erwartet haben. Den anderen aus der Klasse habe ich nichts gesagt. Ronnie, Medbh und Judith habe ich erzählt, dass Luke gestorben ist, dass es ein Unfall war. Sie haben mir einen Zeitungsartikel gezeigt, fünf Bilder von ihm und die Überschrift: Oxford-Student stirbt bei Kletterunfall. Ich bin fast durchgedreht. Diese Bestätigung schwarz auf weiß war zu viel. Zu real, so, als müsste ich noch einmal mitansehen, wie er fällt.
Wie ich die ersten Tage nach Chamonix überstanden habe, weiß ich nicht. Ich habe an diese Zeit praktisch keine Erinnerung. Ronnie hat mich mit Essen versorgt, hat mir einfach was auf den Tisch gestellt. Ich bin ausgezogen, habe nur eine kleine Reisetasche mitgenommen und bei verschiedenen Freunden auf dem Fußboden geschlafen. Jetzt bin ich Haut und Knochen, eine Feder im Wind. Die Haare sind mir büschelweise ausgegangen. Dieser Kummer umschließt die ganze Welt. Ich habe das Gefühl, gar nicht am Leben zu sein. Das einzig Reale, Spürbare ist seine Abwesenheit. Das Wissen, dass ich ihn nie wieder spüren, ihn nie wieder berühren werde, reißt mich in Stücke.
Heute Morgen hat mich Madame Proux besucht. Ich habe durch den Spalt zwischen den Wohnzimmervorhängen gelinst, und da stand sie in ihrem türkisfarbenen Samtcape und dem Hut mit Feder. Vor Schreck habe ich sie reingelassen. Im Moment wohne ich bei Medbh im Gästezimmer. Mir war klar, dass Madame Proux mich überreden wollte, weiter zu tanzen. Ich weiß noch,

als ich ungefähr zehn war und in einer schwierigen Phase, hat sie einmal gesagt, eine echte Tänzerin müsse sein wie Feuer. Flammen existieren nur, weil sie tanzen, meinte sie. Wenn sie aufhören zu tanzen, werden sie zu Asche. Ich musste mir mich selbst als Feuer vorstellen, und wenn meine Muskeln brannten oder die Füße bluteten, habe ich sie mir als Teil der tanzenden Flammen gedacht, und das hat mir geholfen durchzuhalten. Außerdem habe ich für die gesamte Weihnachtszeit eine Hauptrolle im *Nussknacker*. Neunundzwanzig Vorstellungen. Kate ist eine gute Zweitbesetzung, aber Madame Proux hat immer lieber mich gewollt. Ich wusste, sie war nur gekommen, um mich dazu zu bringen, dass ich die nächsten Vorstellungen tanze.

Sie hatte einen Korb mit Brot, Käse und Trauben für mich dabei. Ich sah aus, als hätte ich zehn Runden gegen Mike Tyson hinter mir, so verquollen war mein Gesicht; ich steckte noch in den Klamotten von letzter Woche, und überall lagen Taschentücher verstreut. Mit unverhohlenem Mitleid nahm sie meinen Zustand und den meines Zimmers zur Kenntnis.

»Meine Liebe«, sagte sie. »Der Verlust eines geliebten Menschen hinterlässt eine Wunde, die man sein Leben lang behält. Aber eines Tages wird der Schmerz erträglich, glaub mir.«

Ich nickte, als sei ich auch dieser Meinung, aber mir war klar, dass sie keine Ahnung hat, wie ich mich fühle. Wie auch? Niemand hat je einen Menschen so geliebt wie ich ihn. Irre, besessen. Ich habe ihn mehr geliebt als mich selbst.

Ich habe gesagt, ich würde wieder in die Schule kommen, und das hat Madame Proux genügt, um mit einem Lächeln auf dem Gesicht abzuziehen. Sie erklärte noch, sie werde mir in einer Woche den nächsten Besuch abstatten, und nahm mir das Versprechen ab, dass ich essen und schlafen würde. Weder habe ich vor, in die Tanzschule zurückzukehren, noch habe ich die Absicht, zu essen und zu schlafen.

Nachdem ich mich umgezogen habe, schreibe ich einen Zettel für Medbh, dass ich nicht wiederkomme und dass sie sich keine Sorgen machen soll. Dass ich ihr zum Dank dafür, dass sie mich aufgenommen und für mich gesorgt hat, meine Cordjacke überlasse, die ihr ohnehin schon immer besser gestanden hat als mir. Inzwischen ist es zwei Uhr nachts, stockfinster, und der Boden ist mit Schnee bedeckt. Die Kälte kneift mich in Zehen und Wangen. Das fühlt sich gut an, es erleichtert mich, weil es mich ablenkt und meine Aufmerksamkeit auf einen physischen Schmerz lenkt. Ich gehe zum Bahnhof und direkt zu den Gleisen. Lege mich hin, hole das Polaroid von Luke und mir an unserem Halbjahresjubiläum hervor und warte.

Über mir leuchten und funkeln die Sterne. Mir fällt ein, wie ich Jeannie, als sie noch ein Baby war, immer *Funkel, funkel, kleiner Stern* vorgesungen habe. Jetzt ist sie zehn. Seit Ostern habe ich sie nicht mehr gesehen. Sie lebt bei den Carneys, die sie immer lieber mochten als mich. Ich war der widerborstige Teenager, Jeannie die niedliche Achtjährige, die noch mit Teddys spielte und gern kuschelte. Ich konnte es kaum erwarten, dort wegzukommen.

Mir fällt auch ein, wie sie Jeannie und mir gesagt haben, dass unsere Mutter gestorben war. Ich habe keine Miene verzogen. Vielleicht habe ich sogar »Gut!« gesagt, auch wenn ich es nicht gemeint habe. Ich wollte Stärke demonstrieren, klarmachen, dass meine Mutter keine Macht über mich hatte, noch nicht einmal im Tod. Jeannie ist in Tränen ausgebrochen. Tagelang hat sie geweint und immer wieder gefragt, wo Mama hingegangen sei. Sie hatte sie seit zwei Jahren nicht zu Gesicht bekommen, und in der Zeit davor war unsere Mutter auch schon distanziert und unaufmerksam. Eine Stunde in der Woche durfte sie uns sehen, immer nur in Anwesenheit einer Sozialarbeiterin. Und trotzdem hatte Jeannie solche Sehnsucht nach ihr und wollte ihr gefallen.

Mir ist, als höre ich einen Zug kommen. Ich kneife die Augen zu und hoffe, dass es schnell geht.

Nach Mutters Tod war Jeannie sehr unglücklich. Immer wieder hat sie geweint und gebettelt, ich solle sie holen kommen, aber ich konnte sie ja nicht mit nach London nehmen. Ich bin Studentin, ich hätte nicht für ein Kind sorgen *und* in die Tanzschule gehen können. Außerdem war sie bis dahin bei den Carneys immer glücklich gewesen.

Ich stelle mir vor, wie sie erfährt, dass ihre Schwester gestorben ist. Außer mir hat sie niemanden. Was wird das mit ihr machen?

Ein Signalton. Ich setze mich auf, sehe in der Ferne einen weißen Punkt. Licht. Mir ist so kalt, dass ich Arme und Beine kaum noch spüre, aber ich schaffe es gerade so, von den Schienen wegzukriechen, bevor der Zug durch den Bahnhof donnert. Der Sog der Räder ist so stark, dass ich um ein Haar mitgerissen werde. Das Polaroid von Luke und mir fliegt mir aus der Hand und wird unter dem Zug geschreddert. Ich rolle mich zusammen und klammere mich an ein aus dem Boden ragendes Stück Eisen, um nicht unter die Räder gezogen zu werden.

Als der Moment vorbei ist, weiß ich, dass ich das nicht kann. Ich kann es Jeannie nicht antun.

Also gehe ich nach Hause, und als Medbh nach dem Zettel fragt, den ich ihr geschrieben habe, sage ich, dass ich wegziehe. Ich werde mir in der Nähe von Grimsby einen Job suchen und regelmäßig nach Jeannie schauen. Und Luke werde ich ein zweites Mal begraben: in meinem Herzen.

Wenn ich überleben will, muss ich ihn irgendwie vergessen.

43

Reuben
7. September 2017

Malfoy: Dein Wal sieht super aus. Der Strand wirkt absolut echt. Nur an den Wellen musst du noch ein bisschen was machen. Hast du diese Website mit kostenlosem Bild- und Filmmaterial gecheckt?
Roo: ☺☺☺ Ich freu mich, dass dir der Wal gefällt! Hatte schon Angst, du findest ihn Müll. Dein Piratenschiff ist SAUGUT.
Malfoy: Ich mag es auch. Ich kann dir einen Link zu ein paar YouTube-Tutorials zum Form-Tweening schicken. Wellen gut hinzukriegen ist schwer :/
Roo: Danke.
Malfoy: Im Gegenzug für den YouTube-Link musst du mir die Aufnahmen schicken, um die ich dich gebeten habe.
Roo: Was für Aufnahmen?
Malfoy: Vergessen?
Roo: Nein. Vielleicht.
Malfoy: Du hast nicht aufgenommen, wie die Polizisten deine Mutter befragt haben?
Roo: Ach so, doch. Hab ich ☺
Malfoy: Puh.
Roo: Ist aber nur ein Audio. Ist das schlimm?
Malfoy: Nein. Schick es mir gleich.
Roo: Ist das gefährlich, was du mir erzählen wolltest?
Malfoy: Was?
Roo: Die Befragung. Die Polizisten haben ganz viel nach meinem Vater gefragt.
Malfoy: Kommt drauf an.

Roo: Auf was?

Malfoy: Na ja, ich habe das Gespräch noch nicht gehört, also weiß ich nicht, was sie deine Mutter gefragt haben.

Roo: Wenn du willst, dass ich dir das schicke, musst du mir deinen richtigen Namen sagen.

Malfoy: Haha.

Roo: Was ist so lustig?

Malfoy: Wir sind auf iPix. Hier benutzt niemand seinen richtigen Namen. Außer Avataren vielleicht.

Roo: Ja, aber jetzt ist es was anderes. Ich muss dir trauen können, deshalb musst du mir deinen richtigen Namen sagen, damit ich weiß, dass du kein Böser bist.

Malfoy: Ich verspreche dir, dass ich kein Böser bin.

Roo: dann sag mir deinen Namen

Malfoy: David.

Roo: David wie?

Malfoy: David Reynolds.

Roo: ich glaub dir nicht

Malfoy: So heiße ich.

Roo. Warum soll ich immer hier zu Hause Sachen für dich aufnehmen?

Malfoy: Zu deinem Schutz.

44

Helen
7. September 2017

Ich habe mich hingelegt, um eine Weile auszuruhen, aber schlafen kann ich nicht. Stattdessen wälze ich mich hin und her, hellwach vor Kummer und Gewissensbissen. Nebenan höre ich Reuben spielen. Offenbar hat Jeannie ihn inzwischen von der Schule abgeholt. Ich stehe auf und gehe in Saskias Zimmer, lege mich auf den Teppich und schnuppere ihren Geruch. Sofort bin ich in Tränen aufgelöst.

Die Geschichte, die die Polizisten konstruiert haben, geht so, dass Michael irgendwann während unseres Urlaubs zu jemandem in Belize Kontakt aufgenommen und gesagt hat: *Hier hast du elftausend Pfund; lass es nach einem Unfall aussehen.*

Ich sage mir, dass das vollkommen ausgeschlossen ist, dass Michael zu so etwas schlicht nicht imstande wäre.

Eine Stimme in meinem Kopf aber flüstert: *Und was, wenn er wusste, dass du die Buchhandlung abgefackelt hast?* Eine furchtbare Angst kriecht in mir hoch. Was würde er machen, wenn er das erführe? Dieser Gedanke ist mir damals nie gekommen, aber ich habe ja auch nicht geahnt, dass das Feuer so außer Kontrolle geraten würde. Wie dumm ich war! Ich bin von Selbsthass zerfressen. Michael hat diesen Laden aus dem Nichts erschaffen und war extrem stolz auf den Erfolg. Und als die öffentliche Bibliothek geschlossen wurde, kam umso mehr Leben in die Buchhandlung, sie war allseits beliebt. Vorher hat Michael endlos schuften müssen, um die Rechnungen bezahlen zu können. Seit er seinen eigenen Laden besaß, hat er siebzig, achtzig Stunden die Woche gearbeitet, um Kindern Lust aufs Lesen zu ma-

chen und diverse regionale Gruppen und Zirkel zu unterstützen.
Und ich habe alles zerstört.
Was, wenn er das im Krankenhaus herausgefunden hat? Was, wenn er deshalb verschwunden ist? Michaels Zorn ist von der gefährlichen Sorte. Während Wut bei mir schnell herauskommt und ebenso schnell verraucht, schwelt sie bei ihm lange im Verborgenen und bricht irgendwann umso heftiger hervor. Wie ein Vulkan.
Jetzt kann ich gleich gar nicht mehr schlafen, und es sind nicht Gewissensbisse, die mich nach unten treiben, zum Fenster, wo ich nach draußen schaue und erwarte, einen Schatten vorbeihuschen zu sehen.
Es ist Furcht.
Ich öffne die Haustür und trete ins Freie, spähe die Straße hinauf und hinunter. Es ist niemand zu sehen. In der Ferne steigt aus ein paar Schornsteinen Rauch auf, die kühle, feuchte Luft riecht nach Gras. Obwohl ich barfuß bin, gehe ich durch den Garten und auf die Straße. Ich spüre es. Spüre den Blick, der mir folgt.
*Wir wissen beide, dass nicht Kinder das Feuer gelegt habe*n. Das hat er kurz vor dem Unfall gesagt, an dem Nachmittag, als wir hinter der Strandhütte in der Hängematte lagen. Der bittere Ton ist mir deutlich in Erinnerung. Mir ist auch in Erinnerung, wie er mich angesehen hat, als wir aus den Flammen nach draußen gewankt sind. Seine Hoffnung, das Feuer selbst löschen zu können, war so schnell zunichtegemacht.
Als er, schwarz vor Ruß und den Arm voller Bücher, nach unten kam und ich ihm entgegenlief, und als wir dann endlich im Freien waren und wieder Luft bekamen und keuchend zu Boden gingen, da habe ich mich nach ihm umgedreht, und er hockte auf allen vieren da und sah mich an.

Dieser Blick. Damals habe ich versucht, ihn zu ignorieren. Es war ein Blick, der Bände sprach. *Was hast du getan?*
Wo soll ich hin? Er wird mich überall finden. Schaudernd gehe ich zurück ins Haus, schließe ab und krieche wieder ins Bett, wo ich die Briefe ausgebreitet habe. Michael hat sie gelesen. Was muss er dabei gedacht haben? Wie wütend muss er sein?
Lange Zeit denke ich, dass mir nichts anderes übrig bleibt, als die Briefe den Polizisten zu zeigen. Ich kann sie ihnen vorlegen und sagen, dass Michael unschuldig ist. Aber dann werden sie nur weitere Fragen stellen. Wer war Luke Aucoin? Warum hat der Verfasser des einen Briefes Sie Mörder genannt?
Die ganze Geschichte werde ich ihnen nie erzählen. Wir haben uns entschieden zu schweigen. Um unsere Familie zu schützen. Das Risiko ist, dass wir Reuben und Saskia verlieren.
»Helen?«
Jeannie erscheint in der Tür, sie bringt ein Tablett mit Kaffee und Buttertoasts. Um mich herum liegen immer noch die Briefe ausgebreitet. Ich will sie schnell wegräumen, doch Jeannie hat sie schon gesehen.
»Was ist das?«, fragt sie und nimmt einen zur Hand.
»Die kriegen wir seit ein paar Jahren«, sage ich widerstrebend. »Ich habe sie aus der Buchhandlung mitgenommen. Wahrscheinlich hat Michaels Verschwinden damit zu tun.«
Sie blättert die Briefe durch, überfliegt sie, reißt die Augen auf, als sie das Wort »Mörder« liest.
»Wer ist Michael King?«
»Michael«, sage ich, und meine Stimme zittert. »Früher hieß er Michael King.«
»Michael King? Wann ist er denn zu Michael Pengilly geworden?«
»Vor zweiundzwanzig Jahren. Er hat den Namen seiner Mutter angenommen.«

»Warum?«
Jetzt kommen mir die Tränen. Sie nimmt meine Hand, sieht sich die Briefe noch einmal an.
»Was bedeutet das alles, Helen? Warum habt ihr diese Briefe bekommen?«
Also erzähle ich es ihr. Zwischen heftigen Schluchzern erzähle ich ihr von der Tour vor zweiundzwanzig Jahren. Von Luke und Theo, davon, wie ich Michael das erste Mal begegnet bin. Von dem Sturz.
»Luke war bewusstlos.« Die Erinnerung bringt das ganze Entsetzen zurück. »Er hing ganz unten am Seil. Wir haben ihn gerufen, immer wieder. Wir hätten jede Sekunde stürzen können, alle vier.«
Wir haben nie darüber gesprochen. Wir wollten es uns nicht klarmachen, uns nicht damit auseinandersetzen.
Und trotzdem hat es uns unser Leben lang begleitet. Es war mit uns im Raum, als Reuben geboren wurde, ein Schatten, der mir sagte, dass das alles – meine Ehe, mein Neugeborener, mein Leben – an jenem Tag auf dem Berg hätte zu Ende sein können und vielleicht sollen. Jeder Augenblick Glück war eine Schuld.
Während ich ihr alles erzähle, alles beichte, sitzt Jeannie bei mir am Bett. Immer wieder greift sie nach den Briefen, schaut sich die Umschläge an, erfasst die schreckliche Wahrheit, die ich enthülle.
»Du warst erst neun«, sage ich. »Michael und ich haben nie jemandem davon erzählt. Wir waren noch so jung damals.«
»Habt ihr mit der Polizei gesprochen?«
Ich schüttele den Kopf. Tränen laufen mir übers Gesicht. »Mit niemandem. Es war so schrecklich ... Wir sind beide einfach verschwunden.«
»Aber ... wie habt ihr dann später zueinandergefunden?«
Auch von unserer zufälligen Begegnung am Bahnhof erzähle ich

ihr. Die beides war: unangenehm, aber auch wie nach Hause kommen, denn wir waren die einzigen Menschen auf dem Planeten, die wussten, welche Dimensionen die Trauer um Luke hatte. Das Wissen darum, was der andere durchmachte, welche Schuldgefühle ihn quälten, hat eine machtvolle Intimität erzeugt. Michael war es, der mir Frieden gebracht und mich gelehrt hat, wieder zu lieben.

»Wir haben nie darüber gesprochen, Michael und ich«, sage ich. »Es war kein Mord. Aber wir haben auch nie mit Lukes Eltern gesprochen, wir haben ihnen nie erzählt, wie es war; weiß der Himmel, was sie daraus für Schlüsse gezogen haben ...«

»Du hast gesagt, Luke hatte einen Bruder.« Sie wühlt immer noch in den Briefen. »Der war dabei, oder? Als es zu dem Sturz kam?«

Ich nicke. »Es hat ihn vernichtet.«

Offenbar hat sie Mühe mitzukommen. »Aber ... wenn Lukes Bruder dabei war, hätte er dann nicht allen gesagt, dass es ein Unfall war?«

»Das hätte ich auch gedacht«, flüstere ich. »Aber die Zeit verzerrt vieles. Vielleicht hat er irgendwann angefangen, es anders zu sehen. Vielleicht ist er auf den Gedanken gekommen, dass Michael und ich das Ganze geplant hatten.«

Meine Kehle schnürt sich zu, als würde mir die Luft abgedrückt. Ich habe Theo im Laufe der Jahre oft gesehen. In der U-Bahn, im Supermarkt, im Fernsehen. Bei unserer Hochzeit in Gretna Green – Michael in einem Anzug von Humana, ich in einem mit Tulpen bedruckten Kleid aus dem Supermarkt-Sonderangebotsregal – brach mir der Schweiß aus, weil ich im Hintergrund Theo stehen sah. Das hat mich so durcheinandergebracht, dass ich die Zeremonie auf halber Strecke unterbrach, um mich zu vergewissern. Michael hat etwas unsicher gelacht und gesagt, ich hätte wohl kalte Füße gekriegt, der Standesbeamte hat sich geräuspert.

Natürlich war es nicht Theo, es war ein Blumenarrangement auf einem hohen schwarzen Ständer. Später hat einer der Väter in Reubens Krabbelgruppe Zustände gekriegt, weil ich ihn unentwegt angestarrt habe. Er war praktisch ein Double von Theo.
»Meinst du, dass er euch die Drohbriefe schickt?«, fragt Jeannie.
»Dieser Theo?«
»Ich weiß nicht. Sein Name taucht nirgendwo auf. Was ich gefunden habe, ist das hier.« Ich zeige ihr das Kuvert, auf dessen Rückseite »Chris Holloway« steht.
»Sagt dir der Name etwas?«
Ich schüttele den Kopf und ziehe die Knie an die Brust. »Jedes Jahr hat er einen Brief an eine von unseren alten Adressen geschickt. Und dieses Jahr hat er uns hier ausfindig gemacht.«
»25. Juni ... warum klingelt da bei mir was?« Sie studiert die Poststempel. »Ist das der Tag, an dem der Laden gebrannt hat?«
Ich nicke. Sie reißt die Augen auf.
»Warum hast du denn dann die Briefe nicht den Polizisten gezeigt? Das ist doch verrückt! Du hast hier Beweise, dass ihr beobachtet worden seid, dass jemand euch ernsthaft gedroht hat. Und dass das Datum, an dem das Feuer war, mit diesen Drohungen übereinstimmt. Die wollen Michael einen verdammten erweiterten Suizid anhängen! Warum hast du ihnen die nicht gezeigt?«
Ich schaffe es nicht zu antworten. Sie starrt mich an, als sei ich verrückt.
»Was verheimlichst du mir?«
In dem Moment setzt ein rhythmisches Piepen ein, ein Geräusch wie von einem digitalen Wecker oder Handy.
Jeannie dreht sich um. »Ist das dein Telefon?«
Ich klopfe die Taschen meines Bademantels ab. Mein Handy ist da, mucksmäuschenstill.
Das Piepen hält an. Wir heben Kissen und Bücher an, um die Quelle zu finden, schauen unter die Bettdecke und sogar unter

die Matratze. Bis Reuben hereinkommt. Er steckt in seinem *Star-Wars*-T-Shirt und trägt das iPad vor sich her.

»Alles klar, Roo?«, fragt Jeannie.

»Pssst!« Er wedelt mit der Hand, und während sie sich wieder setzt und den Mund hält, kommt er, den Blick starr auf das Display gerichtet, genau auf sie zugeschlurft und schiebt eine Hand halb unter sie. Jeannie stößt einen Schrei aus und springt auf, und Reuben fördert das Objekt zutage, von dem das Piepen kommt: Saskias Teddy Jack-Jack. »Ha!«, sagt er, tippt etwas auf dem iPad an, und das Piepen verstummt.

Jeannie und ich starren einander fragend an, während Reuben, den Teddy an sich gedrückt, den Rückzug antritt. »Ich möchte Jack-Jack bei mir haben«, sagt er und sieht mich treuherzig an. Und dann, so leise, dass ich ihn kaum verstehe: »Dann bin ich Saskia nahe.«

Ich klettere aus dem Bett und gehe zu ihm, versuche, auf dem iPad etwas zu erkennen. »Was war das eben für ein Geräusch? Wieso hat Jack-Jack so gepiept?«

»Guck«, erwidert er und tippt auf das Display. »Das ist cool. Damit findest du ihn überall. Wenn du ihn verlierst, kannst du hier eine Karte öffnen und siehst, wo er ist. Na ja, nicht ganz genau. Es hat mir nicht gezeigt, dass er seitlich unter dem Bett liegt, aber dafür ist ja das Geräusch da; damit findest du ihn auf jeden Fall.«

Mein Blick geht zu Jeannie. Sie hat Saskia den Teddy gekauft; sicher geht es ihr nahe, ihn wiederzusehen. Sie streckt die Hand nach Jack-Jack aus, und als Reuben ihn ihr reicht, fällt mir das kleine Herz an seinem Halsband wieder ein.

»War eine gute Idee, das Ding da anzubringen«, sagt Reuben. »Schade, dass er das noch nicht hatte, als wir in Cancún waren. Dann hätten wir nicht stundenlang nach ihm suchen müssen.«

»Dieses Ding?« Jeannie ertastet das Herzchen mit Daumen und Zeigefinger. »Das ist ein Namensschild, oder?«

»Ich habe ihm das nicht umgehängt«, sage ich.
Jeannie hebt das Herz an und liest die Aufschrift: »TRKLite«.
»Woher wusstest du, dass es dieses Geräusch macht?«
Reuben erklärt, dass das Herz Jack-Jack auf der ganzen Welt ausfindig machen würde und dass er schon auf der Rückreise von Belize, in dem MedEvac-Flugzeug, diese digitale Karte öffnen und die ganze Route bis Großbritannien verfolgen konnte. Je mehr er erzählt, desto verwirrter bin ich, und als er sieht, dass ich mich aufrege, fängt er an, mit den Fingern zu trommeln und zu stottern. Jeannie greift ein. Mit einem strahlenden Lächeln schafft sie es, ihn zu überreden, dass er sich zu uns aufs Bett setzt.
»Reuben, Süßer«, sagt sie. »Erklärst du uns das bitte noch mal? Du kannst den Herzanhänger von Jack-Jack mit deinem iPad verbinden …?«
Er nickt eifrig und öffnet die TRKLite-Website, um sie uns zu zeigen. »Ist eine doofe Seite«, sagt er, »ich hätte die viel besser machen können.«
Auf dem Bildschirm erscheinen kleine runde Anhänger in verschiedenen Farben und ein Banner, auf dem steht: »TRKLite! Der neue Bluetooth-Tracker! Nur £ 39,99!« Und in einem Video erklärt eine lächelnde Blondine, mit einem solchen Anhänger könnten Schlüssel oder Koffer nie mehr verloren gehen, weil man sie überall auf der Welt finde. Wie Reuben gesagt hat. Man brauche sich nur die App herunterzuladen, et voilà, schon blinke ein roter Punkt auf der digitalen Karte und zeige an, wo das Gesuchte ist.
Als Reuben wieder in sein Zimmer geht, sieht Jeannie mich nachdenklich an. »Wie ist dieser Anhänger an den Teddy gekommen?«
Anhänger und Halsband liegen vor uns auf dem Bett wie eine hochexplosive Substanz.

45

Helen
7. September 2017

»Wie lange hat der Teddy das schon umhängen?«
Genauso gut könnte sie mich fragen, wie groß das Universum ist.
»Keine Ahnung.«
»War das schon dran, als ihr in Belize wart?«
»Ich kann mich nicht erinnern.«
»Und als ihr in Mexiko wart? Könnte jemand aus eurer Reisegruppe das Ding angebracht haben?«
Den Kopf in die Hände gestützt, zermartere ich mir das Hirn.
»Ich weiß es nicht.«
»Vielleicht sollten wir Reuben fragen«, sagt sie nervös und verschränkt die Arme.
»Auf den Fotos müsste man es sehen. Michael hat Unmengen von Fotos gemacht.«
»Ist die Kamera nicht bei dem Unfall kaputtgegangen?«
Ich nicke. »Aber Reuben hat eine Dropbox eingerichtet, in die hat Michael alle Fotos geladen, um Kameraspeicherplatz zu sparen.«
»Hast du ein Tablet, oder sind alle eure Geräte hinüber?«
»Wir können Reubens nehmen, man muss sich nur anmelden.«
Jeannie holt Reuben noch einmal rüber, und wir fragen, ob wir uns sein iPad kurz leihen können. Er tut sich schwer, es herauszurücken, aber Jeannie verspricht ihm neue Edelkopfhörer, und als sie außerdem verspricht, das an einer Ecke gesprungene Display reparieren zu lassen, willigt er schließlich ein. Zum Glück weiß er auch das Passwort für die Dropbox, und im Nu bin ich wieder mitten in unserem Urlaub, sehe die vierhundert Bilder

aus dem Davor. Buckelwale, Michael und Saskia, wie sie Arm in Arm und strahlend auf dem Boot posieren; Bilder von vor gerade einmal drei, vier Wochen und doch wie aus einem anderen Leben.

Als ich anfange zu weinen, fährt Jeannie mir sanft über den Rücken. »Konzentrier dich«, sagt sie, »atme tief durch. Denk dran, wir suchen nur nach dem Herzanhänger.«

Es gibt kaum Bilder von Jack-Jack. Eins aus dem Flugzeug noch in Heathrow, eine unscharfe Aufnahme von Saskia, die mit dem Teddy auf dem Schoß auf einem Fensterplatz sitzt und frech zu Reuben hinübergrinst. Ich finde heraus, wie man zoomt, und vergrößere das Bild, bis man es sieht: klein, aber zweifellos da, das kleine rosa Herz an Jack-Jacks Hals.

»Weiter«, sagt Jeannie.

Ich finde Bilder aus der Zeit vor dem Urlaub, Monate davor. Weihnachtsfotos: Michael, verschlafen am Weihnachtsmorgen in unserem Wohnzimmer, Saskia, die mit weit aufgerissenen Augen das Weihnachtspapier von ihrem neuen Puppenwagen fetzt. Jack-Jack liegt zwischen den Papierbergen auf dem Boden; von dem Anhänger keine Spur. Ein anderes Bild von Saskia: Das Kinn in die Hände gestützt, sitzt sie am Esstisch und zieht für die Kamera ein Gesicht. Ihr schönes blondes Haar ist zu Rattenschwänzchen gebunden. Auf dem Tisch, gleich neben ihrem Ellbogen, ist Jack-Jacks weiße Gestalt zu erkennen, aber kein rosa Herzchen. Ich zoome, so weit es geht, doch das Herz ist nicht da. Das Bild ist am 14. Juli aufgenommen, einen Tag bevor Michael Ben Trevitt den Fausthieb verpasst hat und acht Tage bevor wir nach Mexiko geflogen sind.

Am liebsten würde ich in die Abfolge von Fotos eingreifen und uns daran hindern, das Flugzeug zu besteigen. Ich möchte zurückscrollen, die Zeit anhalten, das Flammenmeer in der Buchhandlung in den Zündkopf des Streichholzes in meiner Hand zurückspulen. Ich möchte den kleinen Papierkorb anklicken und alles Schlechte, das geschehen ist, löschen, bis ich wieder an dem Punkt bin, an dem Michael und ich uns getroffen haben.

Wenn die Vergangenheit sich doch nur so leicht in den Papierkorb verschieben ließe wie Fotos.

»So«, sagt Jeannie und sortiert die Bilder neu. »Das hier ist vom 30. April, und der Teddy hat keinen Anhänger. Dieses Foto von Jack-Jack ist am 23. Juli aufgenommen, im Flugzeug nach Mexiko, und da hat er den Anhänger am Halsband. Also ist das Teil irgendwann zwischen Mai und Juli hinzugekommen, als ihr noch zu Hause wart.« Sie fixiert mich. »Du weißt, was das bedeutet, oder?«

»Jemand muss so nahe an Saskia herangekommen sein, dass er den Anhänger anbringen konnte«, sage ich langsam, und jedes einzelne Härchen an meinem Körper stellt sich auf. Von der Welt, die ich kenne, wird eine Folie abgezogen, und was zum Vorschein kommt, ist eine andere Welt, eine Welt voller Augen und böser Absichten.

Jeannie schlägt die Hand vor den Mund und starrt auf das iPad. Ich weiß, was ihr durch den Kopf geht, denn ich denke das Gleiche. Wer würde solchen Aufwand treiben, nur um unseren Aufenthaltsort im Visier zu behalten? Warum? Schockartig geht es mir auf: Wenn jemand unseren Wagen herauspicken, uns rammen und das Ganze wie einen Unfall aussehen lassen wollte, hätte er an einem Gegenstand, den wir die ganze Zeit bei uns haben würden, einen solchen Tracker anbringen können. Und wo würde so ein kleines buntes Teil weniger auffallen als an einem Spielzeug?

»Hat Saskia nie etwas zu dem Anhänger gesagt?«, fragt Jeannie und scrollt hektisch durch die Bilder. »Ihr ist doch mit Sicherheit aufgefallen, dass an Jack-Jack etwas anders war.«

Ich schlucke. Ein neuer Gedanke drängt sich auf, einer, den ich

kaum zulassen kann. Chris Holloway hat mit Saskia gesprochen. Hat sie überredet – oder gezwungen –, das Herz an Jack-Jacks Halsband zu befestigen!
»Was ist das?«, fragt Jeannie, als sie auf einen Ordner mit dem Namen »Joshs Drohne« stößt.
Mich treibt noch die Vorstellung um, dass jemand Saskia gezwungen haben könnte, ihrem Teddy das kleine Herz anzuheften. Wie hätte sie reagiert? Sie hätte geschrien, wäre weggelaufen. Sie hätte mir davon erzählt, oder? Selbst wenn derjenige ihr gedroht hätte.
»Guck doch mal«, sagt Jeannie und tippt mit einem Fingernagel auf das Display.
Achtunddreißig Videodateien zwischen zwanzig Sekunden und sechsundzwanzig Minuten Länge. Ich klicke eine an und blicke plötzlich aus vielleicht fünfzehn Meter Höhe auf unsere kleine Stadt. Die Drohne treibt über der Kapelle und dem Springbrunnen im Zentrum dahin und dann weiter über der Hauptstraße in Richtung der Buchhandlung.
Als sie abdreht und wieder stadteinwärts gleitet, sehe ich gleich um die Ecke vom Laden ein schwarzes Auto stehen; gerade so ist auf dem Beifahrersitz ein Mann zu erkennen; aus dem Fenster steigt ein Fädchen Zigarettenrauch in den Himmel.
Ich bitte Jeannie, noch mehr von den Videodateien zu öffnen. Wir sehen Luftaufnahmen von der Umgebung; die hübschen Küstenorte Berwick-upon-Tweed und Alnmouth in einem goldenen Sonnenaufgang, immer wieder unsere Kleinstadt.
»Hier ist auch der schwarze Wagen«, sage ich. »Siehst du?«
Dieses Video ist eine Woche später aufgenommen als das vorige. Diesmal geht der Mann auf dem Fußweg auf und ab und schaut immer wieder in Richtung Buchhandlung. Er hat dunkles Haar und trägt einen langen schwarzen Mantel und weiße Turnschuhe. Michael kommt aus dem Laden und sieht sich nach allen

Seiten um. Ich bin mir ziemlich sicher, dass er noch mitbekommt, wie der Mann um die Ecke verschwindet. Uns zeigt die Drohne, wie der Mann in sein Auto springt und die Tür zuwirft, dann kehrt sie zu Michael zurück, der noch dem Mann hinterherschaut und sich dann zum Laden umwendet.

Ich registriere das Datum, an dem das Video entstanden ist: 07/04/17. Taucht das nicht auch in Michaels Notizen auf? Irgendetwas über einen Mann, der ihn beobachtet?

»Erkennst du ihn?«, fragt Jeannie, als ich den Film an der Stelle, an der der Mann in das Auto springt, anhalte.

Als ich verneine, geht sie zurück an den Anfang des Films, und wir sehen ihn uns zusammen noch einmal an.

»Der schnüffelt herum, das ist doch eindeutig, oder?«, sagt sie und zoomt. »Guck, er macht Bilder, siehst du das da in seiner Hand?«

Sie vergrößert noch weiter, und obwohl das Bild jetzt stark verpixelt ist, erkennt man, dass er etwas Kleines, Schwarzes in der Hand hat. Mir läuft ein Schauer über den Rücken. Der letzte Brief ist an die Buchhandlung gegangen, ohne Nachsendeetikett aus Cardiff. Sie hatten uns gefunden.

»Wenn wir sein Nummernschild erkennen, können wir ihn suchen«, sagt Jeannie.

Wir brauchen mehrere Anläufe, aber schließlich haben wir ein Still, in dem das Kennzeichen hinten am Wagen zu sehen ist: WD61 OWE. Ein schwarzer Renault Mégane.

»Das musste ich im Januar schon mal machen«, sagt Jeannie, öffnet auf ihrem Handy eine Suchmaske und gibt die Daten des Fahrzeugs ein. »Da ist mir auf der Parson's Street beim Ausparken einer rückwärts reingefahren und einfach abgehauen. Aber meine Dashcam hatte zum Glück die nötigen Infos über den Mistkerl gespeichert. Du gehst auf die DVLA-Seite, füllst ein Formular aus, zahlst eine kleine Gebühr, und sie geben dir ein paar

Daten: einen Namen, manchmal eine Adresse, je nachdem, was du angibst, wozu du die Information brauchst.«
Sie lädt ein Formular herunter, auf dem oben steht: »Vor dem Erwerb den Zustand eines Fahrzeugs ermitteln«.
»Hier steht, es kann bis zu vier Wochen dauern, bis du die Angaben erhältst, aber immerhin haben wir überhaupt die Möglichkeit.« Dann sieht sie mich eindringlich an. »Versprich mir, dass du das als Erstes den Polizisten zeigst, Helen, nichts mehr mit irgendwo eindringen.«
»Versprochen.«
In dem Moment gibt ihr Handy einen hellen Gong von sich. Sie sieht kurz nach, und dann schaut sie mich an.
»Von der DVLA?«
Sie strahlt. »Jep.«
»Und?«
Ihr Daumen wischt über das Display. »Er heißt Kareem Ballinger«, sagt sie, und ihre braunen Augen funkeln vor Aufregung. »Wollen wir ihn googeln?«

An: info@smartsurveillance.org.uk
Von: h.pengilly@bookmine.co.uk
Betreff: Michael Pengilly
Gesendet: 7. September 2017 22.31 Uhr

Sehr geehrter Kareem,

bitte entschuldigen Sie, dass ich mich so unvermittelt an Sie wende, aber ich möchte mich bei Ihnen nach meinem Mann erkundigen. Offenbar bieten Sie private Ermittlungen an, und ich habe festgestellt, dass Sie sich kürzlich in unserer Nähe aufgehalten haben.

Unsere Familie hatte einen schweren Unfall, und wir sind noch dabei, die Ursache zu klären. Es würde mir sehr helfen, Genaueres darüber zu erfahren, was Sie hier bei uns ermittelt haben. Wären Sie so freundlich, mir darüber Auskunft zu geben?

Mit freundlichen Grüßen
Helen Pengilly

An: h.pengilly@bookmine.co.uk
cc: info@smartsurveillance.org.uk
Von: kareem@smartsurveillance.org.uk
Betreff: Vertraulich
Gesendet: 7. September 2017 22.48 Uhr

Hallo Helen,

das ist interessant. Ich war tatsächlich in Ihrer Stadt. Bevor ich mehr schreibe, wüsste ich gern, welchen »schweren Unfall« Sie meinen.

MfG, Kareem

An: kareem@smartsurveillance.org.uk
Von: h.pengilly@bookmine.co.uk
Betreff: Re: Vertraulich
Gesendet: 7. September 22.51 Uhr

Hallo Kareem,

wir hatten in Belize einen Autounfall, der offenbar mutwillig herbeigeführt und ein Anschlag auf unser Leben war. Mein Mann gilt als vermisst, und wir fürchten, er könnte gekidnappt worden sein.

Waren Sie da in irgendeiner Weise involviert? Wissen Sie, wo mein Mann sein könnte?

Helen

An: h.pengilly@bookmine.co.uk
cc: info@smartsurveillance.org.uk
Von: kareem@smartsurveillance.org.uk
Betreff: Vertraulich
Gesendet: 7. September 2017 22.55 Uhr

Hallo Helen,

das sind sehr beunruhigende Neuigkeiten.

Ich verfüge über Informationen, die ggf. weiterhelfen. Diese Informationen möchte ich allerdings weder per Mail noch am Telefon weitergeben. Ich möchte Sie persönlich treffen. Können wir uns möglichst bald sehen, am Bahnhof von York? Ich könnte morgen Vormittag da sein.

Mit den besten Grüßen
Kareem Ballinger
CEO Smart Surveillance

46

Helen

8. September 2017

Wir sitzen im 9.04-Zug von Newcastle upon Tyne nach York. Jeannie nimmt den Plastikdeckel von ihrem Kaffeebecher und schüttet zwei Tütchen Zucker hinein. Sie trägt noch das Make-up von gestern und sieht müde aus. Wir haben beide nicht viel geschlafen.

»Wir hätten die Polizei informieren müssen«, sagt sie und schaut zu dem Mann auf der anderen Seite des Ganges hinüber, der hastig etwas in seinen Laptop tippt. »Oder uns wenigstens rechtlich beraten lassen.«

»Dazu hab ich keine Zeit«, erwidere ich. »Wenn ich mit jemandem reden will, der uns ausspioniert hat, brauche ich von niemandem eine Genehmigung. Das ist ein Privatdetektiv. Jemand muss ihn beauftragt haben.«

»Kann ich dich etwas fragen?«

»Nein.«

Sie runzelt die Stirn. »Oh.«

»Natürlich kannst du mich etwas fragen, Jeannie!«

»Ach so, gut. Also, du kennst doch Michaels Traumtagebuch. Diese Sache mit der Tür aus Flammen.«

»Ja?«

»Hatte er diesen Traum, bevor die Buchhandlung gebrannt hat oder danach?«

Ich kneife die Augen zusammen. »Keine Ahnung. Warum?«

Offenbar hält sie mit etwas hinterm Berg. Stattdessen sagt sie taktvoll neutral: »Na ja, es ist seltsam, dass jemand von einer Tür aus Flammen träumt und dass kurz danach seine Buchhandlung

aus unerfindlichen Gründen in Flammen aufgeht, findest du nicht?«
Es ist klar, worauf sie hinauswill. »Michael ist kein Brandstifter, Jeannie. Er hat dieses Feuer nicht gelegt.«
Sie fixiert mich, hebt eine perfekt nachgezogene Braue. »Bist du dir da sicher?«
»Ich bin mir sicher.«
Nun beugt sie sich vor und fährt leiser fort: »Hättest du das auch von dem Bild gesagt? Dass Michael es niemals zerstören würde?«
Ich drehe mich weg.
»Und das übrigens«, fährt sie fort, denn sie hat meine stumme Antwort genau verstanden, »*war* Brandstiftung. Also sag nicht, Michael sei kein Brandstifter.«
Das mit dem Feuer kann ich ihr nicht erzählen. Ich kann ihr nicht sagen, dass ich es gelegt habe. Sie würde das niemals verstehen.
»Du weißt, dass du mir alles sagen kannst.« Plötzlich klingt sie fast unterwürfig. »Mir ist klar, dass du in mir immer noch die nervige kleine Schwester siehst, die aus Bohnenstangen und einem Duschvorhang eine Theaterbühne baut und verlangt, dass alle zu ihrer Vorstellung kommen. Aber ich bin inzwischen einunddreißig. Ich schaffe es, ein Geheimnis zu bewahren.«
Einen kurzen Moment ziehe ich es tatsächlich in Erwägung.
»Mein größtes Geheimnis habe ich dir anvertraut«, sage ich.
Sie lehnt sich zurück und schlürft nachdenklich ihren Kaffee. »Die ganze Sache am Montblanc ist so lange her. Warum habt ihr euch dem damals nicht gleich gestellt? Oder wenigstens ein paar Jahre danach?«
»Die Trauer um Luke hat mich jahrelang total beherrscht«, sage ich leise.
»Du hast ihn geliebt.« Das ist keine Frage. Ihre Erleichterung darüber, dass Michael nicht meine erste Liebe war, ist deutlich zu spüren.

»Ich war gerade mal neunzehn«, sage ich. »Es war überwältigend, wir waren besessen. Eine andere Art von Liebe als die zwischen Michael und mir.«
Darüber denkt sie eine Weile nach.
»Ich hatte solche Schuldgefühle.« Plötzlich läuft mir eine Träne über die Wange. »Mir war schleierhaft, wie ich damit umgehen sollte: kämpfen oder fliehen.«
»Aber als dann das mit den Briefen anfing«, bohrt sie weiter. »Warum habt ihr nicht zu denen, die sie geschickt haben, Kontakt aufgenommen?«
Der Blick ihrer großen grauen Augen ist auf mich gerichtet, doch ich weiche ihm aus. *Wie soll ich das erklären?* Ich spreche langsam, finde die Worte nur mühsam, als müsste ich sie zwischen Glasscherben hervorfischen. »Da hatten wir Reuben schon. Es war offensichtlich, dass sie die Briefe geschickt haben, weil sie dachten, wir hätten Luke ermordet; dass sie nicht an den Unfall geglaubt haben. Lukes Familie ist unglaublich reich. Uns schien klar, dass sie eine große Anwaltskanzlei beauftragt hatten, uns vor Gericht zu bringen. Michael und ich hatten nicht die Mittel, uns gegen solche Anwälte zu wehren. Wir dachten ...«
Schon bei dem Gedanken, dass wir die Kinder verlieren könnten, wird meine Kehle trocken. »Das könnte immer noch passieren.«
»Es ist nur ... hör mir zu«, sagt sie, als sie sieht, dass ich gleich in Tränen ausbreche. »Was, wenn Michael gar nicht gekidnappt worden ist?«
Das will ich noch nicht einmal denken. Ich schüttele den Kopf. »Ich glaube nicht, dass er uns einfach so in Belize zurückgelassen hätte, ohne ein Wort zu sagen.«
»Aber ... du hast gesagt, er hat die Briefe gesehen. Glaubst du, er will diesen Mann treffen? Diesen Chris Holloway?«
»Möglich, ja. Um die Kinder zu schützen, würde er alles tun.«

Sie hebt die Brauen. »Und was ist mit dir? Meinst du, er würde auch alles tun, um dich zu schützen?«
Ich antworte nicht. Die Wahrheit ist, dass ich das nicht weiß.

»Kareem?«
»Sie müssen Helen sein«, sagt der Mann, steht auf und streckt mir die Hand hin.
»Das ist meine Schwester Jeannie.«
Er schüttelt auch ihr die Hand. »Ich weiß.«
Der Drohnenfilm war unscharf, und trotzdem erkenne ich ihn: das fettige dunkle Haar, das, wie sich jetzt zeigt, quer über den Kopf gelegt ist, die etwas seltsamen Proportionen, die langen, femininen Finger. Mit einem Schlag wird mir bewusst, dass ich einem Mann gegenüberstehe, den ich dabei ertappt habe, wie er uns beobachtet hat. Meine ersten Impulse sind Angst und Abwehr, bis ich die Flecken auf seinen Hosenbeinen sehe und mir klarmache, dass er am Ende auch nur ein Mensch ist. Er hat einen pakistanisch eingefärbten Yorkshire-Akzent, Hängebäckchen, schwere Lider, links am Kinn einen kleinen Schnitt vom Rasieren. Einen Ehering. Wir befinden uns in einem kleinen Café gleich neben dem Bahnhof: absolut in der Öffentlichkeit und sehr laut.
»Möchten Sie etwas essen?«, fragt er höflich.
Wir schütteln beide den Kopf. Essen ist das Letzte, woran wir denken.
Er fragt, wie die Fahrt war, Jeannie sagt, dass sie zum ersten Mal in York ist. Kurzes, betretenes Schweigen.
»Danke, dass Sie so schnell geantwortet haben«, flüstere ich schließlich.
Er lächelt und nickt. »Gern. Sie haben einen Autounfall erwähnt. Was ist passiert?«
Es ist sowieso schwer, darüber zu sprechen, umso mehr aber mit

jemandem, den ich nicht kenne und dessen Verhältnis zu unserer Familie eine voyeuristische Note hat, was ihn automatisch gefährlich erscheinen lässt. Um nicht ein weiteres Mal in Tränen auszubrechen, berichte ich so wenig emotional von den vergangenen beiden Wochen, wie es mir nur möglich ist.
»Mein Mann und ich waren mit den Kindern im Urlaub in Belize. Wir hatten einen schweren Unfall, nur dass es kein Unfall war. Wir sind beobachtet worden. Der andere beteiligte Fahrer wusste exakt, wo wir sind. Es erfordert schon einiges, Leute ausfindig zu machen, erst recht im Ausland. Waren Sie da involviert?«
Zum Lohn für meine Ausweichmanöver und die emotionale Zurückhaltung meldet sich der Lavaklumpen in meiner Kehle zurück. Ich lasse Kareem nicht aus den Augen, während er verarbeitet, was ich gesagt habe.
»Im Februar hat sich bei mir ein Klient gemeldet, der wissen wollte, wo Sie und Ihr Mann sich aufhalten«, sagt er.
Ich dachte, ich wäre darauf vorbereitet, aber jetzt kriecht mir doch ein Schauer das Rückgrat hinauf, und ich beginne am ganzen Leib zu zittern. Jeannie sieht es mir an und legt ihre Hand auf meine. Dann spricht sie für mich.
»Hat der Klient gesagt, warum er die beiden finden möchte?«
»Anfangs nicht.« Er runzelt die Stirn. »Mir wurde eine Adresse in Cardiff genannt, aber es hat sich schnell geklärt, dass Michael King da schon lange nicht mehr wohnt.«
Jeannie beugt sich vor. »Dieser Klient – wer war das?«
Er lächelt und lehnt sich zurück. Jeannies Blick weicht er aus, obwohl ihr Gesicht dicht vor seinem ist. »Der Klient hat mir mitgeteilt, dass er bereits mehrere Versuche unternommen hatte, Mr King ausfindig zu machen«, sagt er. »Dafür hatte er viel Geld ausgegeben. Ich habe ihn natürlich gefunden, in Northumberland, und das habe ich dem Klienten mitgeteilt.«

»Hieß Ihr Klient Chris Holloway?«, fragt Jeannie. »Oder vielleicht Theo Aucoin?«

Jeannie Theos Namen aussprechen zu hören hebt den ganzen Irrsinn auf eine neue Stufe. Kareem blinzelt kurz.

»Ich folge in meinem Geschäft strengen ethischen Regeln, und ich kann ganz klar sagen, dass ich mit den Geschehnissen in Belize nicht das Geringste zu tun hatte«, sagt er etwas zu förmlich. Möglicherweise argwöhnt er, dass wir das Gespräch aufzeichnen. »Was ich herausgefunden habe, war, dass Ihr Mann und Sie einen Urlaub in Mexiko planten. Darüber habe ich meinen Klienten informiert. Das war meine Aufgabe, weiter nichts. Informationen sind mein Geschäft. Dabei ging es nie um Gewalt.« Dazu hebt er die Hände, wie um zu beweisen, dass kein Blut daran klebt.

»Ganz im Gegenteil«, sagt Jeannie. »Hier geht es ausschließlich um Gewalt.«

Kareem senkt den Blick. »In der Tat. Ein Kind ist schwer verletzt, und Ihr Mann gilt als vermisst. Diese Entwicklung macht mich sehr betroffen. Ich werde Ihnen zeigen, was ich habe.«

Er bückt sich zu seiner Aktentasche, holt einen Laptop hervor und stellt ihn so auf, dass ich gut sehen kann. Eine Diashow wird abgespielt.

»Haben Sie die gemacht?«, frage ich.

Er nickt.

Ein Bild zeigt Michael beim Aufschließen der Ladentür. Dabei dreht er den Kopf und schaut stirnrunzelnd in die Kamera. Er hat seinen grünen Parka an und die senfgelbe Mütze auf dem Kopf, also ist die Aufnahme wohl im März entstanden, als es morgens noch empfindlich kalt war. Dann gibt es ein Bild, auf dem Reuben, Saskia und ich zur Schule aufbrechen. Saskia, mit Rattenschwänzchen, hat den Kopf im Nacken und sieht zu mir hoch. Sie hält Jack-Jack im Arm. Ohne Herzanhänger am Halsband.

Das nächste Foto ist ein Screenshot, eine Mail, die an die Adresse der Buchhandlung gegangen ist. Ein Flugticket nach Mexiko City, auf dem Michaels Name steht.
»Sie haben unseren Mailaccount gehackt?« Ich fasse es nicht.
»Nein.«
»Wie kommen Sie dann an unsere Flugtickets?«
Jetzt lächelt er kurz, so, als halte er mich für ziemlich dumm. »An solche Informationen kommt man leicht. Schneller, als man sich in einen privaten Mailaccount hacken könnte.« Er spricht so ruhig und sanft, dass ich mir mühelos vorstellen kann, wie er als zweites und lukratives Standbein Leute hypnotisiert oder von ihrer Schlaflosigkeit heilt, einfach indem er mit ihnen redet. »In Zeiten vor dem Internet hat man es als Privatdetektiv wirklich schwer gehabt, aber heute? Sie kaufen etwas online, und schon hat irgendwer irgendwo acht Seiten Informationen über Sie. Ihre Bonität, Ihre Adresse, Ihre Kontoauszüge, was Sie gern essen und so weiter.« Er schaut auf den Bildschirm. »So etwas von einer Daten-Website zu ziehen kostet mich zwanzig Pfund.«
»Feine ethische Regeln«, sagt Jeannie.
»Bitte. Ich habe nur meinen Auftrag erfüllt.«
»Wie hieß der Klient?«, wiederholt Jeannie und haut mit der flachen Hand auf den Tisch. »Sagen Sie uns den Namen!«
Lange hält Kareem ihrem Blick stand, bis sie entnervt stöhnt und einen dicken weißen Umschlag aus ihrer Handtasche holt.
»Zweitausend Pfund Cash«, sagt sie und ignoriert meinen Protest. »Sagen Sie uns, wer Sie beauftragt hat, die Familie meiner Schwester auszuspionieren, oder wir sind in einer Minute weg.«
Kareem schielt auf den Umschlag. Er streckt die Hand danach aus, doch Jeannie lässt ihn nicht los.
»Chris Holloway. So hieß der Klient.«
Mein Herz macht einen Satz. »Was hat er Ihnen gezahlt?«
»Sechstausend Pfund.«

»Sechstausend Pfund dafür, dass unsere Familie ausgelöscht wird?« Plötzlich bin ich wieder kurz vorm Weinen.
Er senkt den Kopf. »Nein, nein. Natürlich nicht. Bitte. Mein Auftrag war es, Michael King zu finden und Informationen über sein Netzwerk zu sammeln. Michael King war unauffindbar, aber Michael Pengilly, den gab es.«
»Und damit war Chris Holloway zufrieden?«, fragt Jeannie.
Er trinkt einen Schluck Kaffee, tupft sich den Mund ab. »Das dachte ich jedenfalls. Aber dann bekam ich mehrere Mails, in denen es um das Bild von dem Flugticket ging, das ich geschickt hatte. In einer wurde ich gefragt, ob ich eine Beschattung in Mexiko City übernehmen würde.«
In mir spannt sich alles an, meine Hände ballen sich zu Fäusten.
»Der Teddy meiner Tochter hat an seinem Halsband einen Anhänger, einen Tracker. Haben Sie den angebracht?«
Er zuckt die Achseln. »Ich weiß nichts von einem Tracker.«
»Und was ist mit Jonas Matus?«, fragt Jeannie. »Über den wissen Sie Bescheid, oder?«
»Über wen?«
»Jonas Matus«, wiederholt Jeannie. »Ach, kommen Sie. Das ist der Mann, der das andere Auto gefahren hat. Er hat den Wagen von meiner Schwester und ihrer Familie gerammt.«
Er schüttelt den Kopf. »Den Namen habe ich noch nie gehört.«
»Und was ist mit Malfoy?«, frage ich, nachdem mir eingefallen ist, dass Reuben von Belize aus zu diesem sogenannten Freund Kontakt hatte.
Damit kann Kareem noch weniger anfangen. Er murmelt etwas von Harry Potter, aber es ist deutlich, dass er darüber nichts weiß.
»Also ... Chris Holloway hat Sie dafür bezahlt, dass Sie etwas über Michael herausfinden – und das war's?«
Kareem nickt.

»Sie lügen«, sage ich, und er hebt erneut die Hände, und ich spüre, dass er nichts lieber täte, als den Umschlag zu nehmen und sich zu verabschieden.

»Hören Sie, mein Mann ist verschwunden«, wiederhole ich. »Wir glauben, dass er gekidnappt worden ist, und ich weiß, dass Ihr Klient etwas damit zu tun hat. Wer ist dieser Chris Holloway? Wo ist er? Was hat er mit Michael gemacht?«

»Sie, nicht er«, erklärt er. »Chris Holloway ist eine Frau.« Sein Blick geht zu dem Umschlag. »Möglich, dass ich ihre Adresse habe.«

»Ohne die Adresse kein Geld«, stellt Jeannie klar.

Er streckt die Hand über den Tisch, und sie legt den Umschlag hinein, lässt ihn aber nicht los.

»Sie lebt in Frankreich.«

»Schreiben Sie die Adresse auf.«

Widerstrebend lässt er den Umschlag los, zieht einen Stift aus der Hemdtasche und schreibt etwas auf eine Serviette. Nun gibt Jeannie ihm den Umschlag. Er lässt ihn diskret in eine unsichtbare Innentasche seiner Jacke gleiten.

»Wir werden die Polizei informieren müssen«, sagt Jeannie, während sie die Adresse studiert.

Als sie ihr Handy zückt, schaut Kareem zu mir. »Ich nehme an, Helen ist das nicht recht. Wenn Sie den Polizisten zu viel sagen, beschäftigen die sich auch mit Dingen, von denen Sie das lieber nicht wollen.«

Verwirrt sieht Jeannie ihn an. »Was?«

Er wendet sich wieder seinem Laptop zu und klickt sich durch ein paar Bilder, bis er gefunden hat, was er sucht. »Es ist Ihre Entscheidung, ob Sie es sehen wollen oder nicht«, sagt er mit ernster Miene. »Aber ich muss Sie warnen; meine Klientin verfügt über diese Information.«

Es ist ein Bild von unserer Buchhandlung. Vermutlich später

Abend. Eine Frau, eingehüllt in einen dicken Mantel und einen Schal, tritt aus der Tür.

Kareem klickt weiter von Bild zu Bild. Die Frau beim Schließen der Fensterläden. Erste Anzeichen von Feuer, ein orangefarbenes Leuchten hinter den Fensterläden. Ich will, dass er aufhört. Rauch, der in dicken Spiralen unter der Tür hervorquillt. Flammen hinter den Fenstern oben.

»Ihre Klientin hat das Feuer in der Buchhandlung gelegt?«, faucht Jeannie, wobei auch Angst in ihrer Stimme mitschwingt.

»Ich habe diese Information vor der Polizei zurückgehalten«, sagt Kareem, an mich gewandt, »aber meine Klientin weiß es.«

»Was weiß Ihre Klientin?«, fragt Jeannie. »Wer war es?«

»Ich dachte, sie wollten aus genau diesem Grund, dass ich Ihre Familie observiere«, sagt er. Offenbar ist seine Neugier geweckt. »Ich dachte, sie hätten irgendwie von Ihren Plänen gewusst und wollten einen Beweis dafür, dass Sie vorhatten, den Laden anzuzünden.«

Jeannie starrt auf den Bildschirm. »Was heißt das? Warum warst du im Laden, als es anfing zu brennen? Helen?«

Es kostet mich die größte Mühe, ihr in die Augen zu sehen. Sie schaut von mir zu Kareem und wieder zurück, sieht meine Scham und seine befriedigte Miene. Binnen Sekunden werden ihre schlimmsten Befürchtungen wahr.

»Du ... Helen, sag, dass das nicht wahr ist, sag, dass du mit dem Feuer nichts zu tun hattest!«

Ich lasse den Kopf hängen, bedecke den Mund mit der Hand.

»Helen! Sag, dass du mit diesem Feuer nichts zu tun hattest.«

»Kann ich nicht«, flüstere ich.

Als ich aufblicke, starrt sie mich an. Ihr Mund steht offen, ihre Augen scheinen noch dunkler geworden zu sein. Es ist, als sähe sie mich zum ersten Mal.

»Das ist nicht dein Ernst«, flüstert sie. »Du ... hast das Feuer gelegt? Also ... mit Absicht?«

Ich nicke und kneife die Augen zu. Ich ertrage ihre entsetzte Miene nicht.
»Warum?«, ruft sie aus und sieht mich an, als sei ich verrückt geworden. »Warum hast du das getan?«
»Ich habe versucht, mit Michael über seine Schlaflosigkeit zu reden«, platzt es aus mir heraus. »Er konnte nicht schlafen, und es ging ihm schlecht ... Ich wollte, dass er es mit einem neuen Medikament versucht. Aber als ich davon anfing, hat er dichtgemacht. Ist rausgegangen. Ich ... ich habe einfach dieses Schweigen nicht mehr ausgehalten ...«
Sie runzelt verwirrt die Stirn. »Und da bist du ... in die Buchhandlung gegangen und hast sie abgefackelt!«
Plötzlich muss ich lachen. Absurd. Schnell wird aus dem Lachen Schluchzen.
Der Berg hat uns beobachtet. Ich habe seinen Blick ständig gespürt, bei jedem Triumph, den wir erlebt haben, bei jedem Kummer. Mit jedem »Ich liebe dich« habe ich mich »Schneid das Seil durch« sagen hören, und jedes Mal, wenn ich eins unserer Kinder rief, habe ich den Namen Luke gehört. Möglich, dass es das alles nie gegeben hätte. Dass es nie zu dieser Liebe gekommen wäre. Es hätte auch ich sein können, die ganz unten am Seil hängt und denen ausgeliefert ist, die sich selbst retten wollen.
Beide Hände vors Gesicht geschlagen, erzähle ich es Jeannie. »Michael hat den ganzen Abend kein Wort mehr mit mir gesprochen. Er ist ins Bett gegangen, und ich habe eine Flasche Wein aufgemacht. Irgendwann bin ich in die Buchhandlung gefahren, eigentlich, um sämtliche Bücher aus den Regalen zu holen. So hat er es immer gemacht – jedes Mal, wenn ihm ein Gespräch zu ernst wurde, hat er sich im Laden eingeschlossen und die Regale aufgeräumt, die Bücher nach der Größe sortiert oder solchen Quatsch gemacht. Eigentlich wollte ich nur für Chaos sorgen. Ein Zeichen setzen. Ihm klarmachen, wie wütend ich war. Aber

als ich dann da war, habe ich plötzlich die Streichhölzer gesehen. Okay, dachte ich, ich räume die Bücher nicht um, ich zünde sie an! Das wird ihn erst richtig aus der Fassung bringen. Dann *muss* er reden. Und dann bin ich weggefahren, und das Ganze ist außer Kontrolle geraten.«

Ich habe den Blick des Berges gespürt. Und ich wollte, dass er es sieht. Er sollte es als ein Flehen nehmen. Wir würden alles verlieren. Ein Opfer. Eine gerechte Strafe.

»Aber ... was ist mit dem Spendenkonto? Und Michael? Du hast gesagt ... die Polizisten hätten gesagt, er sei *wegen* des Feuers durchgedreht. Und du hast es gelegt?«

Sie springt auf. Sie ist wütend. Fassungslos.

»Ich glaube überhaupt nichts mehr«, sagt sie und schnappt sich ihre Tasche. »Kein Wort von dem, was du gesagt hast, glaube ich mehr. Alles Lüge!«

»Jeannie ...«

Doch sie macht auf dem Absatz kehrt und geht schnurstracks davon, durch den Bahnhof auf die Treppe zu.

Ich fahre zu Kareem herum. »Was wollen die?«, rufe ich, nun meinerseits wütend. »Warum mussten sie so weit gehen? Meiner Tochter geht es sehr schlecht. Wir hätten alle sterben können ... Warum tun sie das?«

»In einer Hinsicht hatte ich recht«, sagt er nachdenklich. »Hier geht es um Vergeltung. Danach suchen viele meiner Klienten. Deshalb bezahlen sie mich für meine Nachforschungen. Sie wollen Gerechtigkeit. Einen Ausgleich für etwas, das ihnen angetan worden ist.«

»Was Saskia zugestoßen ist, nennen Sie *Gerechtigkeit*? Sie ist ein unschuldiges Kind!«

Lange sieht er mich nachdenklich an. »Bei dem, was ich tue, hängt alles vom Kontext ab. Wenn ich Ihrer Erinnerung etwas auf die Sprünge helfe, sehen Sie die Dinge vielleicht anders.«

»Auf den Kontext pfeife ich. Sie haben gesagt, ich bin in Gefahr. Wollen Sie andeuten, dass diese Klientin von Ihnen vorhat, uns noch mehr Schmerz zuzufügen? Nach allem, was wir durchgemacht haben?«

»Ist Ihnen klar«, sagt er und beugt sich vor, sodass nur ich ihn verstehen kann, »dass meine Klientin Sie für die Mörder ihres Sohnes hält?«

47

Reuben
8. September 2017

Ich stehe vor der Klasse am Whiteboard. Jedes Mal, wenn ich hochgucke, denke ich, ich muss kotzen. Miss McKinley steht rechts neben mir, sie hat die Arme verschränkt und grinst breit, und ich weiß nicht, ob sie mich auslacht, obwohl, Miss McKinley ist nett und sagt Sachen wie: *Das hast du toll gemacht, Reuben!* Meine Knie zittern, und meine Zähne klappern, als ob mir kalt wäre.

»Meine Präsentation heißt *Nomaden in Blau* und geht über einen Wal. Einen Blauwal. Blauwale sind die größten Tiere auf der Erde …«

»Wale sind Fische«, ruft jemand. Oliver Jamieson. Ich sehe, wie er sich die Nase am Ärmel abwischt.

Miss McKinley sagt: »Bitte nicht dazwischenrufen, Oli. Wale sind Meeressäugetiere.«

Oli verzieht das Gesicht. »Und was ist der Unterschied zwischen einem Fisch und einem Säugetier?«

»Busen zum Saugen«, sagt Lily, und alle lachen los. Jemand ruft: »Wale haben Riesenbusen!« Ich überlege, ob ich mich lieber hinsetzen soll.

»Fahr bitte fort, Reuben«, sagt Miss McKinley.

Ich schaue runter auf mein iPad. Ich hasse es, vor den anderen zu reden. Meine Stimme hört sich immer ganz anders an als die, mit der ich denke.

»Blauwale können dreißig Meter lang werden und über zweihundert Tonnen wiegen. Sie sind Einzelgänger, aber sie können sich mit Rufen verständigen, die entweder klingen wie ein Drumbeat …«

»Walparty«, tuschelt jemand, aber Miss McKinley sagt, ich soll einfach weitermachen.

»… oder ein bisschen wie Chewbacca aus *Star Wars*.«

»Sehr gut beschrieben«, sagt Miss McKinley und verschränkt wieder die Arme.

»Außerdem haben sie verschiedene Akzente, je nachdem, in welchem Meer sie leben. Manche leben in Südkalifornien. Früher haben sie in der Antarktis gelebt, aber in den 1920er-Jahren sind sie von den Menschen mit Harpunen abgeschossen worden, bis sie fast ausgestorben waren.«

Die anderen unterhalten sich. Sebastian Edu in meiner alten Schule hat gesagt, ich klinge wie ein Staubsauger. Ich höre auf zu reden, ich bitte nur Miss McKinley, das Licht auszumachen. Sie drückt den Schalter, und es wird dunkel im Klassenzimmer. Ich öffne meine Animation, sage aber dazu: »Es ist noch nicht fertig.«

Dann drücke ich »Play«.

Die Animation fängt mit einer Drohnenaufnahme vom Meer an. Von oben sieht es aus wie ein blauer Teppich, aber dann geht die Kamera tiefer, und man kann die Wellen erkennen und den Wal. Jetzt ändert sich der Winkel der Kamera, und sie fährt an dem ganzen Wal entlang. Ich habe mir unendlich viele YouTube-Videos angesehen, bis ich dieses gefunden habe. Außerdem Bilder von der *National-Geographic*-Seite. Es ist zwar eine Animation, aber ich wollte nicht, dass es aussieht wie ein blöder Comic. Ich wollte, dass es so echt wie möglich aussieht, als ob es real wäre.

Dass der Wal springt, war Malfoys Idee, aber meine Idee war es, den Sprung in Zeitlupe zu zeigen, so, dass der Wal in einer Spirale die Wasseroberfläche durchbricht und man die dreihundert Barten an seinem Kiefer erkennt, und dass dann die Kamera wieder hochgeht und ihn von oben zeigt, damit man das Blasloch sieht. Das Blasloch von einem Blauwal sieht aus wie eine riesige Menschennase. Verrückt. Gestern Abend habe ich entschieden, dass der Wal, wenn die Drohne über ihm ist, einen dicken Wasserstrahl ausstoßen soll. Von dem landen ein paar Tropfen auf der Linse, was einen hyperrealistischen Effekt erzeugt. Ich war so begeistert, dass ich es an Malfoy geschickt habe. Dann habe ich ihm bestimmt vierzig Nachrichten geschrieben, aber er hat nicht geantwortet.

Danach taucht die Kamera ins Wasser ein und fährt am Körper des Wals entlang bis zum Schwanz. Ich hab ein paar Delfine dazugetan, damit man die Größenverhältnisse sieht. Sie springen hoch und tauchen wieder ein, und die Kamera fährt einmal ganz um den Wal herum und zeigt seinen Körper. Am Ende wirft der Wal direkt vor der Kamera seine Schwanzflosse hoch und platscht sie so heftig wieder runter, dass das ganze Bild schwankt, als hätte die Flosse die Kamera getroffen.

Und das war die Animation. Miss McKinley macht das Licht wieder an und klatscht laut Beifall. Einen Moment lang ist es still, und ich kriege ein komisches Gefühl, so, als hätte ich es vermasselt.

»Ich muss noch Musik dazutun«, sage ich schnell. »Und die Bewegungen der Wellen sollten noch verbessert werden. Mit einer Zwiebelhaut kriege ich die Bögen noch genauer ...«

»Das war super!«, schreit Oliver Jamieson.

»Wie du das mit dem Sprung gemacht hast, fand ich gut«, sagt Savannah McArthur. »Echt cool.«

»Können wir's noch mal anschauen?«, fragt Dashiell Marden.

Miss McKinley sagt, *einmal* können wir's noch anschauen, also dimme ich das Licht noch mal, und wir sehen es uns an, und ich kaue an den Nägeln. Vielleicht ist es gar nicht so schlecht. Als das Licht wieder angeht, sind alle ganz aufgeregt und reden über Wale, und jemand sagt, es ist geil.

»Siehst du?«, flüstert Josh, als ich mich wieder hinsetze. »Ich hab dir gesagt, dass es gut ist.«

Ich will Danke sagen, aber meine Kehle ist plötzlich ganz eng vor Angst, und ich kann nicht sprechen. Ich schwitze dermaßen, dass meine Hände feuchte Flecken auf dem Tisch hinterlassen.

Nachmittags logge ich mich in meinen iPix-Account ein und schreibe Malfoy, wie es gelaufen ist. Er hat gesagt, ich soll es ihm erzählen, und wenn ich ihm schreibe, dass es mega war, wird er sich freuen.

    Roo: Malfoy!!! Bist du da?

Ich warte sechs Minuten und siebenundvierzig Sekunden. Es kommt keine Antwort. Lucy ist online und schreibt Hallo, aber ich habe keine Lust, mit ihr zu schreiben. Sie redet immer nur über musical.ly und dass sie findet, ich müsste mal ein Musikvideo machen, aber ich mag Musik gar nicht. Nach sieben Minuten und zehn Sekunden erscheint neben Malfoys Namen das Wort »schreibt …«, und ich teile Lucy mit, dass ich aufhören muss.

    Malfoy: Hallo Reuben. Ich bin da.
    Roo: Hallo Malfoy … WEISSTE WAS?
    Malfoy: Was?
    Roo: Meine Präsentation war GEIL 😊😊 Sie hat allen gefallen, und meine Lehrerin hat gesagt, sie ist superstolz auf mich.
    Malfoy: Toll!
    Roo: Ich bin total high 😎😎😎😎
    Malfoy: Was hat deine Mama gesagt?
    Roo: Meine Mama ist nicht da 😕
    Malfoy: Wo ist sie? Bist du zu Hause?
    Roo: Ja, ich bin zu Hause, aber meine Mama ist in Frankreich!
    Malfoy: In Frankreich? Warum?
    Eoo: Weiß nicht.

Malfoy: Wo in Frankreich?
Roo: Kann ich rausfinden.
Roo: Hier ist ein Screenshot von der Karte. Ich hab einen Anhänger an ihre Tasche gemacht, damit ich sehe, wann sie nach Hause kommt. (Anhang)
Roo: Malfoy?

48

Helen

8. September 2017

Ich sitze am Fenster und sehe Paris unter mir liegen, ein graues, von Flussadern durchzogenes Netz. Die Maschine befindet sich im Landeanflug auf Charles de Gaulle.
Ich habe einen Zettel mit allen Informationen und für Notfälle ein altes Nokia-Handy mit Prepaidkarte. Jeannie hat mir eine Platin-MasterCard in die Hand gedrückt und gesagt, ich soll sie benutzen. Mein Handy blinkt auf; eine Nachricht von ihr.
»PIN 7612. Viel Glück. J x«
Ich dachte, sie ist so enttäuscht, dass sie mich nie wiedersehen will. Die alte Jeannie wäre abgerauscht, es hätte jahrelang Funkstille geherrscht, aber jetzt: Als ich in York in den Zug stieg, war sie schon drin und setzte sich neben mich. Natürlich war sie sauer, man sah noch die Tränenspuren in ihrem Gesicht, aber die frische Luft hatte ihr geholfen, sich zu beruhigen. Sie wollte mit mir reden.
Ich habe ihr noch einmal erzählt, wie das mit dem Feuer war. Wie frustrierend ich es fand, wenn Michael sich so abgeschottet hat, wie ich manchmal hätte losschreien können.
»Das ist die Adresse, die Kareem mir gegeben hat, es ist nicht weit von Paris«, sagte ich. »Na ja, Normandie.«
»Und?«
Ich musste innerlich Anlauf nehmen. »Ich fliege hin.«
Sie runzelte die Stirn. »Wohin?«
»Nach Frankreich. Heute noch.«
Augenverdrehen, Stöhnen. »Du kannst nicht nach Frankreich fliegen …«

»Wenn die Polizisten ihn finden, stellen sie ihn wegen erweiterten Suizids vor Gericht ...«
Ihr Blick durchbohrte mich. »Hör dir doch nur mal kurz selbst zu, Helen! Du hast gerade einen schrecklichen Unfall überstanden. Du bist überhaupt nicht in der Verfassung, nach Frankreich zu düsen und irgendwen zu retten.«
Also habe ich ihr erzählt, was Kareem gesagt hat, bevor ich gegangen bin. »Er glaubt nicht, dass Chris Holloway Michael gekidnappt hat.«
»Und deswegen glaubst du das auch nicht? Zehn Jahre lang Drohbriefe, und du meinst, das sind nicht die Leute, die dahinterstecken?«
»Ich weiß es nicht, Jeannie. Vielleicht tun sie das ja.« Ich habe auf den Zettel mit der Adresse gezeigt. »Aber wie soll ich rumsitzen und nichts tun, wenn ich doch weiß, wo Michael ist?«
Wenn ich ehrlich sein soll, wollte ich es selbst nicht. Ich wollte Saskia und Reuben nicht alleinlassen. Aber noch stärker war der Drang, das in Ordnung zu bringen, Michaels guten Namen zu retten. Jeannie hat online diesen Flug für mich gefunden. Nur eine Stunde fünfzehn Minuten von Newcastle upon Tyne nach Paris, von da mit dem Zug in die Normandie. Jeannie wollte unbedingt mit, aber das habe ich abgelehnt. Ich habe ihr gesagt, dass ich sie zu Hause dringender brauche, dass sie sich bitte um Reuben kümmern und bei Saskia sitzen soll. Dass es außer ihr niemanden gibt, bei dem ich ein gutes Gefühl hätte, wenn er das übernimmt.
Reuben hat mir beim Packen zugeschaut und unruhig gefragt, wo ich hinwill.
»Ich fahre Papa holen.«
»Wo ist er?«
»In Frankreich, Schatz. Der Flug dauert nur eine Stunde. Ich bin höchstens einen oder zwei Tage weg, versprochen. In Ordnung?«

»Einen Tag?«
Seine Augen waren riesig und glänzten, und ich musste mir verkneifen, selbst zu weinen. Ich versprach ihm, dass ich schnell machen würde und dass wir, wenn ich wiederkomme, schwimmen gehen.
»Kommt Papa auch mit zum Schwimmen?«
Ich habe genickt, wenn auch weniger entschieden, und das hat er gesehen. Tapferer Junge. Es war offensichtlich, wie er sich zusammenriss, als ich den Koffer nach unten trug, und dann hat er vom Fenster aus noch einmal gewinkt; im Innersten noch immer ein kleines Kind. Als ich mit meinem Rollkoffer davonging, dachte ich, mir bricht das Herz.

Am Flughafen Charles de Gaulles achte ich genau auf die Leute um mich herum. Ein kleiner Junge windet sich schreiend am Boden, während seine gestresste Mutter auf ihn einredet und ihn anfleht, sich zu beruhigen. Ich verstehe genau, wie er sich fühlt. Mir ist alles zu viel, ich habe keine Ahnung, wo ich hinmuss. Schließlich frage ich an einem Informationsschalter, wie ich zu der Adresse komme, die Kareem mir gegeben hat. Die Frau erklärt es auf Englisch und druckt mir die Verbindung aus: Ich muss mit der Bahn zum Gare du Nord, von da mit dem Zug nach Caen, und dort muss ich mir ein Taxi nehmen.
Es dauert eine Weile, aber schließlich gelingt es mir, vor dem Bahnhof von Caen ein Taxi zu ergattern. Erleichtert gebe ich dem Fahrer die Adresse, und er hebt den Daumen. Der dunkelblaue Himmel hat etwas Bedrohliches. Erste Regentröpfchen sprenkeln die Windschutzscheibe.
Wir fahren aus der kleinen Stadt hinaus. Es wird ländlich, mit riesigen Feldern ringsum und immer schmaleren Straßen, auf denen kaum etwas los ist. Vor einem gewaltigen Tor bleibt das Taxi stehen. Ich beuge mich vor. Das Eisengitter reflektiert das Schein-

werferlicht, aber trotzdem ist hinter dem Tor ein großes Anwesen zu erkennen. Das Château du Seuil.
»Da hängt eine Tafel«, sagt der Fahrer und richtet den Strahl seiner Taschenlampe auf einen der Torpfosten. »Öffnungszeiten: 9.00–17.00 Uhr, nur wochentags«.
»Öffnungszeiten?«
»*Oui*. Das ist keine Privatadresse. Das hier ist eine Sehenswürdigkeit für Touristen.«
Eine *Sehenswürdigkeit für Touristen*? Mein Magen rebelliert. Panik steigt in mir hoch. Jeannie hatte recht. Es gab keinen Grund, Kareem zu trauen. Die Adresse ist falsch. Er hat mich ins Nirwana geschickt. Mir wird schlecht.
»Können Sie mich wieder zum Flughafen bringen?«
»Zum Flughafen?«
»Charles de Gaulle.«
Der Mann lacht. »Das wäre eine weite Tour mit dem Taxi.«
»Dann eben zum Bahnhof. Dann nehme ich den nächsten Zug zum Flughafen.«
Er wendet, und als er losfährt, sehe ich zwischen den Bäumen hindurch hinter einem der Fenster Licht.
»Heute Abend geht sowieso kein Zug mehr nach Paris«, sagt der Fahrer. »Wie wär's, wenn ich Sie zu einem Bed and Breakfast bringe? Dann können Sie sich das Château du Seuil morgen ansehen.«

Schweren Herzens gehe ich die Stufen zu der Pension hinauf und zahle für eine Nacht. Mich verfolgt der Gedanke, dass diese ganze Reise für die Katz war.
Ich schließe auf und betrete ein kleines dunkles Zimmer mit einem Einzelbett. Die Leere ist wie ein Schlag ins Gesicht.
Als ich mich auf dem Bett ausstrecke, muss ich gegen Tränen ankämpfen. Irgendwie werde ich mich damit abfinden müssen,

dass ich Michael nie wiedersehe. Dass ich ihn womöglich vertrieben habe.
Es sind kaum ein paar Minuten vergangen, da klopft es an der Tür. Ich fahre hoch, das Herz schlägt mir bis zum Hals.
»Wer ist da?«
Der Türknauf bewegt sich, aber ich habe abgeschlossen. Mir schnürt sich die Kehle zu.
»Wer da?«, frage ich lauter.
»Ich bin's.«
Die Stimme kenne ich. Im nächsten Augenblick bin ich an der Tür. In dem schummrigen Gang steht ein Mann.
»Helen?«

49

Helen
8. September 2017

Ich weiche einen Schritt zurück und mustere ihn von oben bis unten. Es ist Michael und auch wieder nicht, ein fleischgewordenes Faksimile. Sein Haar ist kurz, etwas unregelmäßig geschoren, und hier und da blitzen silbrige Spitzen durch. Der Bart, den er sich in Belize hatte stehen lassen, ist weg. So bekomme ich endlich wieder die edle Kieferlinie zu sehen, die so lange versteckt war. Den dunklen Mantel kenne ich nicht. Aber noch viel weniger kenne ich den Ausdruck in seinen Augen.
Er streckt die Arme nach mir aus, birgt das Gesicht an meiner Schulter und schluchzt. Es gibt nichts Schöneres und nichts Schrecklicheres als diesen Augenblick. Wir sind zusammen. Er lebt. Unser Leben ist aus der Bahn, und ich habe keine Ahnung, wie wir es je wieder hinbekommen sollen.
»Wie geht es dir?«, flüstere ich und neige mich zurück, um ihn noch einmal anzuschauen, um mich zu vergewissern, dass er wirklich da ist, dass das jetzt gerade tatsächlich passiert.
Vorsichtig lege ich eine Hand an seine Wange. Er zuckt zurück, und bei genauerem Hinschauen sehe ich auch die Ursache: einen großen blauen Fleck auf dem Wangenknochen. An der Hand hat er auch einen. Seine Nase scheint gebrochen, die Unterlippe ist aufgeplatzt. Ich wüsste nicht, dass die Nase schon im Krankenhaus gebrochen gewesen wäre; auch seine Lippen waren da nicht so zugerichtet. Er sieht furchtbar aus.
»Was ist passiert?«, frage ich, während er ein paar wankende Schritte auf das Bett zumacht und sich dort niederlässt. »Ich habe den Film aus der Überwachungskamera im Krankenhaus gese-

hen. Haben sie dich gezwungen, von dort zu verschwinden? Haben sie dich erpresst? Wo haben sie dich hingebracht?« Ich fange an, mich aufzuregen. So viele Fragen! Ich will die Antworten.
»Wer war das, Michael?«
Er wirkt wie betäubt. Steht er unter Drogeneinfluss? Er hat frische Verletzungen im Gesicht. Ist er gefoltert worden?
»Niemand hat mich erpresst«, sagt er schlicht.
Ich warte. Es muss doch noch etwas kommen. »Aber du bist aus dem Krankenhaus verschwunden … Und die Polizisten haben mir Bilder aus einer anderen Überwachungskamera gezeigt, da sieht man dich in einer Pariser Bank Geld abheben …«
Er schaut weg. »Ich musste.«
Habe ich das richtig verstanden? »Du musstest?«
»Ich habe die Briefe gelesen«, sagt er nur und sieht mich wieder an.
Das Leuchten in seinen Augen ist erloschen. Ich versuche, nicht daran zu denken, was das bedeutet.
»Es tut mir leid«, sage ich. »Ich hätte dir davon erzählen müssen.«
»Du hattest Angst, ich weiß. Sie haben jahrelang nach uns gesucht. Lukes Leute.«
»Wegen des Montblanc«, sage ich, und er nickt.
Es bricht aus mir heraus. In einem Schwall erzähle ich ihm alles: von den Befragungen durch die Polizisten in Belize, von dem schrecklichen Verdacht, von Saskias Operation und dem MedEvac-Flug. Davon, wie es war, nach Hause zu kommen und das Gefühl zu haben, dass ich den Verstand verliere.
Er hört sich alles an. Dabei schaut er die ganze Zeit auf die Wand. Sein Blick ist gehetzt, sein Mund leicht geöffnet. Es ist ein Ausdruck wie ein Schrei, der nicht herauskommen will. Ich greife nach seiner Hand.
»Michael?«
Jetzt schaut er mich an, doch ich bin nicht sicher, ob er mich sieht.

»Woher wusstest du, dass ich hier bin?«
»Reuben«, sagt er sachlich.
»Reuben?«
»Ich war auf iPix mit ihm in Kontakt.«
»iPix?«
»Als Malfoy. Den habe ich schon vor einiger Zeit eingeführt, weißt du noch? Als er dort keine Freunde hatte und wir ihm einen Anstoß zum Zeichnen geben wollten.«
Plötzlich fällt es mir wieder ein.
»Er konnte mir viel von dem, was in Belize los war, zeigen.« Fahrig hebt er eine Hand zum Gesicht. »Ich wusste, wie es um Saskia steht. Es war eine Qual.«
Seine Stimme bricht, und er beginnt zu weinen. Zieht die Schultern hoch und schluchzt bitterlich. Ich umarme ihn, halte ihn, sage, dass wir doch einander haben. Dass wir zusammen sein können. Dass wir eine Familie sind, für immer.
Und ich erzähle ihm von Kareem, von der Adresse, die er mir gegeben hat, der Adresse von Chris Holloway.
»Ein Privatdetektiv?« Jetzt hebt er die Stimme. »Was wusste der über uns?«
»Jedenfalls wussten sie, dass wir nach Belize wollten.«
Er verzieht das Gesicht. »Aber ... woher? Dass wir nach Belize fahren, haben wir doch spontan entschieden!«
Ich nicke. »Aber irgendwer hat Saskias Jack-Jack einen Tracker ans Halsband gebunden.« Ich erzähle ihm, wie Reuben das kleine Ding entdeckt hat.
Er reißt entsetzt die Augen auf und versinkt in Schweigen.
Warum ist der Tracker an Saskias Teddy versteckt worden und nicht in meinem Portemonnaie oder an Michaels Schlüsselbund?
Wer immer das Ding da angebracht hat, muss gewusst haben, dass Saskia den Teddy nicht verlieren würde, dass sie sehr an ihm hängt.

Mir fällt auf, dass Michael leise keucht und sich die Seite hält.
»Leg dich hin«, sage ich sanft, doch er schüttelt den Kopf.
»Ich weiß, wo sie sind.«
»Wer?«
»Lukes Leute.« Er schluckt schwer. »Ich habe das Haus gefunden.«
»Château du Seuil«, sage ich. »Ich war dort.«
»Du warst dort?«
»Ja, aber das ist öffentliches Eigentum.«
»Ja, und trotzdem wohnen sie in einem der Gebäude dort«, sagt er und verändert seine Position, bis er sitzen kann, ohne dass ihm etwas wehtut. Er legt den Kopf in den Nacken und starrt an die Decke. »Ich war schon dort. Habe mit einem Wächter gesprochen.« Dann senkt er den Kopf wieder und sieht mich an.

Schließlich zieht er das Hemd aus und zeigt mir die Spuren, die ein namenloser Angreifer an seinem Brustkorb und Bauch hinterlassen hat. Unter den frischen Blessuren sieht man noch die älteren von dem Unfall: den Striemen, wo der Sicherheitsgurt saß, Schnittwunden an der Stirn. Einander überlagernde Schichten von Trauma.
Ich küsse die Narben und die kaputten Lippen, und als er weint, nehme ich sein Gesicht in beide Hände.
Danach liegen wir Hand in Hand da. Wir schweigen. Er hat nicht gesagt, ob er das mit dem Feuer weiß, und ich habe es nicht gebeichtet.
Zwischen uns ist eine große Distanz, eine tiefe Kluft, entstanden aus Schweigen und Lügen.

50

Reuben
8. September 2017

Josh ist bei mir zu Hause, und wir geben unseren Animationen den letzten Schliff. Wer an dem Wettbewerb teilnehmen will, muss seine Sachen bis heute Abend einreichen, deshalb haben wir viel zu tun, um alles fertig zu bearbeiten und rechtzeitig hochzuladen. Noch nicht mal Abendbrot haben wir gegessen. Gleich nachdem Tante Jeannie uns nach der Schule hergebracht hat, haben wir angefangen.
Josh macht eine Animation mit einem Feuer speienden Drachen, der sich in einen Mann verwandeln kann und wieder zurück. Er nennt es *Die Wiederkehr des Phönix,* und ich finde, das ist ein Supertitel. Man sieht einen Mann zu einer Klippe gehen, und dann springt er, und man denkt, er stürzt in den Tod, aber stattdessen verwandelt er sich in einen Drachen, und im Zoom sieht man, wie an seinen Armen rote Schuppen wachsen und wie aus den Armen Flügel werden und aus seinem Mund ein Maul und aus seinen Fingern Klauen. Kurz bevor er auf dem Boden aufschlägt, breitet er die Flügel aus und schwebt wieder nach oben, und dann zeigt Josh die Wolken und einen Sonnenuntergang und einen Blick auf das Tal. Geil.
»Deins ist auch super«, sagt Josh, aber ich weiß, dass er nur nett sein will, und das ist in Ordnung, weil manchmal wollen die Leute einfach nur nett sein und sagen deshalb nicht das, was sie denken.
Es ist sieben, und ich habe einen Riesenhunger. Ich gehe runter, um ein paar von den Bagels zu toasten, die Tante Jeannie gekauft hat. Mein iPad lege ich auf den Couchtisch. Tante Jeannie sitzt

mit ihrem aufgeklappten Laptop und einem großen Glas Rotwein am Küchentisch. Sie hat eine Brille auf, und in den Gläsern spiegelt sich ihr Bildschirm. Ich erkenne sogar das Google-Logo.
»Suchst du was?«, frage ich, und sie guckt hoch und lächelt, obwohl sie um die Augen herum traurig aussieht.
»Immer«, sagt sie.
Der Toaster spuckt die Bagels aus.
»Soll ich sie dir holen?«, fragt Tante Jeannie, aber ich sage: »Nein danke«, und schmiere Butter drauf und dann noch einen großen Klacks Erdbeermarmelade. Dann gehe ich ins Wohnzimmer, und da sind zwei iPads, eins auf dem Couchtisch und eins auf dem Sofa. Josh muss auch runtergekommen sein.
»Josh?«, sage ich, aber niemand antwortet. Er muss unten gewesen und wieder raufgegangen sein. Ich klemme mir beide iPads unter den Arm, um sie mit in mein Zimmer zu nehmen, und als ich so die Treppe raufgehe, kommt mir mit einem Mal eine Idee. Als ob mir ein Stein gegen den Kopf fliegt. Das erzähle ich Josh, und er beugt sich über mich, um nachzusehen, ob ich da, wo der Stein mich getroffen hat, eine Beule habe.
»Gerade habe ich beschlossen, Meeresbiologe zu werden«, sage ich.
»Gerade eben?«
Ich nicke und lache los, und meine Arme und Beine fühlen sich ganz warm an, ein schönes Gefühl. Mir strömen Ideen ins Hirn, als hätte jemand einen Hahn aufgedreht.
»Blauwale sind bedroht, richtig?«
»Ja, sind sie«, sagt er.
»Der Grund ist, dass immer Schiffe in sie reinfahren, weil sie ja so groß sind. Also, wenn ich Meeresbiologe wäre, könnte ich ein Gerät entwickeln wie das, das Jack-Jack am Halsband trägt, und dann würden die Leute, die die Schiffe steuern, die App kriegen und eine digitale Karte, und dann müssten sie die Wale nicht mehr rammen.«

Darüber denkt Josh eine Weile nach. »Aber wie würdest du den Tracker zum Wal bringen?«
Ich schnipse mit den Fingern und überlege. »Mit einer Drohne«, sage ich. »Ich würde eine Drohne so steuern, dass sie runtergeht und das Gerät über dem Blauwal fallen lässt. Dann muss ich nur noch klären, wie es an dem Wal hält.«
»Gute Idee«, sagt Josh und beißt von seinem Bagel ab.
Es klopft an der Haustür. Ich denke, Tante Jeannie geht hin, aber dann klopft es noch mal, also ist sie wohl beschäftigt. Ich gehe runter und gucke in die Küche. Sie hat die Lüftung über dem Herd an. Ich gehe zur Haustür und mache auf, und da stehen ein Mann und eine Frau, beide im Anzug.
»Hallo«, sage ich.
»Hallo«, sagt die Frau. Sie hat kurze weiße Haare und trägt eine Brille.
Der Mann ist viel jünger und richtig groß und sieht ein bisschen aus wie Snape.
Die Frau sagt: »Ich bin Detective Chief Inspector Lavery. Ich glaube, wir haben uns noch nicht kennengelernt. Du bist Reuben, oder?«
Ich finde es immer komisch, wenn Leute solche Sachen sagen, denn ich weiß nicht, woher sie mich kennen oder warum sie das sagen. Ich starre sie an, und sie lächelt.
»Ist deine Mama da?«
Ich schüttele den Kopf. »Meine Mama ist in Frankreich.«
Die Augenbrauen von der Frau schießen hoch zu ihrem Haaransatz. »In Frankreich?«
»Ja.«
Sie schaut an mir vorbei. »Ich verstehe. Bist du allein?«
»Meine Tante ist da. Möchten Sie einen Tee und ein KitKat?«
Das bietet Mama immer an, wenn Leute zu Besuch kommen: Tee und KitKats.

Sie sagen »Nein danke«, und ich gehe zu Tante Jeannie und sage ihr, dass Detective Chief Inspector Lavery und ihr Freund da sind, aber dann fällt mir etwas ein. Ich habe der Frau gesagt, dass Mama in Frankreich ist, dabei habe ich seit über einer Stunde nicht mehr nachgeschaut, und sie könnte längst ganz woanders sein. Also renne ich nach oben und hole mein iPad, um es ihnen zu zeigen.

»Ich habe den TRKLite-Tracker an Mamas Tasche festgemacht«, sage ich, aber sie verstehen es nicht. Ich öffne die digitale Karte mit dem roten Punkt, der genau anzeigt, wo Mama ist. Sie ist ja gar nicht in Paris! Sie ist in einem Ort, der Luc-sur-Mer heißt. Sogar die Straße kann ich sehen. Ich zeige es ihnen.

Und dann erzähle ich ihnen von dem TRKLite-Tracker und wie cool er ist, aber sie holen ihre Handys raus und wählen eine Nummer und erzählen jemandem, der Guv heißt, dass meine Mama in Luc-sur-Mer ist.

51

Michael
9. September 2017

Ich wache auf, noch ehe die Sonne aufgeht. Helen schläft. Lange sitze ich in dem Korbstuhl am Fenster und schaue sie an. Sie liegt, eine Hand flach auf der Matratze, auf der linken Seite und schnarcht leise. Ein paar Strähnen fallen ihr ins Gesicht, die Decke ist auf Taillenhöhe fest um sie geschlungen. Ihr Gesicht ist noch von dem Zusammenstoß gezeichnet, aber ich finde sie trotzdem schön. Seit achtzehn Jahren frage ich mich jeden Tag aufs Neue, wie es möglich ist, dass ich mit dieser Frau zusammengekommen bin. Ich habe sie nicht verdient. Wirklich nicht. Als ich ungefähr zehn war, hat mein Vater mich ein paarmal mit zu meinem Großvater genommen. Den hatte ich davor nie gesehen. Er hat sich hingehockt, um mit mir auf Augenhöhe zu sein, hat mich in die Wange gekniffen und »Hallo Kumpel« zu mir gesagt. In seinen Augen war ein Funkeln, und er hatte einen federnden Gang. Von seinem Haus aus blickte man auf Wald und einen Fluss, zu dem wir gingen, um zu angeln. Als ich ihn das nächste Mal sah, bin ich erschrocken. Er saß, eine Decke über den Knien, im Schaukelstuhl am Feuer. Er konnte sich nicht an meinen Namen erinnern. Ich dachte, er spielt mir was vor. Wie konnte er mich vergessen haben? Es war gerade mal ein Dreivierteljahr her, dass wir ihn besucht hatten. Und wiederum das nächste Mal war er im Krankenhaus, nur noch ein Gerippe in einem Bett. Mir war unbegreiflich, wie jemand, der so dünn und so schwach war, überhaupt noch leben konnte. Sie haben ihn mit Antibiotika vollgepumpt. Er sei unheilbar krank, sagte mein Vater. Und ich dachte: Warum erhalten sie ihn am Leben? Ich war noch ein Kind, aber selbst ich sah, dass er sich nie erholen, nie wieder auch nur einen Hauch gutes Leben haben würde. Mein Vater erklärte mir, der Großvater brauche nun rund um die Uhr Pflege. Im Nachhinein weiß ich, dass es mich damals wütend gemacht hat, wie die Leute über Leben und Tod dachten. Mein Großvater hatte im Zweiten Weltkrieg ehrenhaft als Kampfpilot gedient und war dafür ausgezeichnet worden; er hatte Freunde begraben, Kinder, eine Ehefrau. Nach seiner Rückkehr hatte er sein Leben lang auf einem Bauernhof gearbeitet. Meine Großmutter war im Kindbett gestorben, und er hatte, obwohl er von morgens bis abends arbeiten musste, meinen Vater und seine Brüder allein aufgezogen. Er hatte ein erfülltes Leben hinter sich. Sein Glaube daran, dass er auf der anderen Seite meine Großmutter wiedersehen würde, war unerschütterlich. Ihn in diesem erbarmungswürdigen Zustand am Leben zu erhalten war nicht fürsorglich, es war grausam.

Das hat mir gezeigt, dass Leben und Tod eine Frage der Perspektive sind.

Die achtzehn Jahre mit Helen waren das Beste, was ich mir je hätte wünschen können. Solch eine Liebe erleben nicht viele. Ich hätte sterben können, damals am Montblanc, kurz nachdem ich der Liebe meines Lebens begegnet war. Das Schicksal wollte, dass ich Helen ein zweites Mal gefunden habe. Daher empfinde ich es, wenn ich jetzt mein Leben opfere, in keiner Weise als Tod. Wie könnte ich? Lukes Eltern wollen Vergeltung, und sie sollen sie bekommen.

Mein Traum fällt mir ein, der Traum von dem, was hinter der Tür aus Flammen ist. Ich habe ihn in der Nacht nach dem Brand geträumt, und er war unendlich tröstlich. Eine weite Landschaft, in goldenes Licht getauchte Felder und grüne Täler, durch die sich eine schmale Straße wand. Am Ende der Straße stand unser Haus. Da war Chewy, der mich bellend und schwanzwedelnd empfing und mir in Hundesprache zu verstehen gab, dass ich ihn hochnehmen und knuddeln sollte. Saskia war hinten im Garten. Sie hatte ihr Tutu an und führte auf der Terrasse einen kleinen Tanz auf. Reuben saß mit seinem iPad unter dem Apfelbaum. Als er mich sah, hob er eine Hand und sagte: *Hi, Papa.* Helen kniete vor dem Beet an der Seite, pflückte Erdbeeren und legte sie in einen flachen Korb. Das Ganze trug den Glanz der Ewigkeit; es war ein nie endender Sommer.

Nach dem Traum bin ich aufgewacht. Es war mitten in der Nacht. Helen schlief. Genau wie jetzt. Ich habe ihr ein Kissen aufs Gesicht gedrückt. Sie hat gestöhnt und sich weggedreht. Ich habe es noch mal versucht, aber ich konnte es nicht. Was, wenn sie mittendrin aufwachte und mitbekam, was ich tat? Für sie wäre es die ultimative Hinterhältigkeit gewesen, weil sie es nicht verstanden hätte. Ich war nie gut darin, Dinge zu erklären.

Es musste irgendwie anders geschehen. Nach einem Urlaub. Nach einem Fest des Lebens.

Ich hatte über das Darknet gelesen. Eines Abends bin ich online gegangen und habe schnell gefunden, was ich suchte. Ich habe Kontakt aufgenommen und eine Zahlung geleistet.

Er hat mich angewiesen, einen Tracker zu kaufen, damit es reibungslos klappt.

Ein paar Tage später war das Päckchen da; ich hatte es an den Laden schicken lassen. Saskia half mir, die Post aufzumachen, und fischte ein gepolstertes Kuvert aus dem Stapel.

»Was ist das, Papa?«, fragte sie und machte den Umschlag mit dem ausländischen Stempel auf. Zum Vorschein kam ein kleines babyrosafarbenes Herz, ein Anhänger. »Das ist aber schön«, sagte sie, und ich sah zu, wie sie es ans Jack-Jacks Halsband befestigte. Durch den Nebel in meinem Hirn erkannte ich vage, worum es sich bei dem Herz handelte. Es war das Ding, das dafür sorgen würde, dass wir nach unserem letzten großen Familienurlaub im

richtigen Moment gefunden und durch die Tür aus Flammen befördert wurden.
Ich wusste, dass dann alles besser sein würde. Niemand würde uns trennen. Wir würden immer eine Familie sein.
Nur dass der Plan nicht aufgegangen ist.
Als ich im Krankenhaus aufgewacht bin, wusste ich, was ich zu tun hatte. Sie hatten alles beobachtet. Ich würde Lukes Familie ausfindig machen und umbringen. Sie wollten uns wehtun. Sie wollten uns Saskia und Reuben wegnehmen.
Ich nehme ein Kissen und senke es auf Helens Gesicht. Sie stöhnt, will es wegschieben, und ich drücke fester zu. Das Gleiche werde ich noch zwei weitere Male tun müssen, damit die Tür aus Flammen sich für uns öffnet.
Doch ich zögere.
Jetzt nicht, sagt eine Stimme in meinem Kopf. Nicht so. Erst wenn es getan ist.

52

Helen
9. September 2017

Das Taxi hält vor dem Château du Seuil. Es ist ein herrlicher Tag, blauer Himmel, immer noch üppiges Grün, eine gewisse Kühle, die sehr angenehm ist. Bei Tageslicht sieht das Anwesen anders aus. Das schmiedeeiserne Tor trägt den vergoldeten Schriftzug »Château du Seuil«. Dahinter erstreckt sich ein wunderschönes Gelände: ein großer, von Bäumen umstandener See, verschiedene Gärten und am Ende einer langen Auffahrt das riesige Schloss. Erst als wir vor dem Tor stehen, spüre ich, wie nervös ich bin.
»Es kommt alles in Ordnung, versprochen«, sagt Michael und nimmt meine Hand.
»Und wenn sie die Polizei rufen? Wenn sie uns Saskia und Reuben wegnehmen? Reuben würde niemals in einem Heim oder einer Pflegefamilie zurechtkommen, Michael, das würde er nicht schaffen …«
Er zieht mich an sich und hält mich fest im Arm.
»Das wird nicht passieren«, sagt er. »Ich schwör's bei meinem Leben.«
Schweigend folge ich ihm über einen Schotterweg zu dem Holzhäuschen, in dem eine junge Frau mit einer Rolle Eintrittskarten steht; ihre Weste trägt ebenfalls den »Château du Seuil«-Schriftzug in goldener Stickerei. Sie geht davon aus, dass wir das Anwesen besichtigen wollen.
Michael zieht eine Brieftasche hervor und kauft zwei Tickets. Ich sehe, dass auf der Kreditkarte, die er benutzt, ein anderer Name steht, aber ich frage nicht danach.
Wir gehen in Richtung Schloss. Sein Hinken ist schlimmer ge-

worden, er ist blass, und das Atmen bereitet ihm sichtlich Schmerzen. Er sieht nicht gut aus.
»Du solltest in ein Krankenhaus gehen«, sage ich, doch er schüttelt den Kopf.
»Fast geschafft. Allerdings – da ist noch etwas.«
»Was?«
Er zögert. »Ich habe Theo gefunden.«
Neben dem Weg erstreckt sich ein lang gezogener Garten mit Beeten und kleinen Bäumen.
»Wo ist Theo?« Ich schaue mich um. Sind wir gerade auf dem Weg zu ihm, werden wir ihm die Hand schütteln? Über das Wetter reden? Am Ende habe ich ihn im Laufe der Jahre wirklich oft gesehen und es mir nicht nur eingebildet. Bei der Vorstellung, ihm nach dieser langen Zeit gegenüberzutreten, wird mir übel.
Michael humpelt auf eine kleine Lichtung zu. Da steht ein steinerner Engel. Er hat schon Moos angesetzt. Und zu seinen Füßen steht ein Marmorgrabstein mit golden blitzender Inschrift.

Luke Augustus Aucoin
22. 8. 1976–25. 6. 1995
und sein Bruder, Theo Charles Aucoin
22. 8. 1976–25. 6. 1999
Fratres aeternum numquam seorsum

Ich entferne mich ein paar Schritte, falle auf die Knie und breche in Tränen aus. Ein Grab. An Lukes viertem Todestag ist auch Theo gestorben. *Suizid,* denke ich und erinnere mich daran, wie bitterlich er geschluchzt hat, als die Bergrettung die traurige Gewissheit brachte. Ich höre noch seine Schreie. *Es muss Selbstmord gewesen sein;* er war Luke so treu ergeben. Und das ist meine Schuld. Beide Brüder tot.
Nicht zu ertragen.

53

Michael
9. September 2017

Wir schließen uns einer Führung an und gehen mit in Richtung Schloss, aber dort biegen wir ab und nähern uns dem dahinter gelegenen Gebäude. Ein paar Hühner stolzieren durch den Hof und picken hier und da etwas auf. Ich drücke die kleine weiße Klingel.

Lange passiert gar nichts. Helen denkt offenbar schon an Rückzug, sie schaut zur Straße hinüber, als könnten wir einfach umkehren und vergessen, dass wir hier waren. Wie das geht, wissen wir.

Aber dann öffnet sich die Tür doch, und das Gesicht einer Frau erscheint. Sie sieht aus wie Ende sechzig, vielleicht auch Anfang siebzig. Kinnlanges, perfekt frisiertes weißes Haar, beiger Rollkragenpullover, teure Hose, funkelnde Diamantohrringe. Irgendetwas an ihren Augen kommt mir bekannt vor. Neugierig mustert sie uns.

»*Oui?*«

»Wir suchen Chris Holloway«, sage ich. »Können Sie uns vielleicht weiterhelfen?«

Sie stutzt. »Ich bin Chris«, antwortet sie in flüssigem Englisch. »Was kann ich für Sie tun?«

»Ich bin Michael Pengilly.« Langsam strecke ich ihr die Hand hin. »Früher war ich Michael King. Soweit ich weiß, wünschen Sie mich schon lange zu sprechen.«

Ihr klappt die Kinnlade herunter. Meine Hand ignoriert sie. Stattdessen sagt sie etwas, das ich nicht verstehe, und dann ruft sie die Treppe hinauf: »Paul?« Und sie ruft noch etwas hinterher, auf Französisch diesmal.

Helen neben mir zuckt zusammen und schaut wieder sehnsüchtig zur Straße, aber ich halte sie fest bei der Hand. Wir müssen da jetzt durch.
»Bitte«, sagt Chris und gibt die Tür frei. »Kommen Sie herein.«
Die Halle ist riesig. Über uns wölbt sich eine hohe Decke mit einem Mosaik in der Mitte. Eichentäfelung an den Wänden, eine prachtvolle *Vom-Winde-verweht*-Treppe.
»Das Wohnzimmer ist leider oben«, sagt Chris, die sich gefasst hat. »Schaffen Sie das?«
Ihr Akzent klingt sehr weltläufig: ein französisch verpacktes Englisch mit amerikanischem Einschlag. Sie ist Lukes Mutter. Ich bin ihr nie begegnet, aber ich sehe es. Sie hat den gleichen spitz zulaufenden Haaransatz und die gleichen hohen Wangenknochen wie die Zwillinge. Der Vater der beiden ist gestorben, als sie ganz klein waren, und die Mutter hat wieder geheiratet. Das fällt mir jetzt ein.
Helen und ich wechseln einen kurzen Blick, und dann folgen wir ihr die stattliche Treppe hinauf.
Ein weitläufiger Salon mit einem großen Erkerfenster zum See hin. Noble Samtsofas, auf denen man einander gegenübersitzt; Lüster, glänzende Kandelaber, eine reich verzierte Marmor-Kamineinfassung. An einer Wand ein Ölbildnis von Luke und Theo, das Helen einen kleinen Ausruf entlockt und mir für einen Moment ein seltsames Gefühl gibt. In der Art, wie sie porträtiert sind, steckt eine gehörige Portion Romantik; der Erleuchtung nahe Gesichter, der Ausdruck etwas von oben herab wie der von gefallenen Engeln. Luke hat eine Hand auf Theos Schulter und hebt den Blick, als sehe er seinen künftigen Triumphen entgegen. Theo sitzt, die Hände auf die Knie gestützt, da, als könne er jeden Moment aufstehen und gehen. Sein Gesicht, leicht abgewandt, hat einen nachdenklichen Ausdruck, so, als sehe er die Apokalypse hereinbrechen.

»Bitte, setzen Sie sich«, sagt Chris und weist auf die Sofas.
Helen rührt sich nicht vom Fleck. Sie hat die Hände ineinander verkrallt, aus ihrem Gesicht ist jegliche Farbe gewichen, sie verströmt pure Angst. Ich bin sicher, sie denkt daran, einfach wegzulaufen.
»Sie wissen, warum wir hier sind.«
»Ja«, sagt Chris nach einer längeren Pause, die sie sichtlich gebraucht hat, um die Fassung wiederzuerlangen. »Gut, dann setzen wir uns doch und ... reden.«
»Ich bleibe lieber stehen.«
»Sie setzen sich, wenn es Ihnen nichts ausmacht«, bellt eine Stimme hinter mir.
Als wir uns umdrehen, steht da ein großer Mann Anfang siebzig. Er trägt einen dunkelblauen Pullover. Seine Miene ist zornig, er hat eine Pistole in der Hand. Helen gibt einen ängstlichen Laut von sich.
»Es muss nicht so aggressiv zugehen«, sage ich ruhig. »Wir sind nur gekommen, um Ihnen zu geben, was Sie seit so vielen Jahren verlangen.«
»Gut.« Chris nickt dem Mann mit der Waffe zu. Dann sagt sie, an Helen gewandt: »Bitte entschuldigen Sie die Unordnung. Wenn ich gewusst hätte, dass Besuch kommt, hätte ich aufgeräumt und Kaffee gekocht.« Wieder schaut sie zu dem Mann hinüber. »Komm, Paul, rede mit uns.«
Paul, schlaksige Gestalt und Vogelgesicht mit gebogener Nase, setzt sich, ohne mich aus den Augen zu lassen, zögernd auf einen Samtsessel und legt die Pistole auf die Armlehne. »Wenn hier irgendetwas Dummes passiert, mache ich davon Gebrauch. Verstanden?«
»Absolut«, flüstert Helen.
»Dieser Besuch ist in der Tat lange überfällig«, sagt Chris. »Und ich glaube, ich möchte mit der Frage beginnen, die ich Ihnen

schon sehr, sehr lange stellen will.« Jetzt sieht sie mich zornig an. »Was ist auf diesem Berg passiert?«

»Es war ein Unfall«, höre ich mich sagen. Das Blut rauscht mir in den Ohren, und plötzlich bin ich wieder dort, am Montblanc, und schaue in den Abgrund. Sehe das schaukelnde Seil und Lukes reglosen Körper, seinen zurückgebogenen Kopf und die Gliedmaßen, die, der Schwerkraft gehorchend, nach unten hängen. Sein Haar, das zusehends von Blut getränkt wird.

Chris wartet auf mehr. »Wenn es ein Unfall war, warum sind Sie dann weggelaufen? Warum haben Sie nicht mit uns gesprochen, uns nicht erzählt, wie es passiert ist?«

»Wir hatten Angst«, sagt Helen, die Tränen in den Augen hat. Sie schlägt die Hand vor den Mund und stammelt eine Entschuldigung. »Wir hatten Angst vor dem, was kommen würde. Wie das Ganze interpretiert werden würde. Im Nachhinein ist man immer klüger, aber ich kann die Uhr nicht zurückdrehen. Es war ein Schock, ich war gerade neunzehn. Ich hatte Luke verloren. Mein Gefühl war, dass ich nichts mehr hatte, wofür ich leben wollte.«

Chris sieht sie aufmerksam an, ihr Blick wandert über Helens lädiertes, verquollenes Gesicht und von da zu ihrer bandagierten Hand. Ich spüre, dass sie gern fragen würde, wie das passiert ist, doch dann beschließt sie, beim Thema zu bleiben. »Sie waren Lukes Freundin, ja?«

Helen nickt. »Wir waren seit ungefähr acht Monaten zusammen. Niemals hätte ich gewollt, dass ihm etwas zustößt. Ich habe nie ...«

»Sie haben Luke ermordet!«, bricht es aus Paul hervor. »Sie beide! Als wir hörten, dass Sie geheiratet haben, war uns klar, dass Sie das von Anfang an geplant hatten. Sie wollten Luke aus dem Weg haben, und dann auf zu neuen Ufern!«

Helen schüttelt energisch den Kopf. »So war es nicht!« Und nun erzählt sie, leise, gehetzt, die ganze Geschichte: wie sie sich in Luke verliebt hat und kaum glauben konnte, dass ihre Gefühle erwidert wurden. Wie er sie überredet hat, mit auf die Reise zu gehen, obwohl sie im Klettern nicht geübt war. Wie die Stimmung in der Gruppe sich verändert hat, wie Luke und ich aneinandergeraten sind. Und dann von unserem Abstieg: wie Luke uns überredet hat, uns an dieser Stelle abzuseilen, obwohl es klüger gewesen wäre, umzukehren und den richtigen Weg zu suchen. Von dem Steinschlag. Von dem Moment, in dem Luke bewusstlos ganz unten am Seil hing und sein Gewicht uns alle in die Tiefe zu reißen drohte. Nach einer kurzen Pause hebt sie den Blick, schaut die beiden an – Paul ist rot geworden, Chris bedeckt das Gesicht mit beiden Händen – und knickt ein. »Es tut mir so leid«, sagt sie unter Tränen. »Es tut mir so schrecklich leid. Das habe ich nie gewollt, ich schwöre es.«

»Wie können Sie das behaupten?« Paul verliert die Beherrschung. »Wie können Sie sagen, Sie hätten Ihrem Partner zugerufen, dass er das Seil durchschneiden soll, und dann behaupten, Sie hätten das nicht gewollt?«

Helen ist am Ende. Ihr Ausdruck sagt, dass sie schlicht nichts anderes tun kann, als sich zu entschuldigen. Chris greift nach einer Papierserviette und tupft sich die Augen trocken.

Paul starrt Helen an. Ich sehe, dass er am liebsten auf sie losgehen, ihr seine großen Hände um den Hals legen und das Leben aus ihr herausschütteln würde, als könne er dafür das von Luke und Theo eintauschen. Ich wette, davon träumt er seit zweiundzwanzig Jahren. Nur zu gut kenne ich diesen quälenden Drang, der aus der Trauer entspringt. Vielleicht ist das der Augenblick, da ich ihm die Waffe abnehmen und das Ganze zu Ende bringen sollte.

Von Chris kommt ein genervter Seufzer. »Es reicht, Paul. Sie waren noch Kinder, alle. Es war eine Horrorsituation ...« Sie rückt näher an Helen heran, legt ihr den Arm um die Schultern und schaut ihr in die Augen.

Stirnrunzelnd sagt Paul: »Wir wissen nicht, ob sie wirklich so unschuldig ist, wie sie es darstellt. Theo meinte ...«

»Theo hat sich das Leben genommen«, schneidet Chris ihm das Wort ab. Dann wendet sie sich wieder an Helen und sagt vertraulich: »Theo hat sich vorgeworfen, dass er nicht lange genug durchgehalten hat, um Luke zu retten. Wir haben dafür gesorgt, dass er Therapien bekam, Antidepressiva, Hypnose. Wieder und wieder haben wir ihm versichert, dass er nichts hätte tun können, aber die Schuldgefühle saßen zu tief.« Traurig zuckt sie die Achseln. »Er wollte einfach bei seinem Bruder sein.«

»Diese Vorwürfe hat Theo sich gemacht, weil es keine abschließende Untersuchung gab, nichts Gerichtliches«, hält Paul dagegen. Er verengt die Augen zu Schlitzen und fixiert mich. »Wir bekamen einen Anruf von der Gendarmerie, dass wir kommen und den Leichnam unseres Sohnes abholen sollten. Der mit der Untersuchung beauftragte Beamte hat alle Zeugen aufgefordert, sich zu melden. Unsere wichtigsten Zeugen waren nicht da. Michael King und Helen Warren. Alles haben wir versucht, um Sie zu erreichen. Am Ende hieß es: Unfalltod. Keine Gerichtsverhandlung. Keine Gerechtigkeit. Keine Erklärung.« Seine Stimme bricht, und er wedelt mit den Händen, als wolle er seinen Schmerz in die Luft malen. »Ich habe Luke und Theo aufgezogen, als wären sie meine Söhne, mein eigen Fleisch und Blut. Innerhalb von vier Jahren haben wir sie verloren, beide. Unsere Jungen – tot. Ihretwegen!«

»Das stimmt«, sage ich, und plötzlich schauen alle zu mir. »Ich habe Luke umgebracht. Ich hing an diesem Felsen und wäre jeden Moment gestorben. Luke hat uns nicht geantwortet.« Mein Blick geht zu Helen. »Ich habe zu dir hochgeschaut. Dich zu verlieren kam nicht infrage. Also habe ich mich entschieden und das Seil durchgeschnitten.«

Es ist, als hätte meine Stimme sich vom Körper gelöst, als spräche ich im Traum.

»Ich habe es durchgeschnitten. Seit zweiundzwanzig Jahren denke ich daran, jeden Tag. Ich fand, dass ich es nicht wert bin zu leben, dass ich den Tod verdiene. Luke hat einmal gesagt, dass er später gern eine Buchhandlung aufmachen würde. Keine x-beliebige, sondern eine wirklich schöne, mit besonderen Chaucer-Ausgaben. Eine Fundgrube für Büchernarren. Am Ende habe ich das für ihn getan. Ich dachte, wenn ich seinen Traum von der Buchhandlung wahr mache, würden die Schuldgefühle, die an meinem Innern fraßen, vielleicht vergehen.«

Ich sehe Lukes Mutter an, dann seinen Stiefvater. Unmöglich zu sagen, was sie denken. Ich habe das Gefühl, aus meinem Körper ausgetreten zu sein. Vielleicht bin ich schon tot. Vielleicht ist es das.

»Michael hat Luke nicht umgebracht«, sagt Helen leise. »Wir sind weggelaufen, weil wir Angst hatten. Wir standen unter Schock. Michael hatte nur den Bruchteil einer Sekunde Zeit, um zu handeln. Luke war bewusstlos. Er war bei dem Steinschlag verletzt worden.«

»Aber Sie verstehen, warum wir einen Privatdetektiv engagiert haben, um Sie zu suchen?«, fragt Chris mit Nachdruck. »Wir wollten mehr wissen. Und je länger Sie uns ausgewichen sind, desto drängender wurden unsere Fragen.«

»Es tut mir leid«, wiederholt Helen. »Aber für das, was Sie uns in Belize angetan haben, gibt es keine Rechtfertigung. Es bringt Ihnen Luke nicht zurück. Oder Theo.«

»*Belize?*« Paul beugt sich vor und sieht uns fragend an. »Was meinen Sie? Was sollen wir Ihnen angetan haben? Das Einzige, was wir gemacht haben, war, einen Profi anzuheuern, um Ihre aktuelle Adresse herauszufinden.«

Helen, halb verwirrt, halb entsetzt, schaut zwischen Chris und

Paul hin und her. »Aber ... der Unfall«, sagt sie. Und nun dreht sie sich zu mir um und sieht mich an, als zähle sie plötzlich eins und eins zusammen. »Du hast versucht, uns alle umzubringen. Unsere Tochter liegt im Koma.«
»*Was?*«, ruft Chris aus.
Voller Zorn fängt Helen an zu erzählen, was in Belize passiert ist, doch dann kippt ihre Stimme, und ihr Blick ruht auf mir, und ich weiß, es ist vorbei. Sie weiß Bescheid. Chris und Paul stellen tausend Fragen, zu dem Unfall und zu Saskia, und die ganze Zeit wenden sie sich an Helen, sodass ich mich vorbeugen und die Waffe an mich bringen kann. Paul hebt sofort die Hände. Der Ärmste. Er guckt, als würde er sich gleich in die Hose machen.
»Ich liebe dich, Helen«, sage ich. Auch sie hebt die Hände, und sie schreit etwas, das ich nicht höre. Der Raum ist eine Winterlandschaft, ein schneebedeckter Berg.
Ich halte mir den Lauf an die Schläfe und drücke ab.

54

Helen
9. September 2017

Ich schreie Michael an, er soll aufhören, aber als ich die Hände nach ihm ausstrecke, höre ich den Auslöser klicken. Mein Hirn, statt zu registrieren, was geschieht, macht einen Sprung. Ich sehe schon Blut aus seinem Kopf spritzen, dabei steht er noch genauso da, hält sich die Waffe an die Schläfe und drückt ab, als sei sie ein Spielzeug. Auch Chris und Paul sind aufgesprungen. Alle drei strecken wir die Arme aus und rufen: »Stopp!«, und das scheint ihn zu erreichen. Er öffnet die Augen und sieht mich an oder, besser, durch mich hindurch.
»Was stimmt nicht mit Ihnen?«, ruft Paul aus. »Erst fackeln Sie Ihre Buchhandlung ab, und jetzt das ... Ich rufe die Polizei.«
Aber Michael richtet die Waffe auf ihn, und er macht einen Satz zurück, wobei er einen Tisch mit einer Vase umreißt.
»*Nein*, Michael!«, schreie ich und trete vor Paul, sodass die Waffe auf mich zielt, aber Michael senkt sie nicht. Unbeirrt hält er sie auf Paul gerichtet, und auf seinem Gesicht liegt jener starre Ausdruck, den ich damals in der Nacht auf dem Dachboden gesehen habe. So, als sei er gar nicht da.
»Was soll das heißen, wir hätten unsere Buchhandlung abgefackelt?«, fragt er in meine Richtung.
»Sie waren das«, giftet Paul. »Sie haben das Feuer gelegt und den Laden ausbrennen lassen. Da haben wir begriffen, dass wir es mit zwei Irren zu tun haben! Mit uns hatte das gar nichts zu tun!«
Ich suche Michaels Blick. Das Schweigen setzt eine Mechanik in Gang, und die Schatten der Wahrheit nehmen Gestalt an. Vielleicht waren wir nie so ehrlich zueinander wie jetzt.

»Ich habe das Feuer gelegt«, sage ich. »Aber ich wollte nicht, dass es so groß wird. Bitte, Michael, leg die Waffe weg.«
Endlich lässt er die Hand mit der Pistole sinken und geht hinüber zu dem Ölbild von Luke und Theo. Aus dem Augenwinkel sehe ich, dass Chris am ganzen Leib zittert, als könnten jeden Moment die Beine unter ihr wegknicken.
»Ich musste unsere Familie beschützen«, murmelt Michael. »Also habe ich getan, was nötig war, bevor jemand anders kommen und alles zerstören konnte. Eine letzte gemeinsame Reise, dachte ich, wir als Familie, der Urlaub unseres Lebens oder ein ewiger Urlaub. Wir können zusammen sein. Keine Trennung, kein Auseinandergehen, kein Verlust. Sie wollen unseren Tod, und das ist meine Schuld. Sie wollen uns wehtun, uns auseinanderreißen.«
Er dreht sich um, schaut aber an uns vorbei. Die Atmosphäre ist dermaßen aufgeladen, dass es jeden Moment eine Explosion geben könnte.
»Erst die Briefe. Immerhin, aus Cardiff nachgeschickt, also hatten sie uns, dachte ich, in Northumberland nicht gefunden. Aber dann fiel mir der Mann auf, der ständig vor der Buchhandlung herumstrich und alles beobachtete. Zuerst dachte ich, das ist meine Paranoia, aber eines Tages habe ich gesehen, wie er Fotos gemacht hat. Als ich hingehen wollte, ist er weggefahren. Da wusste ich, dass sie uns hatten. Und ein paar Tage später hat es gebrannt. Ich wusste, dass sie dahintersteckten. Ich wusste, dass es aus war. Ich wusste, dass es erst aufhören würde, wenn wir alle tot sind. Und ich konnte nicht zulassen, dass meiner Familie etwas angetan wird. Ich musste sie beschützen. Wir würden zusammen sein.« Ein Achselzucken. »Der Unfall war eine Möglichkeit, Schluss zu machen.«
»Sie haben versucht, Ihre Familie zu ermorden?«, fragt Paul.
»So wäre es ja nicht gewesen«, sagt Michael, der bei dem Wort

»ermorden« zusammengezuckt ist. »Wir wären für immer zusammen gewesen, und zwar am besten aller Orte.«
Es ist wie ein Schlag in die Magengrube, ein Schlag von solcher Wucht, dass ich unter der Decke hängen müsste. Ich falle auf die Knie, krümme mich, und was er gesagt hat, dröhnt in meinen Ohren, übertönt alles. Michael macht einen Schritt auf mich zu, beugt sich vor und streckt mir unbeholfen die Hand hin, so, als sei ich bloß gestolpert. Ich weiß nicht, ob ich mich auf dem Boden einrollen oder aufspringen und ihm die Augen auskratzen soll. Und es gibt einen dritten Impuls, den mein Körper gibt. Seine Hand zu nehmen. Als seine Frau. Als ihm Ebenbürtige.
Ich tue nichts.
Seine Miene ist undurchdringlich. Ich erkenne ihn nicht. Seit wir uns zuletzt gesehen haben, seit der Zeit in der Strandhütte, ist in ihm etwas Neues entstanden. Er hockt sich vor mich, sieht mir in die Augen und fragt: »Warum hast du das Feuer gelegt?«
Ich zucke zurück, plötzlich habe ich nur noch Angst, nackte Angst, die alle anderen Impulse überlagert.
»Ich glaube, ich wollte, dass sie es sehen.«
»Wer? Wer sollte was sehen?«
Er ist jetzt ganz nahe, umfasst meine Arme, und ich weiß nicht, ob sein Ausdruck traurig oder wütend ist, und alles verschwimmt, denn ich weine die Tränen aus zweiundzwanzig Jahren um den Mann, den ich geliebt und in den Tod geschickt habe. Ich weine auch, weil ich sehe, was Michael getan hat, dass Saskias Leben *seinetwegen* am seidenen Faden hängt, dass es mit unserer Familie vorbei ist. Es gibt sie nicht mehr.
»Hören Sie auf!«, ruft Paul mit zittriger Stimme. Chris und er sind geschockt; lag eben noch Trauer auf ihren Gesichtern, ist es jetzt blankes Entsetzen.
Mit einem Mal sehe ich alles überdeutlich, die Konturen der Wahrheit sind so scharf, dass ich mich daran schneiden könnte.

Sie haben uns beobachtet, sie wollten Antworten. Aber sie haben nicht versucht, uns etwas anzutun. Hinter dem Unfall haben nicht sie gesteckt.

Das war Michael.

Als sei ein Schalter umgelegt worden und er werde sich plötzlich der Situation bewusst, lässt er mich los. Gequält sieht er mich an.

»Ich habe nur versucht, euch zu beschützen.«

Die Türglocke ertönt, ein Laut, der in seiner Alltäglichkeit absurd wirkt. Ein schrilles Läuten, und gleich danach wird dreimal kräftig an die Tür geklopft.

»Wer ist das?«, fragt Michael.

Wieder ein Klopfen, eine Stimme, die etwas durch den Briefschlitz ruft.

»Die Polizei.« Paul schaut hektisch zwischen Chris und uns hin und her.

Michael dreht sich zu mir um. Seine Augen sind wie aus Stein.

»Hast du die gerufen?«

»Nein, ich ...«

Er nimmt mich bei der Hand, zieht mich zur anderen Seite des Raums und hebt die Waffe wieder.

»Stopp!«, ruft Paul, doch Michael ignoriert ihn. Er geht, erstaunlich schnell und meine Hand fest in seiner, hinaus in den Flur.

»Michael, bitte!«, sage ich. »Du tust mir weh.«

Als er meine Hand loslässt, denke ich, ich bin frei, doch nun schnappt er mein Handgelenk und schiebt mich in Richtung der verglasten Balkontür am anderen Ende des Ganges. Sein fester Griff, die Tatsache, dass er so grob sein kann, erschreckt mich. Die Pistole lässt er nicht los, auch nicht beim Herunterdrücken der Klinke. Die Tür schwingt zum Balkon hin auf. Goldenes Sonnenlicht fällt herein und lässt die Messingbeschläge der Tür überirdisch blitzen.

»Das war mein Traum«, sagt er sanft und bleibt auf der Schwelle

stehen. Dabei dreht er sich zu mir um. Seine Augen leuchten, er wirkt auf beängstigende Weise glücklich. Es ist, als sei er in seinen Körper zurückgekehrt, aber den Griff um mein Handgelenk lockert er kein bisschen.
»Kommst du mit?«
Ich schaue ihn an. Sein Blick geht über den Balkon ins Weite, als sehe er dort ein magisches Bild. »Wohin?«
»Nach Hause. Die Kinder kommen auch. Nicht jetzt, aber wenn es so weit ist. Bis dahin sind wir beide zusammen.«
»Was?«
Nun stößt er die Tür ganz auf und zieht mich nach draußen. Er ist so stark, dagegen habe ich keine Chance.
»Nicht, Michael!«, schreie ich.
Auf dem Balkon stehen zwei Holz-Lounge-Liegen und mehrere Koniferen in Betonkübeln. Michael zieht mich zur Brüstung und schaut sich nach einer Möglichkeit um, darüber hinwegzuklettern. Jetzt verstehe ich: Er will uns beide in den Tod stürzen. Wir sind vielleicht zehn, zwölf Meter hoch, unter uns liegt ein gepflasterter Hof. Um mit einem Bein auf die Brüstung zu steigen und dabei die Balance nicht zu verlieren, lässt er mich los, aber gleich darauf streckt er die Hand wieder nach mir aus. Ich weiche zurück, schüttele den Kopf.
»Wir können frei sein«, sagt er. »Willst du nicht frei sein, Helen?«
Mit wild entschlossener Miene beugt er sich vor, packt mich am T-Shirt und zieht mich zu sich heran, doch ich bin vorbereitet, ich umklammere eine der Koniferen. Mit aller Kraft hebe ich sie hoch und treffe ihn mit dem Betontopf am Kinn. Er taumelt gegen die Brüstung, fällt um ein Haar, doch ich kriege gerade noch rechtzeitig seinen Arm zu fassen. Langsam sackt er zu Boden. Er ist bewusstlos.
Polizisten drängen auf den Balkon und kümmern sich um ihn. Die Wunde, die ich ihm beigebracht habe, blutet. In Tränen auf-

gelöst hocke ich neben ihm. Nun taucht Chris auf und sieht sich entsetzt um. Sie entdeckt die Pistole neben Michael auf dem Boden und schlägt die Hand vor den Mund. Aufgeregt sprechen die Polizisten in ihre Funkgeräte. Von Weitem ist ein Martinshorn zu hören.
»Ich dachte, er bringt Sie um«, sagt Chris und kniet sich neben mich. »Ist mit Ihnen alles in Ordnung?«
Ich nicke. »Ja, es geht mir gut.«

VIERTER TEIL

55

Michael
26. November 2017

Das Frühstück nehme ich mit den anderen im Speisesaal ein. Nachmittags gibt es eine Reihe von Angeboten – Kunsttherapie, Musiktherapie, manchmal Kochen und Tai-Chi –, dann ist EMDR, oder wir gehen in unsere Zimmer, wo ich auch jetzt bin. Der Laden ist nagelneu. Die Gestaltung ist davon geprägt, dass hier überlebt werden soll. Kein Glas, keine scharfen Kanten, keine Griffe oder Ähnliches, stattdessen Mulden in den Holzschubladenfronten und Schranktüren. Selbst die Türen sind so konstruiert, dass sie aus den Angeln kippen, wenn man versucht, sich daran zu erhängen.

Der Blick von meinem Zimmer geht auf den Friedensgarten, in dem wir jeder unseren eigenen Baum gepflanzt haben. Obstbäume. Die Früchte tragen und uns verdorbene Insassen daran erinnern sollen, dass selbst wir imstande sind, Gutes zu tun.

Ich bin mir da nicht so sicher. Die Stimmen in meinem Kopf sagen, ich bin ein Ungeheuer. Ich sehe den Unfall, manchmal von oben, manchmal vom Straßenrand aus, und denke daran, dass ich ihn vorbereitet habe. Ich sehe einen Mann Saskias geschundenen Körper in den Laderaum eines Armeetransporters heben und denke daran, dass ich das vorbereitet habe. An solchen Tagen gibt es keinen physischen Schmerz, der den in meinem Innern aufwiegen könnte.

Manchmal träume ich von Luke. Er legt mir den Arm um die Schultern und zeigt auf den Berg. *Das ist er, sehr fantasievoll auch Berg der Buße genannt. Ist schon eine Tour, ihr Lieben. Nur keine Angst.*

Manchmal träume ich von Helen. Dann sagt sie, dass sie mich liebt und dass ich der wunderbarste Mensch bin, dem sie je begegnet ist. Und ich sage ihr, was ich schon vor Jahren hätte sagen sollen: dass ich das Seil so oder so durchgeschnitten hätte, ob sie das nun gerufen hätte oder nicht. Es war richtig so und zugleich unendlich schwer. Ich habe es nicht getan, weil sie gesagt hat, ich soll es tun. In meinem Traum öffnet sich an dieser Stelle ihr Brustkorb, eine schwarze, ölige Flüssigkeit tritt aus, und sie beginnt zu leuchten, als sei sie ganz von Licht erfüllt. Und sie sieht glücklich aus.

Ich träume auch von Reuben, und in diesen Träumen geht es darum, wie er mich ansieht. Stolz. Und erfüllt von dem Wunsch, mich stolz zu machen. Und ich träume von Saskia, davon, wie sie sich beim Insbettbringen an mich kuschelt. *Nur noch eine Geschichte, Papa.* Ich schreibe jetzt Geschichten für sie. Eine ganze Serie von Geschichten, in denen es um Ballerina-Ponys geht.

Eines Tages möchte ich sie ihr vorlesen. Ich möchte Helen die Wahrheit sagen und ihre Erleichterung sehen.

Das ist mein Traum.

56

Helen
20. Januar 2018

»Ich will dir noch etwas sagen.« Jeannie macht die Zündung aus.
»Was?«
»Wir werden uns hier in Northumberland ein Haus kaufen, Shane und ich. Egal, was passiert, ich bin da, ja?«
Ich nicke, versuche zu lächeln, aber dafür habe ich viel zu große Angst. Dieser Tag ist zu entscheidend, als dass ich auch nur versuchen könnte, eine andere Regung vorzutäuschen als nackte Angst.
»Ich hab dich lieb, Jeannie.«
»Ich dich auch.«

Am 30. August waren wir mit der Familie nach einem wundervollen Urlaub an der Küste von Belize im Auto auf dem Weg nach Mexiko City, wo wir in das Flugzeug nach Hause steigen wollten. Nach einigen Stunden Fahrt stießen wir mit einem Van zusammen. Am Steuer des Vans saß Jonas Matus, den mein Mann dafür bezahlt hatte, dass er uns bei hoher Geschwindigkeit rammt, damit wir alle umkommen. Heute weiß ich, dass die schwarzen Stiefel, die an der Unfallstelle an meinem Gesicht vorbeigekommen sind, tatsächlich die von Matus waren. Er ging herum, um sich zu vergewissern, dass seine Opfer alle hin waren. Glück im Unglück: Wir waren bewusstlos, aber Matus hielt seine Aufgabe für erledigt. Oder er hat sich davor gedrückt, uns endgültig ins Jenseits zu befördern.
So oder so trägt Michael für das, was geschehen ist, eine Mitverantwortung. Er hat sich im Château du Seuil am Ende ohne Ge-

genwehr festnehmen lassen. Seine Strafe sind fünfzehn Jahre in einer gesicherten forensischen Psychiatrie in der Grafschaft Durham. Matus sitzt für zwanzig Jahre in einem Hochsicherheitstrakt in Belize.

Meine eigene Anhörung liegt jetzt einen Monat zurück. Der Anspruch auf Versicherungsleistungen für die Buchhandlung ist natürlich hinfällig – wobei die Versicherung gedroht hat, mich wegen versuchten Betrugs zu verklagen –, und die Polizei hat mich belangt, weil ich sie habe im Dunkeln tappen lassen. Ich hatte damit gerechnet, für ein Jahr oder noch länger weggesperrt zu werden, aber meine Anwältin hat mich von einer Psychologin, Dr. Moreno, begutachten lassen, und die hat sich eingehender mit dem Geschehen am Montblanc befasst. Komplexe posttraumatische Belastungsstörung, meinte sie. Die gleiche Diagnose wie bei Michael. Typisch für PTBS sind Verhaltensweisen wie Vermeidung, Auflösung der Persönlichkeit und Selbstsabotage. Es kann lange dauern, bis die Symptome manifest werden. Dass ich die Buchhandlung angezündet habe, hat voll ins Schema gepasst.

Da bei dem Feuer weder Menschen verletzt worden sind noch die Bausubstanz essenziellen Schaden genommen hat, ist meine Strafe in zweihundert Stunden gemeinnützige Arbeit umgewandelt worden.

Vanessa Shoman habe ich ein Hin-und-Rückflug-Ticket geschickt und für drei Nächte ein Zimmer in einem Hotel direkt neben Harrods gebucht. Sie war im siebten Himmel. Ich habe ihr empfohlen, sich ein Musical anzuschauen.

Was mich betrifft, ich tanze wieder. Auch Reuben geht es zunehmend besser – die Freundschaft mit Josh hilft ihm, und er hat in der Schule eine Gruppe von Leuten um sich geschart, die wild entschlossen sind, die Blauwale zu retten.

Dr. Hamedi empfängt uns mit einem Küsschen auf die Wange.
»Alles in Ordnung?«, fragt sie, und ich nicke.
Letzte Woche gab es einen Extratermin, bei dem wir besprochen haben, wie das heute vonstattengeht. Es kann sein, dass Saskia nicht aufwacht. Es kann sein, dass sie aufwacht und schwere Hirnschäden davongetragen hat, sodass sie bis ans Ende ihres Lebens rund um die Uhr versorgt werden muss. Wie es ausgeht, wird sich voraussichtlich daran zeigen, wie sie in den ersten Sekunden reagiert, wenn sie überhaupt reagiert. Es kann sein, dass sie aufwacht und sich überhaupt nicht rühren kann. Es kann sein, dass sie gar nicht aufwacht. Kurz gesagt: Niemand weiß, was der heutige Tag bringt.
Und das ist die einzige Wahrheit, die für mich zählt.
»Dann an die Arbeit.«
Und damit führt sie Jeannie und mich zu dem Raum, in dem Saskia liegt.

Schuldgefühle können sich bei Menschen in zwei Richtungen auswirken: so, dass sie versuchen, den angerichteten Schaden wiedergutzumachen, oder so, dass sie sich der Auseinandersetzung damit entziehen. Aber was, wenn eine Wiedergutmachung nicht möglich ist? Michael ist, glaube ich, davon ausgegangen, dass die Schuld an Lukes Tod ihn zerstören würde. Schließlich war Luke einer seiner engsten Freunde, und er hatte nie die Absicht, ihn zu töten. Er war in eine unerträgliche Lage geraten.
Aber man kann sich der Auseinandersetzung mit dem, was geschehen ist, nicht entziehen. Man kann sich davor verstecken, man kann sie ignorieren, und trotzdem wird sie kommen. Mich selbst hätte die Schuld an Lukes Tod um ein Haar zerstört. Bei Michael haben die Bemühungen, der Auseinandersetzung damit auszuweichen, monströse Züge angenommen und ihn schließ-

lich vollständig beherrscht. Letztlich hat das, was am Berg geschehen ist, ihn ausgemacht.
Das lasse ich für mich nicht zu.
Ich besuche Michael oft. Ich besuche ihn an Tagen, an denen er nur halb bei sich ist, weil er ein neues Medikament bekommen hat. Ich besuche ihn, wenn er den Abend, an dem er online gegangen ist und Kontakt zu Jonas Matus aufgenommen hat, noch einmal durchlebt. An Tagen, an denen er an das denkt, was er in Belize getan hat, und sterben möchte. Ich besuche ihn an Tagen, an denen er genau der Mann ist, den ich geheiratet habe: süß, freundlich, lustig. Der Mann, der mich gelehrt hat, was Liebe wirklich ist.
Dieser Michael fehlt mir.

Jetzt sind die Maschinen aus. Außer mir vor Angst, stehe ich daneben und sehe zu, wie die Ärzte die Schläuche entfernen, beuge mich vor und spreche sie an.
Saskia, Süße? Hörst du mich?
Ihre Augen gehen auf, sie streckt eine Hand aus, spreizt die Finger. Ihre Lippen sind trocken und aufgesprungen. Sie bewegt sie.
»Saskia?«, sage ich sanft. »Ich bin da, meine Süße, ich bin da.«
Schlaff legen sich ihre Finger um meine.
So ist's gut, wunderbar. Gut gemacht, Saskia. Spürst du deine Beine? Kannst du bitte für mich zwinkern und mir sagen, ob du deine Beine spürst? Einmal zwinkern heißt Nein, zweimal heißt Ja.
Sie zwinkert.
Und zwinkert noch einmal.
»Oh, Süße!« Meine Stimme kippt. »Du hast mir so gefehlt!«

DANK

Jedes Buch ist eine eigene Reise – mit Etappen, an denen man zu scheitern droht, und anderen, die man, die Sonne im Gesicht und den Wind im Rücken, als beglückend erlebt. Oft nehmen diese Elemente menschliche Gestalt an, und deshalb danke ich meiner Agentin Alice Lutyens bei der Literaturagentur Curtis Brown und meiner Lektorin bei HarperFiction, Kimberly Young, dafür, dass sie mich motiviert haben, aus diesem Buchvorhaben das absolut Beste herauszuholen, und dass sie während des Schreibprozesses so geniale Ratgeberinnen waren. Ihr zwei seid Rockstars! Mein großer Dank geht auch an die vielen anderen legendären Leute bei HarperCollins, insbesondere Eloisa Clegg, Felicity Denham, Kate Elton, Martha Ashby und Louis Patel.

Ein großes Danke geht erneut an den ehemaligen Detective Chief Inspector Stuart Gibbon für seine Unterstützung bei allem, was mit der Polizei zu tun hat, sowie an Graham Bartlett, der für Last-minute-Rückfragen zur Verfügung stand.

Für fachkundige Beratung zu den Themengebieten Koma und Schädel-Hirn-Trauma danke ich Professor Karim Brohi, Queen Mary University of London, und Eliot North, einem Schriftstellerfreund, Allgemeinmediziner und überragenden Ratgeber in medizinischen Fragen.

Für Hilfe bei allem, was das Klettern betrifft, danke ich Andy Fitzpatrick, für Tipps zu Minecraft und Gaming allgemein Kelvin MacGregor und Vik Bennett.

Danke, Gemma Davies und Helen Rutherford, für die Hinweise zu juristischen beziehungsweise gerichtlichen Abläufen – meine Gerichtsszenen sind letztlich im Papierkorb gelandet, aber sie haben die Story trotzdem bereichert.

Wenn zugunsten der Spannung und des flüssigen Erzählens von Tatsachen und Fakten abgewichen wird, bin dafür allein ich verantwortlich.

Riesiger Dank geht auch an meine wunderbaren KollegInnen an der University of Glasgow, vor allem an Colin Herd, Elizabeth Reeder, Zoë Strachan und Louise Welsh, sowie an die Universität selbst dafür, dass ich ein Sabbatical nehmen konnte, als ich es so dringend gebraucht habe.

Danke, Max Richter, für Ihre wundervolle Musik. Sie war der emotionale Stimulus, den es gebraucht hat, um die Schichten dieser Geschichte herauszuarbeiten.

Wie immer gilt meine tiefste Liebe und größte Dankbarkeit meinen Kindern, Melody, Phoenix, Summer und Willow, und meinem Mann, Jared: dafür, dass du nicht nur ein großartiger Mensch bist, sondern auch ein Champion im Kinder-zur-Schule-Fahren und ein Ass im An-die-Brotdosen-Denken, dass du auch dann den Humor nicht verloren hast, als ich so tief in meine Montblanc-Recherche versunken war, dass ich in der wirklichen Welt zeitweilig zu nichts taugte, und ganz besonders für das kluge Feedback, das du mir beim Entwerfen des Plots gegeben hast. Ich liebe dich.

EIN GESPRÄCH MIT C. J. COOKE

Würden Sie uns etwas darüber erzählen, was Sie dazu angeregt hat, *Verderben* zu schreiben?
Für diese Geschichte gab es eine ganze Reihe von Ausgangspunkten. Vor allem wollte ich ergründen, in welchem Verhältnis Vergangenheit und Gegenwart zueinander stehen und auf welche Weise Schuldgefühle eine Kette von Handlungen auslösen können, die leicht außer Kontrolle geraten.
Der Plot ist mir aus heiterem Himmel eingefallen. An einem Frühlingstag 2017 standen mein Mann und ich an einer Kreuzung und wollten rechts abbiegen. Um ein Haar hätte uns ein entgegenkommendes Fahrzeug gerammt, und ich hatte sofort ein Szenario im Kopf: Was, wenn der andere uns gerammt hätte, die Schuld aber irgendwie bei meinem Mann gelegen hätte? Aus dieser Frage ergaben sich wie von selbst Eckpunkte für den Plot sowie einige konkrete Szenen, vom Verschwinden aus dem Krankenhaus bis hin zu der Hintergrundgeschichte 1995.
Tatsächlich habe ich selbst Anfang 2003 in Belize einen schweren Autounfall überstanden. Ich hatte nie vor, darüber zu schreiben, aber beim Entwerfen dieses Buches kam das alles wieder hoch, und ich dachte, ein bisschen Wissen aus erster Hand kann bei der Schilderung der Kulisse sowie des Ereignisses selbst nicht schaden! Dagegen faszinieren mich Berge zwar, aber weder war ich je am Montblanc, noch habe ich eigene Erfahrung mit Climbing.

Wie ist der Schreibprozess verlaufen? Mussten Sie viel recherchieren?

Der erste Entwurf stand ziemlich schnell – nach etwa einem Vierteljahr –, und ja, ich musste jede Menge recherchieren. Eine Geschichte zu skizzieren ist immer toll, aber dann kommt das Konkrete, das Klären der Fakten, und das wird schnell sehr arbeitsintensiv! Die größte Aufgabe war hier, mich über das Klettern und den Montblanc zu informieren. Je mehr ich darüber herausfand, desto mehr, so mein Eindruck, musste ich noch lernen! So eine Recherche kann leicht zur unüberwindlichen Hürde werden. Die Kunst besteht darin, herauszufinden, was man wissen *muss*. Mir war klar, dass ich, so gern ich es auch getan hätte, nicht selbst zum Montblanc würde reisen können, aber ich habe eine Fülle von YouTube-Videos gefunden, in denen beispielsweise Kletterer eine Kamera an ihrem Helm befestigt und die gesamte Tour gefilmt hatten. Stunden über Stunden solcher Filme habe ich mir angesehen, auch Trainingsvideos, und die Lücken konnte ich dank eigener Tagebücher füllen, die ich während meiner Reisen in die Schweiz, nach Österreich, Frankreich und Deutschland geführt hatte.

Aber auch andere Elemente der Story haben Recherchen erfordert. Zum Beispiel war ich zwar in Belize in einen Unfall verwickelt, brauchte aber (zum Glück) nicht solche polizeilichen Nachforschungen über mich ergehen zu lassen wie Helen, daher musste ich herausfinden, wie die Ermittler hier in Großbritannien mit der Polizei von Belize zusammenarbeiten und wie offiziell mit dem Fall umgegangen würde. Wie schon bei *Broken Memory. Woher kennst du meinen Namen?* bekam ich von einem ehemaligen Detective Chief Inspector sehr hilfreiche Hinweise, und am Ende konnte Graham Bartlett noch kurzfristig Fragen beantworten.

Kurz bevor ich anfing, dieses Buch zu schreiben, wurde bei meiner kleinen Tochter Autismus diagnostiziert, und dass ich dann Reuben eingeführt habe, einen autistischen Jungen, war Teil meiner Auseinandersetzung damit. Dennoch konnte ich nicht einfach übernehmen, was meine Tochter erlebte – Reuben ist ein Vierzehnjähriger, kein vier Jahre altes Mädchen, und offenbar tritt Autismus bei Mädchen anders zutage als bei Jungen. So oder so hat die Recherche zu diesem Thema mein Wissen darüber enorm erweitert. Was ich vor allem gelernt habe, ist, dass es sich (a) um eine besondere Verfassung handelt und nicht um eine Störung und dass man (b), wenn man einen autistischen Menschen kennengelernt hat, einen autistischen Menschen kennt. Es gibt kein festgelegtes Schema an Symptomen, die alle Menschen mit Autismus entwickeln. Reuben zum Beispiel hat Probleme mit Sinneseindrücken, vor allem Geräuschen, aber anders als in vielen verkürzten Darstellungen von Autismus macht es ihm überhaupt nichts aus, berührt zu werden – im Gegenteil, er ist zärtlich und mag Berührungen ausdrücklich.

Dass Reuben sich für Blauwale begeistert, hat sich beim Entwickeln der Figur so ergeben, also musste ich auch zu Blauwalen recherchieren!

Wie sind Sie auf die beiden Stränge der Geschichte gekommen? Haben Sie absichtlich so unterschiedliche Schauplätze gewählt?

In meiner Erinnerung ist es in Belize unfassbar heiß und schwül, in den Alpen dagegen trocken und kalt – mit der Wahl dieser beiden Orte habe ich vermutlich unbewusst versucht, zwei Extreme einander gegenüberzustellen, in Entsprechung zu Schuld und Unschuld oder Vergangenheit und Gegenwart. Zugleich stehen sie für die zwei Abschnitte im Leben von Michael und Helen. In der Geschichte 1995 sind die beiden am Anfang ihres Erwachsenenlebens und erkunden in ihren Beziehungen Neuland. Die steil aufragenden Berge stehen auch für die Höhe, aus der sie fallen, sowohl im physischen als auch im moralischen Sinn. In der Geschichte 2017 sind sie beide erschöpft von der Last des Schuldgefühls, mit dem sie seit über zwei Jahrzehnten leben. Die extreme Hitze in Zentralamerika lässt diese Erschöpfung umso deutlicher hervortreten.

Der Verlauf der beiden Erzählstränge war mir von Anfang an klar, aber es war schwer, sie miteinander zu verweben. Das kam vielleicht daher, dass ich zu nahe an der Geschichte dran war – ich hatte ständig Angst, ich könnte zu früh zu viel verraten!

Gab es während des Schreibens oder im Prozess des Veröffentlichens kritische Momente?
Die beiden Zeitebenen in der Balance zu halten war nicht einfach, daran ist lange gefeilt worden. Außerdem habe ich eine Zeit lang mit einem anderen Ausgang herumexperimentiert, und auch wenn ich irgendwann entschieden hatte, dass es so nicht geht, war einiges an Basteln und Umbauen erforderlich, um alle Stränge für das Ende, wie es jetzt ist, schlüssig zusammenzuführen. Schreiben hat oft Ähnlichkeit mit dem Wirken von Gobelins!

Ist es Ihrer Meinung nach richtig, dass Michael das Seil durchgeschnitten hat?
Ich glaube, was mich an der ganzen Geschichte am meisten interessiert hat, war die Frage, was »richtig« ist. Das ist so relativ – ja, was Michael getan hat, war für ihn selbst, Helen und (bis zu einem gewissen Grad) Theo richtig, und wir sehen die Familie, die Helen und er in der Folge gründen. Genauso gut könnte man aber sagen, nein, es war nicht richtig, jedenfalls bestimmt nicht für Luke, und für die drei anderen insofern nicht, als ihr Leben dadurch für immer geprägt ist. Es war in vielerlei Hinsicht eine

unmögliche Situation, und das für einen so jungen Mann ... Vielleicht verbringen wir alle (zu) viel Zeit damit, darüber nachzudenken, ob die Entscheidungen, die wir im Leben getroffen haben, richtig waren, denn sie wirken sich so stark auf unsere Zukunft aus. Dazu fällt mir immer ein Gedicht von Louis MacNeice ein, das mir sehr gut gefällt und in dem es heißt: »In der rauen Wirklichkeit gibt es keine Straße / die richtig ist«. Daran kann ich mich orientieren.

In Ihrer Geschichte kommen mehrere Krankheitsbilder vor, komplexe *PTBS* zum Beispiel oder Autismus. Hatten Sie das geplant?
Mein Schreiben kreist immer um das Unsichtbare oder das Nichtgesehene, und seelische Erkrankungen und Autismus gehören genau in diese Kategorie der »unsichtbaren« Zustände. Ich finde es spannend, Figuren zu entwickeln, die, von außen betrachtet, völlig okay erscheinen, bei denen unter der Oberfläche aber viel mehr abläuft. Und es war mir sehr wichtig, dass Reubens Autismus kein Mittel zu einem erzählerischen Zweck ist. Es ist eine Tatsache, dass es sehr viele Menschen mit einer Autismus-Spektrum-Verfassung gibt und dass wir lernen müssen, Neurodiversität weniger im Sinne von Differenz zu betrachten als vielmehr als Teil der menschlichen Verfassung allgemein – als etwas, das wir in die Arme schließen und feiern sollten.

Woran arbeiten Sie jetzt?
An einer Geschichte über eine Kinderfrau. Sie kommt unter falschen Vorgaben zu einer Familie, die nach dem Tod der Mutter noch tief in der Trauer steckt. Ein Whodunit, das in Norwegen spielt, daher könnte demnächst eine Recherchereise anfallen ...